小说眼·看中国

亲爱的南方

山西出版传媒集团　北岳文艺出版社
BEIYUE LITERATURE & ART PUBLISHING HOUSE

·太原·

图书在版编目(CIP)数据

亲爱的南方 / 楚云著. — 太原：北岳文艺出版社，2020.7

ISBN 978-7-5378-6199-1

Ⅰ.①亲… Ⅱ.①楚… Ⅲ.①长篇小说—中国—当代 Ⅳ.① I247.5

中国版本图书馆 CIP 数据核字（2020）第 061142 号

亲爱的南方

楚云 / 著

责任编辑
赵勤

书籍设计
张永文

印装监制
郭勇

出版发行：山西出版传媒集团·北岳文艺出版社
地址：山西省太原市并州南路57号　邮编：030012
电话：0351-5628696（发行部）　0351-5628688（总编室）
传真：0351-5628680
网址：http://www.bywy.com　E-mail：bywycbs@163.com
经销商：新华书店
印刷装订：山西人民印刷有限责任公司
开本：787mm×1092mm　1/32
字数：324 千字
印张：12.5
版次：2020 年 7 月第 1 版
印次：2020 年 7 月山西第 1 次印刷
书号：ISBN 978-7-5378-6199-1
定价：52.00 元

本书版权为本社独家所有，未经本社同意不得转载、摘编或复制

六年，或者八年的战争（自序）
——献给《亲爱的南方》和我的打工生涯

一

2011年11月24日，应是我人生重要的日子之一。这一天，鏖战了六年的《亲爱的南方》初稿终于尘埃落定。在写最后几个章节时，我近乎崩溃，当在键盘上敲完最后一个标点的一刹那，身心也好像随之掏空了。六年来，我与《亲爱的南方》中的人物一起歌一起哭，他们俨然成了我生命中的一部分，现在突然要结束了，心中充满了留恋、不舍与伤痛。就像一场戏，当一切都已谢幕，只剩下导演自己还在空荡荡的戏园里张望，那种水一样漶漫的惆怅无可言说。

2006年，我还在深圳宝安打工。大概是6月的某一个上午（具体时间我记不清了），我的目光穿过办公桌上成堆的文件的缝隙，窗外阳光明媚，高大的梧桐树在习习微风中轻轻私语。我心里突然起了一股浓浓的、不可排遣的忧伤。几年的打工际遇在一刹那洪水一样溃堤汹涌而出，过去的人和事纷至沓来，堵在胸里发慌，我觉得要写点什么了。为自己，也为这几年的打工生涯。在激动与焦灼中，我在电脑上敲下了开首语："江城是在凌晨三点得知叶岚死讯……"

于是，漫漫的征程开始了……

而我的战争，早已在两年前——即2004年就已打响……

二

2004年的春节似乎格外寒峭。出了年十五,村子里的青壮年便纷纷外出谋生了,刚热闹了几天的村庄又清冷空寥下来,只剩下老人和孩子在凄白的阳光下孤独地游荡。远处偶尔传来一两声清脆的鞭炮声,在冷冷的空气中有气无力地拖曳着,仿佛在追忆和回味刚刚逝去的年味。这情景令我异常悲凉。

正月十八,我怀揣五百元稿费,在父母怨懑的目光下只身南下广东。

我并不是没有打过工。

早在1994年,我便在广东东莞市清溪镇的一家电子厂干过保安。那时我复员刚两年,凭着一个退伍军人证,找份保安工作还是很容易——记得那时的工资一个月是三百五十元。

1994年,2004年!不知是命运之神的故意安排,还是冥冥之中的定数巧合,相隔十年后,我再次悄然南下,进入庞大的打工洪流中。我像一头穿山甲,在广州、深圳、顺德、惠州等地穿行,在烈日灼灼和风天雨幕中穿行,在一张张招工榜和十元旅馆间穿行,在嘈杂的天桥底下和拥挤的公交中穿行,在喧闹的人才市场和安静的写字楼里穿行……在某一个时段,穿行成为我人生最主要的姿态:厂报编辑、策划文案、自由撰稿人、小报记者……饭碗跟人生一起颠簸、流浪。

写作在那时对我来说是一种奢侈。窘迫如囚的生活和灵魂无所归依的孤独像两把锋利的剪刀,将我的文学梦剪得支离破碎。有时夜半梦醒,对着隐在黑夜身后的天花板长久地发呆。不堪回首的往昔,望不透的未来,一切正如自己的人生旅程,茫然不可知。

我像一头困兽走在沼泽中。为生活,为无法实现的理想——文学。

在打工前期很长一段的时间里,我刻意去忘记文学,就像一个石匠，用铲子铲掉墓碑上的深痕，让这块生绿的石碑归于空白。我像绝大多数打工者一样上下班，在工厂的人心交错中消耗青春。当躯体没有了灵魂，生活没有了追求，一切便变得碌碌无为。在南国陌生的异乡，我就是一个游荡在尘世的孤魂。然而打工世界的种种艰辛，却在我心上刻满了沟壑。

我一直固执而偏激地认为，当代社会现代化的进程，在很大程度上是由数以亿计的农民工（打工者）前赴后继推动的。

但留不住的城市，回不去的乡村。这成了绝大多数中国农民工的宿命。

这些深深灼痛了我。

如果说对待知识分子的态度标志着一个国家的文明程度，那么对待农民（农民工）的态度则可考验一个民族的良知。

我要用《亲爱的南方》为农民工所做出的奉献立一块碑！

我知道，这个想法很狂妄、无知，甚至有一点"反动"，但这却是我要努力和奋斗的目标。我觉得，自己作为打工群体的一份子，有义务、也有责任为这段由小人物演绎的历史立此存照。

后来我在英国人E·P·汤普森所著的《英国工人阶级的形成》一书中看到这样一句话：他们的愿望符合他们自身的经历。如果说他们是历史的牺牲品，那么他们现在还是牺牲品。

那一刻，我眼里噙满热泪……

三

于是我战战兢兢、如履薄冰地开始了这段艰难而漫长的写作历程。

为了更好地写《亲爱的南方》，我阅读了大量的哲学著作和社会调查方面的书籍：《资本论》《毛泽东选集》《英国工人阶级状况》《理想国》《乌托邦》《英国工人阶级的形成》《中国社会各阶层分析》……我认为，文学的本质就是生活的本质，而生活的本质需要哲学去厘清。

哲学可以提高文学创作的深度和广度。

对于文学，我始终虔诚地满怀敬畏，尤其是站在书店和图书馆的书架前，仰望着那些文化巨人时，就更觉得自己渺小得如同长长时空中的一粒尘芥，纵使存在也苍白得犹如虚无。同时那些海一样的书籍给了我一种巨大的压迫与警醒：在这些充满人类智慧的无声的语言面前，自己如果不拾一点点先贤的牙慧，岂不是枉对生命？

我为自己曾经的沉沦和放弃羞愧！

老实说，我很羡慕那些专业作家们，他们衣食无虞地进行自己的创作。有时还可下去锻炼挂挂职体验生活什么的——这是我所梦想的生活！同时我也深深知道，所有的专业作家在成专业作家之前，都有着漫长而痛苦的业余作者的历程。自己未能成专业作家，只能说努力还不够，水平差得远，用不着怨天尤人。所要做的就是埋头苦学，苦练，再苦学，苦练……

我很钦佩那些走在我前面的同行——那些被文坛所认知的"打工作家"们！

所以我很少在文友们面前谈论文学。我觉得，以自己的浅薄来谈论庄严的文学，实在是对文学莫大的侮辱和讽刺！（自然，我对那些沽名钓誉和自吹自擂之徒充满了厌恶和鄙视。）

在巍峨的文学圣殿面前，我愿、也只能永远做一个顶礼膜拜而不入流的教徒！

但打工的飘零使我无法安心创作《亲爱的南方》，正如一句流行语所云："理想是丰满的，现实是骨感的。" 从2006年到2007年的一年多时间里，我只写了八万多字，尔后就不得不搁下了，直到2009年夏又续写了三万多字。这一年，湖北举行首届网络文学大赛，我抱着好玩的心态将这半部《亲爱的南方》（参赛时的书名叫《撕裂》）寄了过去，不料竟获了一个三等奖。评委对这半部书的评价是："现代化伴随着城市化，农村青年涌入城市打工，包括原籍农村的大学生。于是这群青年人上演了一部'城市草根挣扎史'。城市像一台巨大的搅拌机，将这些年轻人的青春与梦想一一撕裂、搅碎……'失业，左边是贫困，右边是犯罪。但还有中间的，继续拼搏的路。'小说以写实的手法向我们昭示了这个道理，其冷静的叙事不仅使人悲叹更使人坚强！"

这令我鼓舞！

但为生存计，我在2009年的9月底奉命写一部长篇人物传记《一代象棋宗师杨官璘》。

写了四年的《亲爱的南方》又不得不忍痛搁下了。

在生活中，不是理想支配现实，而是现实支配理想。

《杨官璘》一书我从采访到完成写作只用了一年半时间，三十二万字——我对象棋完全是门外汉，却鬼使神差般写了一部比较专业的书。

坦白地说，《杨官璘》是我创作上一个意外的收获。

完成《杨官璘》后，我马不停蹄地转入《亲爱的南方》的写作。在此期间，我几乎没有写过其他的文章，专心、专注而专情——直到2011年11月底完成初稿。此后又改了一年——总共改了五稿。

所以，三十多万字的《亲爱的南方》我前后写了六年。当完成五改的定稿后，我在微博里百感交集地写了一首打油诗以记之："《南方》六年苦，　五改艰且难。　字字滴血泪，　行行寸心伤。　痴狂谁独语？　镜里鬓白长。"

《亲爱的南方》是我花费心血最巨大的一部书！

我极其珍惜她！因为她动用了我最宝贵、最深沉、最刻骨的生活体验——打工！

自2004年至今，我已打工八年。这八年里我忧世伤身，每一天都生活在与现实的战争中，而我还将战斗下去。因为我现在还没老，还能做一点儿什么，所以祖国的南方暂时还不会将我抛弃。等哪一天我老得不能动了，不能再为南方的城市创造物质财富和精神财富的时候，我便会像一枚破败枯衰的树叶被咸湿的海风吹起，吹到被我背叛的故乡。在那时，我也许只能躺在荆楚之国的稻草堆上遥望南方，遥望这个我付出生命精华的地方。不管我将来老得怎样一塌糊涂遗忘多少世事，但"打工"，却会钻刻在我的灵魂上一直伴我到天国。

"打工"这个名词，应是中国历史上一个不可忘却的烙印。

记忆是可忘却的，但烙印不会。

但愿我的《亲爱的南方》能成为这块烙印上一个小小的标点符号。

若此，我纵横死亦愿足矣！

2012 年 11 月 30 日夜

目录

引子　花谢中秋　　　001

1. 寻梦南国　　　005
2. 初出江湖　　　011
3. 江湖吟　　　019
4. 行路难　　　028
5. 乐极生悲　　　041
6. 城市泥鳅　　　046
7. 胭脂泪　　　055
8. 红颜血　　　060
9. 夜半鱼汤　　　070
10. 快餐爱情　　　076
11. 商海谲波　　　086
12. 投之以网　　　093
13. 太子监学　　　103
14. 沦落风尘　　　111
15. 文人相轻　　　119
16. 拉长之争　　　127
17. 镣铐之舞　　　136
18. 悲相逢　　　145
19. 盲流，盲流　　　155
20. 乱岗之夜　　　164
21. 真相大白　　　170
22. 肠断天涯　　　179

23. 魂归故里　　　　189
24. 不辞而别　　　　199
25. 寻找迦南　　　　207
26. 危机四伏　　　　212
27. 揭竿而起　　　　221
28. 兄弟的救赎　　　228
29. 暗访遇袭　　　　238
30. 柳暗花明　　　　246
31. 扬帆起航　　　　261
32. 义释蟊贼　　　　270
33. 祸起萧墙　　　　277
34. 酸甜苦辣　　　　290
35. 福兮祸兮　　　　297
36. 三十一区　　　　304
37. 命若琴弦　　　　309
38. 香消玉殒　　　　321
39. 变生肘腋　　　　329
40. 落入圈套　　　　336
41. 委身还债　　　　345
42. 出关出道　　　　363
43. 红尘劫　　　　　371

引子　花谢中秋

　　江城是在凌晨三点得知叶岚死讯的。
　　这时江城正在做梦。
　　这天是中秋节。工厂放三天假，重出江湖跑销售的江城，到海都三十一区找游民作家吴文喝酒。想起走过的峥嵘岁月，还有一起出来打拼的叶岚、"冬瓜"雷军、"老鼠"强子……一帮哥们儿姐们儿，如今已无联系，就像断了线的风筝，穿过云际再无音讯。酒入愁肠，就醉了。吴文搂着江城的脖子醉眼蒙眬地唱阿杜的《撕夜》："我把梦撕了一页　不懂明天该怎么写……我的未来依然没有解答　旧电话撕了一页　我的朋友还剩下谁……"唱着唱着，他想起了死去的恋人婉雪，不知她在天堂过得可好，不禁哽咽失声。
　　江城的心也像刀挖似的痛，忆及自己在海都这些年的摸爬滚打，用积累的血汗钱开了一家小公司，本想大干一场，不料竟被人陷害，破产后锒铛入狱，坐了一年多的大牢，女友叶岚为救自己迫不得已做了大款的二奶，之后销声匿迹，仿佛从这个世界蒸发了；自己最尊敬的学长祝涛，一去内蒙古便杳无音讯，不知他找到那位可爱的草原姑娘马丽芳没有；而与自己一起打拼的老乡"冬瓜"雷军、"老鼠"强子，却走上了黑道，在海都的道上混得风生水起，再也不是山沟沟里爬出来的纯朴青年仔了……逝去的一切，真是如梦如幻如泡影如滴露，难怪吴文失去婉雪后，一度万念皆空遁入空门……佛说"观受是苦"，实是至真至理的大彻大悟之语。

江城的身心虚无空落得像飘在半空里的气球，没有一丝牵挂羁绊，他顾不了吴文，跌跌撞撞下了楼，打的回到华南城的出租屋，四仰八叉地摔在床上，迷迷糊糊中，他感觉到身子如一缕青烟飘了出去……

海都街头的灯火像煮沸的繁星在半空中闪烁，又像无数双嘲讽的眼睛在盯着他。江城依稀记得自己的家就在南城区的皇尊帝苑，那可是一平方米上万元的豪宅区，里面都是开奔驰宝马奥迪的主儿。夜半常听到女人的长哭——那是一些有钱无情的单身贵族们，再多的金钱也填不满她们内心的孤独与寂寞。当她们觉得拥有所谓的成功时，蓦然回首，却发现周围除了一堆金钱外，人世间的亲情、爱情、友情早已荡然无存！那绵绵不绝的长夜压碎了她们的心，于是她们撕下白天的坚强、冷艳、矜持、高贵的面具，情不自禁地躲在豪华而空旷的豪宅里痛哭……

江城飘飘荡荡地浮想着，那些怨妇们的哀泣像风一样在他耳边萦绕，他的嘴角不由飘起一丝嘲讽而幸灾乐祸的笑。但皇尊帝苑不知什么时候变成了一座无门的城堡，怎么也找不到进去的路。江城惊奇不已，抬头看看，只见整座皇尊帝苑像一座小日本的碉堡，大门一侧值勤桌下的一块牌子上极嚣张横野地写道："农民工非请不得入内！"

一股委屈羞愤的情绪填满江城的胸膛，他的心像被人狠狠捅了一刀，他吐一口唾沫，掉头就走。他知道这不是他的家，虽然自己在这里流下了太多的汗水甚至是鲜血。

稀里糊涂的，他好像走在了回家的路上，可周围混沌一片，灰蒙蒙的什么也看不清，江城感到好累，全身的血液像被蚂蟥吸干了，骨头软得像棉花一般。

家在哪里呢？南方的海都不是。而现在回来了，却又迷失了回家的路。

空气里飘着油菜籽的味道，随风而漫，氤氲着淡淡的泥土气息。这是江城再熟悉不过的香味，是那么的亲切。一股浓得化不开的乡情从他心田泛起，眼帘不由蒙上了一层泪雾。

田野里的菜籽已经开始收割了，田间留下密密麻麻的半青半黄的菜梗倔强地戳在那里，如同一片片斜插的小树苗。一些纤细的叫不出名的草儿也老了，恹恹地半垂着身，在和风丽日里回忆着刚刚逝去的青春岁月。

这正是打兔子的好时节。野草葳蕤的春天将那些灰色的野兔们撑得滚溜儿圆，好像连毛尖上都能滴出油来。在往昔这个时候，江城就会扛上猎枪，带上阿黄去菜籽田里扫荡。阿黄是捕猎的能手，它在菜籽田里风一样地穿梭几圈，便有野兔惊窜出来，跃埂逾沟没命地狂奔。但再快的兔子也逃不出阿黄的"虎口"，没多大一会儿便命丧黄泉，软耷耷地被阿黄叼回来，放在江城的脚下，然后趾高气扬地围着江城转几圈。在这时候，江城就会摸摸它的脑袋以示赞赏和鼓励。阿黄更加亢奋起来，又"嗷"地冲进田里搜捕猎物。所以更多时候，江城肩上那管乌黑发亮的猎枪成了摆设，如同扛着一根烧火棍。

但扛枪的江城却感到非常神气，觉得自己像极了美国的西部牛仔：霸气、狂野、奔放，还有大地一样的深沉。

贫寂的乡村生活有时也充满了天然的野趣。

这是江城打工后时常回味和向往的。

但现在，他像空气飘在故乡的土地上，如同一个无家可归的亡魂。有家却找不到回家的路，江城不禁惶急起来，张开双手去摸，摸到的是一面面坚硬的墙壁。

这时一阵尖锐的铃声倏忽破空而起，像是遭空袭的警报，江城猛然坐起来，满头冷汗，原来是南柯一梦！而那尖锐的铃声，却是床头的电话发出的。

江城看看表，此时是凌晨三点。自从去年接到母亲去世的电话后,江城对深夜来电就有一种巨大的恐惧。他怔怔地盯着那部红色电话机,仿佛是一枚定时炸弹。他不敢去接,但电话却不依不饶地响个不停,这更令江城浑身起了冷刺,一种不祥的预感像一座黑山压过来,使他难以呼吸。他使劲摇摇头,像要摆脱什么似的,终于鼓起勇气,哆哆嗦嗦地拿起话筒,怯怯地"喂"了一声,蓦然听到丽娟在电话里伤心欲绝地哭道:"江……江城……叶……叶岚……死……死了……呜呜……"

  江城的头"嗡"的一声响,如遭雷击,眼前迸跳出几颗金星,它们在空中像鬼怪的精灵跳跃几下后就迅速消失了,如同脆弱的生命幻化在空气里,了无痕迹。他不由自主地抖颤起来,一股冷气像冰凉的海水慢慢浸过他,浑身上下犹如结了一层冰,他感到头发根都冻得痛了,手臂像一条死蛇一样无力地垂了下去,那个红色的话筒像团死火落在冰凉的、坚硬的瓷砖地面上,发出"啪"的一声清响,恰似击毙生命的枪声。在余音未了中,话筒像一个即将断气的孩子在地面上挣扎着,扑腾三五下后就停止了,然而哭声依然顽强地从里面传出来,它化成闪亮而漆黑的毒针扎进江城的心里:江城感觉到自己快要死了。

  时间不知过去了多久,江城才慢慢醒过神来,有气无力地捡起话筒,脸上泪水奔流地问:"丽娟,是真的吗?谁给你的消息?"

  "是叶岚……临死前给我打的电话。"

  "叶岚她是怎……怎么……"

  "她是从玉皇宾馆顶上跳下去的……"

  江城捶着床面咆哮道:"为什么呀?这是为什么呀?"又哭着问,"你……你现在在哪儿?"

  "我正在去宾馆的路上。"

  "我马上赶过去。"江城对着电话声嘶力竭地吼道。

  他想爬起来,可没一丝力气,只好依靠墙壁的支持,这才将身体强撑起，然后一步一步地挨到窗前，目光空洞地望着海都的夜空。

海都中秋的月亮被高高的楼尖挤得可怜兮兮的，它在城市狭巷的高空中游荡着，一直想挣脱回到广阔的天空中去，但是又舍不得海都的繁华，然而海都璀璨的华灯却毫无温情地淹没和抛弃了它清淡素雅的光辉，全带了轻睨的笑看着这盘身上还散发着稻香的月亮，尽情地嘲弄着它的土气。这时一颗流星在夜空划过，旋即湮灭在浩瀚无际的天空里，那一丁点儿的光辉，就像一根火柴，刚擦燃还没来得及燃烧，就被一阵风吹熄了……

这天是2005年的中秋……

1.寻梦南国

时间回到2000年农历正月初八。

对中国无数的打工者来说，这天是个出行的好日子。"要得发，不离八。"他们用这虚幻的谐音，寄托着虚幻的发财梦。不少人相信，初八是个吉日，出门会给自己这一年带来好运程。

初八这天，湖南岳阳火车站广场上黑压压一片人头，如一个巨大的旋涡卷着无数的蝌蚪在那里浮游。广场上人声鼎沸，就像一片树林子里停歇着千万只叽叽喳喳的麻雀。喇叭声、汽笛声、叫喊声……汇成一锅粥在胡搅。人们有的蹲着，有的半躺着，有的斜歪着……有人抱着膀子在晃悠，那可能是偷儿；有神神秘秘的男女低声兜售着什么，那可能是"黄牛党"；有打牌的、假睡的、抽烟的、嗑瓜子的、看报的、胡侃的、发短信的……年轻的恋人旁若无人地依偎在一起；过日子的中年夫妇紧盯着自己的孩子和蛇皮袋；年老和年幼的乞丐在人群里穿梭讨钱。每个人脸上写着不同的神色：麻木、困惑、茫然、紧张、无奈、兴奋、期待、焦急、伤感、留恋、决绝……每张脸上都掩藏着故事，每个故事又无不藏着"发财"的主题。随着列车汽笛的长鸣，不时有一排排的人站起来进站，火车站的工作人员举着小喇叭声嘶力竭地指挥着队伍，但还是拥挤不堪。人群起了骚动，值勤的警察呵斥着，混乱的队伍这才稍稍有了队形。一待进入站台，这些人便像溃堤的洪水涌向车厢，满站台都是嘈杂的人声和"咚咚"的脚步声，如同无数面战鼓在擂击。年老的被绊倒，小孩被扯得哇哇叫，行李多的人跑得两眼翻白，年轻体壮的小伙横冲直撞，千娇百媚的俏姑娘变成了母夜叉。有伙伴先上车的，便从窗户里接同伴的行李；丢失同伴的则破着嗓子骂娘……那种混乱与慌切，活像在赶世纪末日的最后一趟列车——唯恐赶不上，自己就随着这个地球毁灭了！

一声汽笛的长鸣，又一列火车南去了。还留在广场上的人们便骂骂咧咧起来：骂火车晚点，骂"黄牛党"……车的烦躁变成了发不完的牢骚。但同时他们又知道，待真的上了火车又是一场人间炼狱般的煎熬……

吴文、叶岚、丽娟这时就在去广州的列车上。

车厢里挤得像沙丁鱼罐头，连汗毛与汗毛都交错在一起，密不透风。胖子的肌肉要挤进瘦子的肋骨里去，瘦子的躯干压得像面饼。个子小的猫在大个子的胳肢窝下，连转眼珠儿都没缝隙。大个子也讨不了好，平时身大力不亏，这时却受力面积庞大，被挤得张口伸舌，连气儿也吐不出，活像晾晒在沙滩上的鱼。最苦的是那些啤酒肚，恨不得拿刀把气给放了。于是就有人怪腔怪调地喊："不要挤我屁股不要挤我屁股，挤得我屁都放不出来啦！"有人就回："那你就从口里放嘛！"于是一阵哄笑。有人想换换姿势，刚把脚抽上来就插不下去了，只好金鸡独立式站着，但腿并不怎么累，因为人被挤得悬了空。过道上、座椅下全是人。有人内急，喊："借道，借道，我要解手。"有人接口道："你解腿都不行！要命有一条，要道没门儿！"内急的人只好手脚并用地从大伙儿身上爬过去，倒也没人找他什么麻烦。每个乘客都带着旅行包,有的就坐在鼓鼓的蛇皮袋上,像根木塞嵌在方框里,一挣扎骨头就咯吱咯吱响。这时一个女孩在拼命敲打厕所门,后来便声嘶力竭骂厕所里的人,最后她哭了,怕是尿在了裤子里。不知从哪里钻出一个乘警,像一头蛮牛将身体乱撞,竟撞出一条缝来,他在厕所前扯起大嗓门猛嚷:"开门开门,再不开门老子开枪了!"一边用双肘前后左右乱捅,竟扫荡出一点空间,厕所门终于挤开了一条缝,乘警一瞄,里面竟然挤着五六个青年仔,那气就冲破了天灵盖,咬牙切齿地吼道:

"你们躲在里面干屌呢?吃屎呀!"

一个黄发矮个青年哭丧着脸解释道:"外面挤得死死的,门打不开,我们怎么出得去呀?"乘警一把扯住他,喝道:"都给老子滚出来!想躲到厕所里享福,想得美!"

都说茅厕的气味难闻,其实火车车厢里的气味比茅厕更难闻。汗臭、屁臭、鞋臭、狐臭、袜子臭、脚丫子臭、烟味、酒味、烧鸡味、面包味、香水味,还有从每个旅客身上发出的体味夹杂混合在一起,空气污浊得就像一条积年臭水沟,熏得人直想呕吐。窗外春寒料峭,不敢打开车窗透气,人们就像浸泡在臭水塘里,那滋味比死还难受。

夜早已黑透了,列车在茫茫黑夜里风驰电掣,远远近近流动的车灯在铁轨下方流过,俨然一道光河。

这是一趟临客,遇站就停,遇车就让,有时一歇就是半个多小时,仿佛载不动车上太多的希望和劳碌奔波,急得人们直骂娘。吴文对这一切都显得那么漠然,因为他知道,即便火车到了广州,他的明天还不知在哪里。

从岳阳到广州竟走了二十多个小时。吴文和叶岚、丽娟站在广州火车站的广场上,看着熙熙攘攘的人流,升起了一种浓浓的无所归依的茫然。

此时已是上午十点多钟,广州的天空灰蒙蒙的,像罩着铅雾。每隔四五分钟头顶就有飞机"轰轰"地飞过,这令从没出过远门的叶岚和丽娟十分新奇,头仰得高高地看那飞机。吴文怕人笑话,就用手扯了扯她们,说:"把行李看好,小心被人抢了。"抬头看见火车站上"统一祖国,振兴中华"的八个大字,眼倏然湿了。怔了良久,吴文掏出手机给江城打电话,一听却是忙音,这才想起自己的是部二手水货,一出老家就打不通了。他四处瞅瞅,发现火车站出口右边的小店里有电话,便叮嘱叶岚二人说:"你们别走动,我去那边打个电话就来。"

在电话里江城告诉吴文,走到火车站对面的流花车站,坐上到海都的客车,在南门关检查站下,江城在那里接他们。

放下电话吴文吁了口气,问店主多少钱。

"沙杀焖。"

"多少?"

"沙杀焖!"

"请说普通话。"

"三十块!"

"什么?三十块?!"吴文以为自己听错了,打电话还不到三分钟。

"三十块!"男店主正眼也不瞅他,漫不经心而又不容置疑地说。

"你这不是敲诈勒索吗?"吴文气愤地说。

男店主双眼一翻,气势汹汹像头狼:"小子,你说什么?你是找死呀?"

吴文早就听说广州火车站治安极差,这些"地头蛇"什么事都做得出,自己刚出门,还是不惹上麻烦为好,这样想着,就忍气吞声地付了三十块钱,回来跟叶岚她们说了,都挺不服气,说这不是明摆着欺负外来工嘛!这么一说,吴文的书生意气就又犯了,找到在附近的一个巡警投诉,没想到那位巡警先生乜着眼对吴文笑道:"兄弟你是第一次出远门吧?"分明是讥笑吴文毫无社会知识,倒把吴文弄了个大红脸，讪讪地走了。

在流花车站买了去海都的票，坐到车上，三个人如释重负，长出一口气，叶岚和丽娟实在太困，不一会儿就睡着了，吴文不得不打起十二分精神看着行李包，其实他的眼皮也像粘着膏药。

从广州到海都全程高速，可也需要两个多小时。到海都的南门关检查站正好是中午十二点，吴文走下车弯腰去取行李，一只手忽然伸过来捂住他的眼睛，压着嗓子说道："小子，别动，拿钱来！"吴文的头一炸，还没来得及反应过来，就听叶岚惊喜地叫道："江城，你这个死鬼，还吓我们呢！看我不打死你！"接着是一阵"扑通、扑通"的擂背声。吴文直起身，一看果然是江城，不禁喜出望外，两个人几乎同时张开双臂，紧紧地拥抱在一起，流下激动的热泪。

江城和吴文是同一个村子的发小，从小学到高中又一直都是同班同学，所以两个人好得像肩膀上多长了一个脑袋。1994年高考，江城考上了武汉大学，吴文却没有那么好运，高考前大病一场，差点把小命给送了，也把他的大学梦彻底葬送。村支书见他是个人才，便安排他到村小学教书，后来村支书的黑炭一样的女儿看上了吴文，请人上门说亲。吴文一身穷硬骨，想也没想便一口回绝，村支书恼羞成怒，随便找个茬儿，把吴文从学校里给扒拉了下来。其实学校的情况早已每况愈下，吴文早想甩袖不干，但咽不下这口气，跟村支书大吵了一通，就和江城联系好，到南国寻梦来了。

叶岚、丽娟跟江城、吴文也是同一个村子的。两个人都是初中毕业生，这在当地也算是知识分子了。跟大多数读过几本书的农村女孩一样，她们不愿面朝黄土背朝天地过一生。每次进县城，看见城里同龄的女孩子打扮得花枝招展，而自己却像丑小鸭，羡慕的同时又怨愤不平。当得知吴文要出来打工，就软缠硬磨地跟着来了：她们要寻找一种全新的生活！

正热闹着，忽听一个大嗓门说道："小姐，我把你送到关内去。"

"不要你送！不要你送！"这是一个女孩的声音，紧张里透着几分慌恐。

"不要紧不要紧！我把你送过去好了，很快的。"这男子操着湖南口音，不依不饶地说。

吴文回头一看，只见一个膀大腰圆的出租车司机紧追着一个拉密码箱的女孩。那女孩边走边拒绝着，一不小心撞在吴文身上。吴文灵机一动，说："燕子，你怎么才来呀，都等你好半天了。"

那女孩一看是个陌生人，不由满脸通红，一怔之下旋即明白了，赶紧说："不好意思，路上塞车就来迟了。"

那拉客仔看他们有四五个人，知道无法得手，吐口唾沫，愤愤地走了。

女孩抹了抹头上的汗，吐出一口长气说："谢谢您！"当她的眼光罩在吴文脸上的一刹那，双瞳蓦然一亮，俏脸上掠过一丝羞怯的神色，头像一枚睡莲垂了下去。

"不用客气！"吴文的心也像遭了电击，他飞快地瞟了女孩一眼，就把她的形象深深烙在了心里。

这是一个二十三四岁的姑娘，这时她淋浴在南国中午灿烂的阳光里，高挑的身材像一棵亭亭玉立的白桦，芳香四溢，蓬勃着青春特有的魅力。一张如圆月的脸上，镶嵌着泉水般清澈的眼睛，没有一丝人间烟火。一头漆黑如墨的长发呈波浪形披着，犹如瀑布垂散在腰际，它在阳光的照耀下不时有零星的反光，像是微风吹拂下风铃发出的碎音。

"我叫婉雪。"女孩的脸依然浮着淡红，轻轻地对吴文说。

"你好！我叫吴文。"吴文微笑着回道。

"哦！"婉雪含含糊糊地应了一声。心里想："我好像在哪里见过他。"但一时却想不起来。

若干年后，当吴文和婉雪回忆起这段邂逅时，心中都会涌起幸福、甜蜜、伤痛的滋味。这段记忆在他们灵魂深处的某个角落里尘封着，两个人都不轻易揭开。然而它又像一只蛰伏的青蛙，不时蠢蠢欲动着，折磨着它的主人……

一场小风波过后，婉雪与江城等人道别。吴文想要她的手机号码，但几次欲言又止，只好依依不舍地看着婉雪消失在人流中。

几个人回到江城的租屋，洗漱过后，便一起到外面去吃饭。

在饭桌上江城对好朋友吴文的命运连连叹息，说要是不生那场罪该万死的病，吴文考北大清华都不成问题，说不定早是一个名震文坛的青年作家了。

吴文不禁黯然神伤，唯有苦笑，因病辍学是他人生最大的痛。

叶岚见吴文脸上一片凄楚，忙用脚在桌底下踢了江城一脚，一边说道："江城，你还不知道啊，吴文早就是作家啦！经常在报纸上发表文章，在老家可有名气了！"

"是吗？"江城既高兴又惭愧，借机举起酒杯，说："来，为吴文的作家梦，我们干一杯！"

"干！"四个年轻人把杯中的啤酒一饮而尽。

但吴文心中怎么也抹不去一种悲怆。他感到打工的前途一片茫然，就像巫山上弥漫着的云。

明天在哪里呢？

谁也不知道。

包括在社会上驰骋了几年的江城。

2.初出江湖

大学毕业就意味着失业。

1998年夏天，大学生江城就深切地感受到了这点。

当他拖着行李走出武汉大学的校门时，茫然不知所措，他不知该往哪里去，天地之大竟无容身之地！这时的他甚至想：读大学有用吗?！教育产业化后，大学生多得如过江之鲫，早已不是什么天之骄子了。听已踏入社会的学长们说，在广州和海都，到街上随便一抓就是一把的大学生。如果你是个大本什么的，能找个两三千块钱的工作就不错了，套用电视上的一句话"就业形势依然严峻"！这唬得好多同学都留校读研了，继续操弄那根哨棒学打虎的武艺。江城不是不想做打虎英雄，要命的是他穷得没有那根哨棒了：家里为供他读书，去年把那三间砖瓦房都卖了，包括房前屋后的那些歪脖子树，现在一家人住在用黄泥堆砌起来的土坯房里。当江城从吴文信中知道这些事后，一个人跑到珞珈山上痛哭了一场，对家里有了更深的负罪感。这种负罪感成了江城学习的最大动力。毕业考试，江城考了个全系第三——要不是他饿着肚子，那第一名谁也抢不去！学校见他品学兼优，要他留校，江城毫不犹豫地拒绝了：他不喜欢武汉，甚至可以说还有点恨武汉！老师和同学没有人能理解江城这莫名其妙的偏激。但远在巫山老家的吴文知道，是贫穷刺伤了江城敏感而自尊的心！

临毕业前，江城给吴文写了一封信："别人开着轿车来上课我却穷得买不起一辆二手的自行车，别人上咖啡厅下馆子我却躲在角落里吃泡菜，别人周末上网泡吧唱卡拉OK，我却要做家教挣下周的饭钱，别人手机换了一部又一部，我却连公用电话都打不起……是的，别人成绩不好却有钱，我成绩好却什么都没有……不要叫我大学生，我只是一个学奴……"

这封信使两个相隔千里的朋友都落泪了。

所以，江城毕业后就恨不得立刻插翅飞离武汉，远远地离开这个曾经培养过他又给过他伤痛的城市。

不知什么时候，武大的周围冒出许多网吧，它们像蚂蟥一样贪婪地吸着学生的鲜血。江城很少来这里，一是没钱，二是觉得网吧舞厅是藏污纳垢之所,他对这些地方有种天然的排斥。但在毕业的前两个月,江城只能在网吧把自己的简历挂在几家求职网站上。

今天江城再次来到网吧,打开电脑,首先打开一个招聘网,浏览了一遍,什么收获也没有。接着又打开其他几家网站,也是杳无音信。江城觉得自己的简历挂在网站上就像案板上的猪肉,让人挑来挑去却没人要,不禁有些气馁,于是上QQ,只见有几个脑袋在上面闪。他点开一个昵称叫"独孤一剑"的网友,这是一位名叫祝涛的学长,发现他有留言:

"兄弟,快解放了吧?我谨代表中共中央、全国人大、国务院、全国政协、中央军委向你表示祝贺!(后面是一个胜利的QQ表情)

"我也是从农村出来的,都是贫下中农的儿女,咱兄弟俩又是校友,如果你想来海都发展,哥我给你一个落脚点是没问题的。(后面是拥抱和握手的QQ表情)

"哥还建议你看看这篇文章:《我奋斗了十八年才和你坐在一起喝咖啡》。这可是在BBS上非常流行的一个帖子,哥是看得直……(后面是一个流泪的QQ图像)"

接着祝涛留下了手机号。

这令江城颇为感动,也看到了些许希望。接着他在百度里搜索出那个帖子,认认真真地看了下去:

我奋斗了十八年才和你坐在一起喝咖啡
——以此文送给即将毕业的学子们

我的白领朋友们,如果我是一个初中没毕业就来沪打工的民工,你会和我坐在"星巴克"一起喝咖啡吗?不会,肯定不会。比较我们的成长历程,你会发现,为了一些在你看来唾手可得的东西,我却需要付出巨大的努力。

从我出生的那一刻起，我的身份就与你有了天壤之别，因为我只能报农村户口，而你是城市户口。如果我长大以后一直保持农村户口，那么我就无法在城市中找到一份正式工作，无法享受养老保险、医疗保险。你可能会问我："为什么非要到城市来？农村不好吗？空气新鲜，又不像城市这么拥挤。"可是农村没有好的医疗条件，物资供应也不丰富，因为农民挣的钱少，贵一点儿的东西就买不起，所以商贩也不会进太多货。春节联欢晚会的小品中买得起等离子彩电的农民毕竟是个别现象，绝大多数农民还在为基本的生存而奋斗，于是我要进城，要通过自己的奋斗获得你生下来就拥有的大城市户口。

　　考上大学是我跳出农门的唯一机会。我要刻苦学习，小学升初中，初中升高中，高中考大学，我在独木桥上奋勇搏杀，眼看着周围的同学一批批落马，前面的道路越来越窄，我这个佼佼者心里不知是喜是忧。激烈的竞争让我不敢疏忽，除了学习功课，我无暇顾及业余爱好，学校也没有这些发展个人特长的课程。进入高中的第一天，校长就告诉我们这三年只有一个目标——高考。于是我披星戴月，早上五点半起床，晚上十一点睡觉，就连中秋节的晚上，我还在路灯下背政治题。

　　而你的升学压力要小得多，竞争不是那么激烈，功课也不是很沉重，你可以有充足的时间去发展个人爱好，去读课外读物，去球场挥汗如雨，去野外享受蓝天白云。如果你不想那么辛苦去参加高考，只要成绩不是太差，你在高三时还有机会获得保送名额，哪怕成绩忒差，也会被"扫"进一所本地三流大学，而那所三流大学我可能也要考到很高的分数才能进去，因为按地区分配的名额中留给上海本地的名额太多了。

我们的考卷一样，我们的分数线却不一样，但是当我们都获得录取通知书的时候，所交的学费是一样的。每人每年6000元，四年下来光学费就要24000元，再加上住宿费每人每年1500元，还有书本教材费每年1000元，生活费每年4000元（只吃学校食堂），四年总共50000元。50000元对于一个上海城市家庭来说也许算不上沉重的负担，可是对于一个农村的家庭，这简直是一辈子的积蓄。我的家乡在东部沿海开放省份，是一个农业大省，相比西部内陆省份应该说经济水平还算比较好，但一年辛苦劳作也剩不了几个钱。以供养两个孩子的四口之家为例，除去各种日常必需开支，一个家庭每年最多积蓄3000元，那么50000元上大学的费用意味着二十多年的积蓄！前提是任何一个家庭成员都不能生大病，而且另一个孩子无论学习成绩多么优秀，都必须剥夺他上大学的权利，因为家里只能提供这么多钱。……教育产业化时代的大学招收的不仅是成绩优秀的同学，而且还要有有钱的家长。

我终于可以如愿以偿地在大学校园里汲取知识的养分！努力学习获得奖学金，假期打工挣点生活费，我实在不忍心多拿父母一分钱，那每一分钱都是一滴汗珠掉在地上摔成八瓣挣来的血汗钱啊！

……

我真的很羡慕大城市的同学多才多艺，知识面那么广，而我只会读书，我的学生时代只有学习、考试、升学，因为只有考上大学，我才能来到你们中间，才能与你们一起学习，所有的一切都必须服从这个目标。

我可以忍受城市同学的嘲笑，可以几个星期不吃一份荤菜，可以周六周日全天泡在图书馆和自习室，可以在周末自习回来的路上羡慕地看着校园舞厅里的成双成对，可以在寂寞无聊的深夜在操场上一圈圈地奔跑。我想有一天我毕业的时候，我能在这个大都市挣一份工资的时候，我会和你这个生长在都市里的同龄人一样——做一个上海公民，而我的父母也会为我骄傲，因为他们的孩子在大上海工作！

终于毕业了，在上海工作难找，回到家乡更没有什么就业机会。能幸运地在上海找到工作的应届本科生只有每月两千元左右的工资水平，也许你认为这点钱应该够你零花的了，可是对我来说，我还要租房，还要交水电费、电话费，还要还助学贷款，还想给家里寄点钱让弟妹继续读书，剩下的钱只够我每顿吃盖浇饭，我还是不能与你坐在"星巴克"一起喝咖啡！

如今的我在上海读完了硕士，现在有一份年薪七八万的工作。我奋斗了十八年，现在终于可以与你坐在一起喝咖啡。

……

在一次宏观经济学课上，我的另一同学大肆批判下岗工人和辍学务工务农的少年："80%是由于他们自己不努力，年轻的时候不学会一门专长，所以现在下岗活该！那些学生可以一边读书一边打工嘛，据说有很多学生一个暑假就能赚几千元，学费还用愁吗？"我的这位同学太不了解农村贫困地区了。

我是70年代中期出生的人，我的同龄人正在逐渐成为社会的中流砥柱，我们的行为将影响社会和经济的发展。把这篇文章送给那些在优越环境中成长起来的年轻人和很久以前曾经吃过苦现在已经淡忘的人,关注社会下层,为了这个世界更公平些,我们应该做些力所能及的事情,让社会责任感驻留我们的头脑。

我花了十八年时间才能和你坐在一起喝咖啡。

这篇文章江城看着流下了眼泪,心想我们没钱的农村娃读大学就是苦。这激起了他对金钱的仇恨,他发誓:"我一定要挣大钱,然后学郁达夫,把钱踩在臭鞋底里!"

但挣钱首先得工作,不然发财只是春秋大梦!然而上哪里去找饭碗呢?他想到了祝涛,江城好像在漆黑的大海里的航船上,看到了灯塔的微光,那希望一下像一个气球膨胀起来,于是三步并成两步跑到附近的一个公用电话亭,颤抖着手给祝涛打电话,传来的却是对方已关机,江城的心随之也沉到无底深渊。

但不能这样白白等死,无论如何,他都要去海都闯世界了。

江城摸摸兜里的一百八十块钱,这是他做家教挣来的,也是他的全部身家。

吃了一碗一块五毛钱的热干面,江城已拿定主意:去海都!

他给家里打了个电话,说在海都已找到了一份工作,没时间回家了,到海都上班后再联系。爹妈自然是千嘱咐万叮咛,江城的眼泪不争气地跑出来,狠心挂断电话,对着"嘟嘟"的忙音发了一阵呆。

次日,江城背上行囊,在上火车前又给祝涛打了个电话,谢天谢地,终于通了,祝涛让他去海都!

武汉有直达海都的列车,那是一趟空调特快,车票也贵得与国际接轨。江城心疼钱,就乘武汉到广州的普快,那样便宜许多。没想到的是,千省万省,最后竟省到骗子手上去了。

车停岳阳时,江城座位上来了一个三十来岁的人。此兄台非常幽默,以至他说的段子令江城至今都没忘记。

江城是被他最后一个笑话给击倒的:

"凶残的人——没事找个人来杀杀。风流的人——没事找个美女睡睡。富有的人——没事买辆新车开开。我——没事捡个烟头抽抽……"

这个人一边说一边还真弄了个烟头,摇头晃脑地抽开了。江城直笑得肚子痛。那人见机弹出一根烟,说:"兄弟,来一支?"

江城毫无防备地接过就点燃了,但抽了不到半支,就迷迷糊糊地睡了过去,等醒来时,车已过衡阳,身边的那位"大侠"早已不见。江城忽然明白了什么,忙摸摸口袋,哪儿还有什么钱包,早不翼而飞了!江城急得满头大汗,手里分文没有,已沦落成一个彻底的无产阶级了!

广州到了,但广州离海都还有几百里路。江城想丢下面子写一个牌子乞讨路费,然而他稍一扫描,就发现火车站里有好几个这样的求助者,行人看也不看他们就走过了,连眼角都没扯一下,江城这才深刻地理解到"视若无睹"这个词的真正含义。

江城走了两天一夜,终于从广州走到了海都。等祝涛在海都火车站接到江城时,江城已完全像个乞丐模样。这令祝涛感慨不已,一把抱住他,哽着声音说:"兄弟,嚼得草根,百事可为!你会有出息的!"

祝涛把江城安排在公司附近的旅馆里休息,不料当夜就被警察当盲流抓了去,幸亏祝涛的面子大,把他保了出来。为安全着想,祝涛第二天就给他找了份工作:在南方国际贸易公司做国际贸易——这是江城的专业。

1998年7月14日,当江城登上南天大厦的顶楼时,他张开双臂,对着脚下的城市野心勃勃地大喊一声:

"海都,我来了!"

3.江湖吟

江城所在的南方国际贸易公司名头挺大，规模却很小，总共也才十几个人。它的办公地点租在南天大厦的58层，是"我发"的谐音。在海都，越是有钱的大老板越迷信。南天大厦楼高418米，共71层，是海都的标志性建筑，江城在武汉读书时就知晓它的大名了，想不到自己的第一份工作竟在这里，兴奋得有点飘飘然。

老总李肃（江城第一次听到这个名字时，第一反应就是想到了三国董卓手下的那个奸臣李肃）是一个四十多岁的中年男人，是从英国留学回来的"海龟"。这李肃的名字没白叫，他对部属要求果然严格而雷人：上班时间所有工作人员必须说英语，不然就罚款，还美其名曰"献爱心"。那天祝涛把江城带来面试，江城一口流利标准的英语立马就征服了李肃，月薪是包吃不包住两千八百元，但没有业务提成。这份工资令刚出茅庐的江城激动不已！

也许是前世修来的缘分，祝涛待江城亲如兄弟，关怀体贴备至。当江城感到在海都这个现代化的大都市没有手机是多么老土多么不方便时，祝涛就变魔术似的给了他一部手机，这令江城感动得不知说什么好。祝涛就笑，说："你小子将来发达了别忘了我老哥就是！"其实祝涛只大江城两岁，但总喜欢在江城面前装出一副老气横秋的大哥样。不知为什么，平时倔傲得像犟驴的江城却很服他，从心底里把他当大哥看。

祝涛一看上去就是那种才气横溢的人。他身材修长，头发天然地微微卷曲着，像个混血儿。但江城觉得他的眼神太忧郁，像湖水一样湛蓝却又深不见底，这令人心痛又心颤。"涛哥肯定是位情场杀手。"江城不止一次地这样想。

江城天生商业异禀，一个月下来他的业务就直线上升，这令同事们刮目相看又妒忌得牙痒痒。但江城渐渐发现，其他同事都可拿业务提成，唯独自己没有。这令江城愤愤不平，觉得李肃在苛刻他，便找祝涛诉苦，祝涛淡淡一笑，说："这事我早知道啦！你刚出来混，学的不是要挣钱，而是要挣见识。懂吗？等你见识挣足了，钱也就来了。搞国际贸易混得好一年挣个百来万那是好玩儿。就你那点死工资？还不够人家喝一壶茶的！"接着他又传了江城一招：和客户私下商量好，在报价上拿回扣。

江城一点即通。接下来他接了一张德国客户的大单，一下子就拿了四千元回扣。

当江城在ATM机上查自己的账额时，看着这笔天外横财，不禁有些发呆。四千元，这可是他二十一岁人生中最大的一笔财富呀！

江城不知是怎么回过神的。他满怀畏惧地看着这座城市，陡然感到这里的一切是那么陌生，又是那么神奇。这里每天都在演绎着食不果腹的辛酸和日进斗金的神话。海都是座金钱之都、欲望之都、挣扎之都……

江城取出四千元钱，这是他有生以来第一次拿这么厚的一沓钞票，手竟有些发抖。他想起远在老家年迈的双亲，钞票上面便浮出两颗苍白的头来，江城的心一痛，在心里大喊了一声"爹！妈！"眼泪就冲了出来。他怕人看见，忙擦了，然后走到银行柜台前，给家里汇了两千元，出来给老爹打了个电话，老爹在电话那端高兴得语不成句："娃……娃儿……这……这是真的？"江城说："爹，我以后还要给您二老寄两万寄二十万，让您二老好好地享福！"说着说着语气就哽咽了，只好挂了电话，买了两块钱一包的"红芙蓉"烟，躲在一个角落里狠狠抽了两支，情绪才慢慢平静下来。

街上车流如蚁。江城将剩下的钱揣在裤子口袋里，紧紧攥着，不一会儿手心竟沁出汗来。来到"新一佳"超市，讨价还价花了一千八百元给祝涛买了一套西服,兴冲冲地打的回到租屋。想不到一向温文尔雅的祝涛竟暴怒了,愤愤地把西服扔在床上,怒吼道:"你发了是不是?成了大老板是不是?买这么贵的衣服给我装尸啊?老子是农民,不穿这个!"

江城满含着委屈的泪水任凭祝涛骂了个透。最后祝涛却抱着江城哭了,说:"兄弟对不起!我心里不好受,今天是我姐的忌日,我姐为供我读书卖淫,等我大学毕业刚找到好工作她就自杀了,我妈想我姐,喝农药自杀了,现在我一个亲人也没有,我想我姐,想我妈……呜呜……"

江城一头跪了下去,抱着祝涛的双腿,热泪横流地说:"我认你做哥吧,从今以后我们就是亲兄弟,我再不乱花钱了……"

一对难兄难弟抱成一团,哭得喉干气塞……

江城从此变了。"钱是王八蛋,不赚白不赚。"钱对穷人就是万能的。于是,江城以一种仇视和报复的心态开始挣钱。

三个月的实习期满了,李肃对江城非常满意,把工资给提到了三千五百元。但江城知道,这点报酬还不到他业务提成的一半。但他不露声色,像没事一般。而在暗地里,他每月回扣都近七千了。

生活把江城修磨得老练了,他脸上再也找不出半点学生的稚气。

一个周四的下午,公司来了三个日本客户。老总李肃对他们极是热情,看得出这三个客户对公司非常重要。快下班时,李肃点名江城和三个女同事一起陪日本客户唱卡拉OK。江城对日本人有一种近乎天然的仇恨,这仇恨来自他强烈的民族主义。他推辞了几句,但引起了李肃的不快,没办法,只好浑身扎刺似的去了。

一行七人驱车来到林肯大酒店。

这是江城出娘胎以来第一次来到这样豪华的场所。

酒店的停车场上泊满了各种豪车,像一只只乌龟趴在那里。几个保安穿着礼服标枪一样挺立着,面无表情又精神抖擞,看上去颇为滑稽。

　　这三个日本人一老一中一少，顺溜得像故意搭配的似的。老的叫井上一树，六十多岁，秃顶，架一副金丝镜，镜片后面那双眼睛色眯眯的，射出饿狼一样的绿光。他上唇有一撮像猪鬃一样浓密的人丹胡，江城只要一看到这胡子就深恶痛绝。他小时看过一部叫《平原游击队》的电影，里面的那个鬼子队长就是留着这样的胡子。另外一个四十多岁，叫什么渡边纯二郎，目光阴鸷，但一遇到女孩马上就软得流脓。年轻的叫田中村宁次，跟江城差不多年纪，十分活跃，叽叽咕咕像只麻雀唧啾个不停。不知是出于有意或无意，李肃把三个女同事安排和日本佬挤在一起，自己则和江城坐在最后面，这令江城十分反感，在心里学阿Q愤愤地骂："妈妈的，汉奸！什么他奶奶的井上、渡边、田中，比大爷的名字小得多了去。老子一江就把你们井啊渡啊田啊淹得全冒泡儿！"这样一想不禁自个笑出声来。这时井上一树刚打完一个喷嚏，见状问："江先生有什么好高兴的？"他的普通话说得比一般中国人还标准。

　　几个月的营销生涯早把江城磨得撒谎不用打草稿，他像背书似的对这个井上一树说道："我刚才忽然想起我小时候的一件事。有一年我家乡发大水，把什么井啊田啊什么的都淹了，那渡口也无法摆渡，什么都过不去。这时忽然有只狗从一口井上跳出来，又'扑通'一声跳下水，竟爬到一根枯树上浮游过河了。哈哈，您说这只狗有意思吗？"

　　"有意思！有意思！"井上一树打着哈哈说。

　　酒店门前站着六位小姐，她们穿着鲜红的旗袍，站在鲜红的地毯上，个个天姿国色，张张脸上带了职业性的温柔微笑，一见江城这行人，忙哈腰鞠躬，娇滴滴地同声说："欢迎光临！"

　　通道上铺着厚厚的地毯，踩上去软绵绵的，这让江城产生了一种厌恶和罪恶感。譬如这地毯，种地的农民一辈子光着脚板也没被刺穿,而城里人穿着高级皮鞋竟还嫌不够舒服,还要把钱铺在地下踩!

两边包间里传出鬼哭狼嚎般的声音,江城浑身起了鸡皮疙瘩。通道犹如迷宫,一位小姐蝴蝶穿花般在前面引路,在昏暗暧昧的灯光下如同一个幽灵。

"堕落之都!"江城对海都又下了一个定义。

一行人来到"888"号房,小姐推开光鉴照人的包间门,一股带着浓浓霉味的浊气排出来,江城不由捂住了鼻子。"啪"的一声轻响,灯开了,眼前展开的是一个风格奢华的房间,令江城目瞪口呆。

房间大约三十平方米左右,四面墙壁均绚丽之极,让人恍如进了皇宫。天花板上华丽的水晶吊灯,每个角度都折射出如梦似幻的斑斓光彩。两条棕色的真皮大沙发和四条小沙发,摆成了一个"匚"字形,将两张华美的长方形茶色玻璃茶几静静地包围在红色地毯的中央。每张茶几上都摆放着一个白色的瓷花瓶,花瓶里红色的玫瑰在柔美地绽放,与周围的幽雅环境搭配得十分和谐。而在沙发的正对面,是一台七十英寸电视机,像一堵墙挂在那里。房子的右边角落,立着一个小巧精致的白色吧台,如一条美人鱼静悄悄伫立着,散发着糜烂的贵族气息。江城被唬住了,迟疑着不敢进去。这时他脑海里浮起用泥巴垒起来的老家,还有家乡那破烂不堪的学校,心里像塞了棉花似的胀痛。那个小姐见他发呆,微微一笑,弯腰做了一个"请"的手势,江城的脸红了一下,心想自己不能太失态,在同事面前丢面子事小,在小日本面前丢面子那就有失国体了。这么一想,便将胸脯挺了一挺,颇有风度地走了进去。

粉红色的灯光半明半暗,奢靡而暧昧。一个年约三十的丰满的妈咪荡笑着问李肃:"老板,每人点一个靓妹?"

李肃手一挥,口沫飞舞地说:"都给我来最漂亮的。"

刚刚落座,几个风姿娉婷的小姐托着洋酒水果鱼贯而入,调好饮料,有两个小姐跪下膝行过来斟酒。江城惊得跳了起来:

"这……这是怎么回事？你……你们……"

一个叫赵芳的女同事悄悄拉了拉他，细声说："江城，别老土啦！现在都这样的。"

江城惊呆了。

不一会儿，妈咪带来十几个姑娘，她们搔首弄姿地一溜儿排开，一律的紧身衣、超短裙，玲珑毕现。江城只觉满眼的白肉在晃，不禁有些目眩，额头上渗出细密的汗珠来。然而他的心却感到无限悲凉：这与市场上卖猪肉何异?!

"来！来！花姑娘这边坐。"三个日本人六只眼睛像探照灯贪婪地扫射着这些小姐们。

其实不用他们招呼，几个小姐早像水蛇一样偎了上去。除了江城，其他四个男人都是左拥右抱。

赵芳是学日语的。这时她一屁股坐在井上一树的大腿上。井上一树大为兴奋，抽出一叠人民币塞进赵芳的胸罩里，得意地大笑起来。

这帮人狂欢到深夜十二点，渡边纯二郎再也忍不住了，嚷着开房。江城知道，这场丑恶的交易要进入实质阶段了。

"得想个法儿修理修理这几个小日本。"江城想。他眼珠一转，旋即心生一计，把赵芳拉到一边，附耳说：

"就在这里？"

"是啊！"

"这里恐怕不安全哦！我有一个朋友是局子里的，他说今天晚上有一次扫黄行动，专门对星级宾馆，不要撞在枪口上了。"

"真的？"

"看你这人。我们谁跟谁啊？有必要骗你吗？"

"哦，那行。我跟李总建议到一家小宾馆去。"

赵芳说完屁股一扭一扭地向李肃走去，一把勾住他的脖子，嚼着耳根说了几句，李肃连连点头，最后不忘在赵芳屁股上狠狠捏了一把。

一行人走出林肯大酒店,来到一个比较偏僻的中档宾馆,迫不及待地开房寻欢作乐去了。

江城悄悄溜到外边,见不远处有一家东北饺子馆,那块"日本人与狗不得入内"的霓虹灯招牌在夜里格外引人注目。江城立马有了主意。他直奔过去,找到老板。问:

"大哥,你恨小日本吗?"

"怎么啦?"

"有三个小日本鬼子在嫖娼呢!"

"真有这回事?"

"我骗你立马给车撞死!"

"在哪儿呀?"

"杏花宾馆。"

"行。我叫上哥们去收拾这帮兔崽子!"

他掏出手机哇哇叫了一通,只四五分钟的光景,就有十几个人骑着摩托车赶了过来,清一色的东北大汉。

一队人雄赳赳气昂昂地开了过去。

杏花宾馆的保安见这群人来势不善,忙伸手拦住。

"爷们,我们打小日本你也拦?"

"打小日本?中!"

说完这个保安闪到一边去巡逻了。

这伙东北人找到江城所说的房间,一脚把门踹开,只见几对男女搂在一起跳裸体舞,不由分说,抓起几个光溜溜的男人就是一顿暴揍。

李肃见势不妙,忙掏出手机报警:

"喂喂,这里有人殴打外宾。"

"殴打外宾?什么外宾?"

"三个日本外宾。"

"什么外宾?"

"听不清。是谁打他们?"

"好像是一群东北人。"

"东北人打日本人吗?为什么?"

"这……这……"

"你们在哪儿?"

"杏花宾馆。"

"是你带着日本人干了什么坏事吧?"

"嗯……嗯……这个……"

"卖淫嫖娼违法你不知道吗?听着,给我待在那里不准动。要是逃逸那个后果你清楚!"

警察"啪"地挂了电话。

李肃像根木柱愣在那里。一个膀大腰圆的东北汉子问道:"你是鸡头吧?"

"我……我不是……"

"啪!"一记清脆响亮的耳光像放鞭儿似的响起,打得李肃一个趔趄跌坐在沙发上。东北大汉掏出一把三角刮刀,喝道:"小日本给老子跪下!"

井上一树还在犹豫着,一人朝他小腹就是一抄拳,井上一树痛得唤一声,捂着肚子蹲了下去。其他的两个日本人见势不妙,膝盖骨自然而然地一松,软软地跪了下去。

那几个小姐个个吓得花容失色。

"给我放一首《我的家在松花江上》!"

"是!是!"

一曲悲怆而雄浑的乐声响起,十几个东北汉子齐刷刷地站着,一起唱起来:

我的家在东北松花江上,
那里有森林煤矿,
还有那满山遍野的大豆高粱。
我的家在东北松花江上,
那里我有的同胞,
……

歌唱完了,每个东北人脸上都挂着晶莹的泪花。房内一片死寂。
这时一个小姐怯怯地问道:"我们可以走了吗?"
壮汉一口唾沫吐过去,鄙夷地骂道:"滚!"
几个小姐如逢大赦,一溜烟地跑了。
壮汉晃着三角刀,慢条斯理地问李肃:"是想公了还是想私了?"
李肃战战兢兢:"私了……怎……怎么说,公……公了……又怎么说?"
"公了就是把你们送到局子里去。私了嘛,哼,就是你们破钱消灾。"
"那……那要多少钱?"
"三万!"
"三万?"
"怎么啦?嫌少啊?那就六万!"
"不……不少……就……就三万吧。"
"还敢还价?拿六万!"
"好,好,好,我交我交……"
李肃从包里掏出六沓钱交给壮汉,畏畏缩缩地说:"我们可以走了吧?"
"不行,还要写个说明书,免得你个王八蛋出门了反咬一口。"

"怎……怎么写?"

"就写你带日本人来嫖娼,被酒店抓住罚款六万。签名按手印。"

李肃无奈,只好哭丧着脸写了,递给壮汉。壮汉仔细看了看,见说明无误,便和钱一起收好,照李肃屁股猛踢了一脚,骂道:"滚!"

这时门"咣"的一声被撞开,十几个警察一拥而入,大喝:"不许动!举起手来!"

一干人被带到派出所,所长问了事件的来龙去脉,对东北人吼道:"把这帮家伙给我拘起来!"

"我们打小日本,是爱国,干吗拘我们?"

派出所所长满脸涨红:"妈的,你们太温柔!"说着一拳擂在桌子上,"要这样打!"

桌面上出现一个窟窿……

4. 行路难

海都是一座属于年轻人的城市。

江城让吴文他们休息了一天,第二天便带他们去"快乐谷"。

社会上流传着这样一句话:没去快乐谷,就等于没来海都。江城有时估摸这话是"快乐谷"的老板的忽悠,平民老百姓可不会给它白做广告!

门票一百四十元一张,五人共花了七百,吴文心痛得牙缝直抽凉气——这可是六麻布袋谷钱呢!接下来令他更不忍的是,一小瓶纯净水竟然卖到五块钱!吴文这才明白,海都的消费水平果然是高得与国际接轨。这时一个前挺后凸的解说员用话筒喊:"靓仔美女们要不要来刺激一点的,去玩高空转盘?"叶岚、丽娟俩人如何经得起鼓噪,忙买票爬上去,高空转盘飞速地忽上忽下,屁股底下"嗖嗖"直冒凉风，叶岚吓得半死，下来后花容失色地说："我的妈呀，坐这个东西得到的最大经验就是以后别跳楼了！"

然而在五年后的中秋，说这句话的女孩却从二十五层高的玉皇宾馆纵身一跃，在她香消玉殒的一刹那间，她是否想起了自己2000年所说的这句话？！

吴文他们休息了几天，就再也没心思逛了，虽然吃住都在江城这里，但总不能坐吃山空。海都的马路上没有铺钱，所谓遍地黄金也仅仅只是传说！

在海都，除非是阔佬，你最好不要失业。

失业，左边是贫困，右边是犯罪。

农历正月十五过后，大多数工厂都开了工。丽娟和叶岚决定去找工作。她们挤在人才市场队伍里，茫然不知所措。看着一张张紧张、疲惫、憔悴、惶恐的脸，先前的喜悦、希望、期待像肥皂泡破灭，她们已强烈地感觉到，打工的生活远不是想象中的那么美好，外面的世界也远不是向往的那样精彩。

接连几天都没有结果。面试人员一看她们的初中毕业证就像扔垃圾似的扔到一边，正眼也不瞧。这给叶岚和丽娟的自尊心带来了极大打击。在老家的那个小山村，她们可是骄傲的金凤凰，是受人尊敬的知识分子。可山里的金凤凰一飞到海都就连一只小灰雀都不如了，这令她们非常气馁和沮丧，以至于产生了回家的念头。"在家千日好，出门事事难""金屋银屋，不如自己的狗窝"，这些土得掉渣的话，现在想起来却是那么真切和温馨！

傍晚回到出租屋，俩人闷声不吭，像扔麻包一样把身体扔在沙发上。江城见状说道："要不你们明天休息一天，后天再去？"

叶岚摇摇头。

"那……你们明天换一个地方，不要到人才市场去了，直接找工厂。"

在海都，你想有一份体面的工作，你就得有那个红本本。如果没有，哪怕你文能定国武能安邦也没人承认你是个什么东西！

但这些话江城不敢对叶岚她们说，他知道梦在现实面前经不起磕碰，他要掏钱让俩人去学电脑，看以后有没有机会做做文员什么的。但叶岚、丽娟很好强，说总不能花江城的钱，要自己去挣钱学电脑。江城见她们如此说，也不再坚持。

这几年江城身心俱疲。三百六十五日每一天都是如履薄冰，脑袋里始终都紧绷着一根弦，不知什么时候会突然绷断。

打工主要是心累，它远远超过体力劳动的疲乏，那种防人如防贼的紧张与戒备令人神经兮兮。你不知道什么时候无意中一句话得罪了人，不知道什么时候一个疏忽怠慢了同事，不知道什么时候一个眼神中伤了上级……每个人都是那么温文尔雅客客气气，但彬彬有礼的背后隐藏的是冷漠与自私。没有人关心你来自何处，明天又去何方。在公司是同事，出公司就是路人。今天也许还在同一间办公室，明天就可能天南地北。每个人看上去离得那么近，实际却比星球还遥远。人与人之间有堵无形的高墙，厚厚的将心与心隔开。个个说着口是心非、言不由衷的话，大家都戴着不同的面具跳着不同的舞蹈，在纸币飞旋的狐步中渐行渐远，渐行渐远……

"打工你甭想交一个真正的朋友！"

江城不止一次地这样谆谆告诫吴文。他知道吴文是文人，是文人就有文人那种特有的毛病：率真！而率真在尔虞我诈的职场里是致命的缺点。在经历了太多的人和事之后，江城对这段学生时代的感情倍加珍惜。这是他生命里仅存的一片绿洲和心灵圣地。

第二天，叶岚和丽娟草草吃过早餐，拿上背包匆匆外出。江城赶出来，给每人塞了一百块钱，叮嘱说："现在招工骗人的特多，你们直接到工厂去应聘，千万不要到什么中介公司去，那里是吃人不吐骨头的地方！"

叶岚她们来到南乡区一个叫九围村的地方，这里工厂林立，招工的不少，但条件苛刻。听人说，进好工厂非常不容易，要是没有硬关系，就要给保安和招聘人员送钱送物什么的。叶岚心里凉了半截，暗想做普工都这么难，早知如此就不出来打工了。丽娟也有些气馁，怏怏地说："进不了好工厂，那就只能找差的了。"

俩人无精打采地转过一条街，不知上哪儿去找工作。忽听旁边一个二十多岁的男仔操着四川口音对一个女孩说："那边的天时厂在招工，我带你去看看。"

叶岚俩人喜出望外，忙跟了过去。拐过一道弯，穿过一条马路，再左拐，果然看到一家工厂门前聚集了许多人，几个五大三粗的保安威风凛凛神气活现地维护着秩序。叶岚、丽娟忙挤了进去，看见保安室的墙上贴着一张招聘启事：

招　工

一、公司简介：

海都天时电子制品厂是一家港资企业，位于海都市南乡镇九围村，交通便利，环境优美。

工厂主要生产各种电子产品，货源充足，薪资发放准时。工厂实行人性化管理，重视人才，提供培训机会，有规范的晋升机制，管理人员多为内部晋升，员工有广阔的发展空间。

二、招聘要求：

1. 男女不限，男性18—35岁，女性18—40岁，初中以上学历。身体健康，能吃苦耐劳，视力正常。三证齐全。

三、工资待遇：

1. 普工工资：20元/天；加班费2.5元/时；

2. 奖金及津贴：入职满1年以后享有工龄津贴。满1年50元/月，满2年100元/月，满3年或以上为150元/月。综合月薪可达1200元以上。

3. 统一提供食宿，刚入职每月每人需支付120元食宿费用（早、中、晚三餐）。

4. 面试须带物品：身份证原件及复印件6张＋相片6张＋毕业证＋健康证＋流动人口计划生育证（已婚者）＋未婚证。

一个年约二十五岁的女子在登记名字。丽娟听到有人喊她田部长，大约是人事部的。

十点多钟，叶岚、丽娟俩人终于等到面试了。

田部长头也没抬："你们有身份证、毕业证、健康证吗？"

叶岚怯怯地说："只有身份证和毕业证，没有……"

田部长终于抬眼横扫了她们一眼，极不耐烦地说："你们是睁眼瞎？没看到外面的招聘启事？没证件来应什么聘？走开，让后面的人上前来。"

丽娟俩人诺诺退出。没有证件，只好打道回府了。

江城知道事件原委后忙自责地说："哦！这是我的错。我忘记提醒你们了，在这里找工作是要这几个证件。明天你们就到医院去体检，办健康证。"

次日，叶岚、丽娟在南乡镇人民医院做了体检，第三天果然顺利地拿到了健康证。

第二天早晨六点半钟，丽娟、叶岚早早地起了床，早餐也舍不得吃，便坐公交再到天时厂应聘，吴文放心不下，便陪她们同去。一路上三人暗暗祈祷，求上苍今天大发慈悲，让应聘顺利地通过。

上天还真眷顾，她们俩终于如愿以偿地被录用了。

其实面试的过程并不是想象的那么复杂，填张表格，马马虎虎地验完三证，就 OK 了。

田部长通知她们明天来上班。

终于有工作了！

叶岚、丽娟喜出望外，几天来的郁闷一扫而空。通过一个多星期的找工，她们的心态已平和了许多。她们发现，有好多高中生、中专生甚至大专生都在做普工，何况自己是一个小小的初中生呵！以前在家里，真是坐井观天！

次日早晨，吴文又把她们送到天时公司。

这家公司规模不是很大，才三百多人。

但要交二百块钱的工衣费。

叶岚惊诧地说："是什么工衣啊？这么贵！"

田部长一听，那张缀有雀斑的瓦刀脸立马拉得像条黄瓜："交不交？不交就滚出去，外面有的是人！"叶岚俩人噎得半死，脸皮胀得一点就破，却不敢说半个不字。

田部长竖起三角眼说："怎么，还不服气？"

丽娟嗫嗫道："稍……稍等一下，我们的钱放在行李包里，这就去拿。"

田部长斥道："还站到这里卖相？下一个！"

吴文见丽娟俩人气呼呼的，忙问："怎么啦？"

叶岚把事情说了一遍，吴文心中也气，但又不得不劝慰一番。得知每人还要交二百块钱的工衣费，心里不由"咯噔"了一下。自己身上还有五百元钱，但工作还没一点着落。但现在只能走一步算一步了，于是掏出四百元递给叶岚，让她们把手续办了。

办完后三人在路边的小摊上吃了份快餐。分手时，叶岚、丽娟两个人眼里湿湿的，颤着声说："文哥，你们要常过来看我们啊！"

吴文强颜笑道："安心工作，我们会经常来看你们的。不要随便和人怄气，手脚勤快点，有什么事就打电话。"

车走了很远，吴文发现两个模糊的身影还站在夕阳的余晖里痴痴地望着，从心里叹一声："唉，船儿终于起航了！"

漂泊的船儿将往哪里去呢？天下的打工者谁也不知道。

叶岚俩人提着行李跟着宿舍管理员来到宿舍，七八个女孩像群麻雀似的叽叽喳喳，见有人进来，便一起歇了嘴看着。宿舍管理员跟她们打了声招呼，然后指着两张空床说："你们就住这儿吧，有什么事就来找我。"便一嗒一嗒地去了。

叶岚、丽娟对宿舍的人笑了笑，说："打扰你们了。"

这个宿舍连叶岚、丽娟共住了十一个人，大家都是同龄人，不一会儿就混熟了。有趣的是每个人都有一个滑稽的绰号：一床胡芳别号叫"南瓜"，想想这个名字就知道她的身材了；二床李红霞叫"牛肉面"，瘦得可以一口气吹得飘起来；三床肖春艳叫"老鼠"，声音尖得像锥子；四床是李燕，绰号叫什么"筷子"，体重不会超过八十斤；五床王芳叫"肥猪"，她可把李燕装得下去；六床戴红"茄子"，七床武小青"木瓜"，八床赵静静"跳蚤"，九床冯意"雪里红"。

房里对铺着六张高低铁架床，中间留出一条窄道，两个人走路都要侧身。靠西北角的上床是一张空铺，上面放着热水瓶、口杯之类的日用品，密密麻麻得像开的杂货铺。

叶岚俩人有些兴奋与期待，毕竟这是第一份工作。丽娟问："这家公司怎么样啊？"

"老鼠"尖锐地说："哼，天下乌鸦一般黑！"

"木瓜"的脸好像永远苦着似的，软疲疲地道："不黑心能成资本家吗？"

"那……一天工作多少小时？"

"茄子"的声音嗡嗡的，像患了鼻炎："你就等着累死吧！"

你就等着累死吧！这是天下所有打工者的声音。

这夜叶岚、丽娟没睡好，这些打工妹像不知疲倦的麻雀，叽叽喳喳一直吵到深夜两三点才停息。好像刚闭上眼天就亮了，叶岚一看已快七点钟了，赶紧拍醒丽娟，俩人心急火燎地穿上衣服，拿起脸盆牙刷就往外冲。因为人事部的田主管说过，上班迟到五分钟罚款二十元。

冲凉房只有六七个水龙头，根本不够用，男男女女一大堆人在那里等着。叶岚、丽娟好不容易打来两盆水，蹲在外面像猫洗脸似的扑了几下，又急匆匆地赶到食堂吃早餐。

就餐是刷卡，餐费月底在工资里扣。早餐一块五，中餐和晚餐是三块。所谓的早餐，也就是一碗能照得出人影的稀饭和一个馒头或一根油条。

丽娟嚼着像石块一样的馒头，不知怎么就想起鲁迅先生的那句名言："我吃的是草，挤的是奶。"

丽娟在心里说："我喝的是水，挤出的将是血。"

正式上班之前，新员工还要培训一天。

上午上课的是人事部田部长，先讲了一通厂纪厂规，然后说："这次主要是招的丝印喷油部的员工，这个部门管理非常严格，所以你们务必好好地学习部门的规章制度。学习完后，你们的主管可能还要进行考核。"说着给每人发了一张A4纸。叶岚、丽娟逐字逐条地看下去：

天时公司丝印喷油部管理制度

为了加强部门内部管理，完善各项工作制度，根据本部门实际情况，特制定如下管理制度。

1. 全体员工必须自觉遵守公司规章制度，不得做出有违公司规章制度的行为，更不得做违法乱纪之事。

2.要按时参加班组规定的早报会或者定期班组会,并且要遵守会议纪律,凡有不遵守会议纪律、开会迟到的罚款10元/次。

3.要严格请假制度。有事请假必须有书面请假条,由拉长报送主管,经主管确认签字后方有效,3天以上的要经上一级副总领导签字批准,凡未经签字批准的按旷工处理。(如有特殊情况事后要补请假条)

4.无故旷工罚款60元/天,超过3天按自动离厂处理,扣全部工资。

……

厂规共有26条,其中有14条是罚款的,看来这个部门还真是个狼窝虎坑!

叶岚、丽娟看得极认真,生怕考试不及格又被辞退了。但这长长几十条的规定,除非是过目不忘的天才,要想全部考对还真是件难事,这令她们是忐忑不安。

下午上课是复习上午的规章制度,学习一个小时后便放假了,田部长让新员工外出买生活用品,做好正式上班的准备。

上班是打卡,每人手里都持有一张工卡,卡机挂在保卫室门口,工卡插进去,那卡机就"咔"的一声响,日期从年到月到日到分,精确无误。这令叶岚、丽娟十分新奇,心想这真是高科技呀!有这卡机卡着,想偷懒都偷不了。

叶岚和丽娟被安排在丝印车间做丝印工。

还没走进车间,就闻到一股强烈的油漆味,熏人肺腑,叶岚、丽娟不由捂住了鼻子。蓦然听到一个声音大喝道:"是哪里来的两个金贵小姐?受不了就给我滚蛋!"叶岚抬头一看,只见一个年纪二十七八的女子,满面怒容地盯着她们,那眼珠似要化作枪弹射出。叶岚俩人忙把手放下来，惶恐不安得像刚出窝的兔子。

原来此女子是丝印喷油部的主管，叫阿娟，是广西人，脸上因发怒而横肉堆积，凶巴巴的像母夜叉再世。

车间里有三条拉，每条拉有二十多人。三个拉长有两个是阿娟的老乡，因此也嚣张得不可一世。

整个车间就像泡在一座油漆池里。天那水、白电油……各种刺鼻的气味混合在一起，把每一个人都淹没了。丽娟感觉到这些人就像一只只小虾，浮游在飘满油沫的水面上。

印表带是流水线作业，上面一个工位把颜色印好后就传到下一个工位。今天做的是南非订单，一套表带有二十几个颜色，对丝印技术要求非常高，于是什么飞油啊、移位啊一些毛病就出来了，次品格外多。于是每条拉上配了两个人擦表带进行返工。

叶岚、丽娟是新手，自然被安排到擦表带。俩人埋头闷声不响地干活，她们知道，少说多做是打工能站住脚的不二法门。俩人各擦了十多条，一只手忽然从她们肩上伸过来，丽娟回过头，发现是主管，忙站起来，就见阿娟狠狠地把表带往桌上一摔，厉声呵斥道："你们是怎么擦的？擦坏这么多，猪啊！表带都擦不好？"车间的人全停下来看着这边，叶岚、丽娟的脸顿时如血泼一般，又羞又愧又怕，终于体验到了那种"像热锅上的蚂蚁"的滋味。

阿娟继续吼道："你们有没有搞错？擦表带是用白电油，不是天那水！难道你们吃饭是从屁眼里吃进去的吗？"车间里有人哧哧笑起来，俩人的泪水不禁脱眶而出。

拉长李霞赶忙走了过来，一边向主管做检讨，一边收拾那叠表带。阿娟黑着脸训道："你是怎么看拉的？会不会看拉？表带擦坏这么多你说怎么办？"李霞低着头小声道："在我们工资里扣吧！"

"这可是你说的，不是我要罚你们！你看拉不严罚三十，她们每人五十。"又朝众人大喝道："看什么看？还不快干活！"说完大屁股一转,胸前两座高山一耸一耸地走了。

俩人一声不响闷闷不乐地做了一天,连晚饭都没有心思吃饱,她们愤愤不平又心痛不已。

车间管理极其严格,上班时间连上厕所都要请假,还要在文员那里登记进出时间,半天一次,一次十分钟,上厕所竟成了员工上班最奢侈、最快活、最期盼的事件。

匆匆吃过晚饭又去加班,人就像上了发条的闹钟,嘀嘀嗒嗒地转个不停,没有停歇。

闻了一天的油漆味,再也没那么敏感了。丽娟自嘲地想:"原来人是最容易麻木的动物。"

丝印的整套工作程序既繁杂又呆板,人在拉上就是一台灵活的机器,除了机械性的动作,连思维几乎都是凝固的。

下夜班已是十一点钟,叶岚俩人疲乏得像被蚂蟥吸干了血,又像被一座大山把力气压榨得一丝儿都没有了,工友们像一群出笼的猴子呼哨着去吃宵夜,只剩她们回到宿舍里,一进房门,俩人就不约而同地抱在一起,白天所受的委屈顿时化作泪水像长河一样倾泻而出。

冲完凉回来后,只见"跳蚤""雪里红"等几个姐妹已经回来,都在宿舍里嗑瓜子,一见她们忙走过来,叽叽喳喳地开始对白天的事打抱不平。"冬瓜"胡芳拍着丽娟的肩膀安慰说:"那五十块钱权当是捐给那骚货去治病了,不要往心里去。""肥猪"王芳怪声怪气地说:"治什么病呀!"

"木瓜"武小青尖着声音说道:"艾滋病!"众人哈哈大笑,叶岚、丽娟也不由展颜浅浅一笑,心中的郁闷减轻了许多。

在谈话中得知,主管阿娟全名叫吴小娟,天时电子公司刚开厂时她就来了,算算也有十二三年了。丽娟说:"一个人在一个厂里做这么长时间可不容易呢!"

"跳蚤"说:"哼!她是想嫁给老板的侄子阿明,不然会待这么久吗？可人家阿明只是想玩玩她而已——一个香港老板会娶一个大陆妹吗？阿娟除了一身肉，有什么好？"

"筷子"李燕接口道："当初阿明就是看上她的这身肉呢！"

"牛肉面"李红霞笑着说："那你也快长一身肉让阿明看上你呀！"

李燕一把扑上去，笑骂道："看我不撕烂你的嘴。"李红霞就直声叫："救命啦，救命啦，筷子要杀人啦！"众人正说笑打闹着疯癫间，忽听楼下有个男孩怪声怪调地唱道："一早起床啊，两腿齐飞。三地打工啊，四海为家。五步晕眩喽，六点下班。七滴眼泪啊，八把鼻涕。九（久）做下去哎，十（实）会死亡。爸爸妈妈呀，快接我回家吧！"

刚才还喧闹的房间顿时静了下来，众人默默退回，坐到床沿上，"爸爸妈妈呀，快接我回家吧！"这句歌词深深拨动了每一个人的心弦。

睡到半夜两三点钟的时候，叶岚被一阵哭声吵醒。侧耳一听，好像是从宿舍楼顶的平台上传来的。不一会儿大家都被惊醒，忙披上衣服跑出去看究竟。

外面的月光水银一样亮晃晃，只见四楼的平顶上，一个女孩手拎着酒瓶望月长哭："我对你那么好，你为什么要骗我？我对你那么好，你为什么要骗我？"她一头长发像黑绸缎在空中飞舞，撕心裂肺的哭声在清夜里显得异常哀凄，空气里浸染了这哀音，连月色都变得凄迷起来。

"筷子"李燕说："是表面部的文员。她男朋友是本地的，听说可有钱了。可能是被男朋友甩了。"

"牛肉面"李红霞激愤地说："又是本地人欺负外地人！我就是做尼姑也不会嫁本地人。"

叶岚的身上流过一道寒流，仿佛月光化成冰屑浸入了她的血液，她打了一个寒噤,一种莫名而强烈的不祥之感像一朵黑云向她压来,她感到恐惧了,不由紧紧地握住了丽娟的手,微微地颤抖着。

丽娟回过头,她看见叶岚眼里有两行晶莹的泪花,关心地问:"你怎么啦?"

叶岚掩饰道:"没什么,只是觉得这个女孩太可怜了。"说完匆匆回了房间。

楼上的那个女孩又举起一瓶酒,一口气喝得干净,然后"啪"的一声将酒瓶摔得粉碎,随之仰天发出一阵凄厉的长笑,一头扑倒在水泥板面上,最后又发出伤心欲绝的呜咽声……

这一夜,整个天时公司失眠……

第二天吃晚饭时,叶岚看见一个穿得浑身雪白的女孩拉着行李箱走出厂门,忙用手捅了捅身边的"跳蚤",低声问:"昨天是不是她?"

"跳蚤"看了看那个女孩,说:"是的。"

叶岚放下饭碗,飞快地跑出去,在众人惊诧莫名的眼光中追上那个女孩,真诚地说:"姐,你要多保重……"她发现这个女孩的小腹已微微隆起。

那女孩一愣,一股久违的温暖涌上她的心头,凄婉地微微笑了一笑,低声说:"谢谢……"声音如同她的人一样娇怜柔弱,叶岚看到她眼里闪出了晶莹的泪花。

"我……我叫叶岚,丝印部新来的。有……有什么需要我帮你的吗?"

"不用了……我……挺好的……"

那个女孩走了,垂着头默默地走了。没有人知道她将去何处,等待她的又将是什么。就如同一缕青烟飘散在人海中,带着淡淡而又浓得化不开的伤感,渐渐地、渐渐地消散在空气的记忆里。她也许很快就会被人淡忘,正如她的泪水洒在异乡的土地没留下一滴痕迹一样。

在南国这个残阳如血的黄昏中,她的影子被拉得好长好长,恰如她心中绵绵不断的伤痛、哀怨和愤懑。这时一缕如泣如诉的歌声从晚风中飘来:

> 我把梦撕了一页
> 不懂明天该怎么写
> 冷冷的街冷冷的灯照着谁
> 一场雨湿了一夜
> 你的温柔该怎么给……

在2000年晚春的某一个黄昏,在海都南乡镇一个叫九围的地方,在一个叫"天时"的工厂门前,有人听这首《撕夜》听得如痴如醉,泪流满面……

5.乐极生悲

"在海都,没人说文学是个东西!"

在"红树林"酒吧里,江城红着脸对朋友吴文这样说。

海都的夜像一个浓抹艳妆的娼妓,放荡、妖艳、浅薄,处处充满着诱惑和陷阱……吴文缓缓地把玩着酒杯,透过茶色玻璃看着街上的男男女女,脸上显出一种嘲弄、茫然和悲悯的神色。

江城还在继续发表他的战斗檄文:

"海都是什么?海都就是个堕落之都。在海都,只要你有钱,哪怕是个文盲,满身粪臭,你都可以睡到最漂亮的女人、住上最好的房、开上最好的车,你就是海都的爷!像你,哪怕妙笔生花,如果没有钱,也没人看你一眼!你想找女人?没门!你想潇洒?没门!海都是金钱的世界、文化的沙漠。海都是什么?海都就是个花枝招展只认钱不认人的婊子!懂吗?"

江城盯着朋友吴文消瘦的脸,狠狠地说。他要把吴文的作家梦打破。

"去年有个东北的女诗人,知道不?她可出过四五本诗集。怎么着?在海都还不是同样找不到工作。没有一个单位要她!用人单位怎么说:'靠!这年头,谁还写诗?写诗的不是疯子,就是傻×!'这位女诗人在海都流浪了三个月,最后灰溜溜回去了,只留下一句话:'在海都,诗人已死!'"

江城的每一个字都像利箭射在吴文的心上,令他的心隐隐作痛。他知道江城的用心,虽然刺耳得令他有些愤怒,可这是铁的现实。

然而文学是他心中不灭的梦,是他人生的圣火。

圣火能用铜臭气燃烧吗?

生活与暗夜一样令人迷茫。

吴文被江城逼进死角,解围似的勾起食指推推眼镜,顺势捅了江城一拳说:"你小子别给我上课了,想当初你还不是个文学狂热分子!"

吴文本以为江城会毫不留情地回击或者嘲笑他,然而令他意外的是,江城听了却闷闷灌了一口酒,那颗不羁的头颅像根柳条似的耷拉下去。

"想起我们高中的时候了?"良久,吴文才低声问。

"是!"江城抿嘴浅浅一笑,带着些许落寞和伤感,又有几分自嘲:"你说……那个时候,我们可真为文学疯了!"

吴文感慨地说:"学生时代,真是指点江山挥斥方遒啊!"

这时酒吧里的歌手弹起吉他,是罗大佑的那首《童年》,貌似活泼的曲调里掩饰不住时光不再的忧郁和悲伤。

江城仰脖喝光红酒说:"不说这些事了。跳舞去?"

"跳舞?"吴文吓了一跳,慌不迭地摆手说,"这个我可不会!"

江城一把拉起吴文:"所以你要学,要变!既然你想写作,生活的方方面面都要知道!要不你写个什么呀。你现在十足一个书呆子,怎么深入生活?走走走,跳舞去跳舞去!"

吴文打落江城的手说:"我真不去!"

"怎么,生气了?"

"我不喜欢这些场合。"

江城揽住吴文的肩膀:"你不跳,就站在一边看。你真以为我要带坏你呀?我是叫你去体验生活。真的!你别看舞场是个欢场,但更是一个哭场。你去仔细瞧瞧,就会发现里面有好多人是含着眼泪在跳舞。为什么?无可奈何,醉生梦死。"

舞厅在二楼。江城打了个响指,两个袒胸露乳的小姐哈了哈腰娇滴滴地说道:"请问先生有何吩咐?"

"带我们到舞厅去。"

一个高挑的小姐轻移莲步,香风阵阵地在前面引路。拐过一道弯后,一阵歇斯底里的嘈杂像股浑浊的浪涛迎面拍来,吴文的心这时倒镇定下来,有了一种超然物外的淡定。

领路的小姐听到音乐声,早忍不住把身子扭得像麻花一般,极妖媚地拉开一扇门,随之蛇一样地缠上来。吴文厌恶地推开她,而江城则混在人群中蹦跳起来。

吴文在角落里找到一个小圆转椅坐上去,嘴角漾出一丝冷笑,静静地看着这群癫狂的人。

吴文仔细地看着里面一个个晃动的脑袋和扭动的身躯,旋转的霓虹灯使他们光怪陆离,如同一群魔兽在精灵的指挥棒下舞蹈,狂野的、放荡的、淫邪的……有人在嘶吼,有人在尖叫,分不清是谁的声音,如同一场狂风暴雨被挤压在一条逼仄的山沟里互相乱撞。狐媚少女白皙的躯体在闪烁的灯光中格外引人注目,她们长长的头发如群蛇乱舞,男人的腰和屁股则像装了弹簧,旋得陀螺似的,烟酒与暧昧的气息笼罩整个舞厅。

这些令吴文想到了两个字:"疯狂!"

音乐忽止,仿佛被一只巨手凭空连根拔了去,舞厅一下陷入了真空,寂静得可怕。这时灯光亮起来,人群慵慵懒懒地散开。吴文突然目瞪口呆,原来他看见江城走到了舞池中央,拿起话筒,说:"我给大伙儿唱支歌逗逗乐,行不?"

人群中爆发出狼一样的嚎:"好!"掌声鞭炮似的响起,有人打起尖锐的呼哨。气氛又活跃起来。

"在唱歌之前呢,我有个问题想问问哥们儿姐们儿,行不?"

"行!哥们儿你问。"

"请问——我们当中谁是海都土生土长的本地人?是的请举手。"

江城环顾四周,发现没一个人举手。追问道:"那——我们都是外地人,没有一个是本地人,是吧?"

"对——!"回答得整齐划一,颇有些气吞山河的气势。

"那我就给大家献上一首《我是谁》。"

江城颠了颠话筒,仰脖一甩头发,唱将起来:"昏天暗地,这里到底是哪里?要住哪里走,要往哪里去?滚滚风沙,混沌中我是谁?还要怎么追,还要怎么退?昨天我是谁?今天谁是我?耕过耘过,得过且过,来过去过,谁是我是谁?我是谁是我。是过非过,现在的我不是我。"

歌声停息了,舞厅里杳无人声,所有的人都在沉默。这首歌勾起了每个人心底太多的回忆和思考。

这时突然传来一阵震耳欲聋的敲门声,并伴随着粗暴的吼声:"开门!开门!"有人拉开窗帘往楼下一看,大叫道:"下面好多警察和治安员!"

人群顿时乱成一锅粥,有人往外冲,但随之被堵了回来。一群警察出现在门口,大喝道:"都蹲下,不许动!"几个如狼似虎的治安员手里拿着一根一米左右的钢管,举在半空中凶神恶煞地喊:"都给我拿身份证和暂住证,一个都不许漏!"

江城将自己的身份证和暂住证递给他们,轮到吴文时,什么也没有。一个胖乎乎的治安员上来推搡了一把,吼道:"滚下楼去排队!"吴文刚犟半句:"你们凭什么抓……"脸上就挨了一耳光。江城赶紧跑过来说:"对不起对不起!我朋友刚从老家过来,他不懂这里的规矩,请你们高抬贵手放过他吧!我们明天就去办暂住证。"

一个人在江城屁股上狠狠踹了一脚,骂道,"不行!你也给老子滚到楼下去!"接着像被人赶猪似的轰下楼,只见下面已经蹲着一群人,至少有四五十个。顺着警察的引导,江城和吴文双手抱头蹲在地下。不料人群中站起来一个孕妇,警察马上指着她说:"蹲下!"那孕妇带着哭腔道:"能不能让我站着,肚子好难受。"

"你肚子难受还到这里来跳舞?"

"我没跳,只是坐在旁边等朋友。"

警察不耐烦了,声色俱厉地吼道:"少他妈废话,给老子蹲下!"

那孕妇嘴一撇,想哭,却怕哭出声,然而泪却淌了下来。她捂着肚子慢慢地蹲了下去,脸上痛苦不堪。

大家都惶恐不安。不一会儿又赶进来很多人,江城偷偷扫了一扫,估摸有百十来个。

大约半个小时后,警察用车将人拉到派出所,统统关了起来。

庆幸的是,江城和吴文没被分开,俩人被关在一个房子里,这令他们暗暗高兴不已,彼此的胆子就大了些。

折腾到第二天早晨九点多,一个竹竿一样的警察拿来纸和笔,准备登记,江城忙说道:"我有身份证!"不料警察却说道:"不用,只写自己的名字和住址,再交三百块钱就行了。"

"我还有一个朋友。"

竹竿警察叔叔头也不抬地说:"那就交六百。"

江城交了六百元钱,警察打了一张收据,这才抬眼看他们,庄重而严肃地教育道:"嗯——这个你们跳跳舞唱唱歌还可以,但不能吸白粉吃摇头丸啥的,干一些歪门邪道的事儿,知道不?抓到了看我怎么收拾你们!"江城忙讪笑道:"领导,今天原来是抓吸毒不是查暂住证呀?"

"什么都查!你个小破孩哪来这么多屁话?快滚快滚!"

江城、吴文如逢大赦,忙逃了出来,都有一种劫后余生的感觉。

当他们走出大门时,听到那个竹竿警察在大声嚷:"没身份证但身上有钱的,到这边来登记;没钱的,都出去集合!"

6.城市泥鳅

海都还是一座可怕的城市。

这是吴文唱歌被抓后对海都的又一个印象。

这一次把吴文吓得不轻,回来后对江城说:"你以后千万别带我进那种鬼场合了。荤没捞着,倒沾了一身腥。"江城就笑,说:"胆子不吓不大,什么都要锻炼锻炼,那样才能成洞庭湖上的麻雀——见过风浪。"

"还是早点上班好,那样就没时间出来闲逛了。"

"嗨,那你先把电脑学会。"

江城要给吴文买一部二手笔记本电脑,吴文心疼钱,说什么也不肯。江城就恼了,嘴角的白沫像刚开瓶的啤酒翻滚不绝,手舞足蹈地狠命数落痛斥吴文的落伍:"你是个屁作家!电脑都不会,就文盲一个!凭你现在这素质只能做流水线工人!想到办公室做白领?

门都没有!"

一顿狂轰滥炸终于把"土包子"吴文整服,俯首帖耳乖乖地缴械投降,任凭江城在海都电子城花了一千二百元淘了一部二手"联想"笔记本电脑。

江城在吴文面前神气得像进村的小日本鬼子:"你,把电脑学会了以后就用电脑写作,别再拿着一支破笔在手纸写写画画了,那多老土!"

刚开始两天,吴文像张飞绣花,手指笨拙得像在键盘上捉虫子,敲一个键就要低头看一下。江城发现了便嚷道:"盲打盲打!你这样以后不像鸡啄米呀?丑得出奇不说,效率更是低下!"

吴文心无旁骛地苦学电脑,江城还是一如既往地忙得天昏地暗。江城不知在哪里抄到这样一首打油诗形容自己:

　　为了工作几乎不睡,
　　点头哈腰就差下跪。
　　日不能息夜不能寐,
　　工作有事立马到位。
　　屁大点事不敢得罪,
　　一年到头不离岗位。
　　劳动法规统统作废,
　　身心憔悴无处流泪。
　　逢年过节家人难会,
　　变更签证让人崩溃。
　　工资不高还装富贵,
　　稍不留神就得犯罪。
　　抛家舍业愧对长辈,
　　身在其中方知其味。

不敢奢望社会地位，
全靠傻傻自我陶醉。

当时江城的学长祝涛看得哈哈大笑，抖着身子说："你小子还有几分邪才，不当作家是亏了你！"江城涎着脸道："那是那是，要是我爬格子全世界的作家都得失业！每届的诺贝尔文学奖都归老汉我！那时洒家就开一个写作公司，你当董事长我做总经理！"接下来这位未来诺奖得主请教他的写作公司董事长："老大，帮我把这首前无古人后无来者的绝品搞个名儿？这么美丽至极的一首诗，不能做一个无头鬼呀！"玉树临风的祝涛就装着十分受用的样子歪着脑壳做沉思状，半晌后双手一拍屁股，说："有了，就叫，城，市，泥，鳅！"

"城，市，泥，鳅？"

"对，就是城市泥鳅！"

江城低着头背着双手来回在房里踱着方步，口里喃喃地念着"城市泥鳅""城市泥鳅"，蓦地像跳神似的一蹦三尺高，说："太妙了，太妙了，真是太妙了，简直就是神来之笔，神来之笔呀！"

接着祝涛、江城把这首《城市泥鳅》发在了网络社区里，不料竟引得跟帖如雪。一个叫"我是民工我怕谁"的网友写道：

"当我看第一遍的时候笑了，当我看第二遍的时候哭了，当我看第三遍的时候痛了，当我看N遍时无语了，谁叫我们是城市泥鳅？！"

祝涛回道："是的。我们都是一条条从乡下游进城市里的泥鳅，浑身黑不溜秋地散发着城里人讨厌的臭气。我们徘徊在城乡之间，游走在城市水泥的丛林里，谦恭而卑微地生活在底层，用钻尖了的脑袋在城市陌生的淤泥中拱出一孔洞隙，像蚂蚁觅食似的寻觅着一点可怜的食物赖以果腹。我们不断吃苦和出卖力气，甚至会在无奈中付出自己最原始的本钱，出卖身体与尊严，同时承受城市冠冕堂皇的厌恶与诟病。我们在城市的夹缝里挣扎着，渐渐耗尽了所有的气力而奄奄一息。也许我们会死了，我们生命的消失悄无声息，在城市的浊流中激不起一丝浪花。是的，我们就是贫贱的城市泥鳅：像泥鳅一样生活，像泥鳅一样工作，又像泥鳅一样死去。"

"泥鳅"祝涛是这样拱进海都的。

1996年，祝涛从武汉大学中文系毕业，被分配到湖北江汉平原某县的一所农村中学教书，月薪三百八十五块大洋。这令从四川山沟子出来的祝涛喜得像从五行山下蹦出来的孙猴子，乐得手舞足蹈，他快活地想："一个月三百八十五，一年就四千六百二十！没多长时间我就能把读书的阎王债还清了！"这位天之骄子上班的前两个月干劲十足，自己的课也上，其他老师的课也上——学校每天总有老师请假，祝涛天命所归地当上了"救火队长"。

祝涛的激情是被两条"黄鹤楼"香烟阉割的。

祝涛荣任三个月太阳底下最神圣的职业后，终于发了第一个月的皇粮，没想到才一百二十八元，其他老师也都扣了三分之一的工资。一打听，才知道余下工资被县教委决定用"黄鹤楼"香烟顶替，美其名曰"支持汉烟"。隔日果见县教委两个脑满肠肥的家伙开了一台"桑塔纳"，从车尾箱里拉出几箱烟，大义凛然地给每个老师丢了两条。其时祝老师涛同志仰面朝天，将双脚放在办公桌上，看见从天而降的香烟，双眼翻白，声音拖得像抹布似的对长官说："怎么，你们想用尼古丁毒死老子呀？"

一个矮胖如礅的长官大概从没见到过这样狂妄无礼的下属，官气倏冲牛斗，戟指喝道："你这位同志怎么说话的？嗯——?！"

"嗯你妈的头！"祝涛双手一撑，虎跃上桌，右脚起处，将两条精品"黄鹤楼"踢飞，尔后击节长啸，"你们太黑了！把老师不当人看，老子不干了！"只震得墙皮飞扬，唬得两个父母官龙体筛糠，想逃却又怕太丢面子，像一个将死的鼠胆囚犯硬挺不倒。众人还真怕祝涛动粗，忙将俩人拥出。刚出办公室门，这对父母官再顾不得官体，怆惶钻进小车,"呜"地溜走,末了不忘撂下一句狠话:"你们给我等着!"

祝涛雄赳赳气昂昂地跨出校门,头扬得像洲际导弹,满脸激愤决绝,当他的左脚踏上校门外那条满是坑洼的柏油马路时,已瞄准下一个发射目标:海都!

两年后已成为海都荣泰集团人事总监的祝涛想起1996年的那场冲冠一怒,总是忍不住抚胸摇头晃脑地感慨万千,深感自己当年的决策是无比英明的。

"要不是我当时临门一脚,还窝在那所破学校,我这一辈子真是白活了!四年大学就算白念了!"在江城来投之时,已年薪超过十万的祝总对刚踏入社会的师弟江城像上政治思想课似的说。

乳臭未干的江城对这位位高权重的师兄有种高山仰止的崇拜。那天当他衣衫褴褛、灰头土脸,像只水浇过的小老鼠似的出现在祝涛面前时,这位只在QQ上神交的老学长竟拉起他的手热泪横溅,这令江城感动得刻骨铭心,暗暗立誓要终生把祝涛当作同胞亲哥!

"亲哥"祝涛让江城冲了凉,又买来衣服包装了江城,然后上馆子让江城吃了个肚儿圆,回到旅馆躺在沙发上,俩人在烟火明灭中谈起江湖夜雨十年灯的风云往事。

话说当年祝涛龙颜震怒,一声狼嚎吼定乾坤,将那两位公仆唬得魂飞魄散,狼狈不堪地逃之夭夭。

但他们却不知,就在此时,祝涛远在海都福安的姐姐祝春秀却在和一个六十多岁的香港老嫖客讨价还价。

每次完事后,祝春秀便在莲蓬头下拼命地搓洗,恨不得把皮肤搓破。她的泪水和着冲凉水一起滚滚而下,在水雾里看见死去的父亲、体弱的母亲,还有刚毕业的弟弟。"弟弟找到一份好工作我的任务就完成了。"祝春秀不止一次地这样想。

当祝春秀在海都肝肠寸断的时候,祝涛也在那所学校破宿舍里愤愤地安慰自己:"老子肯定也会找到一份好工作!就凭老子一个名校高才生,在海都找份好工作还不是手到擒来!"这位高才生当晚就收拾好行李,准备掌单于来个月夜急逃遁,不料刚拉开宿舍门,就看见全体老师齐刷刷站在门口。

五十多岁的老校长说:"小祝,你要走我们也不留你。你待在这里确实屈才了!今天我们全校老师为你钱行。"

那场分别酒喝得慷慨悲壮、酣畅淋漓、荡气回肠。

祝涛怀揣四百五十大洋勇闯龙潭虎穴(老校长以学校名义送了他三百块钱,不然祝涛同志的身价只有区区一百多元),一辆长途卧铺车把他拉到南门长途汽车站,其时天色未明,海都被瑷靆的雾尘笼罩着,在昏暝的晨色中如同一座无门的城堡。祝涛久久伫立在人行天桥下,仰视着虚无缥缈的空间,如坠梦里,一时不知身在何处,今昔是何年。

几滴雨点突然钻进他像鸭脖子的瘦颈里,海都十月的晨冬之雨已薄有寒意。祝涛一阵瑟缩,忙拎起红蓝相间的条纹编织袋向一家小店的屋檐下奔去。睡眼惺忪的店老板正懒懒散散地打理着店铺,准备开张做生意。

祝涛问:"老板,请问南门关检查站怎么走呀?"

"唔……唔……这个……这个……有两站路呢!"

祝涛舍不得花钱坐的士,他身上只剩三百元了,于是发扬一不怕苦二不怕死的革命大无畏精神,像沙僧一样任劳任怨地荷起行李,准备入关取经。

不料走了一段路,天竟哗哗下起雨来,把这个曾经的人民教师淋得像落汤鸡。到南门关检查站时,祝涛已是浑身湿透了,走路像跳街舞,牙齿蹦迪斯科。他来到三号通道口,岗亭里面有两个武警战士。

"同……同志……我……我要进关。"

"边境通行证。"

"边境通行证？我……我没有啊……"

"没边境通行证不能入关。"

祝涛愣了。

一个武警看见祝涛瑟瑟发抖，不禁动了恻隐之心。把他带到值班室，打开一个电火炉让他取暖烘衣。

祝涛的心也被烘热了。

怀揣三百多元人民币的祝涛游荡在南门关外，满腹悲怆地看着这个陌生的城市，像条半僵的泥鳅有气无力。

踏上这片土地不到半天，他已强烈地意识到海都不是人们想象中的理想天堂，也不是传说中的遍地金钱。

当天晚上，祝涛在关外南乡镇找了一家十五元一夜的旅店住下，怕钱被人偷去，他换了一条上面有小口袋的内裤，把所有的钱压在命根上，确保万无一失后，这才沉沉睡过去。

第二天起床已是十点多钟。祝涛预订了三天房，将行李寄托在房管处，用昨天喝剩下的空矿泉水瓶灌了一瓶自来水，然后再花一块钱买了两个馒头，就着自来水吃了，再次把瓶子灌满，慌慌忙忙地去找工作。

为了省车费，祝涛一步一个脚印地走在坚硬的水泥路上，从此家公司走到彼家公司，在一张张招工启事前猎狗一样搜索着，但都没有招文职岗位的。

三天转眼就过去，工作却毫无头绪，祝涛脚上的一双皮鞋已龇牙咧嘴地失去尊容，两个大拇趾像刚孵出的小鸡探头探脑地伸了出来，大有和主人同甘共苦的意思。

这几天里，祝涛每天饭钱不超过五块钱：几个包子或馒头就把肚皮糊弄了过去，然而铜板还是一个一个地减少。每少一个铜板，祝涛就感到一座山压了下来。苦撑两个星期后，大学生祝涛终于沦落成为一个彻底的无产阶级，当他拖着行李走出那家廉价的旅馆时，身后传来黄牙老板娘和她身体一样肥厚的嘲笑:"哼,又是一个找不到工作没用的傻×!"

傻×祝涛早没有了人民教师的高大形象,那种天之骄子特有的傲慢已荡然无存。

这一天他粒米未进,饿了就喝自来水,直喝得肚子咣当咣当响,里面可驶得航母。黄昏时,他信步来到一条宽阔而行人稀少的马路上,有气无力地抬头一望,发现前面有一排郁郁葱葱的树林,这给祝涛注入了一些力气,于是一步一步挨过去。树林看去甚近,实则很远,恐怕有三里之遥。当他费了九牛二虎之力登上树堤时,不禁目瞪口呆:

啊,前面是大海!

这道树林原来是护海林。

这是他第一次看到大海!

海面浮有一层乳白色的雾霭,夕阳的余晖密密渗进来,使得它又有了微薄的绯红,如同一个身披婚纱而喝了浅酒的新娘。几只白色的海鸥在逐着海浪尽情地嬉戏,这使得浪迹天涯的祝涛更添寂寥落寞之感。几艘货轮在远海中航行,如同在梦中穿行的样子。偶尔有长长的汽笛在这薄暮黄昏中拉响,像一枚枚思乡的鱼钩抛在大海里。

祝涛愁肠百结,扭头向西望去,只见一轮血红的落日挂在远处的树梢上,欲坠不坠。悠悠晚风里忽然飘来一股极其诱人的鱼汤香。祝涛的喉咙像只蛤蟆"咕"的一声叫,肚子里的饿潮顿时惊涛拍岸,他将鼻孔猛地掀了掀,东嗅嗅西嗅嗅,然后立定了,贪婪地吮吸着空气中的鱼汤香,那感觉实在是妙不可言。但没片刻,肚子就觉察到主人在欺骗它,于是怒不可遏地造起反来,祝涛觉得有一只巨手在猛扯肠子,然后拧在一起搅、撕,终于经不住折腾,"哇"地呕出一摊清水来。

祝涛走几步歇一会儿,来到鱼汤飘香的发源地。原来是一家子渔民坐在竹棚子外面，就着一张小方桌，歪头歪脑地大吃大喝，惬意得像活神仙，这令祝涛羡慕不已。

但正像古书上说的，"天无绝人之路"。就在祝涛几乎成饿鬼时，他突然奇迹似的发现：在这家渔民的鱼塘堤上，有一片绿油油的萝卜田！

祝涛窃喜欲狂，可恨的是那轮太阳还死皮赖脸地贴在树梢上打情卖俏，不肯下山，实在不是个东西！无可奈何之下，祝涛只好先给自己这副臭皮囊找个睡觉的地方。贼眼一睃，发现前面约一百多米远的地方有几个涵管，是个安家的好去处。于是，他奋起余勇走了过去，选了一个最大的，里面倒干净，先将行李塞进去，然后像狗一样钻进洞里，疲惫像海水一样涌来，沉沉睡了过去。

不知是谁请祝涛吃饭，满桌的山珍海味令他馋涎欲滴，饥肠辘辘的祝涛此时也顾不上什么礼义廉耻，摆一个饿狗抢食势，双手并用，将满桌饭菜酒肉一骨碌统统倒进肚里。奇怪的是今天的肚子像《西游记》里描写的那个陷空洞，不管倒进去多少美味佳肴都是腹空如洗，连一只角都没填上。这时有一个人手拿一只大烧鸡在祝涛面前路过，一边啃一边哼着革命小调，惹得祝涛怒火中烧，觉得此人腐败透顶，不消灭不足以平民愤！于是一个霹雳旋风腿，挟雷霆万钧之势朝那人踢去，脚上一阵剧痛，一个骨碌坐起，却是南柯一梦，刚才一脚原来是踢在坚硬的涵管上了！

祝涛想起萝卜，此时不偷，更待何时？于是像泥鳅从洞里钻出。但见天上残月似钩，繁星如织，远处的城市腾起一片红光，看上去很美，却照不到祝涛的心里去。

祝涛像只夜猫子蹑手蹑脚进了萝卜地，小心翼翼地拔出十几个萝卜，脱下外衣将它包好，然后猫腰顺着堤坡跑回涵管，随之背起行李撤退，以避开就在附近的主人。

这是祝涛平生以来第一次做贼，在微弱的月光下如丧家之犬，逃出了二百多米，在一个废弃的排水闸停下了，用萝卜叶擦了擦白萝卜，和着阵阵海涛声狼嚼虎咽，随着清甜而辛辣的萝卜落入胃部，他再也忍不住放声大哭。

在 1996 年 11 月 21 日的凌晨两点多，海都没有一个人知道，有一位武大毕业的高才生，跪在南乡镇的一处海边号啕放声……

7.胭脂泪

海都是一座哭城，满城笙歌下流动的是无人看见或已遗忘的飞溅的泪雨。海都是一座空城。一座人的空城！一座心的空城！

这里的每一所关隘、每一条街、每一条道、每一条巷弄……都掩藏和继续上演着数不清的悲喜故事。

在海都，只有两种人。

一种是闲得愁花钱，一种是忙得愁赚钱。

祝涛的姐姐祝春秀不幸成为后一种人。

自从父亲不幸坠亡后，整个家庭的担子就落在了年仅十九岁的祝春秀身上：体弱多病的母亲和正在读高三的弟弟祝涛都要靠她养活！于是在 1991 年初夏，她只身南下到海都打工，她要挣大钱！

祝春秀比弟弟祝涛幸运得多。祝涛找工作吃萝卜吃臭屁，可祝春秀的第一份工作就轻轻松松搞定了。

当年在海都，只要你是二十五岁以下的小妹，不管有无文凭，你就可以在成千上万的企业中游刃有余地找一些普普通通的工作——譬如做流水线的工人。在很多情况下，年轻的流水线打工妹不是被老板炒，而是炒老板。

何况此时的祝春秀不到二十岁！

更何况此时的祝春秀像藏在深山中亭亭玉立的白桦！

所以，她在海都长永镇那家叫"天步鞋业国际集团责任有限公司"的门前应聘时，站在数百应聘者中如麻雀群里的凤凰，一下就被人看中：填表、面试、笔试……一路过关斩将，使祝春秀平生第一次感到什么是"一帆风顺"。

还有更意想不到的是，她被直接安排做董事长秘书。

董事长是个六十多岁的香港老头，一副德高望重的样子。据说身价有八个亿，不是人民币，是美金。

董事长张绍夫阔佬亲自给小秘书祝春秀同志安排革命任务，"你呢，我知道你是不会电脑、不会广东话的啦，但这些都不是最要紧的啊！年轻人嘛，什么都可以学会的啦！你现在呢，就给我倒倒水、收收报纸信件的啦，其余的时候你就学学电脑、学学广东话，尽快进入工作角色……"

这位亿万大亨操着香港普通话一扇一扇地说。

这令初入打工世界的祝春秀感激涕零，以为遇到了命中贵人。她可不知这位道貌岸然的家伙可是个老淫棍。祝春秀在应聘时就被这双贼眼盯中，老家伙在办公室兴奋得双腿发抖，哆嗦着咸猪手打电话叫来人力资源总监，指着窗外说：

"唔……那个穿格子上衣留两条辫子的小妹，你去把她搞定了，做我秘书！"人力资源总监把头点得像小猪拱奶，忙吩咐部门文员把祝春秀的手续办了，于是一只绵羊在不知不觉中落入虎口。

张董事长很少在公司，一个月最多只有三四天时间待在那间一百多平方米的董事长办公室里，大多数日子在波音的士上云游列国。这天他从日本归来，就打电话给春秀："小祝啊，你叫司机阿龙来海都机场接我。当然还有你哈……"

张董事长的座驾是一款加长版的 LWB 元首级的劳斯莱斯，据说售价高达一千八百八十八万人民币！当乡村小丫头片子祝春秀同志第一次听到这个数时，下巴差点不翼而飞，舌头伸得像个吊死鬼。她怯怯地钻进劳斯莱斯，真有点魂飞魄散的感觉。

张绍夫同志此次东渡扶桑，与该岛国某跨国集团敲下一宗五百万美元的大单，亢奋之余，花十万美元租了个日本当代著名影视红星。

所以祝春秀在海都国际机场第一眼看到张大董事长时，就感觉到了他的骄傲。她当然不知英勇无畏的张董事长吃了三颗伟哥在日本攻城略地，龙体已元气大伤，只道是舟车劳顿所至，不禁暗想大老板也不好当呢，原来跟种地一样，也是蛮辛苦的。

张董事长上车就眯上了眼，不一会儿他那颗肥硕的脑袋就歪到了祝春秀的香肩上，竟轻轻地、均匀地打起呼噜，祝春秀大窘，脸红得像乡下灶膛子里的火，只急得粉汗如浆，恨不得学孙悟空变蛾子飞了。

一年后，当祝春秀走上小姐这条路，回忆起张绍夫这一手时，才发现自己当初就已稀里糊涂落入了张老头的圈套。她当然不能被张老色鬼玩弄于股掌之中。她要用自己的身体和青春自食其力。

"只等弟弟大学毕业找到一份好工作，我的任务完成了，路也就走到尽头了。"祝春秀不止一次地这样想。

在做秘书的头几个月里，张大富豪正经得像传教士，祝春秀给他送水送报，他只轻轻地"嗯"一声。祝春秀也不负其厚望，三个月后广东话、电脑样样皆通，接着在张大富豪的唆使下又学起了英语。

那天刚上中班，张绍夫右手握烟斗，左手贴背后，龙头微昂，将军肚前挺，在董事长办公室来回踱步，君临天下地说："这个广东话嘛——可使你在广东打天下。那么——那个英语哩——可以让你在国外捞世界！这一内一外哈，都是成功人士必备的。一个不能少！唔！一个不能少！你，只要肯学习，肯努力，前途会大大的光明。毛主席不是教导过我们吗？'世界是你们的，也是我们的，但是归根结底是你们的。你们青年人朝气蓬勃，正在兴旺时期，好像早晨八九点钟的太阳。希望寄托在你们身上。'"

祝同学听完这段话不禁咯咯大笑。她觉得一个资本家，竟能背毛主席语录，实在是件再滑稽不过的事了。

"你笑啥子嘛！毛主席他老人家是我师傅嘎！我赚的钱都是毛主席教的唵！你不信，可以看看我办公桌上的'毛选'啦！"

老家伙办公桌上果然摆着一套红通通的《毛泽东选集》。

经此一事，祝春秀认定张富豪是一个不可多得的红色资本家，虽身居香港，却是一个"身在曹营心在汉"的爱国人士，于是对他的警惕大大放松，转而奉若神明。

为了培养祝春秀同志的革命情操，张富豪就经常带她出入高级楼台管所，陪高官、大亨、鬼佬……喝什么马爹利、轩尼诗、人头马之类。

洋酒怎么喝都有股马尿味！

祝春秀起初很不适应，每次去应酬就像上刑场，要张富豪前呼后骗，只弄得口焦舌燥、鼻洞冒烟，煞费周折。

试用期过后，祝春秀从普通办公室文员一下被擢升为总裁助理，工资也从八百五十元一下猛涨到两千五百元！

这可是在1991年！

1991年，两千五百元绝对是高工资。1991年的普通工人一天才拿七元到九元钱，加班费每小时一块一！

祝春秀有点晕眩，恍若在梦中。

"唔……只要你干得好，以后还有加的。"张富豪对其他下属苛刻得堪称周扒皮，但对祝助理却大方有如财神。这令其他人既羡且妒，暗地里不知骂了多少"小婊子""烂货"……仿佛自己不能加薪全是因祝春秀而起。

祝春秀起先对此懵然不知，还前师哥后师姐地叫个不停。她愈是甜得像蜜，别人愈觉毒得像药。

话说一天吃过午饭，祝春秀又甜甜地叫国贸部的一位丰乳肥臀的孙姓经理:"孙姐真是越来越漂亮了哦!"不料此经理理也不理,只是瑶鼻一耸,轻声骂了一句,便波涛汹涌而去。

孙经理毕业于西安外国语学院,会英、法、俄、德四国语言,故极为张绍夫张董所倚重,只要出国,就没有不带这个拐杖的。你需我要,俩人不过三五回合就拐上了床。可最近来了个祝春秀,着实把张董的精力扯去不少,这令孙二奶醋海扬波,想不到今天撞上枪口,于是便果断扣动扳机,气得祝春秀差点当场吐血。

祝春秀经此枪伤,才知道世道人心险恶,以前自己真是太嫩太小儿科了,活该如此。

祝涛跨进大学门槛,是姐姐祝春秀的处女身换来的。

1992年8月17日,弟弟祝涛打来电话。

"姐!告诉你一个好消息和一个坏消息。"

祝春秀听得一头雾水,问:"什么好消息坏消息,你快说!"

"姐……我考上大学了!"

祝春秀"哇"的一声就哭了出来。她觉得自己一家总算有盼头了!

"姐……可我没钱读书……"祝涛也在电话里哭。姐弟俩同时想起了死去的父亲。

"要多少?"

"报名费要三千多。"

"你不急。姐帮你弄!"

当夜祝春秀就躺在了张绍夫的床上,用自己的处女身换来了两千块钱,第二天就寄给了弟弟,又于当天下午给张绍夫留下了一张纸条,不辞而别:"你用金钱要了我的身体,我将用我的身体去赚钱!"

三天后,海都那条著名的情色街又出现一张新鲜的面孔。此人正是祝春秀。

但是她已改用了另一个名字:香香。

"没有一个女人会心甘情愿地去做妓女！当我第一次出卖自己的时候，我的生命就已画上了句号。我在用自己的青春和肉体支付贫穷，像一条狗屈辱地活着。现在我累了，也没有颜面再见我亲爱的妈妈和弟弟。我走了，但求在天堂的爸爸还认我这个女儿，不然我宁愿坠入九层地狱永不超生！"

1997年8月8，已荣任荣泰集团公司人事总监的祝涛给姐姐打电话报喜，刚接完客的祝春秀喜极而泣，想起死去的父亲和承受诸多苦难的母亲，姐弟俩抱着电话泣不成声……

8.红颜血

天时电子公司是一家港资企业，主要生产电子表、石英表之类的电子产品销往一些非洲国家，员工才三百多人，但管理得极其严格。

你上厕所吗？行！一个上午给你十分钟如厕时间：登记、打表，耽误一分钟罚款五元。

你生病想休息？行！那你得拿医院证明来。没有？那就上班去！就算你壮烈地晕死在流水线上。

你要急辞工？好啊，那是相当相当欢迎！但得扣你两个月工资。

没工资要闹事？那你闹啊，公安局的大门为你敞开着。

在海都，有很多公司都请了一个当地人当厂长。这厂长一不管生产，二不管销售，三不管技术研发，每天光着一双脚，穿一双从地摊上淘来的皮鞋，懒懒散散地歪进办公室，泡几壶普洱，吸几口"好日子"香烟，看几张马报，或者煲着电话与人笑呵呵地"丢你老母"几句，就拖拖斜斜地下班去，潇洒得像《封神演义》中的散仙陆压陆道人。

但很多工人都不知道，像此类散仙厂长有何神通之处？

天时电子公司的厂长是一位姓林的本地人士，瘦高黧黑，像一根烟熏后的竹竿，一口黄牙中还镶嵌着金齿，一笑便满嘴的金光灿然，很有大富大贵的意思。

丽娟、叶岚有幸认识此厂长大人，还是那天下班时，主管阿娟叫一个四十多岁黑高的人："林厂长，好久不见啊！"

叶岚俩人大吃一惊，想不到这个其貌不扬的竹竿竟是一厂之长，真是"人不可貌相，海水不可斗量"。

上了一个多月的班，她们已完全适应了打工生活，先前的神秘新鲜感早消失殆尽，随之而来的是无休止的加班，人变成生产线上的一个机器零件，不停地运转、运转……

随着天气逐渐炎热，丝印车间的油漆味也越来越浓，员工们实在受不了，便要求在车间里装空调或排风扇。"大屁股"阿娟一听就怒火冲顶，烧得浑身肥肉"嘟嘟"直冒青烟。

"你们以为是在当官做府啊？还空调！你们知道空调一天要多少电费吗？谁受不了就滚蛋！"在给几个拉长开生产会议时，"大屁股"唾沫星子飞得像三月江南的小雨点，无遮无挡地喷在李霞等人的脸上。

拉长李霞吞吞吐吐地说："主管，车间的气味也确实太浓了些，时间长了真怕会慢性中毒……"

"都是些土农民出身，身体有那么娇贵吗？""大屁股"近来与香港经理阿明关系甚是不顺，自己的一身肥肉虽然是毫无保留地捐献给了阿明同志，但却没换来那香港仔的一颗色心，这令"大屁股"实是气苦。但那香港仔确实帅呆了，举手投足间怎么看都像黎明，把"大屁股"迷得神魂颠倒，恨不得生吞了他。可香港仔明哥对她始终是有一搭没一搭，一副浑不在意的样子。今天一听要给车间加什么空调风扇，那久淤的怨气终于找到出口喷薄而出，一路骂将下来，大到车间管理、产品质量，小到茶杯摆放、厂牌挂置……直骂得空中过往诸路神仙心惊肉跳,众拉长大气不敢出。

诸拉长挨完训,回到车间传达最高指示,工人们一下就炸了锅,说这样下去还让不让人们活呀?李霞怕闹出事来,忙说其实我们也有一个办法,就是隔一个星期喝一次猪血汤,把毒素排出去。

一个员工顶嘴道:"那你做猪血汤给我们喝呀?"李霞的脸"唰"地一下红到耳根。

又一个声音说:"别说了别说了,谁叫我们是打工的命。打工的命就是该受苦受罪!"

刚才还沸沸扬扬的车间一下子静下来,大伙默默地坐回原位,空气里飘起一股颓唐伤感的气息。

这天又加班到晚上十一点钟,刚出车间,大伙就一声狂吼,活像刚出狱的劳工,纷纷涌到隔壁的小摊档上去吃一块钱一碗的炒粉。虽然那炒粉干枯得像过冬的稻草,燥得如同荆棘,但这些工人个个狼吞虎咽,如同饿牛吃嫩草,几筷子下去就把一盒炒粉搅得一干二净。

睡到夜里两三点的时候,丽娟被一个噩梦惊醒,梦见一条大蛇张着血盆大口对她紧追不舍,一直把她追到床上化作一声惊叫才逃遁。

醒来的丽娟捂着胸口直喘粗气,忽然听到胡芳的床上有些异动,侧耳细听,是急促的喘息和肉体相撞细微的"啪啪"声,丽娟全身的血液"哗"地往上一冲,像被雷击了一般。她既紧张又惶恐,还有几分害怕,然而又夹杂着莫名的兴奋与期待,不一会儿就听到胡芳和一个男子发出满足的叹息,无边的暗夜又袭掩过来,一切复于沉寂。

这一夜丽娟再没睡好,耳边总响起那神秘而暧昧的声音,像秋风夜雨打芭蕉,扰得她心神不宁。

次日早晨,丽娟起得较早,刚穿好衣服,就见胡芳的蚊帐里探出一颗男孩子的头来,他看见丽娟,粲然一笑,露出一口白得发光的牙齿,奇怪的是他没一点羞涩,大方得令人吃惊,那份毫不在意的神情就像久经沙场的老将,视万敌如无物。

丽娟像发现了非洲大陆似的,在洗脸刷牙时,她迫不及待地把叶岚拉到一边,告诉她这个惊天秘密。没想到叶岚笑道:"你真是个笨蛋,现在才发现呀!知道不?这个宿舍除了我们俩,谁的蚊帐里没藏过人呀?"

丽娟忍不住一声狂啸,满嘴的牙膏白沫狂喷而出,唬得正在漱口洗脸的员工全部立正,以为此女突发羊痫风。

这天上班时丽娟发现,丝印车间的工人大多面色苍白。纵使胖得像猪一样的胡芳脸上也少有血丝。

一个星期六上午,忽见二楼指针部的主管到丝印部找"大屁股",两个人在办公室嘀嘀咕咕了半天,甚是诡秘。

这一整天"大屁股"都阴着脸,眼冷唆唆地割人,看人像锥子锥,不停地在车间里来回走动,像包公破案似的。

下班时,"大屁股"大声喝道:"明天谁也不准外出!谁外出就炒谁的鱿鱼!"说完扬长而去。

这天晚上所有的员工只许进不许出,厂里又没有电视看,大伙闷得慌,也不知到底发生了什么事。

第二天清晨,厂门口忽然停了两辆巡逻车,红灯一闪一闪地令人心慌。七点半的时候,那个绰号叫"洪七公"的保安队长拿着一个扩音器在操场中间喊:"各员工注意了!各员工注意了!所有的人都带着自己的行李到操场集合。快点!动作快点!"接着所有的保安全部出动,一间一间地清空宿舍。那个黑竹竿林厂长陪着四名身着迷彩服的治安队员,跷着二郎腿坐在保安室门口谈笑风生。

保安队长整理好队伍,像解放军那样跑步到厂长面前,立定敬礼:"厂长同志!员工已集合完毕,请您指示!"

丽娟看见厂长也回了个礼,像电影中的越南鬼子似的。

此厂长背着手踱到队伍前面,用广东普通话说:"我们厂里近期被偷了不少表,昨天又丢了三块,价值几千块。今天我们来个全厂大检查、大搜查,不仅包要检查,还要搜身,男女一个不准漏!凡是偷了表的,都得进号子。偷了配件的,一律罚款。"

保安队长小声道:"女的不方便搜啊!"

"不方便也得给我搜!要不我养着你们干什么?"

几个保安便喜得手舞足蹈。

公司的每一个人都被从头到脚搜了一遍,每一个行李包都被翻了个遍。不搜不知道,一搜还真的吓一跳:果然搜出不少手表!

林厂长"嘿嘿"一笑,满嘴的金牙豪光四射。叶岚和丽娟站在最前面,不禁冷汗涔涔,感觉这个林厂长像条大毒蛇在对着她们吐着血红的信子,再没小瞧他的意思。

林厂长依然笑嘻嘻:"偷了表的,统统给我站出来!"

男男女女一下站出二十多个。林厂长对"大屁股"说道:"我这个'人肉搜索'不错吧?""大屁股"一脸谀笑,说:"那是那是。"林厂不出手则已,一出手就收获不小。林厂长仰天大笑,然后对保安队长一努嘴:"余下的事就交给你了。"

这次"人肉搜索"让厂里的每个人都惶惶不可终日。

叶岚和丽娟均躲过此劫:新来胆小一条表带也没敢拿!

拉长李霞甚是高兴。在此次"人肉搜索"中,她这条拉的员工没有一个偷表藏带的。次日,上早班开早务会时,她很是下功夫表扬了这帮兄弟姐妹们。尤其是丽娟和叶岚,这次连一个螺丝钉都没被搜出。丽娟俩人得了表扬,像中了巨奖似的高兴,仿佛美好的前途就在前面召唤。但一个男员工非常实际,说:"拉长,表扬又不能当饭吃,要不你就请我们吃餐饭吧!"一个女员工忙说道:"一条拉这么多人,你想把我们拉长吃穷啊?要不今天晚上我们大伙聚餐,AA制。"各男女就齐声轰:"好啊,就 AA 制去搓一餐!"

大伙都牵肠挂肚地惦着 AA 餐,干起活来手脚就分外麻利,恨不得将一天的生产任务半天就干完,然后好好地"腐败腐败",犒劳一下没有一点油水的肚皮。

丽娟和叶岚均被安排坐在靠门的工位上。李霞私下里跟她们说："这里通风！"这令丽娟俩人非常感激，暗道遇到了一个好领导，只恨拉长是个女儿身，自己不能以身相许。

下午三点多钟，李霞又坐到俩人身边，一边擦丝印坏了的表带一边低声拉起家常。聊着聊着，李霞的头突然一软，耷拉在丽娟肩上。丽娟大吃一惊，忙喊道："拉长！拉长！"李霞面如白纸，眉眼不展。叶岚忽然叫道："你看，有血！"

只见李霞下身的血水顺着大腿往下流。

一个四十多岁的大妈级员工急促地喊道："不好！可能是流产，快打120！"

车间里顿时乱成一锅粥。丽娟早吓得腿软了，哪里还抱得动李霞？一个个高体壮的男仔跑上来，一把背起李霞冲了出去，大喊道："厂车！快叫厂车！"不一会儿全厂惊动，"大屁股"也慌了神，忙叫来厂车风驰电掣将李霞送往医院。

丝印部的员工见李霞生命垂危，全跟在后面跑了过去。"大屁股"慌了，连连大喊："你们回来，你们回来给我上班！"一个男仔起了火，骂道："你还有点人性没？人都要死了还上你妈的班？！"

"大屁股"像被塞了一口猪粪愣在那儿。

在九围镇人民医院里，一个女医生焦急地对着一大群人喊：

"你们谁是家属？"

叶岚回道："我们都是她的工友，没有家属在这里。"

"她怀的婴儿胎死腹中，还胎位不正，是横胎，要剖腹取出，不然大人会有生命危险。"

"是不是要在手术单上签字？"

"是的。没有家属签字我们不敢动手术。"

众人面面相觑。

医生催促道:"多拖一分钟大人就会多一分危险。你们快点拿主意!"

丽娟突然挺身而出:"我签!"

叶岚吃了一惊,拉住丽娟:"你……"

丽娟轻轻推开叶岚的手:"顾不了那么多,救人要紧!""唰唰"地在手术单上签下了自己的名字。

一个小时后,李霞腹中的死婴顺利取出,是个男孩。

李霞泪流满面:"医生……我孩子……是怎么了?"

"慢性中毒。"

"我的孩子……"李霞再也忍不住放声大哭。

走廊里的丝印部员工也发出泣声一片……

一个女员工说:"都是车间的那些死化学品害的。"

"狗日的阿娟,要她装几台换气扇都不肯。"

"那还不是老板的意思!"

李霞六个月的婴儿被毒死腹中,但公司不承认是油漆中毒所致。李霞的老公于当天也从东莞长安赶了过来,听了"大屁股"的话气得张口结舌,说:"你们怎么能这样?怎么能这样?明明是明明是……"

"大屁股"死爱港仔总经理阿明,阿明又是老板亲侄子,"大屁股"就理所当然地把自己当成了半个老板娘,便申辩道:"不是我们公司说的,是医院里说不关油漆中毒的事。"

李霞的老公气鼓鼓地去找主治医生。主治医生说:"是啊,你孩子的死是不关油漆中毒的事。"

"那天你可是红口白牙说是油漆中毒死的。"

"哎呀,那时情况紧急没来得及确诊嘛!"

李霞的老公立马无言,像被白衣吊死鬼猛扼住了喉咙。

他当然不知道,天时公司早就给医院送足了红包。从前是有钱能使鬼推磨，现在是有钱能使磨推鬼。

李霞请假休息，她的拉长位置很快被"大屁股"的一个广西老乡顶替。丝印部的流水线照常开着，大伙照样泡在油漆气味里上班，一个半鲜活的生命在这里被蒸发得无影无踪，没有一丝痕迹，他很快被人遗忘，正如同他年轻时羸弱的母亲被海都遗忘一样。

这几天赶货像赶贼，中午直落，晚上加班到十一点半，冲完凉洗完衣服差不多快子夜一点钟，大伙累得要死，除了想睡觉就是想睡觉，那感觉就像八辈子没合过眼。

半夜丽娟被一泡尿憋醒，迷迷糊糊地站起来，突然头发一紧，一股巨力将她的头皮撕下几块。丽娟痛得大叫一声，原来是顶上的吊扇搅中了她的头发，几缕鲜血顺着额头流了下来。

叶岚正睡得像死猪，忽然被一声惊天动地的尖叫声吓醒，第一反应以为是发生了地震，她像小猫翻身似的一跃而起。只见对床的丽娟双手捂头蜷缩成一团。

"你……你怎么啦……"

丽娟含着哭音说："我被风扇……打了头。"

睡在床下铺的胡芳忙打开灯。

白炽灯光如昼，它是那么白，白得近乎透明和没有了颜色。这透明的、无色的光照在灰暗的水泥地皮上，灰暗的水泥地皮上有缕缕青丝，缕缕的青丝零乱地柔软地散着，青丝上面仿佛还飘着袅袅温暖的人体的气息。然而有血，那鲜红鲜红的，血，一点一滴、一块一块地粘在那缕缕青丝的根部，像火一样燃烧……

当吴文接到叶岚的电话，只吓得魂不附体，忙和江城打的赶到医院，见到满头白布的丽娟时，不禁落下泪来。

丽娟住院的几天，都是吴文在照顾，这令丽娟十分感激。

这两个多月来，吴文像个地主少爷被江城供着，没日没夜地苦学电脑，现在已登堂入室，甚至还开了一个新浪博客，将自己的一些文章发在上面糊弄一些涉世不深的文学青年。

在海都这个高度物化的城市,吴文心中的理想之花早凋落殆尽。

江城在南方国际贸易公司总经理李肃的英明领导下,业务做得红红火火,此时的江城工资加外快,月入过万,一双臭脚已跨入金领阶层。如果一个所谓的低级蓝领打工仔,吴文白吃白喝几个月下来,早把他的肉都给啃光了。

好人好做,但被施舍者却不好做。"白吃白喝先生"吴文每天如坐针毡,江城越不介意,他就越无地自容。多次提出要自谋生路,都被江城怒目横眉地骂得狗血淋头拖矛而归。

趁着江城去上班,吴文有几回狗胆包天地带着那本蓝皮作家证和作品剪报集去市场找食。

在海都人才市场里,吴文把自己的资料递给某企业的某先生。某先生开天眼而觑,不禁震天大笑,如见异兽:"你?写小说?还作家?哈哈,现在还有作家?!"

吴作家此时脸如关公眼似张飞,一张瘦肚皮气得鼓鼓的犹如青蛙,指着某先生的脸义正词严得像外交部发言人:"怎么?你小瞧人?你侮辱我可以,但不得侮辱文学!"

某先生笑得打跌,捂着小肚子说:"行行,我不侮辱文学,我不侮辱文学。"说着强直起腰,两臂张开深情地拥抱蓝天,风情万种地吟道:"啊——!文学!伟大的文学啊——!"

三流作家吴文遇到一流的朗诵家只能呆若木鸡,站在那里像闹市中的猴子,恨不得化成蚂蚁钻到洞里去。这时忽然一个清脆的女声插进来:"先生,您是这家企业的老板吗?"

此朗诵家见是个美女,忙变脸成多情诗人,一脸谀笑:"不是,不是。您要应聘什么职位?"

"哦!我还以为你是这家企业的老板呢,原来也只是个打工仔呀!那你凭什么取笑别人呀?人家好歹是个作家!那你呢?"

这几句话对吴文可谓是字字滚烫句句含情,令他非常感激。于是他回过头去,这一下只惊得目瞪口呆:原来此侠女竟是在南门关车站邂逅的婉雪。

"啊……原来是你呀?"

"咦!怎么是你?"婉雪也认出了吴文,一脸的惊喜意外。

吴文的嘴里像含着胡萝卜:"唔……我来找工作,想不到……"

"那是他们有眼无珠!"

"哦——是吗?"

"当然呀!你没听说过吗:你可以嘲笑一个帝王的富有和享乐,却不可嘲笑一个诗人的贫穷和浪漫!"

这句话令吴文一震,像一束阳光照进他的心房,他开始真正地关注起这个女孩。

后来吴文回忆起与婉雪的爱情,才明白正是这句话打开了他的心灵之窗。

"你也来找工作吗?"吴文问。

"是啊!海都的工作好难找!"

吴文也不完全是书呆子,赶紧说:"我请你吃餐饭吧,谢谢你刚才的拔刀相助。"

婉雪嫣然一笑,说:"行啊,不过呢,我有一个要求。"

"什么要求?"

"不能超过二十块钱!"

吴文心里一阵感动,嘴上打趣说:"行!行!谁叫我们都是无产阶级革命家。"

这句话令婉雪咯咯直笑,她想不到这个呆子竟会幽默。

这次成为他们一生中最快乐、最温馨、最甜蜜的一次聚餐,虽然只在路边的一个大排档里吃了两碗炒米粉。

后来婉雪死去。吴文出家。

青丝红颜，终归尘土。
万丈雄心，俱成飞灰。

9.夜半鱼汤

成飞灰的不只雄心，还有尊严。

譬如祝涛。

昔日的天之骄子吃了三天萝卜，只吃得响屁不绝如缕。原来过度放屁亦有损健康，大量真气外泄，几天下来祝涛就骨瘦如柴，一张脸黄得像刚出坛子的腌菜，于是八斗之才顺理成章地变成满腹牢骚。想着想着便悲从中来，慨叹生不逢时，一肚子学问，在海都这个鸟地方竟无用武之地！人说海都是个土财主，暴发户，是物质的富翁精神的乞丐，这绝对是至理名言。

但生存不是吃萝卜放屁，而是挣钱工作。怎奈海都就是一座只认英雄成功汉，不认失败潦倒鬼的城市。纵使你有孙猴子大闹天宫的本领，在手无金箍棒之前也只能屈做猢狲！这由不得祝天子由爱生怨，由怨生恨。每当看见那些腰缠万贯、满嘴黄牙、大赤双脚穿皮鞋的本地佬，他就恨得牙痒痒，但祝天子现在就是手无缚鸡之力，天生一个有贼心无贼胆更无贼手的窝囊种，满腔郁愤之气无可发泄，于是他每天早起，对着刚升起的太阳雄吼《国际歌》，那气势慷慨悲壮得像陈胜、吴广起义。

吼完《国际歌》，祝天子还得像饿狗觅食一样到处找工作。他现在虽然是衣不遮体、食不果腹，但毕竟是读书之人，受过"穷且益坚，不坠青云之志"的古训，再加上小学一年级就光荣地加入了少先队，当了四年少年先锋队的大队长，革命英雄主义教育那可是深入骨髓，"苦不苦，想想红军两万五；累不累，想想革命老前辈"。这样一想，就昂扬起革命斗志，雄赳赳气昂昂地找前程去。

大学生祝涛最为佩服的就是毛主席他老人家，所以在他人生最黑暗的时候，总是以毛主席的"前途是光明的，道路是曲折的"这句话来鼓励自己。事实证明，祝涛就是在毛主席这句话的指引下走向光明的。

在南乡镇七围村的海堤上睡了几夜涵管的祝涛，还是被那家渔民发现了。

细心的渔娘发现她菜地里的萝卜这几天像癞子头上的头发，一块一块地空落，便悄悄地对自家男人说了。男人当天夜晚就来了个守萝卜待贼。约莫夜晚一点多，果见一个身影像特务似的人匍匐过来，匆匆地在地里拔了几个萝卜，揪断青叶掉头便回。渔夫像潜艇一样尾随着祝涛，看见他坐在那个破败的水闸墩上，狼吞虎咽地啃了起来。渔夫心里一声叹息，默默地退了回去。

祝涛吃完萝卜，上下齐声放了几个半哑屁，望着黑沉沉的海天发了一会儿呆，又像狗一样钻进了涵管里。

不知睡到什么时候，祝涛隐约感到有人在拍他的头，一个女人温软的声音在喊："喂！起来，起来！"

祝涛以为在梦中，但后来有个男声"嘎"地响起来说："小伙子哎，这里睡不得的，怕得病呢，快起来，到我棚里去睡！"

祝涛一惊，翻身坐起，情急之下忘了是蜷在涵管里，直碰得两眼冒金星。醒神一看原来是渔夫两口子，只吓得魂不附体！不料那渔夫丝毫没给萝卜报仇雪恨的意思，倒伸出一双热乎乎的大手把祝涛拉了出来，说："小伙子，你是找工作的大学生吧？这幕天席地的怎么睡？走，走，到我家去！"

祝涛吭吭哧哧地不肯。不好意思中还夹杂着几分戒备。渔夫哪知道他拐弯抹角的鬼心思，躬身从涵管里拖出他的行李，像甩灯草似的往背上一扔，"到我家里喝热鱼汤去，这几天大概把你饿坏了。"祝涛横心一想,自己也就烂命一条,值不了几个臭钱,要是真被人谋财害命也就去他妈的!于是慷然同去。

接下来的一切令祝涛十分意外。渔夫两口子把他引到家里,妇人首先烧了锅热水让祝涛痛痛快快洗了个澡,紧接着又煮了半锅鱼汤。当一海碗热气腾腾的鱼汤端在祝涛面前时,这位天之骄子忍不住热泪滚滚。

渔夫说:"只能吃个半饱呢!不能吃多,不然会胀坏的。"

祝涛喝了一碗鱼汤,这是他一生中喝的最鲜美、最珍贵的鱼汤。

这夜,祝涛就睡在了渔夫的家中。

他睡得很死。

但他在梦中哭了。

是那种只流泪不出声的暗泣。

祝涛睡到次日太阳爬上树梢才醒来,发现一个年约二十岁的姑娘正笑眯眯地看着他,不由大窘,脸像过年的对联,红得内容丰富。遂狼狈不堪地起了床,手足无措像做错事的小学生。那姑娘不禁笑起来,说:

"我爸妈说了,让你今天不要找工作去,在这里休息一天。"

"可我……"

"别什么可不可我不我的了!我家供你几餐饭还是供得起的。对了,你叫什么呢?我叫马丽芳。"

马丽芳的直爽感染了他:"我……我叫祝涛。"

"你是个大学生吧?"

"我……我……"祝涛喃喃着,他实在不好意思说自己是大学生。自己混成这样,连小学生都不如了,还有脸说"大学生"三个字?

从马丽芳口中得知,她老家是内蒙古的。由于长年累月牧马放羊,爸妈都得了严重的风湿关节炎,于是举家到广东来打工,在南乡找了一份看护堤林的工作。屋后的那两个鱼塘,原来是前年筑堤取土挖出来的坑，被马丽芳老爸废物利用整成了鱼塘，一年下来也有万把块钱的收入。

祝涛一听马丽芳来自大草原，立马像打了鸡血似的眉飞色舞。啊！美丽草原我的家！那"天苍苍，野茫茫，风吹草低见牛羊"的场景不知在他梦里出现过多少回。于是他便再不心存芥蒂，把自己的苦难史一咕噜倒了出来，马丽芳听得唏嘘不止，芳心暗伤。

夜晚，马丽芳母女叽叽咕咕得像母鸡孵小鸡似的嗑到夜半三更，第二天早晨起来祝涛就明显地感到马婶亲切得有点老母亲的味道了，久枯的心田不禁涌起阵阵温暖。

后来祝涛爱上了渔夫的女儿马丽芳，但在某一天，渔夫一家却不辞而别，当时已月薪过万的祝涛毅然辞职，远走草原去遍寻他生命中的恩人和爱人。

在海都，也并不是没有淳朴的温情。当坚硬的钢筋水泥挟裹着金钱的浪沫喧嚣而下，人性残存的温暖便被挤压在城郭之外。城市角落那些低矮的贫民棚户里依然有脉脉的炊烟升起，在车夫走卒乞儿小贩卑贱的人群中，依然流荡着爽朗滚荡的笑声。

无论富者贫者，都只不过是这个城市的过客。

过客祝涛又出发找工作了。有了恩人相助，吃饭睡觉暂时是没什么问题，但总不能天天白吃白喝人家的热鱼汤。他不是没想过找在福安打工的姐姐祝春秀，但南门关检查站把他卡在了关外。

那天祝涛从马丽芳家出来找工作，跑了几圈后就累了，于是信步歪到七围村的一个小公园里歇脚喘气。凉亭有几个老头子正在下象棋，横车斜马的厮杀中夹杂着牙齿不关风"丢你老母"的骂声。祝涛也是棋迷，不禁凑上一颗鼠头看热闹。对弈的是两个老头，一个白发如雪，一个红面如童。这时红面老人一个沉底炮，将白发老人左翼的士相统统锁住，另外一个车对着相虎视眈眈，随时可吃相抽将，白发老人整个棋局疲敝无力，真可谓"此诚危急存亡之秋也"，一时只急得老汗淋漓，苦思良策。祝涛技痒，倏然出手，一个黑马卧槽将，将红面老人的大帅一把将死。全场大愕，一看原来是个毛头小伙。白发老人一把扯住祝涛，仰天哈哈大笑，连说，后生可畏，后生可畏呀！红面老者气咻咻地看着祝涛，大有动老拳的意思。白发老人一巴掌忽悠过去，说："老不死的还当真啊？明天的早茶我请啦！"红面老头这才转怒为笑，说："好讲的啦好讲的啦！"非常亲热地揽住祝涛的肩膀称兄道弟，寒暄不止。

当得知祝涛在找工作，白发老人一拍大腿，说："我正要给我孙子找家教呢！你是学什么的？"

"我……我武汉大学中文系毕业的。"

"好哇好哇！那就给我孙子当辅导老师啊！"拉起祝涛便走。

祝涛走进老人的屋就像进了龙宫宝殿。六层高的洋楼装饰得金碧辉煌，墙院子里泊着五六部豪车，祝涛只认得奔驰宝马，其他的都叫不出名字。

原来此老人之子乃七围村的村委书记，姓王名国平，身兼本村二十多家企业的董事长，富甲一方。可读三年级的公子王万发一听到作文就头痛，如硬逼其捉笔成文，便撒泼在地上打滚，弄得鸡犬不宁。王书记兼王董事长不知请过多少名人良师，甚至还出高薪请了一个专业作家来辅导，但还是医不好"王太子"的作文头痛病。今天终于又请来个青年文豪，于是一家子像敬关老爷似的把祝涛奉为上宾。王董敬上一根"软中华"，满嘴酒气地说："祝老师，只要你把我儿子的作文搞上去，钱不是问题！工作也不是问题！现在的海都人嘎，有学问的羡慕有钱的，有钱的羡慕有学问的。我要我的小子呢，既要有钱又要有学问，谁也不羡慕！"

祝涛就大赞村委王书记英明无比，于是命运就由此发生了转机：专职做王万发"王太子"的作文老师，同时兼职王老太爷的象棋陪练。不包食宿，随叫随到，月薪三千五。"王太子"作文提高后安排工作。

这时祝涛想起了在福安打工的姐姐祝春秀，可没钱。

"王……王书记。我想去关内看看我姐，可我手里……您能不能预支两百块……块钱工资？我把毕业证押到您这……"祝大学生的嘴里像含了一个胡萝卜似的说。

王书记或王董事长江湖大哥一样地豪爽大笑道："哈哈哈哈……不用，不用！"抽出五张百元钞丢给祝涛，"拿去！不过呢，你的包还真得放在家里，海都的小偷特多，不安全，很不安全！哈哈，你可别误会我是扣留你什么呀！"

祝涛的头点得像鸡啄米。说："没有没有，您多虑多虑了。"随后告辞直奔南门关。

在南门关检查站，祝涛被武警战士拦住。

祝涛同学又恢复了大学生特有的天真狂妄："我有身份证为什么不能进关？"

值勤的武警战士敬了一个军礼后客气地说："先生！您没有边境通行证。"

"关内是外国吗？"

"当然不是。"

"那我是中国人不？"

"从您的身份证来看您是中国人。"

"既然我是中国人，为什么进自己国家的领土还要边境证？"

"对不起！这是规定。"

"这不是规定，是歧视！是赤裸裸的歧视！"在海都受的委屈终于找到火山喷发口，祝同学慷慨激昂、声色俱厉地说："你们海都就是这么特殊吗？海都就这么牛皮吗？就这么肆无忌惮地把自己的同胞分成一二三四五六等吗？我抗议，我强烈抗议！"喊完就往里冲，被值勤的武警战士一个擒进了拘留室。

拘留室很臭。在很臭的拘留室里祝涛很不好过。挨打倒是没有，但蜻蜓一样大的蚊子吸起血来比被挨打还难受。当第二天王董事长把他担保出来时，见其家庭教师遍体红包，不禁捶其肩膀，情义万丈地笑曰："兄弟，有个性！适合哥脾气!!"又问他：

"兄弟昨夜最想吃什么？"

"夜半鱼汤。"祝涛说。

10.快餐爱情

海都的爱情与它的城市一样，一切都已快餐化。

江城遭遇的第一次爱情还有那么一点浪漫。

刚出校门的江城青涩得像个柿子，有女生多看他几眼都脸红，腼腆得像小姑娘。

在大三的时候，江城曾暗恋过班上一位脸上长有几粒雀斑的女孩，但贫穷使他心里的这颗爱情种子还没发芽就死了。

这年系里举办"五四"青年节文艺汇演，有一个辩论节目，话题叫作"爱情与面包谁重要？"江城此次表现得前无古人后无来者。

众多师兄师妹兼师弟你方唱罢我登场，大唱爱情赞歌，只唱得朱丽叶重生，祝英台再世，坐在台下的江城听得不耐烦了，站起来大声说："NO！NO！不是这样的，不是这样的！什么是爱情？什么是面包？这是生存的首要问题。这个问题要搞清楚，这个问题不搞清楚，我们就会犯理想主义错误。同学们，过去一切恋爱成果的成效甚少，其基本原因就是因为没有面包来'攻击'真正的恋爱对象。"

江城的语言博得狂风暴雨般的掌声。

"爱情比面包重要吗？扯淡！你去问一问那些个妙龄女子：'你肯嫁给一个穷得只能喝凉水的人吗？你会喝着西北风去谈恋爱吗？'

不能！什么都不能！鲁迅先生在《伤逝》中告诫我们说：爱情必须附丽于生存！没有面包的爱情连狗屎都不如！

"我们都处在一个变革的时代，旧的思想体系业已打破，新的秩序尚未建立。我们什么都不是，我们又什么都是。我们今天在这里大谈崇高的理想，明天却又像狗一样摇尾乞怜地去寻找面包；我们今天在台上冠冕堂皇阔论纯洁的爱情，但在夜幕降临后我们又将去放纵自己的情欲。当这个物质至上，每个角落都被镀了金的时代，我们还在这里讨论爱情和面包谁重要，简直是白痴！"说完便跳下台扬长而去。

此一经典演讲使江城一夜之间成为焦点人物，学长学妹无不对这个操一口四川乡音土得掉渣的小子刮目相看，世无英雄，遂使竖子成名！

贫穷能使人尖刻或者深刻。和大多数农家子弟一样，江城的求学之路充满艰辛。在502宿舍里，原先有两个"款兄"，江城将有钱的同学统统称之为"款兄"——周明和李杰。周氏来自南京，李氏源自东莞。周明挟南京六朝古都之气息，积天累月不洗澡，袜子硬得像手榴弹，随便一丢能砸死人；衣服不用衣架撑，放在地上立得像墙壁。而李杰凭借东莞的财大气粗，睡觉之鼾声有如雷鸣，鼾之初起，声如叹息，时有时无，时断时续，一波三迭，时而低沉，如丝竹空鸣，海浪呜咽；时而高亢，如火车进站，六月潮汛；时而舒缓，如铜箫夜奏，笙管舒吹；时而急骤，恰如惊涛拍岸；时而如狼哭鬼嚎，令人毛骨悚然；时而似虎啸龙吟，令人精神振奋。江城不堪其扰，忍无可忍，然李杰不管不顾，鼾雷直奔。

不过此兄最高明处还不是鼾声天下独尊，而是梦中捉贼。原来周明有部"联想"笔记本电脑，一位看管宿舍的保安垂涎已久，一日深夜开门而入"502"，宿舍里八个人早变成八头死猪，唯有李杰鼾声不息。保安贼眼金睛，于昏黑中发现"联想"躺在桌上，虎爪暴伸，搂入怀中。蓦听得一声大喝："给我放下来！往哪里跑？！"唬得此保安双腿一软，扑地而坐，带翻一张靠背椅，一声巨响，把八头死猪打回人形，齐齐平平坐起，只见一物黑乎乎蹲在地上。江城"啪"地打开电灯，原来是保安同志。

后来李杰见人就恬不知耻地大吹特吹，自己如何如何有特异功能，能在睡梦里分辨出蚊子是公是母。其实只有天知道，此兄那天正在做美食梦，梦见自己十三岁的侄子抓起一只白切鸡腿撒腿就跑，吃大食堂的李杰嘴里早淡出鸟来，见此不禁情急，大喝一声："给我放下来！往哪里跑?!"鸡腿没追到，倒追到一个贼。

周明有六朝古都做底蕴，自然瞧不起乡下同学；李杰老家东莞更是富可敌国，农村的穷小子哪能入他龙眼？二位公子哥对从土窝里爬出来的六个室友自是不屑一顾，趾高气扬得像天朝太子接见草民。

话说有一日，周明不知从哪儿得知江城的暗恋史，胸中醋海扬波，冷嘲热讽，江城秉承"贫不跟富斗"的古训，只当耳旁风。周明以为江城这穷小子怕他，就愈发癞子打伞——无法无天。这天晚自习后，周明又躺在床上喋喋不休："奶奶的，一个穷小子，公猪不像公猪，奶猪不像奶猪，长不像鳝鱼短不像泥鳅，还蛤蟆想吃天鹅肉，去死吧你！"土包子江城气炸了，从叠架床上虎跳而下，一把拖起周明，抡拳就擂。周明猝不及防，清醒过来时早已眼青鼻肿。李杰见同僚被揍，一个狼跃，蹦起老高照江城一拳砸下来，直砸得江城眼冒金星，差点扑地栽倒。

其他五个农民学生见阶级兄弟被欺，一哄而上，"怎么着？两个打一个呀？"说罢十条胳膊齐舞，揍得南京东莞哥俩鬼哭狼嚎，跪地求饶。

经此一战，"502"室从此工农结合，很有些白头偕老、举案齐眉的意思。到大学毕业各奔东西时，"502"室的人抱成一团，哭得天昏地黑。

后来江城在海都混天下。周明回南京在政府某部门谋了个小差事。李杰的革命根据地是东莞首富村,肥水当然肥自己,于是解笔归田,做了该村的高尔夫球场的经理。其他的几个舍友分别后便像泥牛入海,从此杳无音讯。

毕业一年后,李杰开了一辆奥迪 A6,找到在海都跑业务的江城,俩人到"蓝鸟"咖啡厅里,伴随着一首哀婉的音乐叙旧。

李杰问昔日的室友、今日的打工仔江城:"你在海都有过爱情吗?"

江城一脸茫然:"海都爱情?"沉思良久,然后苦涩地摇了摇头,"没有!"

但是他的心却微微痛了一下,像被蜜蜂蜇了似的。

这只小蜜蜂就是吴霞。

那天江城与菲律宾一位客人签下一张大单,按道上的规矩,江城请他桑拿,再K了半夜歌,最后找了一个小姐打发他,这才打的回府。他怕祝涛还在等他。在海都这个充满虚心假意的城市里,祝涛是他唯一守望的灯火。只要不是有特别的事,江城总会回去与祝涛聊上几句后再休息。万一回不去,就会给祝涛打电话细细解释一番,祝涛也是前叮咛后嘱咐,俩人在患难中建立的亲情,淡然如菊却又情深似海。

也许是刚才陪客户喝多了,在海都三十一区那条窄巷前下车时,江城的钱包溜了出来却浑然不知。这时背后突然响起一个清脆的女声:"先生,您的钱包掉了。"

江城醉眼蒙蒙地回过头。只见在海都深夜昏黄的路灯下,一个身穿红衣的年轻女子像火一样在城市的阴影下熊熊燃烧。

"哦!谢谢!"江城疾步上前,捡起钱包,又说,"这么晚你一个人要注意安全啊!"

那个女孩浅浅一笑,说:"你不也是一个人吗?"

江城怔了怔,这话听上去似乎有些暧昧。一个单身女子,在深夜里彳亍独行,实在令人有些浮想联翩。但江城还是非常感激。

女孩好像看穿了他的心思,解释说:"我叫吴霞,在酒店上班,两班倒,所以现在才下班。"

"哦……哦……"平时巧舌如簧的江城这时像短了舌头,情急之下突然灵机一动,说:"靓妹您住在哪儿?我送您回去!"他不敢称小姐,在海都,小姐早已是妓女的代名词,谁要是这样称呼女同胞那是成心找抽。

女孩指了指窄巷说:"我就住前面不远!"

"哈!原来我们是邻居呵,我也住这呢!我送您几步。"

在海都十三区一段约二百米的巷子里,江城走进了他人生的第一场恋爱。

祝涛知道后异常恼火,训道:"你和酒店的服务员谈恋爱?这些人一百个就有九十九个半是三陪女知道吗?三陪女会有真感情吗?"

"可她拾金不昧,这样的女子在海都打着灯笼都难找。"

祝涛对卖淫嫖娼可是一向深恶痛绝之,于是嘴喷白沫对江城狂吼:"魔鬼也有良心发现的时候!"

这是他们第一次吵架。

江城也脸红脖子粗,理直气壮地捍卫他神圣的爱情:"偏见!你这是偏见!"

祝涛指着江城的鼻子:"你……他妈的……真是白痴。"

江城的眼泪快流出来了:"你……你骂我?!"

祝涛顿觉失言,忙一把捂住自己的嘴巴,好像要把刚才的骂逮回去。江城看得不禁"卟哧"一笑,同时一颗硕大的泪珠也滚了出来。

紧张的气氛一下缓和了。

祝涛过来人似的说:"小姐信得过,母猪能上树!"听上去不知他有多丰富的恋爱经验。事实上,他还是个童男,而年龄却有二十六七了。

江城一脸的幸福激动，像只迎风歌唱的大公鸡："这次我肯定没看错。你想想，她居然看见钱包不捡！这是什么样的道德品质？这是只有毛主席那个时代的人才有的道德品质！这样的人现在上哪儿找？上哪儿找哇？特别是在海都！奇迹，简直就是天大的奇迹！我说吴霞就是雷锋复生，那个……那个孔繁森再世。"

祝涛听得不禁哈哈大笑，说："人家孔繁森是地委书记，她吴霞是个啥？看来你真是被爱情这块猪油蒙了心肝了。"

"你不知道，吴霞可清纯着呢！"江城一脸庄重地说。

祝涛笑得腿肚子抽筋，说："天啊，海都这个淫荡之都还有清纯的女孩？小心别人把你卖了还帮人家数钱。"

江城小肚一挺，神气活现地道："我情愿被吴霞卖了！"

祝涛无语，只好说："得了得了！江城，但愿我的担心不会实现，现在这个社会，谈感情太奢侈了。"

"那你和马丽芳没有爱情吗？"

这时的祝涛和渔家女马丽芳也恋爱两年多了。

祝涛脑袋一扑棱，斩钉截铁地说："马丽芳与吴霞不同，毫无可比性。马丽芳是雪莲，一朵没有被污染的天山雪莲。"

"那吴霞呢？"

"都市里的一枝夜来香。"

江城气得吐血，恼羞成怒地说："好好好，你的丽芳是雪莲，我的吴霞是夜来香。一白一黑，一个是圣女一个是妖精，行了吧？"又不甘心，就拿马丽芳的老爸出气，嘲笑道："你未婚妻是圣女，可你岳父却是个怪物！"

祝涛不由莞尔一笑。

马丽芳的老爸马才确实是一个怪物。

马丽芳要进工厂打工，可这老朽死活不肯。他叼着烟斗对宝贝女

儿说:

"海都是人待的地方吗?它像个大粪坑,再香的人跳进去了也会变臭。它能叫好人变坏,坏人变鬼,就连那个空气都是臭的。"

马丽芳脸上的两块高原红急得像火一样燃烧起来:"那你现在不就是在海都吗?"

"这里是海都没错,可这里是海都的乡下,跟海都城里不同。"

"有什么不同?难道还一个是中国一个是美国呀?"

"嗯!差不离儿。城里人心眼儿多,心眼儿也坏,转眼儿一个计策,不像我们乡下人心肝实打实,你进城会吃亏。"

"那您要我在家里窝一辈子呀?"

"这个你别担心,一个女娃儿担心这些事干啥?反正爹妈给你吃,给你穿,给你用,其他的就甭管了。"

无论马丽芳一哭二闹三上吊,马老朽就是不依。

马才视海都如洪水猛兽,在某一个冬日,他悄无声息地离开了他守护的海堤,他看守的鱼塘,还有恋着他女儿的祝涛,像一匹恋槽的老马,又回到了他的草原。

在老马归途大约半年后,在广袤的内蒙古大草原上,出现一个年约二十七的长发青年,他背着一张吉他,唱着忧郁的歌,从这个蒙古包走到另一个蒙古包,从蒙南到蒙北,他不停跋涉,苦苦地寻觅。一年多后,很多内蒙古牧民都知道一个从海都来的大学生祝涛,在茫茫大草原上寻找他的恋人马丽芳。

在蓝鸟咖啡厅里,江城对李杰说:"我涛哥自始至终反对我和吴霞谈恋爱。他是对的!他目光如炬,一下就看出吴霞的魂魄了,我后悔没听他的话。"

那年的某一天,为了验证恋人的高洁如玉,江城主动邀请祝涛去政审考察吴霞。

还是在这个"蓝鸟"咖啡厅里,吴霞挎着一个精致的人造革皮包款款而来,她一身素装,淡脂浅粉,与满街穿得破绽百出的香艳女郎比起来,真是清纯到极点,颇有"清水出芙蓉"的味道。

江城很绅士地对吴霞介绍祝涛:"这就是涛哥,我常跟你提起的。"

吴霞也很淑女地微微弯了弯细细楚腰:"涛哥你好!"

祝涛很矜持地笑了笑,连嘴唇缝儿也没裂开。

咖啡。音乐。闲聊,海阔天空的。

祝涛不吱声,只喝咖啡。

政审完出来后,江城眉飞色舞地问祝涛:"怎么样?不错吧。"

"要我说吗?"

"嗯!直说无妨。"

祝涛的每一个字都斩钉截铁:"吴霞绝不是你的终身伴侣!"

江城被说得一愣一愣的:"涛哥,你就这么肯定?"

祝涛沉默,以表不屑。

江城还不死心:"那……你评价一下嘛!"

祝涛眼也不抬地说:"两个字:肤浅!三个字:特肤浅!!"对着海都的夜空浩叹曰:"看来我的预言要实现了!竖子无谋,夫复何言?病入膏肓,无药可治!"

不顾祝涛的反对,江城给吴霞租了套一室一厅的房子。为了表达对爱情的真诚和男子汉的大方,江城一次性花了一万多元给未婚夫人添置家具和衣物。

"城哥!你对我真好!"

但江城还不敢明目张胆地和吴霞同居,他要顾及祝涛的感受。于是要在吴霞处过夜时,江城就得和祝涛撒谎。但这引起了吴霞的不快,翻着猩红的嘴巴说:"祝涛是你什么人?值得每次跟他请假。我看这人阴阳怪气的,不是好东西!"

江城怒不可遏："你给我闭嘴！"任何人伤害或侮辱祝涛永远是江城的情感禁区。

"哼！就一个死书呆子，你倒还看得像宝似的！"吴霞对祝涛那天的怠慢苦大仇深。

江城通脸赤红："没有他，就没有我在海都的今天。我没有今天，能和你一起吗？"

"得，你就别趁机猴子上树。"吴霞一脸不屑。

这是他们的第一次争吵，为祝涛。

但吴霞好像非常健忘，今天吵过架明天就没事了。

"城！帮我捶捶肩……"

"城！帮我挠挠痒……"

"城！帮我拿件小衣来……"

江城就被她叫得骨酥筋软，百依百顺。

"城！听说华南城笔记本打七折，好便宜的哦！"

于是江城乖乖掏腰包，买了一台索尼笔记本。

"城！女人世界有款皮大衣，真的好漂亮——！"

于是江城又花去了一个月的工资。

……

大半年下来，吴霞从江城的身上剐走六七万元。

这天江城要和老板李肃去温州出差，来不及和吴霞话别，在海都国际机场里给吴霞打电话："宝贝，我要到温州出差一个星期，你把家看好啊！"

"哦——亲爱的你放心去吧！我会把家看好的。"

"嗯——啵老公一个！"

手机里响起吴霞娇俏的吻声。

"我会想你的宝贝！"

"老公，我现在就开始好想你了哦！你早点回来哈！还有，不允许在外面泡妞哦,不然我会一辈子不理你的!"虽然隔着电话,吴霞的嗲声仍令江城小腿肚子抽筋。

这是江城和吴霞最后一次通话。

到温州的第二天,吴霞的电话就关了机,打死也不通。江城预感不妙,想叫祝涛去看看,可又怕挨骂。好不容易等到出差期满,飞奔回出租屋,打开门,室内一片狼藉:长虹彩电、海尔冰箱、索尼电脑、格力空调、美的洗衣机……甚至那个纸篓,都不见了踪影。除了几面墙壁,剩下的只有空气。江城听见自己脑子里"轰"的一声,一屁股跌坐在地,哆嗦着掏出一根烟,却怎么也点不上。

"这就是我海都的爱情!"在"蓝鸟"咖啡厅里,江城非常平静地将自己的情史讲给李杰听,看不出一丝丝悲伤、忧郁和愤懑。

"找过她吗?"

"找过。我到她工作的酒店去找,那里人说根本没吴霞这个人。"

"这个名字肯定是假的。"

"嗯。是假的。在酒店里做小姐的人,会把真名给你吗?是地球人都知道的。可笑的是老子什么都相信她!"

李杰很老到地说:"名字是假的,报的酒店也是假的。"

"没错,什么都是假的。海都还有什么东西是真的?"

"那——你当初真的想和吴霞结婚成家?"

江城认真地想了想,半响后才摇摇头,说:"不知道!我们这些打工族,今天不知明天的事。在海都,爱情已死,就是结了婚,又能说明什么呢?"

11.商海谲波

在海都，真情像高山空气一样稀薄，而陷阱与诱惑却如暗夜无处不在。

精明者如江城也曾掉进过陷阱。

那是他的第一次性事。

他对那次性事充满了愤怒和罪恶感。

事件还得从做销售说起。

"销售嘛，销售就是把自己销出去！贸易嘛，就是你倒我我倒你！"南方国际贸易公司总经理李肃常把这句话挂在嘴边教育自己的手下。"我们搞贸易的，除了军火和毒品，就没有不敢倒的！"

此国际倒爷非常瞧不起国内倒爷。"那是什么？打内战啊？从河北倒湖南？再从湖南倒广东？那算是个啥屁事嘛！不就是从张三家倒到李四家，太小儿科啦！有种的就打出国门，用 Made in China 把旧世界打得落花流水，砸出一个新世界！"

当初祝涛把江城推荐给李肃时，李大总经理不大看好江城。虽然江城有四川人少见的一米七几的个头，但这毛头小子从每个毛孔缝里渗出的土气，实在令人小觑。这个土蛋蛋，能跟国际贸易这个极现代的玩意儿挂上钩吗？可祝涛所在的荣泰集团是他的大客户，祝涛又在这家公司里做人事总监，位高权重，李肃不得不卖这个面子。

祝涛当然看得出李肃心底的傲慢。他瞅了瞅江城，只见此小子嘴角挂着隐隐的冷笑，一副初生牛犊不怕虎的二愣子样，暗自好笑，心想果然是我武大出来的，就是底气足，够硬气，没砸母校的牌子！

在来应聘之前，江城在网上搜索了南方国际贸易有限公司的所有资料，早已胸有成竹。凭着自己的英语八级，不被录用那可是他南方国际贸易有限公司的重大损失。当李肃用轻睨的目光看他时，不禁激起了江城贫穷的傲气，摆出一副你不鸟我我还不鸟你的英雄气概。

李肃看过江城的英语八级等级证书后,有点温热意思地说:"你的口语如何?"

江城一口流利的英语像伦敦版赵忠祥,立马将李肃雷倒。

江城的声音极富磁性。"这小子,就凭他这声音,不知会迷翻多少外国娘们,谈判那可是事半功倍!"李肃阅人无数,很快发现了江城的潜在价值,于是与祝涛一锤成交,将江城留了下来。

对于接触外国女客户,江城起先很是不习惯,又是拥抱又是亲面颊的。但热情奔放的欧美女郎不顾中国男人江城的感受,每每见面就老远老远地张开双臂"哈喽!哈喽!"在大庭广众之下给江城来个热烈的拥抱,叫中国男性同胞气煞羡煞,谁知江同志却是身如针扎,没一点儿幸福眩晕的滋味。

做贸易有点像做三陪,客户来了得像爷娘奉着,从此江城出入海都的各种高级楼台管所,开始灯红酒绿的奢侈生活。

如果你爱一个人,就让他做贸易,那是让人疯狂的天堂;如果你恨一个人,就让他做贸易,那是让人变鬼的魔场。

江城在工作中慢慢发现,女同事比男同事拉单容易得多,尤其是那个李芳,业务一直做得稀里哗啦。江同志万般不服气之下百思不得其解,私下里请教几个道兄,不料诸道兄均做神秘状,手足上下齐摇,宁愿被炸死做英雄也不肯泄露天机。

江城做贸易有两个国家的单不接。一是小日本的单。他的曾祖父是小日本用刺刀刺死的,革命仇恨一代一代往下传。另一个是印尼。忘记就意味着背叛!钞票是重要,但和国仇家恨比起来,就连屁都不是!

江城高尚伟大的爱国情操被李芳讥笑得体无完肤。"你不接日本皇军的单,那日本人就要全饿死啦?你当自己是日本天皇啊!这样抵制正像你自己说的:连屁都不是!"江城白眼直翻,斥道:"哼,你们小女人懂个屁!小日本怎么说的?即使我们不参拜靖国神社,韩国人也不买我们的车。但是我们每年都参拜靖国神社，中国人照样会买我们的产品。知道不？如果中国人一个月不买日货，日本将有数千家企业面临破产。如果中国人六个月不买日货，日本将有一半人失业。如果中国人一年不买日货，日本经济结构彻底瓦解。日本还能这样嚣张吗？你如果是中国人，不用你上战场当炮灰，你要做的事很简单，就是不买日货，不和日本贸易，不但简单，而且有效。李芳，如果你是一个有良知的中国人，为什么不与我这个爱国人士一起并肩战斗，拒绝与小日本贸易呢？！"

李小姐听完江城慷慨激昂的一番高论，只笑得花枝乱颤："唉哟，唉哟，我们的江愤青啊，你这番话从哪个网站上偷来的呀？还在我们这里摆谱，真是羞羞羞！江城，你这是狭隘的民族主义行为，精神不可嘉，做法更不可取！你买的所有所谓的日货不一定都是MADE IN JAPAN，只要是在中国买的都是中国产的。经济全球一体化，各个经济体都是你中有我，我中有你，知道吗？"

"日本把第一流的产品留给自己用，第二流的产品出口到欧洲和美国，第三流的运到非洲，日本鬼子深知中国人崇信洋货，第四流的就出口到中国，李小姐，你觉得还应该买日货并和他贸易吗？"

"得得得！不买日货和不跟日本做贸易，这与爱国并无关系，你别扯起虎皮做大旗，好像全国人民就你一个江城爱国，其他人都是汉奸似的！"李芳勾起手指打了江城一爆栗，扬长而去。

与李芳决然不同的是，江城的几个道兄对江城这种高尚的爱国情操赞不绝口，将他奉为海都硕果仅存的伟大民族主义者，是全国左翼青年的旗帜和楷模，同时又万分羞愧地表示：自己一干无知鼠辈，不晓民族大义，只能当卖国贼与小日本继续贸易下去，爱国抗日此等大事，只能让江城等人去做。

有一段时间江城还真被这帮道兄的黄汤灌得云里雾里，祝涛得知后大笑，一语点破玄机，说："你真是个傻蛋！你以为那帮家伙真是在夸你？他们满嘴的冠冕堂皇下只不过是要你江城少签单少赚钱！"江城恍然大悟，痛感人心叵测江湖险恶。

"要是那李肃王八蛋敢把你咋的，看我不卸了他！"当"东北帮"的带头大哥江湖人称"冒命王"王刚得知江城被怀疑时，便喝了八两烧酒，硬要去卸下李肃的一条胳膊，被江城死命抱住才没拔刀相助。

"冒命王"把胸脯子拍得山响，豪气地对江城说："你的事，哥罩着！"

那次"东北帮"痛揍三个日本仔后，一笔大单告吹，气得李肃差点服毒自尽，井上一树这条财路算是彻底断根了。

"这是谁干的呢？真是胆大包天！是可忍，孰不可忍。"李肃决定查出这个内奸。查来查去是谁都像又谁都不像，最后，重点嫌疑对象就锁在了江城身上。

在打井上一树三人后的第十八天，李肃把江城叫到办公室，一张脸严肃得像包公，单刀直入问：

"江城，你为什么要找人打井上一树等日本友人？"

江城心里一声雷响，脸上却是惊诧、惊愕加茫然："我？李总您怀疑我？"

李肃重重地把龙头一点，虎着声音说："没错！我已发现了你是内奸的证据！那天，只有，你，离开了，现，场！"

江城的心"咚"的一声又跌回原位，偷偷长吁一口气，如释重负地暗暗骂道："小样！还想诈老子啊，你还嫩了点！"肚里冷笑不止，脸上却委委屈屈地说："您想想，我才来海都几天啊？能认识这些黑道上的人吗？给我天胆也不敢去结交这些人呀！"

李肃李大人略一思索，暗暗说是这个理呀，江城来海都没三两天，怎么可能认识这些道上的人呢？看来真是冤枉了他。

一阵审问过后，江城终于被从内奸名单上除名，化险为夷、安然无恙。

开始做业务的半年时间,李肃发现,只要客人不要求进娱乐场所,江城从不主动邀请。纵使客人有这个要求,江城也尽量推诿,有几次令客人感到很不快,几单生意差点泡汤。

李肃对江城的这种表现非常不满意。在一次早会上,极其严肃地批评江土包:"江城,你怎么能这样做业务呢?完全像个没见过世面的土包子嘛!这样搞下去,不仅你拉不到单,还会赶走公司的客户,知道不?"

"李总!我……我真不习惯那……那些场合。"早会挨过批后,江城找一个时间溜到李肃办公室,很无奈地说。

李肃把身子埋在老板椅里,眯着眼问江土包:"那你说说,你为什么不习惯这些场合?"

"我……我觉得那些娱乐场所会……会叫人变坏。"

"哈哈哈……"李肃冲天三笑,又连摇三下头,说:"江城啊,你真是太……太……那个了!哎,怎么会这样呢?照你说来,我,还有你的同事,以及海都所有进娱乐场所的人,都是坏人啦?!"

"李……李总……我……我不是那个意思。您……您误会了……"

李肃打断他的话,说:"江城,你的观念太落后了,要大力解放思想才行!你呀,还停留在狭隘的小农圈圈里,难道四年的大学,没有给你一点现代的生活气息吗?"

这话捅到了江城的痛处。四年的大学生活江城是从贫穷中熬过的。武汉的繁华不逊于海都,"但繁华是他们的,我什么也没有"。四年大学生活,江城不知肯德基是什么滋味,咖啡有点苦要加糖也只是道听途说,他吃的最贵的一餐饭是三十六元八角:那是他二十一岁生日时,在外面做家教挣来一百块钱后,狠心在武大附近一家大排档里"腐败"了一次,吃完后又心痛不已,接连几夜没睡好觉,总梦见老爸拿着一根烧火叉追得他满山跑,要打死这个伤疤还没好就忘了痛的败家子！这时一经李肃再教育，他不禁涌起一股莫名的怨恨，于是很激动地说："李总，您批评得对！我决心改正，以后做一个声色犬马与时俱进的人！"

李经理龙颜大悦，说："我李肃的眼光什么时候看错过人？江城，你穷的是脑袋是思想，不是素质也不是能力，只要你解放思想，改变观念，你就一定能行！一定能超过所有的同事！"

江城从此暗暗注意身边的同事，揣摩他们做贸易的策略与技巧。"我要超过这些鸟人，就必须研究这些鸟是怎么飞的。"不久果然有新发现，除了本身要销售的产品要过硬外，陪吃、陪喝、陪玩、陪睡……几乎是每一张订单的孪生姐妹。也就是说，你要拿下一张订单，除了你推销的产品对路、质量好，你还得把你的客户服侍得舒舒服服，在某种程度上，后续服务甚至比产品本身更重要。李芳有着先天优势，任何男性客户对其胴体均有使用豁免权。那天公司来了一个南非客户，李芳与其到海都"天之都大酒店"贸易一夜未归，次日上午十点多钟，江城去酒店接他们回公司，看见李芳与南非客从同一间房里相拥出来，狎媟无间，这才恍然大悟波霸为什么在业务上总是遥遥领先！

这一天江土包感慨良深，下班回家后像老僧入定一样枯坐在沙发上，面壁思过，痛定思痛，终于在子夜时分悟真得道。

在江城进入南方国际贸易有限公司一周年的那天，公司里又来了三个日本客户：二男一女。女的是一家什么"六和电子集团"的总裁，叫雨宫樱子，华贵绰约之极。江城听波霸说此妇已是六十余高龄，但看上去却只有三十多岁的模样，丰艳逼人。那两个日本男仔壮得像松树，但嘴上黑黑的人丹胡子令江城十分反感。

总经理李肃目光炯炯，语有深意地叮嘱江土包，末了还不忘记提醒一句："江城，几位日本客人招待得好不好，这次就要看你的了！今天刚好是你进公司一周年哦！"

江城当然明白李肃的言下之意：如果你这次再搞砸锅，就给我走人！

一干人在"天之都大酒店"吃完晚饭，已是华灯初上。海都没有黄昏与黎明，只有白天与黑夜：当黄昏还没褪尽，无数的灯光便将城市灿然亮点，将海都直接拖入黑夜。

接下来的项目是 K 歌，李肃开了一间包房，中日友人大唱友谊歌，喝友谊酒，干友谊杯，跳友谊舞，谈友谊生意。雨宫樱子表现得十分活跃，不停地邀请江城合唱。于是唱《北国之春》，唱《草帽歌》，唱《在那遥远的地方》……直唱得筋疲力尽、喉咙嘶哑、头发冒烟，最后李肃等人散去，只留下江城陪客人。

因刚跳过舞，雨宫樱子脸色酡红，娇喘微微："阿城，我们到房间去谈一谈有关生意的事，可以吗？"

江城与雨宫樱子来到 808 房间，海都繁夜的喧哗全部隔在窗外。粉红的灯光温柔地泻在地毯与雪白的墙壁上，烘衬出一种暧昧的慵懒和温馨的气息。

雨宫樱子非常礼貌地征询江城的意见："唔……跳舞跳了一身汗，我想去洗个澡，您介意吗？"

江城微微欠身回道："哦，您请便！"

半个小时后，雨宫樱子身披一套半透明的真丝睡裙出现在江城面前，那丰满的胴体在后面若隐若现，江城大窘，浑身如着火般难受。

雨宫樱子好像什么也没觉察，非常自然地坐在江城的身边，一股幽香顿时裹住了江城，让他有些窒息。

生意没有谈，谈的尽是些八卦。东扯葫芦西扯瓢扯到凌晨三点半时，江城呵欠连天，但雨宫樱子谈意正浓。

雨宫樱子说："要不，我给您倒杯酒？"

江城强打精神说："哦！好的，谢谢！"

"这是珍藏了八十年的人头马，我专门从法国买的，江先生，您尝尝!"

江城听了暗叫一声"妈呀,这一口酒就是我半个月的薪水了,这个小日本老娘们还真腐败得紧啊!"但表面不动声色,一个堂堂中国男人,不能在一个小日本女人面前失了尊严,于是很不在意又很得体地抿了一小口,故作深沉状品了片刻,微微点了点头,既不说好,也不说坏,深不可测,完全是见过大世面的人物。

喝了两杯人头马,江城就觉得自己的人头竟也马虎了,更要命的是,自己的整个身体仿佛快要爆炸,他需要一种宣泄……迷糊中,他看见雨宫樱子的睡袍悄无声息地滑下,雪白的身体像块暖玉扑进他宽厚雄健的怀里。江城虎吼一声,将雨宫樱子压倒在床……

后来江城一直没弄明白:就那两小杯人头马,真能把自己醉成那个样子?肯定是酒里面放了什么东西吧,譬如说——春药?!

但他不敢肯定。

当第二天红日射窗,江城从酣睡中醒来,发现赤身裸体的雨宫樱子睡在怀中,就知道自己已变成了一个不可救药的男人。

雨宫樱子不知什么时候已醒来,柔情万丈地将两条粉臂箍了上来,在江城的耳边说:"江,你真棒!"

江城又羞又愧,激起一股仇恨,再一次粗暴地将雨宫樱子掀翻在床……

12.投之以网

网络是一个神奇的世界。

吴文学会五笔打字后,他又开始网上冲浪。网络世界几乎包罗万象,无所不能,这令吴文惊奇不已。

在江城的怂恿下,吴文开通了自己的博客,他首先注册,不是那么顺利，关键是注册名，他想到的都被人注册了，换了十几个都没成功。他灵机一动，将自己名字的前两个拼音后面加上下横线，然后再写上自己的生日，果然一路畅通，注册成功。接下来他又把自己以前的一些文章放到博客里，没两天就有上百个访客，说了很多鼓励的话。江城告诉他：发帖子或跟帖叫"灌水"，上人家博客或空间叫"踩踩"，留言就叫"留足印"或"冒泡"，只看不发言叫看"霸王文"，网络名词令吴文大感新奇，细细地想一想，有些还真贴切生动，不由感叹自己真是与这个时代落得太远了，不客气地说就是半文盲。幸亏来到了南方，才有机会融入现代化的进程，如果足不出户，还是窝在那个山沟子里啃几亩瘦田，就是老死荒丘，也不知道外面的世界是多么精彩，那可是白活了！

吴文发现，QQ是一个很有趣很神奇的东西，它像一条绳索，能把相干和不相干的人串在一起，双方躲在虚无的网络后面，扮演着形形色色的角色，说着真心或假意的话。吴文刚上QQ时，还弄了些笑话和出过几次洋相。

他在腾讯成功申请QQ后，起了一个很有些文气的网名：墨白。又在个性签名栏里写道："世事如墨，尘心若白。"颇有几分仙风道骨的意味。登录后不久，电脑右下角的小喇叭发出信息，是有人请求加为好友。他点开，是一个叫"帅得没商量"的网友请求，于是通过。吴文以为此"帅得没商量"肯定是个男仔，谁知聊了一个多月后才发现，原来是一个十三四岁的小姑娘，这小鬼在视频里冲吴文得意地坏笑，大概是看穿了他的尴尬。

吴文把这事讲给江城听，江城见怪不怪，说："这有什么，QQ个人资料里面是少女，没准是个六十多岁的老头。网络这东西，你别把它当真。"

那天吴文与婉雪在海都人才市场相遇，吃了炒米粉，分手时互留了QQ号。吴文回来后迫不及待地上网,火烧火燎地登录,在查找对话框里输入婉雪的QQ号,点击搜索,婉雪的网名叫霓裳雪。吴文发出信息:"你好!在吗?我是吴文,请加我!"

片刻就得到回应,接着俩人就聊了起来,后来提到网络文学,她问吴文:"对了,你了解网络文学吗?"吴文尴尬地说:"我的电脑才刚学会,网络文学我就更不懂了。"婉雪说:"我有个师姐,专门给一些文学网站做写手,月收入过万。你有这么好的文字功底,何不试一试呢?"

"看来我真是落伍了!我以前一直以为,只有在报纸杂志上发文章才有稿费,想不到,现在在网络上发文章也有啊?"

"也不全是这样的。像你在自己的博客或空间上发文章,谁给你稿费呀?除非你成为某个网站的签约作家。"

"哦!原来是这样呀!看来也不是件容易的事,除非你在网络上有点名气,人家才会跟你签约。看来我不行。一是我不懂,二是我的文风可能不适合网络文学的那种写法。"

"我说你这人,试都没有试,怎么就知道自己不行呢?你到底打不打算在网络上发文章呢?"

"怎……怎么发呀?"

"很简单的。你在某个网站注册就行了,就像你申请博客差不多。"

"婉……雪,你知道吗,在南门关第一次看见你的时候,就有一种似曾相识的感觉。对不起,你该不会误认我是一个轻浮的人吧?"

"跟你……实话说吧,我也有这种感觉。那天你给我解围,我就觉得你这人特深沉特忧郁,是那种很有思想的人。你的忧郁是从骨子里发出来的,是不是受过很多伤?"

"我考大学的那年患了一场大病,大学梦就这样碎了。后来到村小学去当民办教师,又遭村干部排挤欺压,没奈何就和两个同伴跑出来了。能说说你吗?"

"我出生在南京,父母亲都是知识分子。大学毕业后在报社工作了一段时间,现在想在南方寻求发展。"

这次网聊是吴文有生以来聊得最长最深入的一次。他爱上了QQ,有空就上线,上线的第一件事就是找婉雪。俩人在网上聊得甚是投机,这一切隐蔽得像做地下工作,江城一点儿也不知道。

江城还是一如既往地忙。

这个周日,江城睡到太阳晒屁股才起床,吴文已把饭做好。这三个多月来,吴文几乎成了江城的生活保姆。

在吃饭的时候,吴文对江城说:"跟你商量一件事,这几个月我勤学苦练,电脑应该是差不多了,所以想尽快找份工作,总不能长期在你这里白吃白喝呀!"

"真的学得差不多了?不是菜鸟啦?"

"谈不上精,一般的工作应该能对付过去吧!像绘制表格呀,发电子邮件什么的。"

"哦!你现在一分钟打多少字?"

"差不多六十个左右吧!"

"行啊你!居然跟我有得一拼了。行,批准你毕业。有什么打算?"

"你说吧,我一不懂企业管理,二不懂技术,三不懂销售,只能写几个字,所以找工作只能从这方面想。"

"说得有理。找工作就是要利用自己的长处。问题是,现在你能找到适合自己的工作吗?"

"这几天我上网查了一下,海都松乡镇的镇报扩版,现在正招记者呢!"

"是不是啊?这太好啦!"

"嗯。我明天就过去应聘,还有另外一个人。"

"是谁?"

"婉雪。"

"哪个婉雪?"

"就是……就是我们来的那天,在南门关碰上的那个女孩。"

江城一脸诧异:"你怎么碰上她的?"

吴文就将相遇的事一五一十地供出,只听得江城色眉狂舞,嚷道:"吴文你艳福不浅呵,这么快就有了红颜知己!"

吴文一脸森然:"什么艳福、红颜,不要说这些俗不可耐的字眼,这是对她的玷污!"

江城一伸舌头,说:"行,我没半点不尊重她的意思,看你给急的。吴文,我发现这个女孩真的不错,你得用心点哦!"

"海都的爱情就来得这么容易吗?"

"爱情这东西,可遇不可求。像我和吴霞吧,也许永远找不到你和婉雪的那种感觉。"

"尽说些疯话!我现在和婉雪有什么感觉?前后就见过两次面,能有什么?再说她是名牌大学的高才生,出身大都市,能看得起我这个穷土包?你就别在那瞎扯了。"

江城把筷子重重一搁,满嘴喷饭,怒曰:"吴文,你这说的什么话,谁说你是土包子了?是土包子又怎么了?中国人往上数三代,哪个不是土包子?她婉雪名牌大学毕业又咋的,能和你这个省级作家比吗?她出身大都市,就不用跑到海都来打工?!"接着又嘻嘻一笑,"吴文,明天我陪你去应聘好吗?"

"你……有何居心?"

"看你说得多难听,我还不是为你好,帮你参谋参谋,考察一下婉雪嘛!"

"乱弹琴!"

"我是说真的。明天你应聘完了,我们一起去看丽娟她们。"

"你不用上班？"

"我给公司打个电话，就说明天我要见个客户。你知道我们搞销售的上班比较自由。"

"那——好吧！但明天你不许乱说，否则我饶不了你。"

"得，你像个娘们似的！"江城奸计得逞，胃口大开，端起一碗面汤，咕噜咕噜喝了个底朝天。

这夜，吴文担心明天应聘的事，在床上煎烙饼似的翻来覆去。

次日早晨八点钟，婉雪如约来到南门关。

婉雪一袭紫衣，在海都六月的朝阳下如一棵蓬勃的青春树，浑身洋溢着明媚轩扬的气息。江城不由一阵目眩，他简直不敢相信，在海都物欲横流的都市，竟会出现一个如此清纯明澈的女孩！

互相认识过后，江城不解地问吴文："你干吗跑到南门关来呢？三十一区不是有直达松乡的公交吗？"

吴文吴作家脑袋连摇，喟然长叹道："这你就不懂了！南门关啦，南门关！今天我们在这里，是'雄关漫道真如铁，而今迈步从头越。'意义非比寻常啊！"

"看你酸的！"江城讥笑道，但心底也不无赞同此书呆得有几分道理。

天下的男人无不喜欢在漂亮女人面前装大方，江城当然也不能例外。他觉得挤公交太丢人，说什么也要打的，仿佛打的才能显出他的地位、他的男士风度。吴文觉得此举纯属资本主义式腐败：海都的士价贵甲天下，起步十二块五，从南门关到松乡怎么也要几十元钱，而挤公交三人才六块！但当着婉雪的面不好伤江财主的自尊，就拿眼瞅婉雪。婉雪的聪明当然与她的名字相匹配，江城眼神一丢，她就心中雪亮，说："我们就乘公交过去吧，海都的的士太黑，小心被宰了！"

《松乡报》是海都区松乡镇的镇报，对内发行，一月一期，但随着松乡的经济社会飞速发展，镇领导决定，将《松乡报》改为对开八版的周报，因此在招兵买马。该报王蒿王总编在镇领导面前铿锵放言：誓将《松乡报》打造成松乡镇的《人民日报》！

在《松乡报》编辑部里，王大总编先看了婉雪的毕业证，又验阅了吴文的作家证和作品集后，手夹一根香烟，挺着小肚，牛皮哄哄地说："我现在不招记者，知道不？记者随便一招就是一大把！我要一个文字编辑，一个非常厉害的文字编辑，底薪四千五百元，知道不？"接着又一一点评吴作家的作品，大到选材，小到标点符号，一个多小时，终于口干舌燥，灌了几口茶水，就此打住。

婉雪问："王总，您看我们符合您招聘的要求吗？"

"基本没问题。这样，你们后天过来上班吧，先试用三个月。"

婉雪和江城没想到事情这么顺利，高兴得不知如何是好。但吴文却没多少兴奋劲，皱着眉说："这个人看上去倒像个小混混，一点儿都不像一个报社总编，没一点儿文化底蕴，我怕以后不好相处。"

江城连连点头道："英雄所见略同，你看这厮平板寸头，一脸横肉，满嘴烟气，确实不像个文化人！"

婉雪莞尔一笑，说："我们又不是给他打工，管那么多干吗呀？我们可以先在这里干，骑马找马嘛！"

美女一言出，二男便低头。

三人乘车来到南乡镇九围的天时电子厂，此时是上午十一点半，工人还没下班。江城上前跟保安打招呼，请他通传一声。没想到此保安大人厉声叱曰："通什么通？上班时间概不会客！"

原来此保安昨天值夜岗睡觉被发现，罚款一百元，一口气正没地方出，江城撞在枪口上，被气得半死，噎得一哽一哽地说不出话。

吴文上前帮腔："你这人怎么这个态度？就不能和气点吗？"

"你是什么人？是我老板还是我队长呀？你他妈的滚到一边去，别在这里烦老子！"

江城怒从心中起，戟指大骂："你不就是一条看门狗吗？"

此保安满脸赤红，手提铁棍，就要破门而出一试身手，江城也毫不示弱，摩拳擦掌，摆一个猛虎下山式，婉雪见势不妙，忙把江城拉到一边，说："你是来找人的还是来打架的？就不能忍一忍吗？"又赶紧对保安赔笑脸："保安大哥、保安大哥，我这朋友脾气不好，请见谅！我们就是找两个老乡，您就方便方便给我们传个话嘛！"

美女劝架果然灵丹妙药，刚才还怒气腾腾的保安同志见一美女大哥前大哥后喊得热乎，立马软了下来，涎着脸说："没问题没问题，我这就去这就去。"跑了两步才想起没问明白要找何方人氏，忙又回过头问美女："你老乡是哪个车间的呀？叫什么名字？"

吴文忙抢着说："丝印车间的，叫叶岚。"此保安牛眼一瞪，斥曰："关你屁事？我又没问你，狗咬耗子，多管闲事！"吴作家不怒反笑，觉得这人浑得有趣，是个李逵牛皋式的人物。

下班时，丽娟、叶岚像两只小鸟飞了出来，后面还跟着两个男仔。丽娟笑嘻嘻地介绍说："他们是老乡，胖的叫'冬瓜'雷军，瘦的叫'老鼠'强子，我们在厂里多亏他们了。"

一干人到附近的大排档，点了一桌菜。吴文发现她们俩人都瘦了一圈，心疼不已，说："你们怎么成这样了？很累吗？"

叶岚一听眼圈就红了，说："进厂就没休息过，每天加班到十一点，人都变成机器了。累还不说，关键是工资不高，扣这扣那的，一个月才一千来块钱。"

江城看了看丽娟，只见她头顶还有一块空白，那是上个月风扇留下的伤疤。想起俩人在老家好歹也是受人尊敬的初中毕业生，只是为了所谓的人生梦想，像两叶浮萍飘到南方，在海都这台人肉搅拌机里寻找缥缈虚幻的前程，就如两只小鹿，在凶险的原始丛林中战战兢兢地寻找一条新的生路，但不知哪一天，她们就会被丛林毫无声息地吞噬。

丽娟叹了口气，伤感地说："打工又累又受气，远没在家里好，现在真有点后悔出来了。"叶岚也一脸苦水："最可恶的是广西的那个大屁股主管阿娟，凶得像母夜叉，把员工不当人看。"

"老鼠"强子的声音尖厉得像锥子："打工就是人欺人，人压人。有本领欺负没本领的，有权力的压没权力的。这几年我和阿军跳了六七个厂，钱没赚到，社会知识倒学了不少。"

"冬瓜"雷军开口像撞钟："文哥、城哥，打工不能太老实，不然就被人欺！像我和阿强吧，十五岁就出来打工，在江湖上混了六七年，摸爬滚打别的没得到，就悟到一个理：人不犯我，我不犯人；人若犯我，我必犯人！"

人不犯我，我不犯人；人若犯我，我必犯人！一年半后，丽娟、叶岚被大屁股主管阿娟借故炒掉。在一个月黑风高之夜，强子和雷军撬开阿娟的租房，将其一顿暴打，踏入江湖后，名震海都黑道。

分手时江城给了丽娟、叶岚每人二百块钱，又买了两包红塔山分给强子和雷军，说："兄弟，既然是老乡，客气话我就不多说了，我这两个妹子，以后就麻烦你们了！"

"城哥，你放心，她们的事，我们罩着！"

和叶岚、丽娟分手后，吴文提议到马丽芳的那个小屋去看看。江城想起音讯全无的祝涛，不由一阵心痛。三人打的来到南乡海边，随着那道弯弯曲曲的海堤，找到那间竹棚小屋，江城小心翼翼地推开枯黄色的竹门，只见屋内一片狼藉。

吴文深深地看着婉雪，感慨万千地说："知道吗？就在这里，曾上演一场当代中国的爱情绝响！一个名牌大学生，爱上一个牧羊人的女儿。两年后，这家牧羊人像风一样消失。为了寻找心上人，大学生辞掉在海都的高薪工作，到遥远的内蒙古大草原苦苦寻觅他的恋人。"

"他——也是你们老乡吗？"

"不是。他是江城的学长，叫祝涛，曾经是一家大公司的人事总监。"

婉雪幽幽地说:"如果不是听你说,我还当是你在讲述你小说中的故事。"

婉雪的心被温暖和伤感的海水包围着,脉脉含情地看着吴文的眼睛,轻轻地说:"你知道那首元曲吗?"

吴文默默地点了点头,牵起婉雪和江城的手,缓步走到屋外,迎风面对茫茫的大海,长声吟道:

"问世间情是何物,直教生死相许……"

念着念着吴文触动思绪,不禁落下泪来。

后来吴文与婉雪相恋,这成了两人间亘古常新的话题:"你是什么时候爱上我的?"

婉雪说:"是你的那两行泪。只有至真至性的人才会流下这样的泪,那一刻,你打动了我。"

吴文说:"这里是一块爱情的圣地!"

婉雪看着吴文说:"我想起了网上流传很广的一句话:鱼说,'你看不见我在流泪,因为我在水里';水说,'我知道你在流泪,因为你在我心里'。"

两年后,婉雪患白血病生命垂危,吴文丢下手中的工作,寸步不离地守着她。

"我死了,我就是你水里的鱼。"

吴文长泪不息,哽咽着说:"雪……雪……你不会……不会丢下我的……"

但他的雪还是在他怀里溘然长逝。

两个多月后,在南京郊外玉泉寺里,多了一个叫"了尘"的僧人。

每当夜深人静时,这位僧人就对着寂寂虚空,低吟着那首《摸鱼儿·雁丘词》。

"问世间情是何物,直教生死相许……"

这僧人不是别人，正是吴文。

13.太子监学

古寺深深。

侯门如海。

七围村村支书王国平虽只是村宦之家，却也让祝涛感觉此海不浅：三万元的马桶、五万五的浴缸、十二万元的水晶吊灯……这些只不过是"王府"上的平常之物。

找到一份在天堂打工的幸福职业，祝涛喜得三呼万岁，急着去找关内的姐姐祝春秀，孰料没有边境证无法通关，若不是王大书记出钱担保赎人，难保祝涛不比孙志刚捷足先登成盲流英烈。

那天在奔驰车里，王书记问他："刚才你说什么，夜半鱼汤？"

"唔……唔……这个……"祝涛脸上一阵潮红，他甜蜜地想起了马丽芳，但不好意思说出口，只好喃喃说："我可能饿得有点头晕说胡话了。"

王董非常江湖、非常豪爽痛快地说："只要把我儿子作文教好，你的事，我盖着！"

王国平之太子王万发同学在海都南乡镇中心小学读四年级，江湖人称"小八戒"，此太子谈起铁臂阿童木、机器猫……聪慧胜悟空，但作起文来就一窍不通。王国平望子成龙心切，在广州请了一个国家一级作家，但王太子根本不买这一级作家的账，把从日本动漫学来的整人技巧拿来实践，没出三个星期就把一级作家整得落荒而逃。

王太子看见老爸又请来一个家庭老师，决定给他一个下马威，非常骄横地拿出自己的绝世作文，很严肃地说："老师，你看看我作文就知道我水平有多高了，比你还高，用不着你来教！"

祝涛微微一笑，也不作声，接过小文豪的"大作"读下去，第一篇是《最有意义的一个星期日》：

今天是星期日，放假一天，爸爸妈妈特地带我们到动物园玩。

按照惯例，我们早餐喜欢吃地瓜粥。今天因为地瓜卖完了，妈妈只好黔驴技穷地削些芋头来滥竽充数。

出门前，我那徐娘半老的妈妈打扮得花枝招展，鬼斧神工到一点也看不出是个糟糠之妻。头顶羽毛未丰的爸爸也赶紧洗心革面沐猴而冠。东施效颦爱漂亮的妹妹更是穿上调整型内衣愚公移山画虎类犬地打扮得艳光四射，趾高气扬地穿上新买的新皮鞋。

我们一丘之貉坐着素车白马，很快地到了动物园，不料参观的人多到豺狼当道草木皆兵，害我们一家骨肉分离，鱼目混珠拍了张强颜欢笑的全家福。

接着到鸡鸣狗盗的鸟园欣赏风声鹤唳哀鸿遍野的大自然美妙音乐。后来爸爸口沫横飞地为我们指鹿为马时，吹来一阵凉风，让人毛骨悚然不寒而栗，妈妈连忙为爸爸黄袍加身，也叮嘱我们要节哀顺变。

到了傍晚，因为假日的关系，餐厅家家鸠占鹊巢六畜兴旺，所以妈妈带着我们孟母三迁，最后终于决定吃火锅。有家餐厅刚换壁纸，家徒四壁很是美丽。

饥不择食的我们点了综合火锅。汤料沸腾后，热得乐不思蜀的我们赶紧解衣推食好大义灭亲上下其手，一网打尽捞个水落石出。母范犹存的妈妈想要丢三落四放冬粉时发现火苗已经危在旦夕，只好投鼠忌器。幸好狐假虎威的爸爸呼卢喝雉叫来店员抱薪救火，终于死灰复燃，也让如坐针毡的我们中饱私囊。鸟尽弓藏后，我们一家子酒囊饭袋，沆瀣一气，我和妹妹更是小人得志，沾沾自喜。不料结账的时候，老板露出庐山真面目，居然要一饭千金，爸爸气得吴牛喘月，妈妈也委屈得牛衣对泣。

啊！这三生有幸的星期日，就在爸爸对着钱包自惭形秽大义灭亲后，我们全家江郎才尽，一败涂地。

接下来是一篇《同学情》：

昨天上午，阳光明媚，鲜花斗艳。刘小华同学家里欢声笑语，人头攒动。四年级一班班长赵官、副班长张僚僚在体育委员欧阳猛南、文娱委员李美媚陪同下，不远千米，深入到患感冒发低烧的班级成员刘小华家中，为他带去同学们的问候和良好的祝愿。

赵班长与张副班长兴致勃勃地参观了刘小华的小房间，饶有兴趣地玩了四盘"魂斗罗"游戏，与普通同学同乐。接着，班级领导与刘小华同学的双亲亲切地拉起了家常。赵班长还愉快地回忆起去年和刘小华开始一起作弊的往事。在交谈中，赵班长多次关心地强调："刘小华生病了，就不要做作业了。好好休息，身体是革命的本钱嘛！"刘小华激动地说："感谢班干部的关心！我一定要战胜病魔，克服一切困难，早日回到温暖的大集体中，回到亲爱的老师和同学中间！"

接着，赵班长一行又在刘小华家门口兴致勃勃地踢起了毽子。蓝天如洗，鸟儿也受到这集体温暖的感染，叽叽喳喳，歌唱美好的生活。

陪同访问的还有，物理课代表、前卫生值日委员会副主任张若家等同学。

看完后,祝涛只笑得"肝碎肠断":"哈哈哈……哈哈哈哈……这……这……都是你写的吗?"

"哼!不是我写的,难道还是你写的?"王太子睨目而视,神气倨傲至极。

"人才,人才!佩服,佩服!"

"那你还敢教我?"

"既然是你写的,应该还记得作文的内容吧?"

"那——是——当——然——!"

"嗯——不错!那你把作文背诵出来给我听听。"

"我……我……"王太子一张小脸顿时变成哭相。

祝涛蓦地大喝一声:"王万发,给我站好!"

王太子一个激灵,不由自主地站直身子。

"说,你是不是从网上抄袭的?"

王太子低下了高贵骄傲的小头颅:"是……是的。"

祝涛转过头对王国平说:"王书记,我有信心把您孩子的作文教好,但我有两个条件,不然您另请高明!"

王国平看见祝涛只一招就把这个小太岁给降伏,不由龙心大悦,笑得一口黄牙金光灿亮:"您说!您说!"

"从今天起,您的孩子必须与电视、电脑绝缘!"

"好!好!一切听祝老师的,一切听祝老师的!"王大董事长此时对祝涛佩服得五体投地,激动地一把握住祝涛的手,口沫飞溅地说,"您一下就找出了病根呀!这狗日的,不是看动漫,就是上网打游戏。您这两招,真是太绝了!高!实在是高!"

祝涛还有一个革命任务是陪王老太爷下棋。

王老太爷平时与红面老头对弈输多胜少,一腔积怨熏得死三头老牯牛。那天眼看就又要败北，不料杀出一位大侠，拔刀相助，挽狂澜于既倒，扶大厦之将倾，只两招就将那个红面老打得丢盔卸甲，王老太爷激动得像翻身农奴得解放，当即长身而起，紧紧拉住祝涛的手仰天大笑。

翻身得解放的王太爷对祝涛青睐有加，推荐他做了太子监学，又兼职做自己的象棋教练。祝涛不负王太爷恩宠，将自己的浑身解数倾囊相授，如此一月有余，王太爷果然棋艺大进，不用祝涛帮也可把世敌红面老鬼打得棋飞子散、溃不成军，王太爷棋场得意，愈发活得精神，大有返老还童的迹象。

一日早茶，王太爷笑眯眯地问祝涛棋艺乃何方高人所授。祝涛神秘一笑，说："我的师傅是杨官璘。"王太爷惊得跳将起来，激动地说："是不是人称'魔叔'的杨官璘？怪不得哦怪不得哦！东莞凤岗杨官璘那可是打遍天下无敌手，你是他门生，当然是没得说啦！"

祝涛不好意思欺骗王太爷，老实招供说："您误会了！我不是杨官璘的弟子，只是从他的棋书《弈林新编》中学了几招。您这么爱好象棋，我就把《弈林新编》送给您吧！"

"真的？"王太爷两眼放光，但旋即淡了下去，老奸巨猾地说："这怎么行，我怎么好要你的心爱之物呢？"

"没什么的，我现在要工作要学习，没多少时间下棋了。"

"你既然这样说，那我就不客气地收下了。"王太爷窃喜不已，暗道得杨大师此秘籍，再收拾红面老鬼一干宵小之徒，那还不是如入无人之境，于百万军中取上将首级如探囊取物一般？看来自己雄霸七围村棋坛已为时不远矣。禁不住得意忘形，王太爷当下结了餐费，拉着祝涛要去洗脚按摩潇洒一番。祝涛万没想到此白须老鬼人老心不老，年逾七旬还色胆盈天，倒窘得面红耳赤地说："不用不用，我……我……不大习惯。"王太爷逸兴比天高，见祝涛一副菜鸟样，便指点江山地责备："我说小祝啊，你这哪像年轻人呢？还这么封建老土！不说洗脚按摩，就是打他几炮又要什么紧呢？都这个时代了，这些不是什么丑事啦，而是与时俱进！知道不？像你，哈哈，还没我这个老头思想解放呢！"

祝涛无地自容。暗想这些话应该是我这个二十多岁的小青年说的，想不到现在居然被一个白发苍苍的老人倒过来抢白一顿，真是可悲可叹啊！

但祝涛就是祝涛，打死也不肯去洗脚按摩。他从心底里认为，这些娱乐场所，还是不去的好。自己一个名牌大学生，岂能自甘堕落沦为无耻之徒！

"小祝，你果然好样的，不愧是毛主席的好学生！把孙子交给你，我放心！"王太爷见此子百毒不侵，更为叹服赞赏。

做太子监学后的第一个星期日，祝涛来到马丽芳家，聊起此事，坦白从宽地交代说："那些地方是毒蘑菇，我怎么可能去沾那些有毒的东西呢？"

马丽芳嘴里叼着一根青草，扑闪着一双水晶般清澈的眼睛说："嘻嘻，你说的这些我不懂。"

祝涛不由想起晋皇甫谧《高士传》中许由的故事："尧又召为九州长，由不欲闻之，洗耳于颍水滨……巢父曰：'……子故浮游俗间，求其名誉，污吾犊口。'牵犊上流而饮之。"自己对一个冰清玉洁的姑娘说这些乌七八糟的事，实在是有辱视听。

祝涛忽然脱口说："唔……你去洗洗耳朵吧。"

"我……我为什么要洗耳朵？"马丽芳莫名其妙地问。

"哦……哦……没什么，是我说错了……"

马才老两口出去打鱼草了，海堤上甚是寂寥，只有树叶在哗啦哗啦地谈情说爱。祝涛看看海，又看看鱼堤上的青青菜地，想起前几天还在这里偷吃萝卜，而现在已经找到了一份令人羡慕的工作，真似恍如隔世。

马丽芳歪着头,揪着辫子说:"你以后会一直在海都吗?"

祝涛摇摇头:"我?我不会留在海都。"

"为什么呢?海都不好吗?"

"海都是富人的天堂,不是我们这些打工仔的。"

"你也可以打工赚很多钱呀?"

祝涛一声苦笑:"打工赚钱?等你打工赚到钱,头发都白了。"

等你打工赚到钱,头发都白了。半年多后,祝涛当上了荣泰集团人事总监,才深切地体验到生产线的一线人员打工是多么辛苦,工资是多么可怜。正像一首《打工谣》那样唱道:"远看公司像天堂,近看公司像银行。进了公司像牢房,不如回家放牛羊。个个都说公司好,人人都往公司跑。上班挣钱街上花,哪有钞票寄回家。都说这里工资高,害我没钱买牙膏。都说这里伙食好,青菜里面加青草。都说这里环境好,蟑螂蚂蚁四处跑。都说这里靓妹多,混了几年没拍拖。年年打工年年愁,天天加班像只猴。加班加点少报酬,次次挨骂无理由。碰见老板像老鼠,发了工资摇摇头。到了月尾就发愁,不知何年才出头。"

祝涛为了打工出头,在做太子监学的同时还在学人力资源,他觉得这个专业好找工作而且待遇不错。后来的事实证明,祝涛此书呆子这个选择是多么正确。但他同时也知道,自己只是一棵小草,能否长粗长高一点,全靠王董事长国平书记护着罩着。海都的那些工厂,对没工作经验的应届大学生视如草芥,一听说是刚出校门的愣头青,就把手挥得像翩跹的蝴蝶,把天之骄子们轰得像风中的飞蚁,尊严全无。

为教好王太子的作文,祝涛煞费苦心。先是让王万发同学每天背二十个词语,积累到一定程度后就挑几个词语串联成句。如此积字成句,积句成篇,一个多月后,王太子的作文果然有了起色,最近一篇作文竟史无前例地得了八十分,喜得王太子像只小公鸡,站在院子里引颈高歌，王府大院立刻轰动，恨不得放礼炮二十九响庆贺这划时代的历史事件。

"看！写作，也不是个什么了不起的事嘛！我这儿子，稍稍点拨就如此了得，长大后当个作家我看是毫无问题！"原来此书记大人怄过那位某省作家协会某一级作家的酸气。

那天，一级作家看了王太子的命题作文后，一张脸无奈地拉得像猪腰子，无奈地说："你的儿子不是写作的料，我爱莫能助啊！"

王书记仿佛儿子被判了死刑一样，绝望地说："真……真不行吗？"

一级作家回答得斩钉截铁不容置疑："不行！不是玩笔杆子的料！！"

"那……您为什么可以成作家呢？"

此作家就淡淡一笑，那浑身的骄狂之气像汽车尾气似的喷涌而出，三寸舌剑轻轻一摇，吐出几个惊天动地的字："不是每个人都能当作家的！有财的人不一定有才。就像您这样，腰缠亿万但没才气。"

此话气得王书记差点当场心肌梗死，暗道此穷酸发不了财，就仇富得紧。奶奶个熊，你标榜个什么狗屁清高！老子的钞票一砸，你还不是屁颠屁颠地从广州跑过来，乖乖地辅导我儿子？！想到此处哼哈二将一耸，从鼻孔喷出两道冷气，说：

"你们这些作家写的那些破书，还不是站在柜架上卖身求财？有什么好牛×的？"一席话把作家呛得鲜血淋淋，狼狈不堪地落荒而逃，又发毒誓此生不再做家庭教师辅导任何龙子龙孙的作文。

但王书记国平董事长是一位愈挫愈勇的江湖豪士，他下定决心，排除万难也要请个好老师，争取把儿子的作文搞上去，赢得最后的胜利！果然天遂人愿，时隔不久，祝涛像哪吒骑着风火轮从天而降，做了王府的太子监学，不出两个月就将王万发同学带上作家之路，实是我佛慈悲，善哉善哉！

但在人世间，还有太多佛光普照不到的地方。

譬如说，像祝春秀这样浪迹于海都的红尘烟花女。

14.沦落风尘

弟弟祝涛考上大学是她人生的拐点。

1992年8月17日上午，祝春秀正在荣泰集团总裁办公室里打一份文件，当敲完最后一个标点，弟弟祝涛打来了电话。祝涛在电话里哭："姐……我考上大学了……可我没钱读书……"

她想起了死去的爸爸。

祝春秀的父亲是赶马车时在山沟里摔死的。

那是1991年秋天，一个周六的早晨，同往常一样，鸡刚叫头遍父亲就起了床，赶着空车去城里拉煤。漆黑如墨的天空飘着密密蒙蒙的细雨，母亲好像有什么不祥的预感，拉着父亲不让出门。

父亲嗡嗡地说："运气好的话，一天可挣三十块钱呢，我要凑齐涛儿的生活费，娃儿没生活费啦！"

母亲万般无奈地松开了手。

在一个急狭拐弯处，那匹枣红色的马失蹄坠落山崖，父亲连人带车齐坠，摔得血肉模糊。

母亲经不住这样惨重的打击，一病不起，家庭的重担陡然压在祝春秀稚嫩的肩膀上，刚十九岁的她不得不担起照顾母亲和负担弟弟读书的重任。不得已，祝春秀只好在同乡的带领下来到广东打工，想不到竟做上了天步公司的总裁助理，终于支撑起了这个苦难的家。

可现在，弟弟读大学要三千多块钱！

怎么办？

海都八月炽白的阳光在窗外燃烧，祝春秀坐在办公桌前却感寒冷彻骨，灵魂像被鬼魂吸走，身体如被镂空。渐渐地，她眼前幻出一个巨大的漩涡，她被吸了进去，像片树叶在惊涛骇浪里挣扎、漂浮。她想跳出，可不由自主地越漩越深，直至将她淹没，使她难以呼吸。

一只手不知什么时候摸上了她的头顶，轻轻摩挲着。还没等祝春秀回过神儿，这只咸猪手已悍然朝前胸发动袭击。祝春秀唬得尖叫一声，触电般跳起来，刚要破口大骂，定睛一看，不料竟是老板张绍夫，"你个人渣"！四个字硬生生咽了回去，差点噎死。

张绍夫脸不红心不跳，泰然得像死海里的水，波澜不惊。祝春秀惊魂未定，怔怔地站在那里。

张董事长关切殷殷："病了吗？脸怎么白得像纸？"

"哦……哦……没事，我没事。"

张绍夫阅人无数，如何看不出祝春秀在抗拒："真的没事？"

"我真的没事。"祝春秀稳了稳心神说，她不想被这个老而不死的看穿心思，就支吾道，"可能是昨天晚上没睡好吧！"

张绍夫点燃一根"哈瓦那"雪茄，喷出一口淡蓝的烟雾，拍了拍祝春秀的肩，亲切得像一家人似的说："唔……是吗？有困难就找我！"

好不容易挨到中午下班，祝春秀没心思吃饭，回到宿舍瘫在床上，她听到自己的灵魂在哭泣。她仿佛在荒无人烟的旷野中奔跑，起风了，那风是黑的，像刀一样呼啸着，疯狂地宰割着整个世界；下雨了，那雨带着血腥，弥漫在旷野的上空，然而有沙尘暴掺进来，这雨就变成了血黄的铁幕，像一口巨大的铁锅盖在宇宙间。突然间，一声狼嚎隐隐地从远处传来，像锃亮的铜丝穿插在祝春秀的耳鼓。深切的恐惧从她心底涌起，她想逃，可还没来得及挪动脚步，那匹狼就像一道闪电扑过来，用牙齿一寸一寸地啃她的骨肉，连同灵魂一起嚼碎，再一口一口地细细吞咽下去。

祝春秀无助地哭了，她怕人听见，于是把枕巾塞在嘴里。她知道，自己家庭的命运又处在一个生死攸关的渡口。而自己，就是风口浪尖的掌舵人。

下午不知是怎么度过的，一切都在恍惚中。张绍夫每隔半小时进来探望一次，嘘寒问暖，或摸摸额头，或拍拍肩。祝春秀全身乏力，心中老色鬼老淫虫地骂个不停，但表面还不得不委与虚蛇地周旋。

晚餐只喝了半碗粥，走起路来脚步浮浮的，爬上三楼已是气喘吁吁，刚打开宿舍门，手机就响起来："哇！又来电话喽！"平日听上去十分搞笑的铃音，今天却像索命铃。

是妈妈打来的："秀……秀儿……涛儿说没钱，说什么也不……不肯读书了……"

"妈！"祝春秀的眼泪像小溪一样淌下来："我会弄钱的，我明天就把寄钱过去。"又叫祝涛接电话，边哭边骂，"要是你不读书，姐就死给你看！你不读书怎么对得起死去的爸爸？"说到伤心处，一家人抱着电话痛哭失声。

晚上八点钟，祝春秀给张绍夫打了个电话，俩人来到"天之都"大酒店，先用过晚餐，然后开房。一进房，祝春秀就脱衣躺在床上，对张绍夫说："你不是一直想得到我吗？我现在就给你。但我要五千块钱！"

张绍夫激动得浑身哆嗦，他做梦也没想到这个冷美人会主动送上床来。"好说！好说！"三下五除二地扒光衣服，如狼似虎地扑了上去……

完事后张绍夫发现祝春秀竟还是处子之身，高兴得像猴子摘到了仙桃似的说："以后你就专职做我小蜜好吗？不用上班。"

祝春秀嘴角里漾出一抹冷笑："你先把五千块钱给我。"

张绍夫的气梗了梗，不觉有几分扫兴，但这念头只是如电光一闪，翻身从鳄鱼皮包里掏出一扎钱，说："刚好五千块，你先拿去用,以后我每个月给你一万的零花钱,好吗?"

祝春秀接过钱,看也没看张绍夫一眼,说道:"没有小费吗?"

张绍夫又抽出几张钱,爽快地塞给祝春秀,不无得意地说:"穷得只剩下钱。"

"你刚才说养我,是真的吗?"

张绍夫两眼发绿光:"当然!"

"那你先把我的工资结了。"

"行!我这就给财务部打电话。"说着掏出手机叽里呱啦一通,完后笑眯眯地对祝春秀说:"搞掂了,明天上午你去财务部结账,中午就住进我在海都的别墅里。"

"我没有边境证,进不了关。"

"这些芝麻小事,我叫人帮你办。"

但在第二天,祝春秀结清工资后却不辞而别。她给张绍夫留下了一张纸条,上面写道:

"你用金钱要了我的身体,我将用我的身体去赚钱!"

祝春秀决定去关内,那里更繁华,更有钱,更有市场。

她没有带任何行李,她要把过去的一切一切都埋葬,如同埋葬对生活的希望那样。

祝春秀花两元钱坐公交来到南门关,望着关隘上的"南门关检查站"几个大字发呆。

她在关外徘徊了半个多小时,看着车流人马,觉得自己像一条拍在岸上的鱼,瘫在沙滩上艰难地喘息却无计可施。

一个卖报纸的老头看见这个小姑娘像鬼打墙似的转了半天,忍不住好奇地问:"我说你这小丫头,你要上哪儿去呢?"

"大哥,我想到关内的福安去,可没边境证。"

在海都,八十多岁的老太太老爷爷都不服老,要是有人喊大爷大娘大叔大婶什么,保准你得个老大的白眼儿,遇上脾气暴的还会来句

"丢你老母!"直把你丢得九霄云外。卖报老头见这么一个貌若天仙的小妹妹叫自己大哥,果然喜得涎水飞流直下三千尺,乐颠乐颠地跑上前,腰弯得像一张弓,喷着一口烟说:"小妹,你是刚来的吧?你想进关是不是?那还不容易,喏,你转到对面区政府那里,打个的士,就直接进去了。"

"打的士要很多钱吧?"

"嗯!起步价十二块五。"

"那到福安的荔枝公园大概要多少钱?"

"这个——我不知道哦!我从来没打过的士啊。"

祝春秀道别这位好心的"大哥",狠心打的到福安区的荔枝公园。当她踏上这片黄金土地时,就知道,这里是自己人生的起点,也将是人生的终点。

她给自己留了一千元钱,其余的全汇给了家里。捏着那几张薄薄的钞票,不由有些发慌,心想要马上找到租房才是,不然今夜将露宿街头。

荔枝公园里人头攒动,这里是海都有名的"野鸡"聚散地,想不到今天自己竟落到如此田地,一泓泪又涌上她的眼帘。这时她觉得饿了,于是买了一块面包,喝着矿泉水咽下去,一边向报刊亭的人打听哪里有房子出租。

"唔!这里房租好贵的哦!你去附近那些窄巷弄里找一找,说不定有你们这些人要找的。"

祝春秀脸一红,心里不由生出几分恼怒,但转念一想,现在自己不正是朝这条路上走吗?眼里便沁出泪来。

七拐八弯穿了半天,祝春秀好不容易在红枝路一条巷子里找到了一间地下室做蜗居地。

地下室二十五平方米左右,室内昏暝而幽暗,潮湿的空气中发出阵阵霉味,间杂着腐烂的气息,如同尘封了几百年的古堡或墓穴。几只硕大的老鼠被不速之客惊动,发出几声吱吱的抗议落荒而逃,有一只慌不择路地撞在墙上,翻了一个跟斗,"唧"的一声痛叫,没命狂奔。墙壁青赫而苍灰,透着坚硬的冰凉。一些杂物慵懒地堆在角落里,正如祝春秀被遗弃的命运。祝春秀知道,自己未来的生活就如这地下室一样,是永远没有阳光照耀了。

磨破嘴皮讲好房租,从八百一直砍到四百五。

清理完杂物,地下室空无一物,四面墙壁顿时像山峰一样挤压过来,祝春秀感到快要窒息了,同时一种无助的情绪和无垠的孤独涌上心头。在海都这个大都市里,人海茫茫,举目无亲,她不知明天会怎样,自己的命运之舟将驶往何方。是的,她将在这个城市卑微地活着,可是在灵魂深处,还有一个声音在涌动,那是她向往幸福和光明残存的律动。

但,海都,这个镀金的城市,能给她什么呢?

昏暗中有一个黑影又移了进来,是那个房东黄老伯。他问:"靓妹,你要床吗?"

祝春秀回过神儿,忙不迭地说:"要!要!"她必须节约每一笔开支。

"唔!我家里有一张空床,七成新的,你拿来用吧。你要买东西,可到二手店里去,那里便宜得多。"黄伯指点迷津说。但那双眼睛始终像木匠的锥子一样锥着祝春秀的胸脯,一秒也没离开过。祝春秀被他盯得有些脸红,便说:"谢谢你了,黄哥,我要上街买东西了。"

黄伯听此租屋女叫他黄哥,只喜得屁滚尿流,像吃了灵丹似的青春焕发。

仅生活用品就花了好几百,看见钱越来越薄,祝春秀就知道自己朝邪恶的路上越走越近了。

地下室太过黑暗,白天就是开了灯也不太光亮。祝春秀灵机一动,买来十几张白纸和两张外国明星画,用双面胶把它们粘在墙上,死气沉沉的地下室竟氤氲起几缕家的气息。虽然这气息淡得如轻烟尘垢，却也令祝春秀温暖和感动，她想起了苦命的妈妈和可爱的弟弟，那才是她灵魂真正的归所和依栖地，于是赶紧掏出手机，慌乱地拨通电话，装出十分高兴的样子问："妈，钱你们收到了吗？"她的声音里充满阳光一样明媚的金色。

妈妈在电话那头答道："收到了。"母亲的语气里没有了沉重，但却透着深深的愧疚、不安、自责和无穷的怜爱，"秀儿，你在哪儿一下弄这么多钱？妈怕你是借的，没钱还啊！"

"妈！您别多心了，这钱是我攒的，没向人借！"

弟弟祝涛接过话筒："姐，我一定会好好读书，等大学毕业了弟弟赚大钱给你用！"

祝春秀的眼泪不由自主地淌下来，但她不敢伤心放声。她现在是家里的顶梁柱，她要给予母亲和弟弟的，不是悲伤和绝望，而是欢乐和希望。于是她强忍悲伤，一边流泪一边笑着鼓励弟弟。弟弟就是整个家庭的生命与梦想的延续，她必须化为火焰，燃烧和照亮弟弟的前程。

天还没有黑，海都满城的灯火便争先恐后妖艳地亮起来，但一切的繁华都与祝春秀无关。她坐在床上，环顾着囚牢一样的斗室，心里像塞了一团棉花胀得发慌。她想起了张绍夫说的话，如果不是太倔强，至少在一段时间，自己的生活肯定是另一片天地：名车、豪宅、首饰……那是多少人梦寐以求的贵族生活！但是，这又能怎样呢？一切的富贵只是昙花一现，自己最终逃不了被遗弃的命运。就像一只木屐，当它被主人穿烂后，便会被毫不怜惜地扔进臭水沟里。

想到即将要走的路，一股冷气从祝春秀的涌泉直通百会，不由自主地激灵灵打了一个寒噤，想："唉！算了吧，自己就是这个命，只要弟弟好，我就是死了也值。也许自己将会死无葬身之地，满身的污秽，哪有脸去九泉之下见父亲。我是生不如死，就是死了也会坠入阿鼻地狱万劫不复……"

　　祝春秀纷乱的思绪像北方飘雪的天空，这使她的头疼起来，但这反倒使她决绝了，她毅然地站起身，把头发狠狠地向后甩了甩，心里说："死都不怕了，还怕什么？卖就卖吧，又不止我一个！"

　　在锁上门的"咯嗒"声中，祝春秀给自己取了一个名字：香香！

　　祝春秀来到荔枝公园，晚风习习，夜凉如水。

　　在荔枝公园逗留到九点多钟，其间有几个男子搭讪着上前谈生意，都被她婉拒。她实在没有勇气走出人尽可夫的这一步。正当徘徊无计时，手机响了起来，是房东黄伯打来的，原来是要她交房租和押金。

　　祝春秀解脱似的逃离荔枝公园，刚到巷口，就见黄伯在那里像长颈鹿似的张望。

　　月租四百五十元，再交一个月押金，共九百，可是祝春秀手里只有五百多元钱了，已无钱交押金。如果不想饿肚子，就要赶快把自己卖出去。

　　黄老鬼已看穿祝春秀穷得只剩下人了，他起了贼心，要老牛吃嫩草，便说："这房子，说贵也不贵，说便宜也不便宜。如果你愿意我可以不收你房租，免你三个月押金，可以了吧？"

　　祝春秀感激不尽地点了点头，虽然她明知道这个老鬼不怀好意。

　　祝春秀无力地坐在床上，无尽的哀愁和悲伤像太平洋的海浪一波一波地冲击着她。这时一缕歌声传来："我把梦撕了一页，不懂明天该怎么写……"

　　祝春秀的灵魂在这如泣如诉的歌声中碎成瓦砾，如同一朵小花被暴风雨碾成泥屑，灰飞于太虚中……

15.文人相轻

同一个世界，肯定不是同一个梦想。就像同一个打工世界，就有着太多的三六九等，什么金领白领蓝领，早被那些所谓的专家教授给界定框圈好了。

吴文、婉雪看上去是打工世界的幸运儿，一步就跨入了白领阶层。

松乡镇虽地处关外，但也富得流油。原来的政府机关报是一月一期，现改为对开八版的周报，吴文和婉雪也因此走了狗屎运，摇身一变成为广大人民群众的防范对象：小记者。

那天吴文、江城、婉雪三人从南乡海边参观完祝涛的恋爱圣地，回到海都三十一区时已是华灯初上，想到吴文、婉雪有了一份比较体面的工作，江城高兴得像一头吃到香蕉的猩猩，硬拉着他们到"毛家饭店"摆国宴庆贺，两杯"西凤酒"下肚，吴文的脸就红得像猴子屁股，大着舌头说："我们当记者了，一定要铁肩担道义，妙手著……著那个新闻。"婉雪听了暗笑不迭，心里说还记者呢，一个对内发行镇级小报的通讯员，算个啥呀？但她却很喜欢吴文这孩子般的天真。

次日江城又亲自把俩人保驾护航送到《松乡报》，看着松乡镇像白宫一样的办公大楼，说："俺就是在这里扫地做清洁工都值！你们能混进政府机关打工，真是上天给的莫大福气！"

《松乡报》编辑部设在四楼，当吴文、婉雪进去时，所有的目光都不约而同地跨过吴文，齐刷刷向婉雪罩去。

吴文感觉到，编辑部的十几个人都不欢迎他的加盟。他不知道，《松乡报》总编王蒿为了让大伙接受他，没少在这帮大记者面前吹吴文的文笔如何如何了得，这一吹可更是火上浇油。这帮记者们，无一不是自诩文曲星下凡，上欺屈原下压鲁迅，羽笔横扫中国文坛五千年无敌手，没想半路杀出个游民作家吴文，人还未到就大受老总追捧，并且还是干编辑，于是同仇敌忾，在新人报到时给吴文来了一个下马威。

第一次开编辑会时吴文就惨遭炮轰，令他意想不到的是，炮手竟是总编王蒿。

王大总编嘴叼"中华"，烧窑似的吞云吐雾，熊着脸说："你是作家没错，但我这里不需要作家。作家不一定做得好记者，但记者一定做得好作家。知道不？你要转行，不要用什么文学笔法啊来写新闻，那是两码事儿，不然你就不是个合格的记者，不合格的记者在我这里是待不长的。嗯——我给你三个月的试用期，合格就留，不合格就走人！"

吴文脸成猪肝，像被人狠狠抽了几记耳光，那些人哧哧笑起来，个个中了巨奖似的开心。

此王大总编系陕西渭南人氏，在松乡镇参加工作已十一载，九年前是《松乡报》总编，九年后还是《松乡报》总编，想做宣传办主任想得发疯，可官运不亨，昨日松乡政府第七次讨论王大总编提主任之事，孰料分管宣传的党委成员刚一提出，就遭到其他人的一致反对，王大总编的主任美梦再次寿终正寝。王蒿得此消息，一夜抽了三盒"中华"，一肚子闷气憋得像吃足了虫子的癞蛤蟆，正想找人出气，刚好吴文、婉雪前来报到，他不好意思找美女开刀，就把大炮对准吴文，一通狂轰，把吴作家轰得体无完肤、血溅尘埃。

把吴文贬得一钱不值后，为树立自己高大美好的形象，王大总编又拿出一本《松乡镇优秀文学作品选》，翻开目录指示吴文："唔！你看，这是我前年获松乡镇一等奖的《逍遥的苦丁茶》，你以后可以按我的风格去写写。"

吴文五味杂陈地接过这本旷世奇书，赫然发现，此奇书竟然是王大总编的主编，同时又惊奇发现，王总编还是海都作家协会松乡分会会长！便说："我带回去一定好好地拜读拜读！"

"嗯——！"王总编十分受用，"可以的，可以的！你是要好好地学一学我的文笔，在松乡……吭吭……"下半句就此打住，很是意味深长。

世上总有玲珑人，话音未落，一个记者便天衣无缝地接龙曰："王总是松乡第一笔！要不然怎么会当上作协主席和报社总编呢？你们说，是不是？"

众人齐声说："那是肯定的！"王蒿闻之仰天大笑，半途中突然戛然而止，像被杀猪刀宰断，带了几分惊惧望望门外，看见没人走过，吁了一口气，悚然道："你们注意了，以后千万不要在办公室里大声喧哗，要是领导发现了，会屈死你！"

王总编雨过天晴，就给吴文、婉雪分配任务：吴文跑社会新闻，婉雪跑文体新闻。吴文一听就糊了头，说："王总，您不是要我过来做专职编辑吗？怎么也要我跑新闻呢？"

王蒿一脸诧异："是吗？我说过吗？我什么时候说过这样的话？我们这个镇级小报还用得着专职编辑吗？"

"我……我……"

吴文本想分辩，但一想既然遇上这样的活神仙，就是孙悟空再世也拿他没辙，只好自认命苦，除了忍气吞声，就是走人。但好不容易找到这份工作，自己还是一个"蓬蒿人"，哪有本钱学李白"仰天大笑出门去"？只好"盈盈一尺间，默默不能语"。王大总编见此狂人俯首称臣，不禁心花怒放。

王蒿同志除了是一壶烟虫外，还按摩沐足成瘾，每天中午到"时时"沐足城去按摩或沐足两个小时，这也成为他人生的必修课。

按照松乡报社的光荣传统，每个新人入盟都要请师兄师姐腐败一次，与国际接轨，以示友好。下班时，王蒿手擎"中华"，说："吴文，你既然加入我们这个团队了，就要赶快融入，尽快适应环境。我们到'时时'沐足城去休闲一下,行不?我请客,你埋单啊!哈哈哈……"其他记者无不喜得鬼哭狼嚎,一迭声地催:"我请客,你埋单!"唱儿歌似的热闹。

吴文叫苦不迭。十几个人按摩沐足下来不是小数目,可自己手里才一百多块钱,他求助地看了看婉雪,婉雪心领神会,示意地拍了拍手提包,叫他放心。吴文心痛,脸上笑得比哭还难看,颤着声音说:"好啊,我请客是应该的!"

一干人浩浩荡荡地来到"时时"沐足城,兵分两路:女记沐足,男记按摩。默契而干脆利落,足见王大总编平时带兵有方。

王总编烟斗像炮筒,声巨若洪钟,冲着站柜台的妈咪喊:"波霸,波霸,来个波霸!"

吴文是第一次来这种场所,深有罪恶感。然而人生如演戏,只好一边按摩,一边暗念阿弥陀佛。

手机忽然一阵震动,婉雪发来了短信:

"文哥,你在那个那个的什么吗?"

俩人拇指当嘴,用短信聊起来。吴文回道:

"是的,你也在那个那个的什么吗?"

"是哦!第一次沐足,感觉怪怪的。"

"我也是第一次来按摩,真有种犯罪的感觉。"

"文哥,你心情很不好吧?"

"是啊!能好得起来吗?要不是你借钱,今天真还不知怎么办呢!可不知道我什么时候有钱还你啊……"

"不要紧的,等你出书了赚大钱再还。嘻嘻……"

"唉!像这样的工作环境,哪还有心思写作!"

"文哥,不要想太多,以出世的心,做入世的事。"

"失业是沼泽,打工是荆棘。"

"既然出来打工,我们就要做好吃苦和被羞辱的心理准备。"

"话是这么说,但当真正羞辱临头的时候,忍耐是那么脆弱。今天我是红血忍成了黑血……"

"男儿要能屈能伸。只会伸不能屈的男儿不是真男儿。"

"关键是,我们能和这样没品位、没修养的人酱在一起吗?"

"唉!说得也是。本以为找到了一份适合自己的工作,想不到会是这样。"

"我弄不懂,他为什么会出尔反尔?"

"这只能说王蒿本就是个出尔反尔的小人。"

"打工就是尔虞我诈倾轧中求生存,我们的难处还在后头呢……"

"不要紧的,你文字功底那么深厚,我相信你会做得很好!"

"我们团结一致并肩战斗,大刀向鬼子头上砍去。好木(不)?"

"好滴(的)好滴(的)!"

"……"

"……"

俩人直聊得手机发烫,电池报警方才罢休。

洗脚按摩后,王总编又春光灿烂地发号召去宵夜,吴文万般无奈,只好咬着牙应允了,恨不得抽王总编一耳刮子。

宵完夜回到住所时已是深夜十二点多,江帅哥正在网上和一妹妹视频,见到吴文脸如黑煞,忙挂断QQ,问:"怎么啦?是不是和婉雪吵架了?"

"他妈的,今天被一帮流氓敲去两千多!"

江城唬得触电似的一跳,忙扳着吴文左看右看,见该同志完好无损,一颗心"咚"地落回肚里,松口气说:"没缺零件嘛,倒把洒家吓了一跳!"

吴文用春秋笔法将故事诉说完,江城顿感事态严重,他未曾料到记者竟和作家斗起法来,这是哪儿跟哪儿嘛!于是很愤然地给朋友打气,说:"你怕个鸟?玩文字是靠实力吃饭的,你一个作家,还怕得罪他们？新闻是个啥？干巴巴的几个文字，怎比得上文学语言的鲜活生动。"吴文听了苦笑不止，说："文学语言的鲜活生动正成了我搞新闻的短处，我是拿着短棍对长枪！"江城脑袋一扑棱，打气道："作家一定做得好记者，记者却不一定做得好作家。"吴文摇头苦笑，说："王蒿王大总编的论断正好跟你相反！"

"那你以后就证明给他们看！"

"我就怕没有这样的机会。"

正说着，江城的手机响起来，是丽娟打过来的："砍脑壳的，还没睡啊？"

"哟！什么事这么高兴啊？是不是找男朋友啦？"

"去你的！"丽娟在电话里"呸"了一声，问："今天不是吴文上班嘛，他怎么样啊？"

"你问他。"江城说着把手机递给了吴文。

吴文接过道："这么晚你们还没休息？"

"休息？想得美！我们刚下班，准备到外面去吃宵夜呢！"

"你和岚岚要注意安全啊！"

"知道啦！知道啦！对了，第一天上班的感觉如何呀，做记者一定很爽很牛气吧？"

"还好！还好！记者是无冕之王嘛！"

三年后，以一本《谁撕裂我的青春红颜》走红的网络作家吴文在接受某省卫视采访时，回忆起在《松乡报》的大半年时间，感慨万千地对美女主持人说："知道吗？那是我人生最压抑、最尴尬、最别扭、最黑暗的一段时光。"

全国知名、九州红透的美女主持娥眉微耸，伤感而忧郁地问吴大作家："为什么这样说呢？"

在摄像机镜头前，吴文正襟危坐，一脸肃穆，像念悼词似的沉痛追抚往事。

"你知道被刀砍斧劈的滋味吗？不是明火执仗的那种，而是你置身在一个黑屋子里，不知道斧头刀子什么时候，从哪个方向劈过来，你没有办法也无所逃避，只能承受。"

游民作家吴文不能承受内斗之伤。在《松乡报》上班的第一个周五，也就是《松乡报》校稿排版的日子，他再一次领教了王大总编的虎威。

《松乡报》一共二十一个采编人员，这也是王总编欲把《松乡报》打造成松乡镇山寨版《人民日报》的底气所在。"人多力量大，手多好办事。"王总秉承此办报理念，准备轰轰烈烈地干一番惊天动地的宏图伟业，好为自己的平步青云搭上天梯。但"吃饭的多，做事的少"，报社是有二十一双手，这没错，但真正干活的手不到二十二只，那些拿钱不干事的纤纤红酥手，大多牵着松乡镇的皇亲国戚，哪肯屈尊纡贵去搞那些雕虫小技的酸腐文章。

每逢周五，王大总编与前四天就大不相同，总是史无前例地按时上班，用三十分钟时间很严肃很庄重地对各版编辑布置完今天的任务，便于北京时间九点整宣布出差公干，大约于某时某点回来检查报纸内容，甚是逍遥快活。

为讨娇妻爱女之欢颜，王大总编于下午又驱车至小梅沙，小梅沙的海浪终于博得王太太咧虎唇一笑。

踏了海浪又吃了海鲜，王太太许氏便命夫君打道回府，此时的海都已是华灯初上，王总编酒足饭饱，惬意非常，回到府邸，这才想起报纸不知折腾得如何了，便斜躺沙发，二郎腿高跷，用无线电波遥控听政，当得知区区八版报纸还没搞定，不由怒从心上起，火向胆边生，愤然驱车前往报社，修理编辑部众奶油小生及靓姐酷妹："你们是怎么搞的，到现在还没搞定？"

一个记者小声说："您不回来，我们不好定版。"

王总编五十七秒内审完八版，抖着清样斥道："那你们起码要搞得像模像样嘛！这就是你们排的版编的报？乱得像疯子的头发，哪有一点儿我办报的理念和意图？"当看到吴文《民间弈林高手战楚河，江湖棋坛群雄分汉界》这篇消息时，戟指怒曰："吴文，你这标题是怎么做的？作家就这水平吗？"

吴作家从早八点一直工作到晚八点，中午只和婉雪吃了一个八块钱的快餐，忙得像热锅上的蚂蚁，早生焦躁。现在又见王总无端发火，心里更气，当下窝在电脑前一声不吭，沉默地抗议，但王总机枪扫处，生灵涂炭无活物，吴文做哑巴也惨烈中弹。

王大总编见吴文像个闷葫芦，一个虎跳到他办公桌前，说："大作家，你倒说说你写这个标题的理由，你不吱声，是不是瞧不起我这个总编，还是怎么的？"

吴文抹了一下脸，说："王总，我觉得这个标题蛮好的，形象生动，文采也还可以。"

王总编咆哮起来："文采文采，狗屁文采！我和你说过多少次，新闻不是要文采，而是要事实。要事实，你懂吗？！"

吴文倔劲上涌，分辩道："王总,我这标题里也有事实呀，民间棋手比赛难道不是事实吗？"

"弈林是什么意思？楚河汉界又是什么意思？你以为读者都像你一样高的水平吗？要直接，懂吗？新闻要直接！而不是给读者绕弯子！"

"难道新闻标题就一定要做得像白开水，不讲究一点儿语言艺术性吗？"

"艺术个屁！你少在我面前讲什么语言艺术，就你懂，是不是？你今天不把这个标题搞掂，明天就给我走人！"

吴文呆气发作，刚准备英勇就义，婉雪及时过来掩护说："吴文，你是咋回事？领导叫你怎么做就怎么做！"一个劲地使眼色，就差眼珠变成玻璃珠蹦出来。

有美女相劝，吴文总算吞下一口鸟气，心想你要老子怎么改就怎么改，反正老子又不是社长、总编，这张鸟报办得有没有水平也不关老子多大事！于是释然，忙挤出一堆笑，边点头边说道："老总批评得是，我确实没领会您的意图，我这就改。"

王蒿正准备拿此书呆子练练拳脚，想不到吴某人来招关公脱袍，倒教王大侠打了空，那使出去的排山倒海之力无处着落。

众人怕骂，忙拥上前说，王总您今天出差辛苦了，要不您先回去休息，我们搞好了再给您电话，行不？

王大总编于是又翻跹而回，在家里用QQ遥控诸弟子。

凌晨三点钟，在睡梦中的王大总编接到一关门女弟子的电话，汇报报纸已做好，请师父大人审阅。王师傅嘀咕着起了床，叫徒弟们把版面用QQ传过来，睡眼惺忪地看了个大概，便在QQ上回曰："可以发版印刷！"

接着倒头又睡，不一会儿便鼾声大作，犹如雷鸣，哪管众弟子挑灯夜战到何时。

所以报社里除了婉雪，众人无不恨死了吴文吴书呆，说要不是他那个死标题，也不至于拖到三更半夜！吴文哪里肯服，便唇枪舌剑地斗起来。这也预示着，作家和记者的较量将没有穷期……

16.拉长之争

你要打工，那么请你出卖尊严，打工与尊严无关。

如果你又想打工又想拥有尊严，那么请你出卖灵魂。

你把自己卖得越彻底，你就越有可能出人头地。

那天，天时电子厂厂长林生果断祭出"人肉搜索"法宝，挖地三尺，愣把三百多号员工刮得鼻青脸肿鲜血淋淋。

"你们要多奉献,多付出,少索取,只有公司壮大了,你们才有前途!"

那天搜索完毕,看着地上一堆战利品,目送几个"江洋大盗"被穿灰衣戴大盖帽的警察逮走,林厂长林大人甚是豪迈,大做政治思想工作。

叶岚、丽娟站在队伍里,看着这个像黑竹竿的林厂长,缕缕寒意随着全身的毛孔丝丝往外喷,感觉打工也像黑社会,处处要小心翼翼,光想着致富,不知哪天为哪件事身上会掉哪个零件。看着被带走的工友,不由十分恐惧,心想幸亏自己一尘不染,要不然就真的死定了。

为庆祝全拉逃过此劫,大伙决定下班后去腐败一餐,谁知乐极生悲,下午拉长李霞却流产了,胎儿夭折,大人也险些命丧黄泉。众人兔死狐悲,想起拉长平时的好处,又想起自己打工的种种辛酸,不由泪水涟涟,有的女生更是忍不住大放悲声,哭得喉干气塞。

只要你打过工,又有谁不曾流过泪?!

但李霞的病倒却使主管阿娟有了可乘之机。

李霞病休的空位立马就被阿娟的一老乡顶上。这样丝印喷油部的六个拉长只有两条喷油拉不是广西佬了。

此两条喷油拉的拉长正是"冬瓜"阿军和"老鼠"强子这两位绿林好汉。喷油比丝印更具挑战性,喷油枪手一天下来素面成大花脸,不用化装就可上台演京剧;一身衣裳变成迷彩服,可随时拉上前线打仗。据该厂一位有三年喷油历史的前辈说,他新婚之夜才知道自己的胯下之物已沦为摆设,此前辈如五雷轰顶,情急之下欲挥刀自宫,幸亏新娘勇武,巧施小擒拿,纤手夺白刃,才没酿成惨剧。所以在天时电子厂,喷油拉的员工走马换将像跑龙舟,也正因如此,才轮到强子和阿军当上拉长,这俩人在天时厂喷油拉已摸爬滚打两年之久,算得上是真正的革命老前辈。所以作为打工仔,你要想天降大任于斯人,就一定要懂得一个"熬"字!

作为在江湖上混了多年的打工油子，强子和阿军在血和泪中渐渐悟出了竞争之道：一是要会拍，二是要会做，二者缺一不可。只会拍不会做，迟早会显包成臭狗屎；只会做不会拍，就是混成白头翁也是个大草包！

但真正使两个人在天时厂发迹的，还是那次勇救总经理阿明那个香港仔。

地球人都知道，此阿明乃丝印喷油部主管大屁股阿娟的情人，明铺暗盖好多年。阿娟有了这个香港准老公，所以她对天时厂的任何男性公民都是不屑一顾，嚣张得像武天皇，纵使英雄如强子和阿军者，也难入她凤眼。

这令强子和阿军十分不满。想我堂堂七尺男儿，怎么反被一个女流之辈压在身下呢？真是要多别扭就有多别扭，要多郁闷就有多郁闷！但阿娟丰乳肥臀，正是总经理阿明所喜好的日常生活用品，要想把这母夜叉孙二娘拉下马来，委实不是一件易事。

话说一个周日，这两位好汉买了一瓶三块五的二锅头，四块钱的五香花生米，对着西下的太阳一边喝烧酒一边密谋，就如何扭转这被动局面做亲切而深入的探讨，交流到月上柳梢头，人约黄昏后的当儿，此两位大英雄取得共识：要不想被大屁股骑，就得搞掂总经理阿明！

国策既定，但如何实施却是大费周折。那港仔阿明，一周倒有三四天不在大陆的天时公司，用波音打飞的满世界跑订单。就是有时在天时上班，下车间视察生产一线时也是一脸凛然。像强子和阿军这类还没有发迹的无名英雄，要想搭上他谈何容易！

强子和阿军像两只饿狼等待着猎物的出现，但这一狩猎就是大半年时间，那死港仔阿明就是不识相，一丝机会不给。

就在这俩人自叹命苦准备蔫头耷脑地离开天时公司时，叶岚、丽娟俩人却出现在他们的世界中，使得这两位欲外出打江山的好汉又留在了"天时"这座山头。

后来他们又认识了吴文和江城,看着这两个家伙一个是作家臭老九,一个是月入过万的金领,要钱有钱,要知识有知识,自己这边就像乞丐和龙王比宝,寒碜得没个人样,这对英雄就打消了将丽娟、叶岚分而娶之的念头,一心一意乐此不疲地做起护花使者。

当保护上升到形而上学的高度,它就有了特殊的意义,因此强子和阿军就有了更强的动力:一定要拿下阿明,这样才能更好地保护丽娟和叶岚!

丝印喷油部的强子不爱学文化,却酷爱军事,每与人聊侃军事,口若悬河,上至古华夏古希腊的神话战争,下至人类今天上午刚发生的军事冲突,无不如数家珍,久而久之,有社会贤达人士便送以"强军师"之别号,一时名动江湖。

在又等了三个月零七天后,"冬瓜"终于沉不住气了,很是不满地数落战友同志:"喂!我说你这个狗头军师咋搞的,平时吹得天崩地裂,怎么回头来就把一个死港仔搞不定呢?"

"嗯——让我想想! 办法总比困难多,办法总比困难多,办法总比困难多……老子计赛诸葛,就不信搞不定这香港烂仔!"

后来做了黑社会的强子承认,若不是那次阿明得急症,就是他钻尖了脑袋也拍不上总经理的马屁。

那天俩人在海都的月光下密谋到深夜十一点多,回到宿舍后强军师痛感"日月逝矣,岁不我与"。于是挑灯夜战,拟订作战计划,上查阿明祖宗三代,下查此公吃喝拉撒睡,找其弱点,准备一战定乾坤!

但阿明公乃云中之龙,总是腾云驾雾地在空中飞来飞去,这令强军师束手无策,恰如狗咬刺猬无从下口。作战计划书更变了十三次,第十四次已在修订中,稿子堆得比《战争与和平》的草稿还要高,可阿明的屁是香是臭都还没闻到,这令强军师十分沮丧和气馁。

时光逝去,但大屁股阿娟的嚣张气焰却是与日俱增。丝印喷油部四条拉已全部换成广西人。

这帮人在大屁股阿娟的领导下，奉行"顺我者昌，逆我者亡"的政策，将部门里持不同政见者的异己分子一个一个清理出革命队伍，因此丝印喷油部差不多成了一个小小的独立王国，只有喷油拉还未沦陷，三十几个男仔在拼命苦撑，革命形势跌落到前所未有的低谷，处境十分严峻险恶。

此时的强子和阿军系天下安危于一身，他们一面暗暗组织地下敢死队，一面叮嘱大家忍辱负重，一待时机成熟就举行暴动，翻身当家做主人。

打工是在夹缝中求生存，而机会就是夹缝壁上欲坠不坠的一粒水珠。你要么有幸地用舌头舔上它，从而给你一丝清凉。要么它渗入石岩或坠入山涧瞬间消失，给你一丝幽微而空远的回响。

就在强子、阿军被大屁股一干人逼得欲铤而走险揭竿起义时，阿明从天而降，突患急症，强子和阿军英勇救主，阿明为酬谢半条救命之恩，躺在病床上口传圣旨，将强子、阿军提升为拉长，有事可跳过阿娟直呈皇面，喷油两条拉的穷苦人民才翻身得解放。

皇侄子阿明追随其叔叔已多年，作为海都最早的一批来料加工企业，天时电子厂赚得钵满盆盈，但皇叔甚为淡泊，并没借机扩充地盘，而是将企业一直固定在三百至五百人之间的规模，将全部业务交给侄子阿明打理，自己每月清清账务，同时保住公司的几个大客户，其余的时间则以波音为的四处云游，誓死不做金钱的奴隶，逍遥快活得赛神仙。

阿明这天从日本神户直飞祖国大陆，从海都国际机场打的赶回公司，路上给铺盖情人阿娟打电话，让她做好一切工作准备，汇报近期的革命情况，大屁股只喜得浑身肥肉直打哆嗦，火箭一样蹿到阿明的总经理办公室，抹桌擦椅倒茶水，只差没卸衣脱衫躺上办公桌服务了。

此次帅哥阿明东渡扶桑，拿到一张一百万的大订单，一下车便精神抖擞、神采飞扬地直奔丝印喷油部检查工作。不见主管阿娟,文员过来报告说上写字楼了,阿明"哦"了一声,发现车间又多了许多新面孔,大多是凸额宽鼻阔唇的南方妹,心里便起了警惕。来到喷油拉,见员工们拿着喷枪在那里扫,个个五彩斑斓得好像穿着迷彩服。一个瘦得像牙签的组长过来问候,说:"老总,您回来了?"阿明见此人眼熟,便问:"你来天时有很长时间了吧?"此人就点点头,说:"是的老总,我和一个老乡进天时有两年多了。"

"哦!你叫什么名字?"

说话间又一个胖得肉墩似的人走过来,瓮声瓮气地自我介绍说:"我叫雷军,大家都叫我'冬瓜';他叫强子,诨名叫'老鼠'。"阿明总经理听得哈哈大笑说:"有意思,有意思!"又拍了拍他们的肩膀,鼓励道:"好好干,你们会有前途的!"喜得这对好汉差点当场狂喷鼻血而亡。

阿明回到总经理办公室,看见大屁股还在那里情深意浓地等着他,淡淡地摆了摆手,说我还有点急事要处理,有空了我再联系你。阿娟的一泡眼泪涌上来,但拼命含住了,用力地冲情郎笑了笑,低头匆匆走出办公室,刚出门,眼泪便"哗哗"地流下来,又怕人看见,忙掏出纸巾擦干,躲到一个无人的角落平息了情绪,才慢慢地回到车间。这时,她看见人事部的田部长莲步碎碎地往写字楼走去,一张贱脸兴奋得像吃了春药。她不知道发生了什么事,但直觉告诉她这可能与自己有关。

阿娟料得没错。总经理阿明发现丝印部来了许多新面孔,怀疑全是阿娟的老乡,就令人事部田部长来办公室将丝印部的人事档案全部调出,不查不知道,一查吓一跳,丝印部这半个月新招的三十八人竟全是广西博白县人,加上以前的博白老员工,一共九十一人,四个拉长也全是博白人,占丝印喷油部全部人数的百分之八十还要多。

阿明深感问题严重,斥责说:"你这个人事部部长是怎么当的?

这丝印喷油部都成广西人的天下了！我给你一个月时间，你务必把博白的四个拉长撤掉三个，博白的员工降到十八名。搞不定你就卷铺盖走人！"

田部长吓得粉脸煞白，诺诺地退了下去。阿明又打电话将"冬瓜"和"老鼠"叫了上来，一脸严肃地说："你们都是老员工了，还是喷油拉的组长，要有一定的觉悟性和警惕性！我现在要知道的是，喷油丝印部最近到底发生了什么事，为什么走了那么多老员工？"

"冬瓜"和"老鼠"面面相觑，心里叫苦不迭。暗想如果道出丝印喷油部的实情，那不是要把大屁股阿娟给卖了？可那大屁股，却是阿明明铺暗盖的老情人呀！自己出卖老总的枕上人，岂不是"厕所里打灯笼——找死（屎）？！"

帅哥阿明法眼如炬，步步进逼，沉声说："如果你们不想被炒鱿鱼，就必须给我说实话！"

强军师弱弱地问："那……我们要是说了实话呢？"

"我会重用你们！"

"真的？"

"我有必要跟你们开玩笑吗？"

强军师一声哀叹，暗道江湖真险恶呀，当一个小屁组长，都会身不由己地卷到风口浪尖上。横竖是一死，倒不如他娘的赌上一赌，说不定还能赌出个活路来！当下拿定了主意，和雷军碰碰眼神，于是俩人坦白从宽地将阿娟如何如何排斥异己，如何如何欺压下面的劳苦大众，如何如何粗暴管理践踏人权，本着"用事实说话"的基本原则，将丝印喷油部的问题一一端出，末了俩人摆出一副英勇就义的样子，说要是有半句失实，甘受任何处罚！帅哥阿明高深莫测，只是含糊地说："很好很好，你们回去好好工作，今天的谈话不要对任何人说起。"

这一天"冬瓜"和"老鼠"心里像摇鼓，一会儿觉得前途无量，一会儿又觉得大祸临头,好不容易熬到下晚班,俩人饭也顾不上吃,忙到公用电话亭打电话请教江城,卜卦吉凶。

听完此二仔的报告,江城非常有经验地说:"你们的出头之日马上就要到了!"

"城哥你为什么这么说?我们真怕被香港仔玩了呢!"

"咳……咳……"江大人清了清嗓子说:"我不是打击你们哥俩的生活积极性,你们啦,还不够格给香港仔阿明玩!为什么?因为还只是一个小组长,就是兵头将尾的那种!人家要玩你,也用不着一个堂堂的总经理来下手。是不是?"

"那……那你又咋说我们……"

江城打断强军师的话:"兄弟你听我说,作为一个公司高层管理者,他允许一定程度内的拉帮结派。但如果这种拉帮结派影响到公司的稳定和发展,那么这个山头肯定就离死不远了。就拿你们丝印喷油部的情况来说,这里已成广西帮的天下,一旦日后发生哗变,整个天时公司就会损失惨重!咱乡下有句俗话,叫尾,大,不,掉!懂不?"

"嗯……这个……这个……"

"你个笨蛋!"江大人就有了种"孺子不可教也"的感觉,但人家打电话来讨教,那就是低山头拜把子了,于是还不得不当起诲人不倦的角色。

"嗯——简单地跟你们这么说吧!广西佬太多,你们的大屁股阿娟主管就可能会用这个要挟老板。譬如说广西佬这一帮人要求涨工资什么的,而公司不能满足他们的要求,那么这帮人就团结起来罢工。你说,这不是威胁公司的稳定和发展了吗?所以这次一定是你们的出头之日!"

"哦……哦……是这样啊……谢谢城哥啊,毕竟是大学生,还是你高明呀!"

"哈哈,我也不是什么高明。"江大人嘴上谦虚,心里却非常受用,口沫飞溅地继续,"我只不过是凭着经验在帮你们分析事物,这打工,不是人家计算你,就是你计算人家。所以这个江湖啊,是异常的险恶,你们得处处小心才是!"

"冬瓜"和"老鼠"点头如鸡啄米,深受启发、深受教诲。寻思大屁股进天时公司都十几年了,做阿明的情人已有十来载,现在还不是要成怀疑对象?可见伴君如伴虎,自己得处处提防,不要被人卖了还帮人家数钱。

俩人匆匆忙忙各吃了一个三块钱的快餐,饭还没下肚就又赶着去加班。现在是进步的关键时刻,得好好表现。想想出来打工有六七年了,不是炒老板,就是被老板炒,走马换灯似的不知跳了多少次槽,换来换去啥都没换到,倒把大好的青春换去一大截。痛定思痛,自己以后再不能像浮萍那样漂了,得好好扎下根来做点事,譬如说学点技术和企业管理什么的。

天时公司总经理阿明调查完丝印喷油部的情况后,立即向老板,也就是自己的皇叔报告,皇叔也深感公司受到威胁,便下达最高指示:一切按企业规章制度办!

帅哥阿明接到此尚方宝剑,更是王八吃秤砣,铁了心要把丝印喷油部大换血。如果阿娟不配合此次改革,那就只好请她拜拜了!她在天时厂是主管,走出天时依然是一个来自广西的农村女娃子。

打工的世界没有温情脉脉。

作为剑手,帅哥阿明这次出剑非常慎重。喷油丝印部是公司的一个大部门,系乎根本,何况这次又接了张大单,如果现在就炒人,肯定会影响生产。但如果久拖不决,万一这帮子人中途发难,那将越发不可收拾。此总经理大为踌躇,坐在老板椅里捻发苦想。

一阵剧烈的疼痛突然从小腹传来,像有一条毒蛇在里面拱动,豆大的汗珠像三月的春雨争先恐后地在脑门上冒出,阿明起初以为是拉肚子,可疼痛却像钱塘江的怒潮一浪高过一浪,他预感不妙,弱弱地叫了声文员……

阿明是被"冬瓜"和"老鼠"背到医院的,俩人背着一百八十多斤的肥肉没命狂奔,三百多米的路程几乎令他们当场暴毙。

帅哥阿明是急性阑尾炎,据穿白大褂的大夫说,若是晚来一刻钟,此病人恐怕是性命难保。手术后的阿明非常感激,说:"我这条小命要不是我这两个大陆兄弟,就得要见上帝了!"为表兄弟革命情谊,当即在病床上口传圣谕,敕封雷军和强子为喷油拉拉长,有事可直呈皇命。

大屁股正在病床前淌眼抹泪,忽听此言,陡觉一瓢凉水兜头浇下,看来自己所担心的事发生了,不由心神不宁,失望地看着阿明,欲言又止……

两个星期后,阿明龙体痊愈,在"福如东海"海鲜大酒店摆宴庆贺答谢。酒至半酣,大屁股突然放声大哭:"你怎么能这样?我十八岁就进了天时厂,我把什么都给了天时厂。从员工做到主管,干了十二年,你为什么要这样对我?为什么要这样对我?"

窗外风雨交加。一个把青春、爱情、智慧甚至狡诈、凶狠、横暴都献给了海都的打工妹,在这个风雨交加之夜号啕大哭。而在同时,天时公司丝印喷油部的一个广西拉长被保安赶出大门,拖着行李一头扎入风雨中……

17.镣铐之舞

海都似乎永远只有春天和夏天,在弥漫着潮湿和淡淡海腥味的空气中,时光像日历一样被一页页地扯薄,人如蝼蚁似的匆忙,在城市灰色森林中奔走,在现实与梦想交织的网中穿梭,遗失了过去,也不知将来,而今天永远是那么忙碌,肉体变成了永不停歇的机器,而灵魂却早已长满蔓草,肃杀地荒芜。城市犹如一个魔障,兵不血刃地将人劈为两半,使人一半沦为物欲的奴隶,另一半则成为游荡在奈何桥上无可归依的亡魂,戴着黑铿铿的镣铐,随着诡异而莫名的节拍在都市的边缘舞蹈。

在海都做了记者的吴文就有种戴着镣铐跳舞的感觉。

自从进入《松乡报》,吴文每一秒都无不如芒刺背。他每天上班的第一件事,就是打开当地媒体的网页,在上面搜寻自己发表的新闻,然后上报总编大人王蒿,作为月底的绩效奖金。

一则八百来字的新闻要花去半天的时间,昔日下笔万言的文学才气像被海都的妖艳而炽热的太阳蒸干,消失得无影无踪。每天坐在电脑前,看着每一个字在键盘上像蚯蚓似的弯弯曲曲地爬出,犹如出土的竹笋那么艰难,枯燥透顶却又无可奈何!

更要命的是,这近半年的时间他的上稿率最低,每个月都悲壮地成为垫底人物,这令其他无冕之王笑掉大牙。"哼!还作家呢!"说不尽的嗤之以鼻,只叫吴文鼻端出火,恨不得撞倒南山平填东海,但细细一思量,自己这条虎躯确实没有发飙的本钱,谁叫你倒数第一呢?

吴文每见到江城,就舌吐黄连不迭地痛倒苦水:"你知道这是什么感觉吗?这是以己之短,攻敌之长,焉能不败?"

江城正襟危坐,洗耳恭听,倾听吴作家被压迫被剥削的阶级仇恨已成为他近半年来的必修课。

教师节后的第一个周末,吴文和婉雪联袂飘飘而至,来到江城的单身贵族寓所。

此时是北京时间十点三十分整,江贵族刚起龙床洗漱完毕,就听门"砰砰"地响,吴文在外面叫:"滚起来滚起来,太君查房太君查房,不然刺啦刺啦的有!"随即一个清脆的声音道:"吴文,你学小鬼子倒学得不错呀!"

江城一听就知道是婉雪,这样清澈的笑声,在这喧嚣的海都珍贵得犹如天山雪莲，忙整理好衣襟，开门恭迎才子佳人。

吴文进来就是一番大扫荡，将能吃的东西都尝了个遍，然后惬意地打着饱嗝，像只螃蟹趴在藤椅里，一脸败象地诉说起做记者的种种不堪。

听完吴作家的倾诉，江城就给文豪上起了思想政治课："你觉得自己很委屈是不是？你为什么不反省一下自己呢？从思想深处挖挖不健康的东西！"

吴作家的头被敲得一愣一愣的，像摇摆的棒槌，不解地看着革命导师："我思想上能有什么不健康的东西？" 又求助似的瞅了瞅婉雪，见婉雪在那里嫣然而笑，眼神里有几分狡黠和调皮。

江城指了指婉雪："你让她说！她在报社与你朝夕相处，比我更了解你！"

吴文书呆此时灵光一现，说："原来你们俩是合谋好了来打击我呀！"

江城哈哈大笑，说："你小子脑子还有点活络，写新闻还没写成榆木脑袋，真是天可怜见，可喜可贺！可喜可贺呀！"接着一努嘴，"婉雪，修理他！"

吴文就张开双臂对天一声惨呼："天亡我也！"

婉雪一脸严肃地说："吴文，你正经点，不要嬉皮笑脸的。"

"怎么啦，你们真要拿我开刀呀？"

"你这样下去很危险，迟早会被炒鱿鱼，知道吗？"

"我知道，"吴文痛彻心扉的一声长叹，说，"我对新闻找不到感觉呀！你知道新闻写法和文学写法完全是两个不同的概念，要转变过来真的很难。我现在就像鸭子上架，走也不是跳也不是。"

"是你从骨子里没有接受新闻，从心底里排斥它，有着这样的思想，你能做得好工作吗？说到底，你就是还端着一个作家的架子，穿着孔乙己的那件破长衫之乎者也，维护着你做文人的尊严。"

婉雪字字千钧、针针见血，吴文脸色苍白地躺在哪里，像一只被放了血的大公鸡，浑没有了往日的嚣张气焰。

"生存第一，文学第二。你要把这个问题搞清楚，你不把这个问题搞清楚，就会犯'左倾'主义的错误！"

江城听到最后一句话忍不住"扑哧"的一声笑出来，说："婉雪你真是太有才了，是个做政委的料。"

婉雪一想自己怎么不知不觉中抖出革命术语来，也不禁"咯咯咯"地笑得花枝乱颤，说："要不是吴文，我还真不知道自己有这方面的才华！得，我明天就参军去。"吴文立马厚颜无耻地接口道："你去当兵，那我也去当兵，咱们在部队做搭档！"

"去去去，少贫嘴，谁要跟你做搭档了？"婉雪染得满面烟霞，"要是谁跟你这个死书呆子做搭档，不是气死，就是累死！"

吴文一脸无辜状，说："我就那么不堪吗？没那么悲哀吧？"

江城江大人继续晓之以理动之以情："如果你不想失败，就两手都要硬：创作和新闻一个都不拉下！吴文，当记者接触的社会面广，在工作中你可以搜集到很多的写作素材，一举两得，有何不好！再说了，也有许多作家是记者出身呀！不是我伤你自尊，你现在是作家没错，但还不是知名作家，还不能靠写作养活自己。就凭你现在的一支烂笔，要想在海都立足混饭吃，那可是厕所里打灯笼——找死（屎）！过不了几天就要茅厕里开铺——隔死（屎）不远！知道不？讨饭的叫花都还有一个破碗呢！"

近期江城同志在地摊上淘了一本歇后语的书，有空就捧着啃，结果是幽默细胞成几何级暴增，在与人滔滔不绝中不时插上几句歇后语，逗得对方大笑。在唇枪舌剑的谈判中，江大侠的歇后语往往起着不可或缺的神奇作用，搞得对方身心通爽，一爽就把订单给签了下来，由此江大侠的业务量直线上升，票子"哗哗"地往兜里抖。

江城看着吴文的脸像七彩霓虹灯，忽紫忽绿的变幻莫测，就知道此兄台内心正在翻江倒海，人鬼殊途，全在一念之间，于是又对婉雪丢了一个眼神，婉雪会意，起身给吴文倒了一杯水，放缓了口气，半蹲在他面前柔声说："吴文，一个不能很好地处理生活与文学的人，很难想象他能写出好的文学作品。在海都，要想以文养文，真是难如登天啊！知道吗？我不想你失去这份工作，有你在，我还有一个照应的人。如果你走了，谁来照顾我？！"

　　这句话令吴文如遭电击，他呆呆地凝视着婉雪那张芙蓉般的脸，以为是在梦中。江城蹦过来猛敲了他一个爆栗，说："你这呆鹅，还不接受婉雪的情意？为了她，你就是死在报社也在所不惜！"

　　吴文的脸顿时红得像熟透的西红柿，那种不期而遇的幸福像钱塘江的潮水在胸中澎湃。同时一股微弱的战栗从他指尖邋起，像有一只小蚂蚁在皮肤上蠕动，继而如微波似的一圈一圈地泛漫全身，这使他的心温暖起来，像有一盏明灯揞在怀里。这种温暖坚定了他的信念，吴文抬起了头，迎着婉雪期盼的目光，坚定地说："那我就戴着镣铐跳舞！"

　　我戴着镣铐跳舞！

　　在海都，每个人都戴着几副沉重的有形或无形的镣铐，在欲望的都市里挣扎、沉浮。有人从地狱爬到了天堂，春风得意马蹄疾；有人从天堂跌到了地狱，苦泪长垂与东流。天堂在彼，海都在岸，欲海在中间，芸芸众生便在这欲海中挣扎。

　　当一切都已被镀金，清高与操守便沦为道德废墟中破碎的瓦砾。所以在海都，你不要羞于谈金钱、美女，否则你不是一个极顶傻帽，便是一个患有精神病的疯子。

　　吴文就游走在傻帽与疯子的边缘。

　　他来海都已有半年多时间，却压根儿没想如何去赚钱，倒是打着理想主义的旗帜，在这个文化沙漠里做着他的文学清秋大梦。

　　这样的人在海都混生活，不栽跟头老天爷都不答应。

经过江城和婉雪苦口婆心的思想教育后，吴文同志的革命意志有所松动。尤其是婉雪朦胧的爱情，更成为摧毁他的糖衣炮弹。他不知道婉雪是什么时候开始爱上自己的。在吴文心里，他一直把婉雪视为天仙。她出身大都市，父母是高知，而自己只是一个从山沟沟里出来的小山雀，怎敢对这天仙一般美丽的女孩有非分之想。

书呆子吴文其实对这个世界有着极其清醒的认识：在当今社会，无论是友谊和爱情，都得以平等为前提。若双方差距太大，那就不可能成为朋友和恋人。中国与人交往的国粹——门当户对之术，不但没有随着峨冠博带的老祖宗们仙去，反而随着时间的流淌日益发扬光大。

所以当婉雪对他说出"你走了，谁来照顾我？"这句话时，切不亚如美国大兵在小日本投下的原子弹，彻底把吴文给震晕糊了。

看着这个老顽固颇有幡然悔悟之意，江城和婉雪俩人内心大喜，江大款豪气冲天，要去酒店"腐败"，以示庆祝。吴文不改往日的黄蜂嘴，说："你以为你是李嘉诚，钱多得用不完是不是？那就捐款做慈善事业呀！这样装大佬，是不是太浅薄了点儿？"气得江城直直地瞪着吴文，好半晌才缓过气说："你真是个老怪物，本人纵横江湖几十年，还从来没有遇到过请人吃饭还要挨骂的！"吴文就怪笑，抖着身子说："江城啊，不要穿了几天绸缎裤子就忘记披过麻衣了。想想我们读书时的那个苦，现在过分奢侈就是犯罪啦！"

婉雪见此二人咬得满地鸡毛，忙说："得了得了，你们去买点菜回来，我亲自下厨。这样又实惠又有意义，行不？"

江城把眼睛瞪得像两粒弹珠："像你这样漂亮的女孩，还会做饭？"

"切，你以为我在家里是衣来伸手饭来张口呀？"

"不是……不是……我……我认为像你这样的女孩，应该不食人间烟火才是。"

"去！少贫嘴了，快买菜去。"

"行。我一个人去，你们在家里聊着。哈哈……"江城一阵坏笑，哼着小曲扬长而去。

在海都，如果每个星期能和知心朋友吃上一餐饭，绝对是一件非常幸福、温馨和奢侈的事。票子、车子、房子……这些代表着所谓成功的标志，早已令这座城市疯狂。亲情、友情、爱情……这些人类情感最美好的东西在金钱与欲望的冲刷中变得苍白和孱弱。

这天，他们三人到"快活谷"去玩了半天。吴文旧地重游，想起半年多前江城带着自己和丽娟、叶岚游玩的情景，不禁感慨万千。半年前自己是个一穷二白的山沟穷小子，现在竟然成了一名记者，而丽娟、叶岚则成了工人。记者、工人，这曾经是多么的辉煌和充满诱惑力的名字啊！

对于理想主义者吴文来说，要想他冷淡文学而热心于新闻，就像要守财奴丢掉金子去捡瓦砾。虽经江城和婉雪的苦劝，但要此"文豪"缴笔投降，比金兀术"撼岳家军难"容易不了多少。

次日周一上班，《松乡报》开编辑例会，王大总编嘴叼"中华"，编辑部里一时仙气缭绕，众人大气也不敢出，提心吊胆地不知谁先挨枪子。

王大总编斜靠在沙发上，冷眼看着吴文豪。"吴文，下个月你有什么打算？作为一个作家，总不能一直垫底吧？这可与你的作家身份不符哦！"

"这个……这个……我确实很惭愧。我想改变一下采访策略，专门去做社会新闻，写一些深度报道，您看……怎么样？"

"那好！我最后给你一次机会，如果采访社会新闻还不行，那就请你另谋高就。我这里不是养闲人的地方，个个都是凭本领吃饭！有本领就混下去，没本领就走人。我现在非常怀疑你的水平，只怕是浪得虚名！"

婉雪担心吴文的书呆子气会发作，谁知此文豪竟淡淡一笑，说："王总，我是一颗红心两种准备，到时不用您开口，我会自动离开。"

婉雪总算松了一口气，暗想自己和江城的口水没有白费。为了表彰该同志的进步，婉雪决定下班后上大排档犒劳一下吴文。

这时他俩的关系已若隐若明，那层美丽的薄纸虽然昨天被婉雪点破，吴文却没敢去接收这束火红鲜艳的玫瑰：爱情需要条件！他吴文没有任何条件，譬如说车子、房子、票子什么的。虽然他知道婉雪绝不是一个虚荣爱奢华的浅薄女孩，但自己一身赤贫，哪有本钱去追求奢侈的爱情？这使他内心深处相当自卑。

自从到报社上班后，为了工作方便，吴文就离开了江城住的海都三十一区，在松乡镇政府附近租了一间单房，真正地过起了江湖夜雨十年灯的漂泊生活。

海都的关外与关内，被几道检查站硬生生地将一座城市分割成两个世界：关内的人可以自由出入，关外的人要进关内必须凭劳什子边境证。

但海都的夜晚还是美丽的，哪怕只是在海都的关外。

江城和婉雪走在松乡镇最繁华的兴贸大路上，白天的炎热已被海风吹散，就像天空中揭去了一个锅盖。习习的晚风穿过楼丛与树隙，使海都的夜一片清凉，然而无数的灯火像煮沸的星星从天上散落，它射发出暧昧而耀眼的光芒打破了这夜的清爽与和谐。

他们转身来到一条小吃街，只见一些光膀子的大老爷儿们围着桌子推杯换盏，脸红脖子粗地划拳饮酒。婉雪见状摇了摇头，觉得此处乃是非之地，拉起吴文的手刚要离开。忽然街头的北边起了一阵骚动，一帮穿制服的彪形大汉手持钢管冲进来，遇摊就砸，逢人便抓，威不可挡。一时间只听乒乓乱响，满街鸡飞狗跳，有几个胆大的男性刚想申诉几句，一顿棍棒如雨点落下，只打得鬼哭狼嚎。有的被城管员捉住四肢，像扔麻袋似的扔进收容车里去了。

吴文久闻城管员神勇，今日一见，果然名不虚传，不禁血往上冲，挣掉婉雪的手，使一个"八步赶蝉"式，舌绽春雷大喝一声："给我住手！"

治安队正打得顺手，蓦听得一声大喝，一时倒给镇住了，停棍歇拳地看着这路神仙。真是不看不知道，一看吓一跳：此人瘦瘦的，像棵营养不良的树苗，而且还戴一副眼镜。众人火眼金睛，一眼就瞅出此人乃是一个未得道的小妖，不足为惧。

一个胖墩墩的光头太君手擎香烟，挺腰叉肚地问吴小妖："你，是干什么的？"

"我？我是记者！"

"哈哈！记者，什么记者？该不是人民日报和新华社的记者吧？怎么光临这样的小街小巷了？"

"我是镇《松乡报》的记者。民以食为天，你们这样做太过霸道，我要曝光你们。"

"我曝你个头呀！哪儿来的假记者，给我逮回去好好审问！"此太君听吴文自报家门，就知此人无甚背景，于是一个虎跳，扯手一耳光，刷在吴文脸上像放电光鞭似的响，后面几个城管狼虎拥上，把云里雾里的吴文塞上车，继续围剿小商贩。

婉雪目睹这一幕，只吓得魂飞魄散。忙挤上前去，说："你……你们……怎么随便抓人？"那个脑门涂猪油的光头扭脸一吼："到一边去，小心我把你也给抓了！"

婉雪暗想这帮太君什么事都做得出，只好退到一边，自己要是也被抓进去，那可连一个报信的人都没有了。慌急之中想起江城，忙给他打电话。

江城这时正和一个同事在福安"时时"沐足城里按摩，听完婉雪的报告，江城哭笑不得，暗道这个书呆子呵，逞的哪门子英雄！管这些闲事干吗？这不是成心找抽嘛！想起昨天吴文说什么"戴着镣铐跳舞",想不到一语成谶,忙打的赶往松乡城管队进行交涉。

吴文是被《松乡报》总编王蒿领出来的。

吴文被带到松乡城管队后,那个光头太君说:"雷个细仔,把雷的记者证拿出来看看,要真是假冒记者看我怎么收拾雷!"

验明正身后,光头太君强忍住笑说:"大家都是自己人,一场误会一场误会啊!我跟你们老总王蒿熟得很呢!"于是打电话叫报社来领人。

王蒿王总编把吴文从城管队领出来后,黑着脸一阵猛剋:"我丢!社会新闻还没跑到,倒把自己跑成了社会新闻!"剋完后又忍俊不禁哈哈大笑,"吴文你真是个活宝啊!"

于是"活宝"又成了吴文在报社的另一个大号。

吴文的所作所为,又使江城深切地想起飘在茫茫内蒙古草原上的祝涛,他感到俩人的性情是如此相近,然而自 1999 年 11 月 25 日与祝涛一别,从此关山万里,音讯渺渺。每当孤寂的时候,江城总是牵肠挂肚地呼唤祝涛:"涛哥,你找到马丽芳了吗?!"

18.悲相逢

海都是一座充满慌张的城市,它犹如一台巨大的织布机,无数的人像一支支梭子,疲惫而永不停歇地编织着一张张金钱和欲望的网,将自己紧紧缠住。有的人死了,裹在里面永远成为茧蛹;有的人化蛹为蝶,扑棱着翅膀冲破了这张网,蓦然看前面是光芒万丈,扑进去才知是一团烈火。

报纸上隔三岔五就报道有富翁破产跳楼自杀的,有炒股票亏了房子又赔老婆的,有玩六合彩卖儿卖女的……这令做太子监学的祝涛嗤笑不已,暗道这些为财横死的人,其价值也就等同于一只小小鸟。他站在海都的关外,从高高的云端里俯视芸芸众生,但见天下熙熙,皆为利来;天下攘攘,皆为利往。不禁慨叹这世界是一张染了糖水的锡皮纸,引得无数蚂蚁竞相啃食。细想开去,心里就有了几分禅意,口出一谒曰:"诸行无常,是生灭法。生灭灭已,寂灭为乐。"

谒好念,可惜生无法灭。正如剃光头出家极易,但戒七情六欲却难。祝涛非空门弟子,所以无法"寂灭为乐"。虽然现在有一份看上去貌似不错的家教工作,但这也不是旱涝保收的铁饭碗。自己一个打工仔,今天做了不知明天还能不能做,所以还是得抓紧时机多充电才行,以备不时之需。打了工的祝涛才知道,自己在大学学的什么之乎者也写作技法之类在现实中屁都不顶,最多也只能唠唠嗑儿吹吹牛,在网上欺骗一些涉世不深的文学青年。

他开始如饥似渴地学习人力资源,并且花三千多元参加了海都的一家什么培训机构。在这个便利时代,只要你肯掏银子,就是硕士博士的证书都能手到擒来,遑论一个小小的人力资源师等级证了。

海都这城市,一认钱,二认权,三认美色,四就是认证书了。在海都人才大市场,你可以看见如蚁的求职者,脸上堆积的是谦卑疲惫的笑,手里捧的是层层叠叠红红蓝蓝软软硬硬的各种本本。

这是一个充满了证书却又不肯证明任何事物的时代。

这里是道貌岸然者的天堂。

又是芸芸众生的菜市场。

像祝涛这样无权无钱无房无车的四无者,也就是沧海中那一粒没皮少肉的烂粟而已。

不想被沧海横浪卷走,粟米就得在狂风恶浪中沉浮挣扎。

马丽芳对祝涛的上进很是欣赏。

每个周末,祝涛总会到马丽芳的家去转上一圈。那个用木板和树皮钉起来的简陋的两间小屋,给他带来了无限的温暖。他不止一次地对马丽芳说:"如果没有你们一家,也许我早就成海都的饿鬼了。"

"嘻嘻，那是你的命大！"马丽芳脸颊上浮起两个酒窝，里面漩起的涟漪慢慢地把祝涛的心吸了进去。

黄昏的海风轻轻吹拂着，天上的云彩带似的空中飘荡。马丽芳的父母护林归来，看见女儿又和这个大学生黏在一起，心中又喜又愁。父亲马才的脸拉得像被驴子踢了一脚的老茄子，苦憋得能挤出胆汁来。这位在草原上饱经了风雨雪霜的牧民，对这些戴眼镜的白面书生有种天生的不信任感：这秀气得像芦苇棍一样的身材板板，能混出个什么名堂来？

马婶虽然也有些忧心，但并没有像老伴那样排斥祝涛，她吩咐老伴道："孩子他爹，你去菜地拧点鲜菜来，安顿祝大学生吃饭。"

马才憨憨地笑了笑，又望着女儿和祝涛的背影无奈地叹叹气。他看得出祝涛是个诚实的娃儿，读了多年的书，这娃儿还透着山里伢子的那股纯朴。可自己的闺女才初中毕业，这悬殊太大了。所以，他是绝不可能把自己的女儿留在海都的。而据他的人生经验推测，祝涛也不可能离开海都：这里是年轻人闯天下的地方。就像浅水鱼塘里的鱼，下大雨时都拼了命往滩上游！而芳芳，充其量只不过是一只小虾，能窝在淤泥里喝点泥浆就不错了。

塘堤上长满了齐腰深的鱼草，吐出阵阵的青香使马才仿佛闻到了久违的草原的气息，这使他的心松快起来，他轻轻哼起了《在北京的金山上》。突然，他的赤脚踩着一条软软的东西，随之一种尖锐的疼痛像一根钢针生猛地扎进来。"蛇！"马才一个激灵，低头的一刹那间，只见一条灰不溜秋的蛇摇摆着"哧哧"朝草丛中钻去。

马才一锹铲下去，毒蛇拦腰而断。马才仍不解气，锹落如雨，边铲边骂："我叫你咬！我叫你咬！"

祝涛正在堤上帮忙劈树枝准备生火做饭，忽然听到马才惊慌失措的叫声，知道出了事，丢下斧头飞奔过去。只见马才捧着右脚坐在地上呻吟,前边是一条被剁成无数截的蛇,祝涛定睛一看,是一条剧毒的土公蛇。

祝涛"哧"地将衬衣撕开,扯下一条襟边,用力将马才的踝关节处紧紧束住,接着俯头就吸。马才大惊,一把将他推开:"你要死呀?这有毒呢!"

"才叔,别动。救人要紧。"祝涛吸一口吐一口,数十口后,慢慢地吸出了红血。马丽芳母女早已赶来,见到这个状势,又害怕又感动,眼里不由滚出泪来。

祝涛吸完蛇毒,转身趴在塘边漱口,然后对马丽芳说:"快打120叫救护车。"又盼咐马婶:"您去倒一盆清水,里面放盐,让才叔泡脚。"接着弯腰背起马才,跌跌撞撞地朝小屋跑去,将马才放在椅子上,把他的伤脚泡在水里,从小肚腿上用力往下面箍赶,挤压残毒。

马才坚硬的心被感动了,说:"小祝大学生啊,真的谢谢你了!我这条命可是你救的。"

"才叔您千万别这么说。要不是您给我鱼汤喝,我早就没命了。"

"唉——!"马才重重地叹了一声。

祝涛以为马才担心害怕蛇毒,忙安慰说:"不要紧的,您放心,医院能治好您的蛇伤。"

马才含含糊糊地应了一声。其实他想到了自己的女儿。如果祝涛不是一个大学生,而是一个普通的打工仔,他就会把自己的女儿嫁给祝涛。这中国的婚姻,什么时候都得讲个门当户对,一方太强了另一方就会受气。古代的戏上演过,自己也亲眼见过。祝涛这娃儿现在是不坏,但谁敢保证以后不变呢?海都是个大染缸,没有人能独善其身。

牧民马才对海都有着近乎天生的根深蒂固的偏见,所以来海都几年了,他宁可让女儿待在家里,也不让她进工厂打工,他不想自己的宝贝女儿被海都这个城市吞噬了。

蛇伤事故过后,祝涛和马家的关系更加亲密无间,但在对女儿和祝涛的关系上,马才像一个坚固的碉堡,牢不可摧。有一天祝涛不无怨气地对马丽芳说:"你爸真是一个老顽固,一切的现代文明都被他视为洪水猛兽!"

马丽芳幽幽地说:"我也没办法!"

祝涛叹道:"你爸也许是对的。佛曰:'一方一净土,一笑一尘缘。'"

马丽芳正在往兜里倒鱼,双手一抖,几条鱼掉进鱼塘:"说什么啊你?"

"我……我没说什么!"

"你说什么一方一净土,一笑一尘缘。这怎么好像是和尚说的?"

祝涛心里忽然起了一个小小的恶作剧的念头,于是肃面一整,一脸的宝相庄严,说:"这凡尘千种愁苦,万般烦绪,确实令人心生厌倦,所以我想遁入空门。"

"你……你真要当和尚啊?"

祝和尚双手一合:"善哉!善哉!"

"你当和尚,那我就当尼姑。"

"阿弥陀佛!和尚是不能娶尼姑做老婆的。"

世界突然寂静,天地间好像一下变成真空,湛蓝的天空响起如撕帛裂绢的声音,马丽芳心里起了一个巨大的漩涡,她被这股恐怖而幸福的力量扯了一下,身体微弱而剧烈地抖了抖,呻吟似的说:

"你……你胡说些什么呀?!"

这是他们的首次表白,想不到竟是以佛家禅语为媒。

后来祝涛的死党江城与游民作家吴文谈起这段爱情,很是先知后觉地叹道:"这场风花雪月的故事,冥冥中已注定是镜花水月。"

"咋的?"吴文豪大惑不解。

"唉!这神鬼的东西,你信则有,不信则无。你看祝涛的表白,是不是处处透着玄幻？"

吴文想了想，好像还真是那么回事儿。遂叹道："一切恩爱会，皆由姻缘合；会合有别离，无常难得久。所谓由爱故生忧，由爱故生怖；若离于爱者，无忧亦无怖啊！"

一股凉意和不祥的预感从江城的心里腾起。吴文和祝涛的性情是多么相似。也许，当爱情和纯真从这个时代死去，这个社会便不再需要这样单纯和赤如童子的性情中人了。

"知道吗？我就是爱你树一样的质朴。"

那是一个周三的中午，海都灿烂的阳光透过枝叶的缝隙，将斑驳而零乱的碎影投在南乡的海堤上。天地是一片宁静，世界的繁华与喧闹与这偏僻的海之一隅无缘。

祝涛和马丽芳肩并肩行走在浓浓的树荫下，祝涛轻轻地握住了马丽芳的手。马丽芳的脸刹那间红得像草原上的落日，说："我……我配不上你。你是名牌大学的高才生，而我只是一个初中生。我……我们的悬殊太大了。"

"什么悬殊不悬殊，读书多就崇高吗？告诉你，现在的女……嗯……女大学生那个……那个还真不如以前的中学生。"祝涛本想说现在的有些女大学生还没毕业就奋不顾身地做起二奶了；但觉此话太唐突佳人，二来有丢尽大学生脸面的嫌疑，话到半截硬生生地吞了进去。

马丽芳坚决地说："不，我只会拖累你的！一个大学生怎么可能跟一个小小的中学生有共同语言？"

三年后的某个午夜，江城在海都三十一区的租房里，和吴文就着一碟花生米对酌，俩人又谈起祝涛，江城忍不住长叹道："马丽芳比你我都聪明，对世事洞若观火。"说完他趿拉着拖鞋打开电脑，调出一份文档，说，"过来看看，看网上是怎么形容老婆的。"

吴文轻蔑地撇撇嘴，走过去不以为然地看下去：

[品　　名] 妻子

[通 用 名] 老婆

[化学名称] 已婚女性

[成　　分] 水、蛋白质、脂肪、核糖核酸、碳水化合物及少量矿物质，气味幽香。

[理化性质] 酸性

[性　　状] 表面光洁，涂有各种化妆品，对钻石、铂金有强烈的亲和力；羞涩时泛红，生气时泛绿，随时间推移表面会出现黄斑，起皱，但不影响继续使用。

[副 作 用] 气管炎、耳根软、视疲劳、行为受阻等。严重不良反应者，可致皮肉损伤。

[用法用量] 一生一片。

[禁 忌 症] 公开服用二片或二片以上

[注意事项] 肾功能不全者慎用。

[规　　格] 千克至千克，片重超标不影响使用。

[有 效 期] 至离婚日止。

[批准文号] 见钻戒购买发票号码

[生产日期] 同身份证出生年月日

[生产企业] 岳父岳母

吴文看完淡淡一笑，说："这是什么？不就一个肤浅的搞笑帖子吗？"

"晕，你还作家呢！要通过现象看本质，知道不？这确实是一篇肤浅的搞笑帖子。可它为什么会出现呢？说明当今爱情已死，婚姻已亡,传统的道德已消亡殆尽。"

吴文哈哈大笑,说:"江城,你什么时候也忧国忧民了?"

"你这话什么意思?我什么时候没忧国忧民过?我不忧国忧民还能叫人打小日本?你这不是太小看我江某人了吗?"

吴文不理他,说:"爱情还没死!你看祝涛,对马丽芳是多么痴情啊!"

可祝涛的痴情并没挽留住马才一家子回草原的脚步。

祝涛还带着马丽芳见过姐姐祝春秀一面。

自从那次勇闯南门关未遂,祝涛从此对这座满是关隘的城市充满了厌恶和憎恨。

他多次打电话给姐姐祝春秀,说自己已到海都,找到一份比较好的工作了,由于没有边境证,他没法进关去看她。每次电话里,姐姐总是泣不成声,答应过关来看他。可是大半年过去了,他们还没见上一面。祝涛已快五年没与姐姐见面,他日夜思念他亲爱的姐姐。可现在近在咫尺,她为什么不来看他?祝涛有种不妙的预感,但是他不敢细想下去。

祝涛料得没错,他亲爱的姐姐祝春秀正处在痛苦的深渊中。

祝春秀一边屈辱地活着,一边燃烧着自己。每一次出卖肉体,她的心就死一回,然后化成灰,飞散在海都,无形无迹成为虚无。

然而弟弟来了,所有的痛苦沉渣泛起,一股不可遏制的羞耻像连绵而汹涌的海浪不停冲击着她,她没有勇气去面对弟弟,找着种种借口逃避着,她再没有颜面见任何亲人了。起先,她在电话里不无埋怨弟弟丢掉那份稳定的教师工作,祝涛回道:"姐!我不想穷一生,我穷怕了!我要在海都挣钱养活你和妈妈,让你们过上好日子!"

这句话让祝春秀泪流满面。

有一天,祝涛打来电话,兴奋地说:"姐,我谈恋爱了,有女朋友了!"

祝春秀激动得结巴起来:"是吗?快……快把她带过来让姐看看!"

"姐……我们没边境证呢,过不去。"

"那……那我过去,我去你那儿。"

祝春秀用很长时间洗了一个澡,她狠狠地搓着皮肤,恨不得把皮肤搓破——她要没有一丝污秽地去看自己亲爱的弟弟和未来的弟媳,久抑的亲情这时如溃堤的洪水瞬间泛滥,她嫌坐公交太慢,火急火燎地打了一辆的士直奔南乡镇七围村的那道海堤。

这是他们姐弟分手五年后的第一次见面。当祝春秀在的士里看到祝涛和一位硕健的姑娘站在海堤的斜坡上时,她慌忙叫司机停了车,扔下两百块钱,顾不上找零,跌跌撞撞地朝前扑去:

"涛——!祝涛——!"

海风迎面吹来,将她的秀发吹得青草似的蓬勃开来。几乎在同时,祝涛也看到了姐姐,他的双脚腾云驾雾似的飞奔,两双张开的手臂像鸟儿的翅膀在空中滑翔,姐弟俩紧紧地拥抱在一起。

这时马才老两口也赶了过来,相对唏嘘了一阵,马丽芳亲切地拉起祝春秀的手,说:"春秀姐,到我家去吧!"

"姐,你在做什么工作呀?是不是很忙很辛苦?都没时间过来看我!"

祝春秀的脸"腾"地红了,一股羞耻像茫茫的海水澎湃过来,这无数的碎片又化成粒粒冰珠,钻进她的每一寸肌肤,她的身体微微颤抖着,不过幸亏在路上想好了托词,便嚅嚅地说:"我……我在一家音响厂打工,工……工作还行。"

祝涛看见姐姐的脸一时红若炭火,一时又白如宣纸,以为她病了,忙关切地问道:"姐,你是不是不舒服?"

"哦……我没事……没事。可能是刚才跑得太急了。"

马婶赶紧热情地说道:"那我去帮你煎碗鱼汤喝吧!"

"不……不用,我歇会儿就行了。"

一股久违的温暖包围了祝春秀。自从离家到海都打工,她就再没有享受过这样的温馨与幸福,这突如其来的感觉令她有点晕眩,这使她深切地想起千里之外的母亲。那个苦难而贫穷的家,是她钻心的牵挂和漂泊灵魂的归依。

祝春秀在马丽芳家玩了大半天,跟着他们一起打鱼、侍弄菜地,做着以前家里才有的农活。多年在这个欲望城市的万丈红尘中朱颜欢笑,心上的尘灰早积得厚如盔甲,而今天的一切却如清风袭来,令人神清气爽。

凭直觉,祝涛不相信姐姐在工厂里上班,他深切地觉察到姐姐变了,然而又说不出来。姐姐深沉而无奈的痛苦,那种欲哭还笑佯装的欢乐令祝涛心碎。

在马丽芳家吃过晚饭,祝春秀要回到福安区,依然要去过那种生不如死的生活。她知道,自己的人生已快到尽头,这使她对弟弟有了无限的依恋。

从海堤到车站还有三里多地,祝涛送姐姐上公交车,一路上他紧紧地握着姐姐的手,生怕失去了她。祝春秀说:"弟,你要快点找一份稳定的工作,做家教不是长久之计!"

"我知道。我现在在学人力资源,现在这行正热门。"

"哦!这就好!只要你找到一份好的工作,稳定下来,姐就放心了。"

"姐!你别担心我,我会让你和妈过上好日子的!"

"我没什么,"祝春秀凄然一笑,"以后妈就全靠你一个人了!"

"不是还有姐姐你吗?"

"我……我怕是顾不上妈妈了。马丽芳是个好姑娘,你要好好地珍惜她!"

后来祝春秀自杀了，祝涛回忆起这段话，才明白竟是姐姐的临别遗言！

但姐姐没有给他报恩的机会，这使祝涛痛不欲生；而马才也同样掐断了祝涛的爱情之花。当一切成为虚无，皈依草原成为祝涛的唯一法门。

那天祝春秀的到来，使老牧民马才看到了事情的严重性：这势头不像认亲吗？他知道女儿跟自己的脾气一样倔，想什么法子都没有用，只有回内蒙古老家才断得了这关系。

送走了祝春秀，牧民马才也拿定了主意：等合同一到期，一家子就回老家去，永远不再到海都来！

他知道这样做对祝涛很残酷。但人活在世上，又有哪几件事不残酷呢？海都是一座让人变鬼的城市，马才怎么可能把女儿留在这里?！

19.盲流，盲流

祝涛已在王府做了四个多月的家庭教师，把王太子调教得服服贴贴，甚得王大书记的欢喜。这时已到旧历的年底，工厂的职员们跳槽的跳槽，辞工的辞工，像离巢的鸟儿纷纷飞回了窝。每到这个时候，那些资本家就有些发急，工厂空缺出来的一些工位急需要人填补，因为越是年底，越是工厂赶货的时候。所以在职场上混了多年的老油条们，总是趁着这个空当出击，谋求高薪高位。

好不容易聆听完了王书记一番金钱至上论，祝涛已是满肚皮的不适宜，刚准备起身告辞，不料王书记又摸出一根"软中华"叼上了，一张阔嘴像烧砖的窑洞，"嘟嘟"地直喷黑烟：

"兄弟，这几个月辛苦你了！我曾说过，要给你找一份好工作。你有啥想法？"

"这……"祝涛一时没有思想准备，这个天上落下的馅饼真把他给砸晕了，好半晌没回过神。

王书记把胸脯擂得像战鼓："你想做什么？七围村有很多大企业，哥我一个电话就帮你搞定！"

"哦……我想试试做人力资源，因为我正在学这门课程呢！"

"人力资源？人力资源是什么东西？"王书记大惑不解，一双牛眼瞪得像八百瓦的电灯泡。

"唔……这个人力资源嘛，是指一定时期内组织中的人所拥有的能够被企业所用，且对价值创造起贡献作用的教育、能力、技能、经验、体力等的总称。"

"得得得！这么拗口，听得我晕头转向，来点简单的。"

"嗯……这个人力资源吧，简单地说就是招人和炒人吧！"

"咳，这简单得跟放水似的！落闸关水，起闸放水，是不是？你想搞这个，没问题，包在我身上。"说着王国平掏出手机，拨通了，对着里面喊："赵董哇，听说你少一个助手，我有一个兄弟，是武汉大学高才生，又是我儿子的家教，还精通那个……那个什么人力资源，你看——"

祝涛就站在王国平身边，电话里的声音听得一清二楚。那个赵董爽快地回道："王哥吩咐的事，兄弟我肯定照办！"

王国平得意地对祝涛笑了一下。又道："我这个兄弟写得一手好文章，赵董你肯定不会亏待他。哈哈……"

"那是那是。实习期间月薪六千，三个月后八千，王哥怎么样？"

"得，就这么定！那什么时候去上班？"

"嗯——后天吧！我后天从台湾回来，到时我给你电话。"

这一切令祝涛瞠目结舌，疑在梦中。月薪六到八千？天呀，这可敌得自己老家两年多的收入！他突然惶恐起来，仿佛这笔丰厚的工资会给他带来某种不测。忙说："王……王书记，这……这工资太高了，我……我拿得不好意思。"

"哼！你来海都半年了，还一点都不认识它！这六千块钱的工资，在海都也算是钱？你没见过真正的企业高管，年薪上百万上千万的都有，你这点工薪算个啥?!"

祝涛被说得一愣一愣的，感觉自己还真是个井底之蛙，不识海都的江湖之大，水之深浅。

三天后，祝涛当上了荣泰集团人事副总监。

那天是王国平亲自开着大奔把他送过去的。荣泰集团的董事长赵子龙草草地看过祝涛红通通的武大毕业证后，便用电话叫来一个前凸后翘的秘书，吩咐道："去，把祝总的一切都安排好！"

当祝涛在自己的办公室坐上那张真皮老板椅，看着办公桌上那台SONY笔记本电脑时，脑子里不禁"嗡嗡"作响，好像一下从地狱升到了天堂，幸福得一塌糊涂。

他清醒过来的第一件事就是给妈妈打电话，然后又给姐姐报喜，祝春秀还没听完就"哇"的一声哭了起来，一边哭一边说："弟弟，我们熬出头了！"

老板赵子龙虽然长得像海盗，但作风上颇有些儒商的味道，隔不多长时间就要召开媒体座谈会，邀请海都一些所谓的主流媒体记者来企业采风。起先祝涛看到那些拿长枪短炮的记者们还有些敬畏，后来接触得多了，也就觉得一般了。白吃白喝还有红包！这令祝涛十分不舒服。但荣泰有了媒体的吹捧，在海都名声震天。董事长赵子龙还恬不知耻地当上了区里面的科协副主席。

祝涛到荣泰后兢兢业业。该同志果然不负重托，不到半年便将荣泰公司乱得像麻丝的人力结构理得井然有序。赵子龙赵董龙心大悦，将祝涛攫升为公司人事总监，月薪也从六千元提到一万元。

祝涛工作起来还真有点庖丁解牛的感觉，他把要做的事细分后让手下去干，自己只顾发号施令，督促检查，工作颇为轻松。有一天闲着无事，便建立了一个武大的QQ群，与学长学妹们神聊胡侃。一次，他偶然发现一个叫"俺是农民伯伯"的网友，此豪客的QQ头像是罗立中那幅著名的油画《父亲》，这立即引起了祝涛的注意。凭他的直觉，这家伙肯定是农家子弟，于是给他发去了一个握手的QQ神情，但那个灰色的QQ没有回应。祝涛于是留言道："兄弟，你是来自农村的大学生吧？毕业了吗？有什么想法？有空咱们聊聊。"

三天后的晚上，祝涛才收到回复。江城说了自己的遭遇。祝涛的心一沉，他仿佛看到了自己的过去。他决定帮江城一把，还特别推荐了那篇《我奋斗了十八年才和你坐在一起喝咖啡》的文章。

事实上，江城后来确实看得流泪了。

江城永远不会忘记自己的海都之旅。

那个该死的骗子，只几个笑话和一根香烟就把武大毕业的江城忽悠瘸了，害得此天之骄子顺着铁路徒步从广州走到海都，用鲜血喂饱了广东的蚊子，脚板磨起的水泡像连绵的山峰此起彼伏，更要命的是肚子饿得咕咕直响。想不到自己英雄末路，一夜回到解放前，不觉悲从中来，嘴唇不由自主地瘪了瘪，却流不下一滴泪来。

从广州火车站到海都火车站，江城整整走了两天一夜，此间他滴水未沾，出火车站时又被警察剋了一顿。他那副形若叫花子的形象一出现在检票口，就立即引起警察的关注，老鹰捉小鸡似的一把揪住欲蒙混过关的江城，倒拖进警备室，严加盘问。江城的脸肃败得像杀秋后的老丝瓜，没一丝活气。他曲曲折折地拿出大学毕业证，诚惶诚恐地递给警察叔叔验明正身。一个留胡子的警察叔叔左看三眼右看三眼，验证无误后一声长叹：

"一个名牌大学生，怎么混得这么衰啊?!"

江城羞得无地自容，也不知如何走出警备室的。当外面白晃的阳光打在他脸上时，他像溺水者狠狠吸了口气，硬撑着将双腿钉稳，打起十二分精神在人群里搜索。蓦然看见"接武大江城"的纸牌，恰似绝处逢生，一股真情和温暖像暖流一样在胸中涌动。

当江城跌跌撞撞地走到祝涛眼前时，祝涛吓了一跳，以为是个乞丐，刚要伸手掏钱，想不到这个乞丐说话了："涛哥，我是江城……"

祝涛一愣，盯住江城足足有一分钟，当他认出这个就是只在视频上见过面的师弟时，激动地一把抱住了他："兄弟，你受苦了！"

俩人从火车站打的回到松乡，车费花了一百多。江城心痛得牙根发酸，心想涛哥花钱像水似的，坐公交回来该多省钱！

虽然贵为荣泰集团的人事总监，祝涛也不敢把江城留在公司住宿。

一年前，荣泰公司一员工将一个在外打"游击"的老乡带回宿舍过夜，不料在第二天，此浪仔竟趁员工上班之际，翻箱倒柜，就像猴子进了玉米地。正作案间，一个倒班的员工回来休息，陡见室内一片狼藉，于是大喝一声："你是谁？还敢偷东西？！"浪仔不料此时竟有人回来，见劣迹败露，又怕又慌，抓起一把水果刀，从床上一跃而下，顺手一刺，竟鬼使神差般正中员工胸窝。这员工倒是勇猛，一手捂刀一边厮打，大声呼救，等保安赶来时，他已倒在血泊中，两只手像铁丝般死死箍住烂仔的双腿，终于使其束手就擒。

这个员工还没送到医院便已死亡。

这件事对荣泰公司震动极大。老板赵子龙拍桌怒道："以后不管哪个王八羔子，一律不得带人进公司住宿！否则老子开除他！"

作为一个有着几亿美元身价的资本家，想开除一个打工仔，那是轻而易举的事，就跟踩死一只蚂蚁差不多。

这成为荣泰公司一道不可逾越的雷区：触之即死！

那天江城身上是臭不可闻，而海都是个国家级卫生城市，江城这副行头实在有染市容市貌。祝涛接到师弟做的第一件事，就是把他带到附近的宾馆里洗澡，当莲蓬头的温水浇头而下时，江城蓦然一下捂住脸,双肩随之剧烈地抖动起来。

男儿有泪不轻弹,只是未到伤心时!

裹着雪白的浴巾出来时,房里不见了祝涛,而自己的那身脏衣服则被塞在了垃圾桶里。江城把它们取出来,泡在盆里搓洗,但肚子饿得快贴到一起了,全身软绵绵的,像刚抽过血,连搓衣的力气都没有,于是只好扶着墙壁站起来,长叹一声,正伤感羞愧间,门"咯吧"一声开了,是祝涛,很夸张地问:"还没洗完澡?"

"我在洗衣服呢。"

"那衣服还洗得干净?我给你买了几套。"

江城换了衣服,又吃了祝涛带来的一碗皮蛋粥。祝涛看了看那精光的粥碗,心疼地对江城说:"你饿得太厉害,不能一次性吃得太饱,不然胃会撑坏的,现在先填一下肚子,等一会儿我们兄弟俩再好好搓一餐。"江城身上有衣腹中有粮,脸上死光退去,生气复燃。他有些舍不得地说:"我还是把那身衣服洗了,留个纪念。以后要是发达了,还能做忆苦思甜的革命文物。"祝涛想笑,心里却又有几分苦涩,便揽住了江城的肩膀说:"兄弟,吃得苦中苦,方为人上人。你肯定会出人头地的!"

中午两人到外面去吃饭。江城发现海都没有想象中的繁华。祝涛说这是关外,就像我们那里的乡下。江城不禁咋舌,说:"海都的乡下比我们的县城还要热闹!"

祝涛说:"那是肯定的。这里一个村的财政收入就比我们一个县的还要多!"

江城大惊:"不可能吧?"

祝涛大笑道:"就是这个七围村,一年的财政收入一点五个亿,比我们县的财政收入还要多零点三个亿!"

"真是富得流油!"祝涛愤愤不平地说,"这些财富都是我们这些打工仔创造的,但我们却被财富拒之门外。"

江城默然。心说老子以后也要当老板，做打工仔没前途！

俩人找了一家湘菜馆吃晚饭，祝涛说："我们快点吃了早些回去，不然碰上查暂住证的就麻烦了。"

回到旅馆，俩人盘膝坐在床上，掏心掏肺地聊得口沫横飞，祝涛大讲其革命奋斗史，对这位即将踏入社会的师弟进行启蒙教育，他舌绽莲花，口若悬河。江城如刚入庙门听经的小和尚，一颗头点得像啄米的小鸡，只差把那根瘦颈脖折断。他对这位学长佩服得五体投地。俩人气味相投，又兼同是穷苦阶级出身，聊到兴起处，彼此都恨不得钻回娘肚子去，结成了孪生兄弟再出生。

聊了一会儿，江城再也忍不住呵欠起来。祝涛这时意犹未尽，但见江城实在困得不行，只好说："你太累了，今天就聊到这吧。好好地休息一晚上，明天早上我来找你。你晚上最好不要出来，要是被查暂住证的查住就麻烦大了。"

这令江城异常紧张，他早就听说广东查暂住证的非常手段了。

江城不敢也懒得出门，躺在床上空洞地望着四周雪白的墙壁，心想海都四处是金钱，但也处处是陷阱，既是人见人爱的好天堂，又是人见人恨的鬼门关。想到祝涛的关怀备至，这令他感铭肺腑。"我以后一切都听涛哥的！老子穷的时候，就他把我当人看。"

贫穷所带来的屈辱使这个刚出校门的大学生胸中充满一股莫名的仇恨与偏激。但疲倦像海水一样袭来，他不知不觉沉沉睡了过去。

不知什么时候，江城突然被一阵杂乱而急促的吼声吵醒："起来起来！查房查房！"接着响起密集有力的踹门声。

江城一个激灵坐起来，脑子里"嗡"的一声，浑身起了冷刺，正惊慌间，门打雷似的响起来，江城刚掀开被子，房门就"哗"的一声被撞开，忽拉拉涌进一群人，江城还没明白是怎么回事，几只手虎爪似的叉过来，一个声音喝问道："有没有暂住证？拿出来！"

"我……我……"江城一边支吾一边穿衣服。一个满嘴黄牙的人横手一扯，厉喝道："穿什么穿？先拿暂住证！"

"我……我……我是今天刚到的，还没来得及办暂住证。"江城怯怯地回道。

"那有什么证明？"

"我……我有车票。"

"快拿出来！"

江城慌不迭地在衣兜里乱摸，摸了半天哪里有什么车票，原来是和脏衣服一起泡在水里了，这下只急得满头大汗。黄牙早不耐烦了："还翻个卵翻！带走！"

江城急中生智，忙高声说道："我有大学毕业证！"

黄牙手一挥，一帮人像捉小鸡似的将江城揍了出去："博士毕业证都没用！"

江城瘦骨嶙峋的身子像狂风中的枯树干，乱蹬乱踹，但还是被人拖着，像塞猪仔似的塞进了铁皮车里。

"你们怎么可以随便抓人？"

江城胸膛像有千万匹马在狂奔，心脏一突一突像要出窝的小鸡，蹦得厉害。他不知自己会被拉到哪里去，如果是被拉到那个什么叫樟木头的地方，当作盲流苦役三个月，不死也得脱层皮。这样一想，整个身子顿时像抽干了空气的皮球，软软地塌了下去。要不是人多挤着，早瘫在车厢里了。

一车人被拉到治安队后，被关在一个黑压压的屋子里。据后来江城同志的惨痛回忆，那屋子臭得就像一个百年未开封的老粪窖。

喂广东蚊子好不容易挨到天明，江城第一个被提审。仅仅一个夜晚，他的脸就瘦得脱了形，眼窝里放得下鸡蛋，眉骨像华山险峰似的突了出来。

还是那个黄牙问："你有保人吗？"

"什么保人？"江城一脸雾水。

"还是大学生！连保人都不懂？保人就是能够取你出去的保证人。"黄牙觉得自己一个小学三年级的水平今天居然能当大学生的老师，心中好不快意，犹如六月天里喝冰镇水。

"有啊有啊！"江城像溺水的人抓住了救命稻草，连忙说："我哥祝涛是荣泰公司的人事总监。"

黄牙立即缓和了脸色，说："嗯？是真的吗？你小子别骗我。"

"我真的没骗你。要不让我给我哥打个电话？"

黄牙突然一激灵，踹了江城一脚，骂道："妈的，祝总姓祝，你姓江，他怎么会是你哥？"

"他……他是我表哥！"

黄牙见他说得认真，半信半疑，于是掏出手机喂喂地叫，叽里咕噜的江城一句也听不懂。黄牙一边说一边瞅江城，神色慢慢缓和下来。

打完电话，黄牙居然冲江城微微笑了一笑，又嘟哝了句什么，江城猜想是说等下祝涛过来接他，也投桃报李回之一笑，心中没一丝记恨，竟然有几分感激。

不一会儿，祝涛果然开车过来了，与黄牙见面就捅了他一拳，十分亲密的样子，接着又递上一支"中华"，俩人勾肩搭背地叽叽咕咕了一通，黄牙手一挥，江城便被放了出来。

江城如逢大赦。

祝涛说："幸亏我是荣泰公司的。换了别人就没那么容易把你捞出来了。我们老板牛得很，不要说这小小的治安队，就是海都公安局都能搞定！"

江城心有余悸，回头望了望治安队办公室，说："到海都第一夜就被抓，真晦气！"

后来江城把这段遭遇说给"冬瓜"和"老鼠"听，"老鼠"尖着嗓子道："城哥，这是小意思啦！凡是在外打工的人，谁没有被抓的经历？像我和冬瓜，为了躲避，还在坟地里睡过呢！"

江城大吃一惊，说："你们不怕吗？"

"冬瓜"的嘴里像塞了个胡萝卜，瓮声瓮气地说："怕鬼也比治安队抓去好啊！"

20.乱岗之夜

"冬瓜"和"老鼠"十六岁就出来打工了，一是家里穷没钱读书，二来也不是读书的料。俩人读书时在学校里好事没份，坏事做尽。这两位仁兄小学读了九年还没毕业，气得有哮喘病的老校长几度休克。在一节体育课上，这两个活宝用弹弓将一个同学的屁股打得青紫嫣红，惹得新来的体育老师忍无可忍，一声虎吼，揪住俩人，在屁股上一顿狠揍，啪啪的像放炮。这俩人倒也英雄，竟一声未哭。当天夜里，体育老师的窗户玻璃全部被砸碎，气得老师暴跳如雷，却出不去——原来宿舍门被反锁了，直到第二天上早课才出来。那门上还留有一行蚯蚓字：砸玻璃者，冬瓜老鼠也！

老校长气得三尺白须烈烈飘拂，抖着几根瘦指头说："是可忍，孰……孰不可忍！开……开除他……他们！"

"冬瓜""老鼠"被如愿以偿地赶出校门！俩人告别校园的那天，站在校门口豪气冲天地扯齐了嗓门喊："读——书——有——个——屁——用——哇——！"

此对仁兄在村里当了几年游侠，十六岁那年，俩人仗剑走天涯，荡到广东混世界。

跟大多数打工仔一样，他们不知道计划明天，总是不断地跳槽、跳槽，在一个厂里干不了多久就走人，打一枪换一个地方，技术没学到，钱也没攒到，青春却不知不觉地溜走了。

"冬瓜"和"老鼠"的第一份工作是在东莞虎门镇一家砖窑厂里打工,他们用板车拉砖,每天早晚不见太阳,一天下来骨头像散了架,两腿发软,双眼发飘,全身上下脏得像灰狗,咳出的痰黑而稠,像铺马路的沥青。干了三个多月,他们实在撑不住了,苶着脸找老板辞工,老板大发慈悲,每人给三百大洋,俩人一听就蒙了,结结巴巴地说:"不……是说好一月九百块的吗?三个月是两千七啊,怎么才……才给三百?"

粗矮得像个树墩的老板瞅了瞅他们,慢悠悠地说:"你们辞工就要扣工资!"

"这……这……"

老板突然一声吼:"这什么这?你们要不要?不要老子把这钱买肉喂狗去!"

"冬瓜""老鼠"一回头,只见老板的门前不知什么时候牵来两条小牛犊似的狼狗,吐着猩红的舌头虎视眈眈地盯着他们。"冬瓜"当场就尿了裤子,哆嗦着说:"我要……我要……老……板给……多少我……要……要多少……"

"冬瓜""老鼠"接过三百块钱落荒而逃。

他们蹿到海都的章华区,漫无目的地游荡到太阳落山,只见工厂像开闸的阀门,里面的打工仔打工妹潮水一样涌出,灿烂地说笑着,那胸前的一张张厂牌像一块块磁铁紧紧吸引着两个人的目光。

晚上俩人各吃了一块五毛钱一碗的炒粉,那炒粉枯得像过冬的稻草,毛刺刺的扎得喉咙痛。

夜色一层一层地降下来,他们心头的阴影也一层一层地加厚。人生地疏,举目无亲,一切都茫然不可知。他们像孤魂野鬼一样游荡到七点多,找了一家十块钱一夜的旧民房住了下来。

这是一幢炮筒子楼,像一个方框,八九间鸽子笼似的单间散在四周,中间有一个一丈见方的天井,但却晾满了衣服,把天割得零零碎碎。

俩人草草地打扫了一下卫生，把行李当枕头，就和衣睡了过去。

不知睡到什么时候，外面突然响起一阵急促的嘈杂声，有人拍门喊道："快起床，查暂住证的来了！""老鼠"惶恐地问："怎么办？我们怎么办？""冬瓜"抖抖索索地说："我也不知道呀！"正不知所措，一个声音在暗夜中说道："大伙不要吵，我们到后面的山上去，快跟我来。""冬瓜""老鼠"像遇到了大救星，慌乱中"冬瓜"要去开门，那个声音低喝道："你不想活啦？从前面走会碰上他们的。快从后面的窗户走。"说着跑到后墙的那扇烂窗户前，用手轻轻摇了几下就把窗棂拆了下来，这人先把两腿伸出，然后上身一缩，就"咚"地一下跳了下去："快，像我刚才一样跳。大家互相帮忙，女先男后。"

好在窗户不是很高，十来个人鱼贯跳出。带头大哥又将窗棂放上去，庆幸地说："幸亏我早就把窗户锯断了，看上去像没动过一样。"刚刚说完，出租屋的前门外就传来了呵斥声和踢门声："开门，快开门。"

"冬瓜"和"老鼠"手牵着手，跟着这帮人没命地狂奔，惶惶如丧家之犬。仓皇之中，"冬瓜"跑掉了一只鞋，脚板硌得生痛，带着哭腔说："鞋，我的鞋。"想停下来去捡，一个男孩说："快跑，别捡了，他们看到屋里没人，说不定会追过来的。"

也不知跑了多大一会儿，终于到了一座小山，但在黑夜里十分难走。带头大哥领着众人左拐右拐，不一会儿来到了山坡上的一块空地，便一屁股坐了下来，上气不接下气地说："好了，今晚就在这里过一夜吧。"

"老鼠"像一块抹布瘫倒在地，嘟哝了一句："唉哟，累死我了！"顺势往后躺在一块石碑上，惊魂未定地看看山下，见没有灯光追来，这才长长地舒了一口气。这时"冬瓜"叫道："强子，你靠的像是一块墓碑！""老鼠"像被蛇咬似的跳起来："你……你说什么？"扭头一看，蓦然一声惊叫，像遇上了恶鬼，魂不附体地说："真……真是坟……坟墓。好……好多……多坟墓……"众人一下炸了锅，有几个女孩吓得嘤嘤哭起来。

带头大哥喝道："哭什么哭？只有躲到这里治安队才不敢追来。这么多人，怕什么鬼？大家坐到一块儿，不要分散，天亮了再回去。"

"老鼠"惊讶地说："天亮了再回？这怎么行？这里蚊子成堆，一抓就是一大把，血都要被它们吸干！治安队查过不就走了吗？"

带头大哥有些不耐烦了，呛道："你是新来的吧？查暂住证有时候一夜查好几次的。你不怕就回去！""老鼠"被呛得哑口无言。

带头大哥点燃一支烟，仰躺在一个坟头上说："兄弟我跟你说，你要是被他们抓到就死了。他们先把你拉到樟木头收容所，那是个阎王殿，如果没人拿钱来取你的话，保管把你折磨得半死不活，然后送到惠州做几个月苦工，最后才送到广州火车站遣散。兄弟，你知道在火车站被遣散的命运是什么吗？"

"不知道。"

"再次被收容！"

"啊！""老鼠"惊叫一声，不寒而栗。

带头大哥浅浅一笑，问"现在还回吗？"

"不……不回了。"

"那就安安生生地坐着，别笨得往枪口上撞。"

"老鼠"吓得再不敢吱声。

广东的蚊子大得像直升机，异常生猛，只要一叮上人就下口猛咬，一咬一个疙瘩，既痒且痛，一巴掌下去，鲜血淋漓。一时间拍打蚊子的声音此起彼落，在夜里像放鞭一样清脆。

不知什么时候，天上的一钩弯月隐到了云层里，山下的万家灯火也渐渐湮灭在无边的黑暗中，只有远处腾起一片红光，那是繁华的海都市区。"老鼠"怔怔地望着，心里突然涌起一股浓浓的无名的悲伤，不觉流下泪来。正伤感间，颈脖里忽然有两滴凉凉的东西，伸手一摸，湿湿的好像是雨点。抬头看天，只见黑沉沉的一片，星光全无。他扯了扯"冬瓜"，说："好像下雨了。""冬瓜"正想家入神呢，吓了一跳，说："是吗？"扭了扭脖子，果有雨点落下来，不禁吃了一惊，大声说："不好了，下雨了！"所有的人都起了骚动，纷纷抱怨，下起雨来怎么办？大家好像掉进了无底的地狱，惶恐得犹如到了世界末日。不少人要往回冲，带头大哥说："大家不要慌。我看这雨下得不大，不要紧的。"

"要是真下大雨怎么办？淋了会得病的。"

有人说："真下大了我们再回去。那些治安队员也怕雨淋的。我们宁愿被雨淋，他妈的也不愿被抓去做盲流。下就下吧！"

一干人坐在山头上苦等天明，那雨有一阵没一阵的，时密时稀，浇得人人心头火起。

这一夜特别漫长，时光好像被这片坟地里的恶鬼扯住了脚，每一秒都拉得那么漫长。每颗心都在煎熬，咝咝地直冒青烟。

众人好不容易挨到天亮，每个人都被蚊子和不知名的小虫子咬得体无完肤，红红的小疙瘩个个灿若桃花。"冬瓜"上街买了一双鞋子穿上，和"老鼠"再也不敢在章华区逗留，俩人坐上一辆往松岗的公交逃之夭夭。

几年来，"老鼠""冬瓜"辗转于广州、海都、东莞、佛山之间，他们像穿山甲一样钻遍了这些城市的每个工业区，打一个洞换一个地方，他们已由当初的懵懂少年成为打工的老油条，所以对江城的遭遇见怪不怪，还庆幸江城走运，落难时有贵人相助，比他们幸福多了。

但那次江城还是被吓得不轻，说："涛哥，你快点帮我找份工作吧，这样担惊受怕的日子我一个小时都不愿过了。"祝涛也怕再节外生枝，便说："明天我就带你去面试，我们公司是那家公司的大客户，我想他们老板会给我这个薄面的。"

江城是初生牛犊不怕虎，面对南方国际贸易公司老板李肃盛气凌人的挑剔，也不由来了一股子狂劲，心中没了顾忌，于是也像李肃一样，眼望天花板，只是将那一口英语像倒玻璃珠子似的倒出来，滴溜溜地不打一个钝儿，只惊得李斯目瞪口呆，没几分钟就拍板录用了这个狂妄小子，还连连称赞说不愧是武大的高才生，英语果然不是盖的！江城也大言不惭，不咸不淡地说："那是当然！"那双眼珠子还没从天花板上滑下来，牛皮哄哄的像山东响马。坐在一旁做伯乐的祝涛暗笑不止，心想我这个师弟狂得可以。想不到这样大大咧咧地破罐子破摔，居然摔成功了，真是"祸兮福之所倚，福兮祸之所伏"焉！

江城光荣地成为南方国际贸易公司的一名员工后，果然不负老板李肃的厚望，业务做得"噌噌"往上直蹿，如坐火箭似的。但这小子的脾气却像茅坑的石头——又臭又硬。这厮一不抽二不喝三不赌四不嫖五不吸，像这种油盐不进鸟人，居然还在自己手下混生活。这令李肃颇为不爽，一个不吃不抽不赌不嫖不吸的男人，怎么称得上"五美男人"？如何在销售的风月场上厮混？更令李肃恼怒的是，那次几个日本人被东北客暴揍，有种种迹象表明是江城通风报信，但套不出半点蛛丝马迹。本想宁可错杀一千不可漏网一个，把这家伙一炒了事，但考虑到举荐人的面子太大，那个祝涛在荣泰公司可是个位高权重的货，不能轻易得罪，只好暂寄了江城的项上人头。

后来江城被一个叫雨宫樱子的日本老娘们破去童子功，惹得江城兴起，索性与时俱进，积极地融入改革大潮的洪流中，除了鸦片不吸，吃啊喝啊抽啊嫖啊赌啊全上了，真正地做起了一个"五美俱全"的成功人士，光荣地步入现代都市人的行列。

这就是海都。一个叫人脱胎换骨的海都。

那天江城被雨宫樱子破去真身后，深感奇耻大辱，羞愤填膺，但又不好将真相和盘托出，只急得满脸通红，面目狰狞。

"涛哥，要是我以后变得面目全非，你还会认我吗？"

祝涛不知道发生了什么事，见江城欲言又止的样子，又不好细问，只好含糊地说："人走入社会后都会变的，不过我相信，不管怎样，你的本质不会改变。"

这句话令江城温暖而感动。他湿着眼说："涛哥，江湖险恶，我们要学会保护自己。有些时候，人不得不有几副脸孔，人前说人话，鬼前说鬼话，做一些违背意愿的勾当。"

"这就是江湖。"祝涛幽幽地说。

21.真相大白

"我在江湖，但江湖中却没有我的传说。"

后来江城混迹于商界，看见那些阔佬一掷万金，不由感叹海都此江湖深不见底，大鳄成群，自己在这个湖里连条小虾都算不上，实在是可悲可怜，便发出了这一世纪性的苍凉浩叹。

可江城发现，他这个自怨自艾式的浩叹远不及祝涛刻骨的忧郁。他常发现祝涛默默地发呆，像痴了似的。

江城当然不知道祝涛在怀念他母亲和自杀的姐姐。

当年祝涛落难在渔夫马才家。他与老古董马才的女儿马丽芳的故事，颇似中国古书里面描写的那种"公子落难中状元，小姐花园订终身"的千古绝唱。

虽然马才从未承认祝涛是自己未来的女婿，但祝涛却把马丽芳视为女友了，还兴冲冲地给姐姐祝春秀打电话报喜，让祝春秀喜得又哭又笑，像得了失心疯。一向节俭的她竟花了两百块钱从福安打的到七围，火急火燎地赶来与弟弟、"弟媳"见面。

姐弟俩见面抱头痛哭，凄恻的场景令马才一家也洒下了一把同情泪。"同是天涯沦落人"，他们对祝涛姐弟的遭遇感同身受。

那天祝春秀在马丽芳的棚子家里玩了一天。她觉得，自己的一切苦难和屈辱，终于换来了弟弟太阳一样灿烂的前程。自己的任务终于完成了。

自从父亲摔落山崖去世那天起，祝春秀的生命就灰暗了，就像一颗刚升起的星星，来不及发出光芒就坠落在无边的黑夜里。她在日记中写道："我每天都在屈辱中生活。我无法面对一切。当弟弟成功时，就是我消亡时。"

对于祝涛来说，荣泰这样一份待遇优厚的工作无疑是天上掉下来的一块馅饼，三个月，他就升为荣泰集团的人事总监，月薪过万！

当老板赵子龙对他宣布这个月薪时，祝涛脑子里"嗡"的一声，晕晕的，像开了一锅糨糊。

晚上下班后，祝涛躲在一个偏僻处给祝春秀打电话："姐！我有高工资了。以后我就可以让你和妈过上好日子了。我们家里以前被钱欺负怕了。姐，我想爹……"说着说着对着电话抽泣起来，祝春秀也在那端泣不成声，说："弟……我……我们终于熬出头了！我明天就过去看你……"

第二天恰好是星期天，对于打工族来说，星期天正是恶补睡眠的大好日子。祝涛正抱着枕头在梦里娶媳妇，手机突然"呜——呜——"地震动起来，祝涛很不耐烦地拿起电话："喂！你谁啊？人家睡觉吵个什么吵？"电话那端传来"咯咯"的笑声，说："你这个大懒虫还在睡觉啊，太阳都晒屁股了，还不起来？"原来是姐姐。

这是他们姐弟俩在海都的第二次相见。相较前一次，他们少了些伤感，多了些欢欣。祝涛说："姐，这些年你受苦了。我一定好好奋斗，让你和妈过上好日子！"

"你照顾好妈就行了，我不要你担心。"

"没有姐就没有我的今天,我一定要好好地报答姐。"

"姐没什么,涛啊,你是我们家的全部希望。只要你好,姐做什么都愿意。要是以后姐不在你身边了,你要照顾好自己啊!"

"姐,我们不都是在海都嘛,彼此照顾很方便的呀!要不,你到我们公司来上班好吗?"

"不用了。"祝春秀的眼濡湿了,说,"我现在这份工作挺好的,你这份工作不容易,姐在你身边会拖累你"。

中午姐弟俩在一家"湘里情"湘菜馆点了间包厢,祝春秀笑道:"涛,今天姐请客,不要跟我抢哦!"

祝涛也笑道:"那怎么行!哪有姐姐请弟弟吃饭的道理!小的请大的,那是天经地义!"

"傻!姐的不是你的?你今天升职,就让姐给你庆祝一下。"说着掏出一张农行卡,"拿着,这是给你的红包。"

祝涛的手像开水烫着似的,慌忙把卡推回去:"姐,你这是干吗呀?我怎么会要你的血汗钱?你就是打死我也不会要的。"

祝春秀把脸一沉,说:"你不听姐的话了不是?关内治安不好,万一要是哪天我遇上坏人,逼着我说出银行密码怎么办?你就权当帮我保管,好吗?"

祝涛想了一想,只好说:"好吧!我就暂时帮你保管,你哪天要钱用,我就把卡给你送过去。"

"密码是你和妈生日的后面三个尾数,妈的尾数在前面,你的在后面。记住了。以后你找媳妇,一定要找个对妈好的,不然妈就没法活了。"

"姐,你放心。我一定给妈找个孝顺媳妇!"

"嗯。这才是我的乖弟弟!"

这时俩人不约而同地想起了死去的父亲,愈细想心愈痛,一桌的饭菜再也没心思吃下去。"如果父亲现在还活着,看到我们现在这样,不知会有多高兴呢!"祝涛伤感地说。

姐弟俩走出饭馆,外面阳光灿烂,祝涛心上的阴霾淡了许多。他牵起姐姐的手,问道:"姐,你在海都到底做什么工作呢?"

祝春秀的脸色微微一变,话有些结巴:"我……我在一家电子厂上班呢,挺好的。"

这是她早已想好的托词。为了回答这个问题,祝春秀不知想过多少个答案。但遇到弟弟真问到这个问题时,她还是止不住害怕了,她的眼光忽闪着,不敢与弟弟对视,像一只惊慌失措的兔子躲避着猎人的追捕。

这些都给祝涛留下了巨大的问号,难道姐姐的工作有什么不可告人的秘密吗?

祝涛不敢往下想,一丝冷气像条灰线蛇似的从脊梁沟蜒蜒往上爬,不由得起了鸡皮疙瘩。他恐惧地摇了摇头,想要甩脱这个令人不快的念头。然而这些细微而隐秘的心思还是被祝春秀敏锐地捕捉到了。她的脸一阵红一阵白,这更增加了祝涛的怀疑。姐弟俩顿时陷入难堪的沉默,彼此的心都剧烈地疼痛起来。接下来的时间他们两人之间好像埋了一个木楔,让相聚有了寡淡的意味。到晚上六点多时,祝春秀说要回去上夜班。她说话时神色凄然,祝涛的心一软,说:"姐,有空我去看你,你跑来跑去挺辛苦的。"

祝春秀吓了一跳,双手连摇,神色惶急地说:"别别别……你千万别去看我!我……那里人……人多,是……集体宿舍,特别脏,你去了不好。"

这一切更让祝涛起了疑心,他的嘴张了张,想要说:"姐,你是有什么事瞒着我吗?"但没有发出声音。他深深地注视着姐姐的脸,充满悲伤和疑惑。这时祝春秀转身走了,祝涛看见她抬起手在脸上擦了擦。他想:"姐是在抹泪吗?"这时一辆城巴过来了,祝涛忽然叫道:"姐,等一等。"他跑过去,拉住祝春秀的手说,"城巴转来转去的，太慢了，我帮你叫辆的士。"

"打的太贵。"

"城巴太累。"

说话间祝涛招停一辆的士，把姐姐硬塞了进去。祝春秀的胸内腾起一股温暖，久忍的泪水再也止不住夺眶而出，她强压制住哭声，伸出双手一把抱住弟弟，狠狠在他脸上亲了一口，哽着声音道："弟弟，你休假的时候回去给爹上上坟，爹……在那边怪可怜。你以后要给我好好活着！"说完关上车窗，绝尘而去。

"姐今天是怎么啦？"一种不祥的预感在祝涛心里升起，他急急地拦住一辆的士，对司机说："咬住前面那辆蓝的，别跟丢了，我多给你一百块钱。"

夜幕中的海都像一条落在地上的银河，华丽而璀璨。轿车像鱼一样在光河中穿行。祝春秀看着它犁开城市的胸膛，挺进这座繁华都市的身体深处。她已觉察到，弟弟开始怀疑了，最担心最害怕的事终于还是要来了。

到了荔枝公园，祝春秀抽出两百元钱递给司机，也没要他找零，便一头钻进了鬼影幢幢的公园。这里是她青春的葬身之地：六年前，一个叫祝春秀的乡下女孩在此处摇身一变成为香香，成为红粉场里的风尘女子。

祝春秀像一个幽灵般漫无目的地在荔枝公园游荡着，一如多年前她卖身的那个夜晚。

"唉，可惜的是，我来到这个世界上，还没有真正地爱过一回。真正的爱情是什么滋味呢？是真的像书中写得那么美好吗？"

在祝春秀的人生旅程里，感情空白得像一张白纸。两年前，曾有一个湖北的男孩真诚而热烈地追求过她，这令祝春秀异常幸福而甜蜜，可她却不敢接受这份纯真而美好的感情。因为自己已是一身肮脏，唯恐玷污和亵渎了这圣洁的爱情。有一段时间，她像躲瘟疫一样躲避着那个男孩,可那男孩却穷追猛打。祝春秀的防线几次差一点就崩溃,可她知道,一旦放开了就是无底深渊,等待她的依然是毁灭。于是她的心又坚硬冰冷起来,然而痛苦像一条毒蛇潜伏在她灵魂深处,不时钻出来吐着血红的信子噬咬着她的每一寸神经。

一天傍晚,天上稀稀疏疏地落着雨,那个男孩又拦住了祝春秀,祝春秀一脸决绝,愤怒地对他吼道:"你不要纠缠我了!我是个鸡,你知道吗?我是个鸡,一个人尽可夫的鸡。"说完掩面狂奔而去。她听见那个男孩在身后像狼一样对天长嚎了一声:"不——!"撕心裂肺的声音。

祝春秀扑在床上号啕痛哭了一场,睡了两天两夜没吃没喝。"我没有了爱的权力。"祝春秀就这样扼杀了自己还没来得及开始的初恋。

祝涛像一个幽灵跟在姐姐后面,他为自己的行动感到羞耻不堪,同时又有一种强烈的责任心在迫使着他要把姐姐的一切调查清楚。

祝春秀做梦都没想到弟弟会跟踪她。她在荔枝公园游晃了半个多小时,一个三十多岁的男人凑了上来,低声问:"靓妹,要不?"

"老板给多少钱?"

"一百。"

"哼!这个价你去找老太婆吧!"

"靓妹你说多少?"

"三百。一分都不少!"

"好。三百就三百!"

他们的对话一字不落地飘进祝涛的耳朵里,他的内心顿时翻江倒海似的沸腾起来,胸脯拉风箱般一起一伏。他看见姐姐带着那个男人拐进一条窄巷,便连忙在地上捡起一张报纸遮住脸悄悄跟了上去。姐姐转过一道弯,却突然不见了,这令祝涛狐疑不已,蛰伏在墙根思索着。突然,一个可怕的念头像一条响尾蛇窜出来:"莫非姐姐被绑架了?"这样一想,他全身的汗毛顿时竖立起来,掏出手机正准备报警,却从墙壁下面传来姐姐的嗔怪声:"死鬼,猴急个什么?脏得像头猪,快去洗个澡。"祝涛循声看去,原来拐角处有一条窄窄的楼梯,曲曲折折地通往一个地下室,姐姐就在那间地下室内。于是他蹑手蹑脚地走下去,站在地下室的门口,那块油漆剥落的铁门在昏暗的灯光中发出令人绝望的冷漠。里面传出"哗哗"的冲凉声,祝涛双目尽赤,高高地举起了拳头,但是僵在了半空,接着双臂像两条死蛇软软地垂了下来。他在心里长号了一声,掩面狂奔而去。

祝涛不知是怎么坐上的士的。的哥见他这模样,以为是个病人,便问:"老板,上哪家医院?"祝涛有气无力地说:"到南乡的七围村。"

一切都来得那么突然。"为什么是这样?为什么是这样?"他无声地在心底凄厉地惨呼着,恨不得把整个世界都撕成碎片。

七围村是海都市关外的一个小村,跟这个城市的病症一样,这里到处是军营似的厂房,高大的烟囱,虽然已到深夜,但每家工厂都是灯火通明,犹如一艘艘漂浮在黑色海洋中的巨轮。那些分散在工厂周围的一簇簇的简易民棚,就像工厂生出的鱼卵一样。祝涛叫的士开到海边,那的哥吓得舌头都短了,以为他想跳海,忙说:"兄……兄弟别……别想不开啊,海都女人多……多的是,别……别一棵树上吊死啊!"

祝涛不知他在嘟哝些什么,一屁股坐在海堤上。那的哥揽住他肩膀,唾沫星子像海浪飞溅:"兄弟,你不是被女人甩了,就是做生意破产了。其实这两玩意儿他妈的是个啥呢?你不做钱的大爷,钱就做你的大爷。你说是不?兄弟?"

祝涛把钱给他,又拍了拍他的手示意没事,的哥便道:"要不是我还要拉客,我就陪你唠嗑唠嗑。人生在世,就他妈这么回事!"说完抬腿一晃一晃地走了。

海浪在茫茫无涯的夜色中一波一波地拍过来,每一波都重重地叩击在祝涛的心上,使他肝胆俱裂。祝涛抖抖索索地掏出手机,给姐姐发去一条短信:"想不到你是这样!!!叫我和妈妈怎么去见人??怎么对得起死去的爹???"短信发出,他的身体也随之被掏空了,像一摊稀泥瘫在堤上,眼泪像决堤的洪水汹涌而出,喉咙里却像塞着一团棉花,一点声音也发不出。

没几分钟手机就响了,一看是姐姐打来的。祝涛狠狠地掐断了,回了一条短信:"我没你这个姐姐!!!"祝涛仿佛看见这句话化成一枚白光闪闪的梭镖,凌空飞去,狠狠地插进姐姐的胸膛。

他把手机关了,像要遗弃整个世界。

当祝春秀收到弟弟的第一条短信,犹如五雷轰顶,目瞪口呆地一下瘫坐在床上,像被恶鬼扼住了喉咙,一口气也透不出,只憋得满脸发紫。这时一对打架的老鼠突然在屋梁上掉了下来,"啪叽"一声,祝春秀吓了一跳,这才缓过一口气来。

"完了,什么都完了!"她哀叹着,拿起手机给弟弟打电话,但一接通就被掐断了,随后又收到弟弟一条愤怒而决绝的短信。她的精神支柱在一刹那间被击垮了。几年来的辛酸、屈辱、委屈……一股脑涌上心头,她伤心欲绝地扑倒在床上,号啕大哭。

这夜,姐弟俩都没有睡,他们像一对跌落在陷阱中的走兽,在痛苦的深渊中无助地挣扎着、煎熬着,度夜如年。

挨到天明,祝涛回到公司上班,一夜之间,他好像衰老了十岁。他身为荣泰集团的人事总监,身边溜须拍马的人像蚂蟥,一听见水响就搭上来。他刚坐到沙发上,助手立刻进来,说:"祝总,您今天脸色不好,是不是不舒服?要不我给您泡壶茶,是铁观音还是普洱?"祝涛头也没抬,有气无力地说:"铁观音,浓一些。"看着助手屁颠屁颠的样子,祝涛像吃了一只苍蝇。"这就是打工的世界。你想做人,就先做狗。"他突然感到无限地厌倦了,人生无处不充满了荒诞,从出生到死,只不过是一场没有排练的游戏。

刚理清情绪,姐姐的电话就打了过来,祝涛犹豫了几秒钟,又狠心掐断了。姐姐不死心，一个又一个的电话打来，祝涛一一挂断，但是他的心在一次一次挂断中破裂。最后姐姐发来一条短信："我下午过来，跟你谈谈。"

晚上六点钟，姐弟两人又来到海边，路上一直没说话，然而他们心中的凄苦整个大海都容纳不下。

祝春秀望着茫茫大海，长叹一声，幽幽地说："我知道，你恨我，也瞧不起我。不过这一切都快结束了。"

"我知道，自从爹去世后，这个家是你在挑着。可世上有好多路可以走，你为什么偏偏……"祝涛的声音颤抖着，他不无怨恨地看着姐姐，那冰冷而锋利的目光像一把刺刀刺得祝春秀体无完肤。

祝春秀惨然一笑，她知道一切已无从解释，极其虚弱地说道："我今天来，只问你一句话，你还认我这个姐姐吗？"她的声音里浸满了巨大的不安和恐惧，祝涛的心一痛，像被马蜂蜇了。他倔强地扭过头，不吱一声，然而泪水像暗泉一样无声地汹涌而出。

"很好……很好……"祝春秀残存的一线希望破灭了，这时她的心枯如灯灰，平静得犹如死海，"我知道，我不配做爹妈的女儿，也不配做你的姐姐了。"她喃喃自语地说，然后微笑起来，那绝望的目光在晚风中怯怯地飘闪着，惶恐无助得像丢失了母亲的孩子。她不知道弟弟也在流泪，只道这扇亲情的门永远、永远地对她关上了。于是她转了身，踉跄着离开了弟弟。

祝春秀用生命期待的那声"姐姐"，祝涛始终没有喊出口！

当祝春秀走远后，祝涛突然暴躁地对一棵树狂踢起来，直踢得脚痛腿软，他瘫软在这棵树下痛哭了，就像小时候受了委屈后抱着父亲的大腿大哭一样。

22.肠断天涯

弟弟坚决生硬的态度彻底粉碎了祝春秀活下去的希望。在她的意念里,她的这条命就是为弟弟活着的,弟弟就是她未来生活的全部指望。她所付出和承受的一切,都是为了这个家,为了可怜的弟弟和母亲。是的,世上的路是有千万条,可留给她祝春秀的,只有出卖肉体的路。她不这样做,弟弟当年就没学费,改变命运的门就永远地对他关上了。如果不继续为妓,弟弟几年昂贵的大学费用就无法供给。在工厂里做普工,那点低得可怜的工资怎么供得起弟弟上学。祝春秀在心里喃喃自语:"进地狱吧!让我进地狱吧!我活着是屈辱,死了也洗刷不掉羞耻。"在荔枝公园里,祝春秀坐在石椅上,她透过树枝的缝隙看着海都的夜空,夜空高而蓝,有飞机在云层里飞翔,飞机上的灯光一明一灭的,犹如天使的眼睛。

祝春秀想:"那是天使在召唤我。也许没多久我就可以牵着她的手去报到了。"

祝春秀淡定了。她回到租房,草草收拾了一下,然后给弟弟写了一封信。死,只不过是生存的另一种方式。她相信有灵魂之说,自己的生命将在时空另一端的那个幽冥世界里哭泣。她静静地环顾着这个简陋的小屋,这里是自己堕落的起点,也是人生谢幕的终点。

祝春秀睁着眼躺在床上,昏黄的电灯光像浑浊的河水在空中静静流淌,祝春秀甚至听到了它流动的声音。她茫然而空洞地凝视着墙顶,墙顶上粉刷的石灰早已脏得像抹布,一块块斑驳的黄渍像一摊摊牛尿浸染在那里,一只壁虎在上面摇头摆尾地爬来爬去,像是被发霉的空气熏晕了头,跌跌撞撞地不知所在。有老鼠躲在阴暗的洞里吱吱地叫,急促而尖锐,不知是在打架还是在亲热。祝春秀这时却感觉不到一点恐惧。而这些,她原来是多么地害怕呀,现在竟然有些亲切。

是的，这些可厌又可爱的小东西们，不离不弃地陪伴了她好几年，它们才是自己在海都最要好的朋友。

祝春秀从枕头底下摸出一瓶安眠药，拧开盖子倒得一粒不剩。她看着这些小小的白色药丸，想到要寻死只需把它们全吞下去就行了，真是一件轻而易举的事。死对一个生命原来是那么近，触手可及。

祝春秀幽幽叹了口气，挣扎着想坐起来，不料眼前迸出几颗金星，身体一歪又倒了下去，原来身子已是虚弱得像软布了。她想："我死了会是什么样呢？不是很恐怖的样子吧？"她想象着那个色狼老房东发现自己尸体时魂不附体的模样，心里不禁笑出声来。"也许就他还会叹息几声吧！其他的人看我就像看一只死去的苍蝇，没有谁会有一点怜悯。"她突然感到莫大的悲伤，自己这条命在这个繁华盛世里竟轻贱得如一只蝼蚁，在离开这个尘世时溅不起半点尘埃。她胸中涌起一股莫名的仇恨，好像和谁赌气似的一股脑将药丸全部倒在口中，然后拿起一瓶矿泉水"咕噜""咕噜"一饮而尽。一道清凉的水柱夹裹着药片像条细细的泥石流落进肚里，她被呛得剧烈咳嗽起来，那些药片经过颠簸后全部熨帖地落在腑脏。她顿时感到无限恐惧起来。"我为什么要死呢？我死了妈妈和弟弟会有多伤心。我那苦命的妈妈怎么活？"她深切地懊悔了，逝去的往事历历在目，无论是辛酸的，还是痛苦的，现在回忆起来却是那么美好，原来生命是那么可爱，是那么值得留恋！她想起在四川老家那些幸福而清贫的日子，那是她人生中最为温暖的时光。想到自己死后母亲该是如何的悲痛欲绝，悲伤于是像海潮一样不可遏止地袭来。她哭了，眼泪像溃堤的洪水一样汹涌而出。"但是，我不死又能怎样呢？妈妈知道我的事后也会羞愤而死的。弟弟也会抬不起头来。谁愿意有一个卖淫的女儿和姐姐？！我还是死了好，死了好！我死了就谁也不知道我的秘密了，就不会给我的亲人带来耻辱了。"想到这里她恐惧的心又渐渐恢复了平静，犹如一片沉静而幽暗的湖水。这时眼皮越来越沉，有如山丘，她知道是药力开始发挥作用了，于是拼命将眼睛睁开，她知道，只要眼帘一阖上，就永远无法睁开了，等待她的将是亘古的无边的黑暗。

昏黄的灯光在一点一点地变暗，像是有谁在把光线一丝一缕地抽去。房间的一切都变得模糊起来，这时一只蝙蝠突然从暗夜中扑出，它挥动的翅膀使房间里的阴影开始飘浮摇曳，浑厚的黑暗坚硬沉实地压下来，祝春秀的眼帘无力地耷拉下来。在双眼合上的一刹那间，她的心里起了一声轻响，这是她生命的最后之音。

然而她的躯体还没失去知觉。她感觉到灵魂像一缕蓝色的轻烟从身体里冉冉飘出。在生命弥留之际的朦胧意识间，祝春秀深切地想念起父亲。"爸爸！您在哪里？我要见您——！"她的灵魂因为痛苦而痉挛起来。突然，不知从何处隐隐地传来父亲深情地呼唤："秀儿，我的儿啊，我苦命的儿啊——！"声音幽深而邈远，像是从另一个宇宙里传来，如一根纤细而锃亮的铜线钻进祝春秀的耳鼓，祝春秀像纸一样苍白的脸颊漾起一丝微笑。"爸爸——！爸爸——！"她一次又一次这样无声地凄切地呼唤着。那个遥远而亲切的声音渐行渐近。终于，父亲模糊的身影站在了自己的面前。他还是那样苍老。祝春秀还在微微跳动的神经末梢这时弹了弹，她想张口，可只是嘴角细细地抽了抽，她残存的意识里知道这是自己生命中最后的一次律动了。恍惚中，她感觉到父亲那双温暖而满是老茧的大手紧紧拉住了她，父女俩一起飘向浩渺而深邃的天堂……

祝春秀的尸体是三天后被那个老房东发现的。

老色狼见祝春秀几天没有开门，心下嘀咕，几次欲破门而入，但又怕得罪了这个小女子，以后就不好上手了。这天傍晚，老色鬼给自己找了个非常正当的理由：收房租！于是道貌岸然地去找祝春秀。

他敲了一会儿门，里面没半点动静。老色鬼感到有点不对劲，于是挤扁了脸往门缝里看，除了漏出来的一线灯光，什么也看不到。然而有一股极难闻的腐臭味飘出。

"难道?"老色鬼脑子里"倏"地闪出一个念头,把自己吓了一跳。忙叫来儿子,一铁锤砸开了门,只见祝春秀直直地挺在床上。老家伙"扑通"一跤跌坐在地,儿子尖叫着冲了出去。

约一刻钟后,几名警察过来了,对现场进行勘查。他们在死者枕头底下发现两封遗书,知道这是一名性工作者,是自杀。死者在遗书里请求公安将自己火化,然后将骨灰撒在大海里,不要通知任何人。两封遗书里没有留下任何可以联系的亲属或家庭地址的信息。一个快退休的老警察嘟哝说:"这娃,像个孤儿!"

那天傍晚,祝涛看着姐姐伤心欲绝地离去,一种彻骨的恐惧噬攫了他的身心。回到宿舍,灯也没开,像置身在一片茫茫无涯的黑水中央,周围弥漫着浓郁得化不开的腥气,使他快要窒息,如同在梦魇中被恶鬼卡住了喉咙。他想大声呼喊姐姐,可嘴只是张了张,什么声音也发不出,而泪水却打湿了枕头。他的心像被谁剜了去,灵魂没有一点依托,瘫在床上连动一根手指的力气都没有。

接下来几天,祝涛总是心惊肉跳,姐姐一去便杳无音讯,像是人间蒸发了。祝涛不停地打电话,只打得手机冒青烟,可姐姐的手机总是传出毫无感情色彩的回复:"您好!您拨打的电话已关机。"祝涛几乎要溃崩了。

祝涛神思恍惚,工作中接连出现几个低级错误。这天刚上早班,老板赵子龙把他叫到办公室,说:"祝涛,你是不是有什么事?这几天你工作有些不稳定!"

"赵总,我……"

祝涛欲言又止,他不善于说谎话,又一时找不到借口,只憋得脸如猪肝。赵老板正是看中了他的这点如孩子般的真诚,因此对祝涛一直比较仁慈。

"如果身体不舒服,就请假休息几天,把要做的工作安排下去就行。"

"嗯——不用了。我没事。"祝涛强撑着说。

"你若是拿我当你老板,你就说说你的难处。"

祝涛想了想,还是将姐姐失踪几天的事情说了出来。

赵天子从龙椅上惊弹而起:"什么?你姐姐失踪了?这事得抓紧,赶快报案。"

"我现在还不敢确定我姐是否真的出事了,自从那天回去后,电话就一直打不通。"

赵天子一听龙颜震怒,骂道:"你这个花岗岩脑袋,哪有好人无端关机的?要么是手机被抢,要么是你姐真的出了意外。"

俩人正商议着,女秘书送来一叠报纸。赵老板一把抢过,只把这娇滴滴的小秘书唬得花容失色,不知老板何以这样激动,玉腿筛糠间,却见此赵子龙把一叠《海都都市报》塞给祝涛,说:"你快看看上面什么社会新闻之类的。"

祝涛接过,急切地翻到社会新闻的版面。果见一则消息:《无名女魂断出租屋 警方悬赏找线索》。

本报讯 昨晚七时许,福安区二指沙街道某出租屋内发现一无名女尸,警方悬赏三千元征寻知情人。

据福安警方透露,昨晚约八时许,福安警方接到二指沙街道某出租屋户主报案,称一女子在其出租屋内死亡。警方赶到现场,发现尸体已经轻度腐烂,估计死亡时间在10月6日左右。死者身高大约一米六五,年龄在二十二岁至二十七岁之间,中长发,身穿蓝色连衣裙。经尸检发现,死者系服安眠药中毒致死,初步排除他杀可能。

据了解,死者身上的身份证系假证,也没有银行卡等能证明其身份的证件。为尽快查明死者身份,昨日警方委托本报呼吁相关知情群众积极向公安机关提供线索。

新闻最后面是办案警官的联系电话,还附了一张照片,祝涛一看,脸"唰"地一下变得灰白,像是一团石灰扑在脸上,手中的报纸也飘落在地,身体像狂风中的树枝抖个不止,赵子龙一见状况不对,忙把他扶到沙发上,说:"真……真的是你姐呀?"祝涛点点头,泪水"哗哗"滚落下来。

"怎……怎么会这样呢?"突然一转身,赵子龙大声说:"你看这照片模模糊糊的,也不能完全断定是你姐嘛!"

赵子龙的一席话给祝涛注入了一点希望。他挣扎着坐起,强打起精神说:"赵总,我现在想去福安了解情况。"

"行,我和王书记陪你一起去。看你现在失魂落魄的,去了能办个什么事。"赵老板大发慈悲,掏出手机哇哇一阵叫,说:"王哥你赶快到我办公室来,有紧急事件!"祝涛听到王国平在电话那头叫:"什么紧急事件?像有人跳河似的。靠!"

"王哥,还真是这档子事。祝涛的姐姐可能在福安出了事,要不我也不敢惊动你啊!"

"啊——!"王书记的一声惊叹拉得有三百六十五里路长,扯着嗓子说,"等着,老子这就过去,马上就到!"

果然没几分钟,赵子龙的手机就响起来,王国平在里面吼:"带祝老师下来,我们一起去福安。"

两辆"奔驰"600一路狂飙,三人来到福安二指沙派出所,七围村村支书王国平拿着那张报纸,找到值班民警,嚷嚷着说:"我们就是这个死者的家属,我们要见她!"

值班民警一听,双眼放光,像高压探照灯罩着他,兴奋得满脸的粉刺争先恐后地炸开:"你是死者什么人?"

王支书两眼一瞪,说:"你这警察同志是怎么说话的呢?我能是死者什么人?难道你们警察天天盼死人吗?"

此警察也是个点火就燃的爷们,一看这厮模样,就知是个有钱没文化的土鳖,这类人警察可见得多了,当下两道八字眉一立,竖得像小李飞刀:"既不是死者家属,你们来冒领是不是?知道不,这可是妨碍公务,要拘留的!"

"哼!你以为我是吓大的呀?你这是什么态度?像是为人民服务的态度吗?你要拘留我,我还要投诉你呢!"王书记好歹也是一方诸侯,哪吃这一套!当下也大眼瞪小眼,毫不示弱地对干起来。

赵子龙一看形势不对,忙拉了拉王书记,说:"王书记,我们是来给祝涛办事的,您就忍着点吧!"

王国平重重哼了一声。

祝涛双腿打战,像有一双巨手把他拎在半空,他实在没有勇气去揭开这个谜底。

赵子龙和警察说了祝涛的情况。

警察把他们三人带到福安人民医院的停尸房,当工作人员拉开像抽屉一样的停尸盒时,祝春秀苍白而宁静的面孔像僵硬的面团露出来,祝涛的胸口像遭到一柄巨锤的撞击,"啊"地大叫一声,往后便倒,晕了过去。

恍恍惚惚中,祝涛感觉到自己在迷蒙的夜色中飞了起来,天上稀稀疏疏的星星一闪一闪的,像是天神将熄的生命之火在那里跳跃。但是它发出了微弱的光芒,祝涛看到前面不远处有个身影在飘忽,依稀是她亲爱的姐姐。"姐姐不是死了吗?她怎么还在?"祝涛迷迷糊糊地想,"我不能失去姐姐!我要把姐姐追回来!"他在心中呐喊了一声,巨大的声音把自己都吓了一跳。他隐隐地感觉到,这次不能追回姐姐,她就永远不会回来了。一股强烈的恐慌如铁爪紧紧地抓住了他的心,他没命地飞奔起来。风像湍急的河水朝他身后退去,头发被拉得笔直,脸刮得生疼。但他顾不了这些,他要追回他亲爱的姐姐。姐姐就是他的生命他的太阳他的月亮,没有了姐姐他就没有了一切。然

而那个飘忽的身影没有丝毫停留,虽然袅袅婷婷的,但狂奔的祝涛却怎么也追不上她。他慌了,张开双臂大声呼喊起来:

"姐——姐——!"

"姐——姐——!"

前面的身影停了停,但是没回头,可祝涛却感觉到了她心灵的强烈战栗,这是至亲至近的人才有的心灵感应。祝涛恨不得飞起来一把拉住姐姐,然而那个身影近在咫尺,又远在天涯,他急得差不多要哭了。突然间刮了一阵黑旋风,那个飘零的身影倏忽不见了。四周无垠的黑暗像密不透风的墙朝祝涛压来。祝涛挣扎着,但双脚好像被一股巨大的磁力牢牢地吸住。就在这时,无边的漆黑的夜色中浮出绿莹莹的光芒。不知怎的,祝涛感到一缕尖锐的寒意直逼过来,一团陌生而熟悉的气息勾起了他遥远的回忆。"是狼!"他的心瞬间起了战栗。这时他的思绪突然间像潭水一样清澈明晰起来。他想起自己七岁时,有一次随父亲到山上砍柴,在傍晚归家的途中,突然遇到一只饿狼。父亲赶紧扔掉背着的柴火,在空中虎虎地挥了挥那把长长的柴刀,饿狼停住了,坐在地上,不敢再逼近,但也没有逃走的意思,只是将那双发着绿光的眼睛贪婪地罩着祝涛。七岁的祝涛甚至想象得到饿狼在意淫着吃他的肉,从此那双绿色的狼眼像梦魇一样刻在他的心里。现在这恐怖的绿光又出现在面前,祝涛下意识地像父亲那样挥了挥手臂,但空空荡荡的没有一点力道。一个念头突然像一条绿色的蜈蚣蠕动着钻出:"我姐是不是被狼吃了?"全身的冷汗顿时像蒸汽室的水点冒出,这时他仿佛听到了狼嚼骨头的声音:"咔吧""咔吧"。姐姐被狼撕得血淋淋的场景让祝涛撕心裂肺,一股久憋的浊气在丹田里久久回旋着,最后终于喷薄而出:"姐——姐——!"接着耳边响起王国平的声音:"醒了,终于醒了。"祝涛睁开眼,只见四周一片雪白,原来自己是躺在医院里。他没有放声大哭,甚至连泪水都没有。在这个世界上,他唯一活着的亲人现在就是远在四川的老母亲。"妈妈！我可怜的妈妈！"想起母亲，祝涛的心一阵一阵地痛。

不一会儿警察来了，递给祝涛一封信："这是你姐姐留给你的。为了破案，我们事先看了这封信，请理解。"说完朝王国平、赵子龙俩人努努嘴，三人一齐退了出去。

信封是黄色的，祝涛的眼前晃出母亲疲惫而苍老的脸。他目光直直的，心已感觉不到痛，麻木得发涩。一切都仿佛凝固了，一切都不复存在。一阵阵细微的寒战使他浑身的皮肤都起了冷刺，像有无数根银针在扎着。这样不知过了多久，祝涛终于颤抖着手拿起那封信，他咬着牙关强撑着看下去：

我最亲爱的弟弟：

我不知你是否能看到这封信，如果你看到它时，姐姐已经不在人世了。如果你看不到它，姐姐也没什么遗憾的。我不敢面对你，更不敢面对妈妈。所以我才选择了死！

我最亲最爱的弟弟，不要问我为什么要走这条路。像我们这样卑微得像蚂蚁一样的小人物，生活的道路很多时候不是自己能够做主的。只要是人，都想过上那种体面有尊严的生活，但我最亲最爱的弟弟，我们不是那个阶层的人。幸亏你考上了大学，这大概是我们家的列祖列宗在天上保佑你！当你考上大学，打电话说没钱读书，想出来打工。我的弟弟啊，姐姐怎么会让你不读大学呢？你可是我和妈妈的全部希望呀！我就是拼了性命也要让你读大学！现在，我们总算熬出头了，你毕业了，又有了一份比较好的工作，我的任务终于完成了。我该休息了，这些年来我活得太累，早已身心疲惫。弟弟，苦命的母亲就交给你了。你一定要好好地侍奉母亲。我和爸爸会在天上保佑你们的，天天为你们祈福！

我最亲最爱的弟弟，姐姐知道，你读书受了很多很多的苦和委屈，但是你不要因此而恨社会。你要怀着一颗感恩的心去生活，去对待你身边的人和事。要知道，这个社会上比我们不幸的人多得是。看看那些残疾人，我们就得感恩自己还有一个健康的身体；看看那些流离失所的孤儿，我们就得感恩还有母亲；再看看那些因没考上大学而自暴自弃的年轻人，你就得庆幸自己是一个天之骄子。是的，生活确实对我们有太多太多的不公，但是弟弟，这个世界上哪儿有绝对公平的地方？听姐姐的话，好好地生活，好好地做人！

　　我死后，千万不要把这个消息告诉妈妈！也不要把我的骨灰带回去，不然妈妈也会死的！切记切记！！同时我也知道，海都是个穷人死不起的地方，你就把我的骨灰撒在大海里吧！以后海浪就是我的化身，当你想我的时候就去海边看看，看到海浪就是看到姐姐了！

　　姐姐绝笔。

1997年10月5日

　　信纸上的字迹一团团模糊，那是祝春秀的泪水所浸。但是他并不知道，姐姐还有另一份遗书，那是留给警察的：

　　没有一个女人会心甘情愿地去做妓女！当我第一次出卖自己的时候，我的生命就已画上了句号。我在用自己的青春和肉体支付贫穷，像狗一样屈辱地活着。现在我累了，也没有颜面再见我亲爱的妈妈和弟弟。我走了，但求在天堂的爸爸还认我这个女儿，不然我宁愿坠入九层地狱永不超生！

祝涛没有看到这份遗书，好心的警察截留了它。

"原来是这样！原来是这样！"祝涛的心剧烈地抽搐起来，无数的皮鞭在暴烈地抽打着他的灵魂，他感到自己快要死了，一阵压抑的低沉的呜咽从他胸膛里断断续续地发出，像是一匹受伤的狼在沙漠深处低嗥。"是的，我是个罪人！是我害死了姐姐！"不可遏止的彻骨的悔恨、羞惭、伤痛……像洪水一样淹没了他，祝涛感到自己的身体成了碎片，每块碎片上都滴着殷红的鲜血，肆意在空中飞溅。

23.魂归故里

当日下午，祝春秀的尸体被火化。

按王国平和赵子龙的意见，他们出钱在海都给祝春秀买一块墓地，但祝涛没有同意。他说："我不能让姐姐在海都做一个孤魂野鬼。"

但姐姐的骨灰怎么办呢？肯定不能带回荣泰公司。别看赵子龙牛皮哄哄，但每逢初一、十五都要拜神，雷打不动，并且还色荤俱戒，不吃荤不玩女人。是的，每一个有钱的老板都迷信得要命，钱越多就越迷信。把姐姐带回荣泰公司的宿舍，那肯定是犯了赵老板的大忌！那把姐姐送回家？妈妈知道了怎么办？说不定悲痛难忍也会随姐姐而去。难道……真的要遵照姐姐的遗嘱把骨灰撒入大海吗？"姐姐，想不到我们真是死无葬身之地啊！"

王国平走上前来，拍了拍他的肩，说："兄弟！节哀顺变吧！我和赵董要去会见一个非常重要的客人，要先走一步。你是先找个宾馆住下，还是怎么的？"说完将一个厚厚的纸包塞进他的怀里，"这是我和赵总的一点心意，你务必收下！"还没等祝涛回过神，俩人就钻进车里一溜烟地走了。祝涛愣愣地看着，只道这两位大恩人真有要紧的事,哪知是在躲避他:他们怕骨灰盒给自己和车带来晦气!

形单影只的祝涛这时更加感到无助,像一只没有桨的小舟漂在无边无际的大海里。突然间,马丽芳的身影在他脑海里一闪,他好像溺水者抓到了一根救命稻草,一股莫大的希望顿时使他充满了力量。他飞快地脱下上衣,将姐姐的骨灰盒包好了,然后几步冲到马路边。几辆的士呼啸而过,没有一点儿停留的意思。他恍然大悟,原来自己站在殡仪馆的门口!于是急步向左走了二百多米,终于招到了一辆的士。"快!到南乡镇七围村的海堤上。"司机操着一口四川口音没好气地回了一句:"嘎老子!再快也不能闯红灯撒!"呛得祝涛一身的麻辣味。

来到南乡海堤,和姐姐相处的情景一幕一幕活灵活现地浮现在眼前;而现在,捧的却是一盒骨灰。他以为这一切的一切都只是一个噩梦,噩梦醒来上天会还他一个活生生的姐姐。这时手机突然响了,是赵子龙打来的,问他在哪里。

祝涛有气无力地回答说:"我在南乡海边。"

赵子龙吓了一跳,以为祝涛想不开要跳海自杀:"什么?你在海边?你在海边干什么?具体在哪个地方?"

祝涛说:"从公司左边的那条路上来就是。我想一个人在这里待一待。"

"你就在那儿等我们。千万别动!别动!啊?"

这时暮色四合,淡蓝色的云霭像条纱巾缓缓围上树梢,缥缈而飘逸。祝涛缓步走上海堤。"姐啊,我怎么办呀?"祝涛跪了下去,额头抵在骨灰盒上,无助地在海边哭泣。

不知什么时候,一双手轻轻地搭在他的肩膀上,一个温柔的声音问道:"涛,你哭什么呀?"

是马丽芳!

祝涛的心就像沙筑的长堤遇到滔天洪水,刹那间崩溃,久压的苦痛终于像山洪暴发宣泄出来，他长号一声，悲怆的哭声从他胸膛里澎湃而出，海浪一波一波地涌过来，载着祝涛的哭声在海面上跌宕，整个大海都好像在呼应，每一道海浪都带了悲音在沉暗的暮色中发出低沉的"哗哗"声。几只倦归的海鸥在低低地飞翔，它们雪白的身影就像披着缟素无可归依的灵魂，在海天间悽悽惶惶地飞旋，不知魂归何处。它们不时凄切地鸣啼着，犹如前古的精卫在苍海中哭泣。

祝涛的样子把马丽芳吓傻了。她不知道祝涛发生了什么事，但不祥的预感已紧紧笼罩了她，不可言说的恐惧像黑色的湿烟蔓延开来，然后像渔网一样缠住了她。她看见祝涛的肩膀在剧烈地抖动，哭得像一个无助的孩子。一股母性的柔情从她心底像一汪温暖的湖水漾起，她轻轻搂住了祝涛的头，揽在怀里。她知道，祝涛现在需要她，她就是祝涛的依靠。马丽芳突然发现，她的心离祝涛原来是这么近。以前隐藏着的深埋的爱情像发酵的面包膨胀出来，一股崇高而圣洁的光辉笼罩在她的心田。"你怎么啦？你怎么啦？"她柔声问，她的眼泪也缓缓流下来，滴在祝涛的脸上，俩人的泪水融合在一起，巨大的不幸与痛苦迅速拉近了他们的距离。

祝涛呜咽着说："我姐姐自杀了。"他又把骨灰盒往怀里搂了搂，像是怕谁抢走似的。

听到这句话，马丽芳更加伤心起来。她也跪了下去，抱着祝春秀的骨灰盒落泪不止。她不明白，好端端的一个人为什么在海都说没就没了，就像掉进了黑洞里，一点儿声息都没有。

两人正悲伤间，身后有了窸窸的响动，回头一看，是马丽芳的父母来了。他们诧异地看着这对哭成泪人的年轻人，问道："你们是怎么啦？"

"妈，春秀姐没了。"马丽芳扑进母亲的怀里，哭着说。

"咋……咋会这样呢？"这突如其来的消息把两位老人也给惊呆了，一时怔在那里不知所措。

良久，马才喃喃地说："我早就说海都不是人待的地方！你看，你看，果不就是这样！"说完忧心忡忡地看了一下女儿，好像海都随时会张开血盆大口吞噬他的宝贝女儿。

不一会儿赵子龙和王国平也驾车而至，他们看着马才一家，眼里充满疑惑。祝涛介绍说："他们是我恩人，当初我来海都就是他们救了我。"

"哦——！"赵、王俩人恍然大悟似的，异口同声地将尾音拖得老长，饱含深意。

众人看着祝涛怀里的骨灰盒，不知如何是好。最终还是王国平发话了。他说："兄弟，你一直这么抱着不是个事吧？我和赵总的意思，还是给你姐在海都买块墓地吧！这个钱——你不用担心。"

祝涛眼里噙着泪花，摇头说道："不，我不能让姐姐一个人留在海都。"

王国平一急，说话就直来直去了："那你总不能抱着一个骨灰盒呀！"

"我姐留遗言说要把她的骨灰撒到海里去。"

马丽芳的老娘像着了火似的急忙说："这不行。人死了要是没灰没体，三魂七魄就飞了，那样永生永世不得超生的。"

祝涛打了一个寒噤，像有一阵阴风透体而过。祝涛平时不信鬼神，但马丽芳母亲此时的几句话却产生了原子弹一样的威力。"是的。我怎么可能让姐姐尸骨无存?!"他为自己的一时糊涂而深深地自责起来。然而现在把姐姐暂时安放在哪里呢？难道偌大的一个海都，竟连埋姐姐骨灰盒的地方都没有吗？他长长地叹了一口气，眼睛茫无目的地朝海堤下看去，密密的护堤林扑入他的眼帘。他突然有了主意，快步向树林走去，众人不明白他要做什么，只好紧跟在后面。只见祝涛在林中选了一块高坡，小小心翼翼地把骨灰盒放下了，然后跪下身去，疯狂地用双手刨挖起来。王国平吃了一惊，拉住他问道：

"祝涛,你要干什么?"

"我要把我姐暂时埋在这里,过两天我就和我姐一起回老家去。"

马丽芳的母亲心痛地说:"你这么刨怎么行呢!小心你的指头哟!"又扭头埋怨起马才来:"你还像根树干戳在这里干啥?快回去拿把铁锹来呀!"马才忙咚咚地去了。

大家等祝涛把姐姐埋好,便劝他回公司。祝涛像一堆土似的,木讷地说:"不回去,我要陪我姐。"

马丽芳的母亲躬身去拉祝涛:"娃儿,你坐在这里要得病的呢!病了谁来照顾你?要不上我小屋去。"

祝涛像个哭闹的小孩挣脱大人的束缚,显得异常固执:"我哪里都不去,就在这里。"王国平料想拉不动他,便去车上拿了矿泉水和面包放在祝涛旁边,拍了拍他的肩膀,长叹一声,随即把赵子龙拉到一边,低声商量了几句,然后又把马才老汉叫了过去,递给他两千块钱,叮嘱道:"麻烦你把我这兄弟看好点,这是点辛苦费。"马才老汉像火烫了手似的把钱推过去,说:"这钱我不能要,就是你们不给钱我也会看好小祝的。"王国平就显得有点不高兴了,说:"叫你拿着就拿着,啰唆个什么劲!"马才这才收了。

看着两辆车绝尘而去,马才老汉嘀咕不已,心道:"祝涛这娃儿是修了几辈子的行,竟然遇上这样好心的老板!"他甩了甩手中的钞票,哗哗的,声音像唱歌,真是好听。"一出手就两千,像扔纸似的。这些人真有钱啊!"老马心情复杂地摇了摇头。

马家三口陪着祝涛坐到半夜,让他去家里睡会儿,不要累病。祝涛心里实在过意不去,但他不愿丢下姐姐的游魂孤零零地在这异乡的海滩上飘荡。然而又不忍心马家三口陪着自己干熬,于是把他们送回去又折身返回了树林。只有海浪偶尔发出一阵阵微弱而清晰的声响,在宁静的夜色中传得很远很远……

祝涛斜躺在一棵树上,定定地看着面前的那堆小土包,脑子里一片空白。直到现在,他都不相信这是现实。眼前所发生的一切都只是一个长长的噩梦。但是海边阴湿的夜气告诉他:自己不是在梦中!姐姐确实是死了!当明白这个残酷的现实后,祝涛的眼泪又止不住哗哗地流下来。他觉得天都塌了,他不知该如何去面对苦命的母亲。"但是,我还得把姐姐送回去。"他在这样想着的同时,就决定了明天一大早就赶回老家。

祝涛像一个幽灵从树林中穿了出来,缓缓地走上海堤。这时突然传来马丽芳的叫声:"祝涛!祝涛!你在哪里?"

祝涛心一热。他知道马丽芳放心不下自己,又过来陪他了,于是忙循着声音走过去,果见马丽芳拿着一件衣服走来,当她看见祝涛又抱着骨灰盒时,便扑上来紧紧地抱住了他,祝涛感觉到她的身体在抽动,马丽芳在哭!

祝涛伤心欲绝地说:"我现在只有你了。"

马丽芳想安慰他,但又不知该说些什么。

"我明早就把姐姐送回去。"

马丽芳深情地说:"要不……我陪你回家吧。"

祝涛心里一暖,但想到马才的态度,欲言又止。马丽芳也想到了这点,幽幽叹了口气,无奈而伤心地说:"那你早去早回,我在这边等你。"

天不知不觉亮了,祝涛回到树林依然把骨灰盒埋好,对马丽芳说:"我跟伯父伯母道下别就回了。"

"准备怎么回?"

"坐飞机。"

对于大多数打工者来说,坐飞机绝对是一件奢侈的事。

祝涛做梦也没有想到,自己平生第一次坐飞机,是大学毕业后的第一次回家,竟是抱着姐姐的骨灰盒!

这叫祝涛情何以堪!

从海都回巫山，很是麻烦。先是从海都飞到重庆，之后坐火车到宜昌，再转船才到巫山，要两天一夜，坐得屁股生疼，但祝涛却感觉不到旅途劳顿——他整个身心都麻木了。

到巫山是第三日的下午两点多，祝涛不敢白天回去，他要先把姐姐偷偷地安葬了才能见老母亲。他先找旅馆休息了半天，待挨到天黑，才叫了一辆的士悄悄回家。

上保村封闭得像只鸟蛋睡在鸟窝里，四周皆山，出山只有一条蛇路。但村里有一个算命的山羊胡子老头，偏唾沫横飞地说这村里有仙气。

祝涛是这个仙气缭绕村子里出去的第一个大学生，众人既羡且妒，只有算命先生手舞足蹈地说，祝涛是武状元投胎转世，这回考了个文状元。

天上月影潾潾，重重山峦如群鬼林立，翩然欲动。祝涛抱着姐姐的骨灰盒，深一脚浅一脚地往山上爬。他恨脚下这条路，几年前，他父亲正是在这条路上摔死的。痛楚从他的心中涌出。"姐姐，我们一起回家……"干涸了几天的泪水再次涌出。他把下巴紧紧贴在骨灰盒上，仿佛在感受姐姐的存在。

父亲的坟在西北角半山腰上的一片野林中。祝涛记得，小时候，在阳光晴好时，他和村里的小伙伴常到这里"打游击"。而现在，却是如此的衰败凄暗。高大茂密的树林，将无边的暗夜隔在山外，然而山中的夜有了丛林，又黑得分外沉实凝重。清寒的夜风像无数条透迤的长蛇透林而过，撩得树叶"沙沙"响，听上去有如过路的鬼魂在窃窃私语。而在密林深处，不时传来猫头鹰凄厉的叫声，它的声音仿佛带着尖锐的弯钩，在山谷中收割着肃穆，一切都变得惨淡起来。

祝涛跪在父亲的坟前，以头叩地："爹，我把姐带回来了。我没保护好她……姐是我逼死的……您打我吧，打死我吧……我也不想活了……姐，在那边好好地孝顺爹！爹苦了一辈子，没享过一天福。

你先代……代我……尽尽孝……"

他把姐姐埋在父亲的坟旁边,好像也随之把自己埋了。他不敢逗留坟头,怕被妈妈发现。

"是的,是我害死了姐姐。"时间每过一秒,祝涛的罪恶感就递增一层。过往的细节像书似的一页一页地翻过。

"姐姐早就不想活了,她把银行卡给我,就是在安排后事了。"祝涛的嘴角神经质地扯了扯,不知是哭是笑。

夜深成霜,惨白的月光透过树枝的缝隙斑驳地印在坟头的枯草上,翩跹如无家可归的亡灵魅影在舞蹈。一只乌鸦突然"嘎——"的一声,像一响箭在黑暗中冲天而起,那瘆人的叫声如同死神在空中凄厉地吟唱。

祝涛在坟前折腾了一夜,一会儿绕圈走,一会儿又跪下,跪痛了便坐,坐累了就扑在姐姐的坟上。

当初祝涛是怎么瞒过母亲的,这事连江城也不知道。

江城不止一次地对在做小报记者的吴文说:"你可以把祝涛的故事写成小说,真的。"

吴文还在做着作家梦。江城见这厮无可救药,也懒得说了,反而使劲唆使,唾沫横飞地说:"要你出几本畅销书或拍几部电视剧,那就发了!知道不?钱不是问题,没有钱才是问题,钱可以解决的问题也都不是问题。"

吴文不屑地说:"你这家伙就知道钱!你脑子里就不能装点别的东西?"

"有啊!我脑子里装的当然不只是钱,还有女人!"

"整个一浪子!你们这类人,就是他妈垮掉的一代!"吴文痛心疾首。

"我们能不垮吗?今天领了薪水,交了房租水电,买了油米盐,摸摸口袋,这个月工资又花完了……这就是我们打工族的生存状态。

懂不？你不是想当作家吗？为什么不写这些东西呢？"

每次说起祝涛，江城再玩世不恭都会变得一脸沉痛。"是的，涛哥的故事值得你写。他真的太惨了。"

江城不止一次地想象和编织着各种情节，有时候，他甚至想去祝涛的老家重庆巫山一趟，但一直没有勇气成行——这何止是祝涛一个人的伤痛，剥开伤痛总是很残忍！

祝涛把姐姐安顿好后，就在家陪了老母亲半个月。他一边在母亲面前佯装欢笑，一边在背后偷偷地流泪。这样演戏差点让他崩溃。这天老板赵子龙打来电话，先是问候老人状况，以示体恤下情，最后说公司近来管理有点乱，都快累死了，便再没下文。祝涛感到了老板在催他回去，赵老板是器重自己，但荣泰集团少了他照样转，而自己没了这份工作则是灭顶之灾！自己去海都，那孤苦伶仃的母亲怎么办？

这天夜里，祝涛同母亲商量说："妈，您一个人在家没人照顾，您到我那儿去，好吗？"

母亲态度坚决如铁："不去不去！我哪儿都不去！我这把年纪了，死在外面怎么办？"

祝涛万般无奈，最后找到一个远房堂侄，交给他五千块钱，请他抽空照看一下老母亲，然后急匆匆赶回了海都。

祝涛的母亲最后是怎么知道真相的，这事有几个版本。

一个版本是，邻村有一个在海都打工的人回来，说祝春秀死在外面了，还上了报。那人还带了一份报纸回来，众人一看，报上寻尸启事的照片果然是祝春秀。这一下就炸开了锅。有说祝春秀是做二奶被抛弃后自杀的，有说是争风吃醋被他杀的，有说是吸毒吸死的……总之，世上能死的法子祝春秀全都死过了。

另外一个版本是，祝春秀的坟有一天被母亲发现了。

无论是什么版本，都导致了同样的一个结局：祝春秀的母亲哭瞎了眼睛，在某一个黄昏，这位可怜的母亲用一瓶农药结束了苦难的一生。

祝涛在三个月内相继失去姐姐和母亲两位至亲,他再也撑不住了,像一堵墙似的塌了。

"哀莫大于心死。"

祝涛感觉不是心死,而是觉得整个世界都快要死了,自己在这个人聚如蚁的世界举目无亲,孤单得犹如洪荒时天边寥落的星辰。他害怕黑夜的来临,那无边无际的黑暗让他恐惧,让他忧伤。他无数次在梦中哭醒,然后空洞地望着虚空发呆,往昔的一切一点一滴地在脑子里重现。是的,家里所有的悲剧根源都源于自己。如果自己不读书,不上大学,父亲就不会黑夜拉车摔死,姐姐不会因卖淫而自杀,母亲也不会服毒了。

祝涛每回忆一次,就感觉罪孽淤积一层,他被深埋在里面,只能挖一个小孔苟延残喘。

老板赵子龙担心祝涛憋出问题,特赦半个月假期让他外出旅游。但无论祝涛在哪里游玩,都会感到母亲和姐姐的影子与气息无处不在。每当看到游客全家欢乐的场景,他就心如刀割,从云南丽江回来后,祝涛就再也不愿出门了。赵子龙没办法,说:"我把你送去学习一段时间吧!现在的大学为了捞钱,都有企业高管的短期培训班。我知道你好学,也许这才是使你忘记痛苦最好的办法。"

老板的恩德令祝涛感激涕零。

学习回来后,祝涛全身心地投入到工作中。"士为知己者死",他清醒地知道,打工仔与老板永远不会在同一地平线上。他唯一能做的,就是把公司当家,把赵子龙的事当成自己的事。赵子龙也许不会拿自己当兄弟,但自己要把他当兄长。

祝涛态度的调整使赵子龙大为欣慰。他欣赏祝涛的才华,更欣赏他体内那股韧劲,于是又给祝涛加了两千元工资,这样祝涛每月能拿一万二了。

在海都，一万二算不上什么高工资，但对于无根无底的普通打工一族，这绝对是高薪了。每月发工资，祝涛对那递增的五位数有些犯晕。他穷苦出生，现在虽然有钱了，也舍不得花，一月下来花不了两千。他觉得，奢侈不仅仅是一种浪费，更是一种罪过。

而奢侈是这个时代的象征。所以祝涛注定是个时代的落伍者。

24.不辞而别

每个周末，祝涛都是在马丽芳那里度过。在喧嚣繁华的海都，只有南乡海堤的这个简陋的小棚才让他感到温暖。

马才老两口看见女儿与祝涛越来越亲近，内心相当纠结。他们知道祝涛是个好娃儿，没被城市的坏习气带坏。但他是大学生，自己的女儿初中都没毕业，以后怎么沟通？感情不能当饭吃，但婚姻是要当饭吃的。这感情和婚姻看上去是连得挺紧的一件事儿，其实不然。感情是天上的云彩，好看却飘浮。而婚姻是雨点，那点点滴滴都要落在地上。婚姻能孵化出感情，但感情不一定能孵化出婚姻。马才老汉虽然没有上《百家讲坛》的学问，但他的人生经验，未必是《百家讲坛》上的大学问家们可比的。

祝涛何尝不知道马才老两口的顾虑，他只能用行动去慢慢感化他们。每次去马家，他总是带上一些生活用品，比如米啊、油啊什么的。底层人家的生活，原本就是为柴米油盐酱醋忙碌，送这些东西，远比送戒指项链来得实惠。

但祝涛却不知，他每送一点儿东西，马才老两口的心头就加一层砝码。

转眼又到周五了，吃晚饭时，马才对老伴说："祝涛这个事不能再拖啦，明个儿跟他挑明吧，别误了娃儿的青春。"

马老太看了女儿一眼，叹了一口气，说："过一段日子再说吧！这娃儿还没缓过劲呢。你现在断了他的念头，叫他怎么活呀？"

对祝涛，马丽芳爱得像一汪深深的湖水，沉静而细腻。她质朴得像一棵树，不知道怎么去安慰祝涛，只是用心默默地去感受所爱人的痛。她知道，自己是祝涛生命中唯一的绿洲，她要用自己的柔情去抚慰心上人的伤痛。然而在独处时，一种惶恐又紧紧攫住了她单纯的心。是的，父母担心得没有错，一个初中没毕业的草原姑娘，怎么配得上一个名牌大学的高才生？在海都四年多的时间，马丽芳基本与这个城市隔绝。不知多少个夜晚，她看着远处灯光蒸腾的都市，内心充满向往和憧憬。她知道，那里是另一种生活，她所不知道的另一个世界的生活。

"要是我嫁给涛哥，就会过上那种日子。"马丽芳不知有多少次这样美妙地幻想过。但是她对城市又有一种强烈的恐惧，那里面有着无数的人，纠杂着无数的事，就像一只光怪陆离的怪兽，演绎和吞噬着一切。马丽芳知道自己永远不可能适应这种生活。"但是，涛哥会舍弃这些跟我去草原吗？"每想到这里，她的念头就像一只老鼠，刚出头就遇到猫，"倏"地缩了回去，不敢再探。是的，这段感情注定是镜中花、水中月。她害怕，只好用浮光掠影的思绪去安慰和欺骗自己。

有好多次，马丽芳跟父亲马才提出要进工厂打工，见识一下外面的世界，但都被父亲拒绝："打什么工？打工有什么好？女娃儿能打一辈子工吗？你迟早是要回草原的。"

"我想给家里多挣点钱。"

"钱多钱少有什么关系？够用就行。那东西活不带来死不带去的，别为它累着。"

马才对城市有种天然的排斥和反感，几乎将其视为洪水猛兽。在他看来，人世间所有的污浊和肮脏，都是从城市里排泄出来的。自己的女儿纯朴得像只小鹿,怎么对付得了那些狡猾如狐狸、贪婪如豺狼的人?外面的世界是只大染缸,如果把女儿送进去,说不定哪一天就被污染了。所以他宁可把女儿窝在小棚里,也不让她去打工,草原才是真正的家。来海都几年时间,他从来没把自己当海都人,就像海都也从来没把他当自己人一样。正如油和水的关系,虽然泡在一块,却永远融不到一起。

祝涛见过固执的,但从来没见过像马才这样固执的。这老头,就像一块被桐油浸泡过的榆木疙瘩!

祝涛不止一次试图说服这倔老头让马丽芳去学电脑,然后进荣泰公司做个文员什么的,总比窝在草棚里好。

"什么,学电脑?电脑是什么东西?"

祝涛差点被这老怪物问住了。自己虽然天天面对电脑,但谁去研究它是个什么东西呢,电脑就是电脑呗!但要是这样回答马才老汉,那是白答。后来他在百度里搜电脑的答案,果然有些复杂:

电脑(Computer)是一种利用电子学原理根据一系列指令来对数据进行处理的机器。电脑可以分为两部分:软件系统和硬件系统。第一台电脑于1946年2月14日宣告诞生。

马才老汉听了祝大学生的回答,笑得直打跌,说:"机……机器……有……有人脑聪明吗?还……还要去学?"

祝大学生无言以答。

"如果机器比人聪明,那么人就是机器,机器就是人了。我的芳芳是人不是机器,所以不会去学什么劳什子电脑。脑要是带电,不是神经就是憨巴!不学,坚决不学!"

这段"白马非马"的绕口令弄得祝大学生晕头转向,他不知道马才老汉居然有这么好的"辩才",愣在那里哭笑不得。

"娃儿,我知道你是好心!"马才见自己的一番高论居然难倒了大学生,心里得意非凡,那沟壑一样的皱纹里堆满了窃笑。"但我们是草原上的人，草原上的人是走不出草原的。就像马儿离不开鞍，鸟儿离不开巢一样，知道吗？"马才的话像瓶辣椒酱，泼得祝涛满脸通红。

祝涛死不甘心，又说："打工并不是要一辈子离开家乡呀，赚了钱可以再回去的嘛！"

马才说："小伙子，打工能赚到钱吗？你赚了多少呀？"

马才的顽冥不化让祝涛束手无策，也令他十分苦恼。自己的爱情，看来是凶多吉少了。在这个世界上，也许马丽芳一家是他最亲近的人了，这个小小的棚舍成了他灵魂的憩园。

周末成了马丽芳忐忑不安和幸福的时刻。

这天她又早早地起了床，拿着梳子去鱼塘边。清清的湖水就是她梳妆打扮的镜子，她看见自己的一头黑发像瀑布似的泻下来，像一朵乌云遮住了她半边脸。这时朝阳在天际升起，鲜红的阳光铺在水面上，使整个鱼塘都变成了一块鲜艳的绸缎。灿烂的朝霞像温柔的火焰涌进她的胸膛，她的心也随之欢快亮堂起来，于是轻轻地哼起一首草原民歌，轻快而略带忧伤的歌声随着晨风在海堤上飘荡。马才老两口在塘堤上给菜浇粪，看着女儿幸福的模样，既高兴又忧愁地摇了摇头。

太阳渐渐升高了，而祝涛还没有来。

直到十点多，路上才出现一辆的士，只见祝涛带着一个六十多岁的老头子钻了出来，老远就冲他们挥手。马才心中暗想："难道祝涛的亲戚来了？来相亲的？"一颗心马上悬了起来。马丽芳却像一只鸟似的飞了过去。

"才叔，这是我给您请的一位老中医，给您看看风湿。"

马才坚硬的心在一刹那间差点融化。

那个老中医是本地人，原来是医院的院长，退休后开了间药店。祝涛有严重的神经衰弱，无奈之下选择了练气功、打太极，但又没有时间坚持。一同事见他面色菜青，说："涛哥，你是不是每晚梦遗啊?"祝涛一拳搥过去,说:"老子要是天天梦遗,早精尽人亡了,知道不?老子是读书用功过度,落下了神经衰弱症。"那哥们见如此说,忙建议道:"七围街上有个中医世家,挺厉害的,涛哥不妨去找他试试!"祝涛闻之大喜,忙拖着这厮做向导去找中医。老中医给他开了几剂安神补脑药,一个月下来,果见奇效,缠了多年的神经衰弱竟然不辞而别,青色的脸上居然显出隐隐红光,精神亦为之大振。祝涛喜之不尽,一来二去便与这老先生有了交情。祝涛想着马老汉有风湿,于是恭请圣医,老中医问清原委,叹曰:"世风日下,想不到公子竟如此古道热肠,实是可钦可佩,可钦可佩呀!老朽当以三世之技,解马老先生腿疾于倒悬。"乃欣然前往。

看到这样的贵人,马才老两口激动得语无伦次,手脚无处安放。老中医虽系南国人氏,却颇具燕赵豪侠之风,一点不嫌草棚的寒碜,一番望闻问切过后,说:"冷为阴邪,其性急迫,侵入人体经络关节之后,与人体气血相搏,导致气血郁滞,脉筋拘急,不能通痹。或肢体关节疼痛,痛处掀红灼热,肿胀疼痛剧烈,遇暖加重,得冷则舒,痛不可触,筋脉拘急,不能屈伸,日轻夜重,口渴烦闷,舌质红,苔黄燥,脉数小滑。《素问·痹论》中言云:'风、寒、湿三气杂至,合而为痹。'我当以《金匮要略》之方以治之。"

祝涛忙毕恭毕敬地递上纸笔,老先生摇了摇头,叹口气说:"唉,我从来只用毛笔的,今天只好将就了。"祝涛汗颜,但见老先生笔走龙蛇,一服药剂已然开出:

"桂枝、知母、防风各12克,白术、生姜各15克,芍药10克,制附子、麻黄、甘草各6克。水煎日服1剂。"

祝涛拿在手中,诚惶诚恐地请教道:"老先生,您可以说说这个方子的药理吗?也让我们长长见识。"

老中医再一抚须,慢悠悠道:"此系古方。方中桂枝、防风,祛风为主,兼以散寒;附子、麻黄、生姜,散寒为主,兼以除湿;白术健脾除湿；知母、芍药，清热养阴、缓急止痛。其方药功效，与《内经》关于'诸邪杂至合而为痹'之病因病机颇合；且诸药配伍成方，尚具有调和营卫、温阳滋阴等扶正祛邪、标本兼施的综合作用。当对你之泰山大人有奇效。"

马才一家听不懂这古语，被唬得益发敬重。倒是一句"泰山大人"让祝涛脸红耳赤。老中医法眼如炬，掀须笑道："药可医百病，但不可医相思啊！"

深陷恋爱沼泽的祝涛不能自拔。

在很长一段时间，祝涛与马丽芳的关系一直没有进展。就像两条平行线，离得再近，却无法相交。这令祝涛十分苦闷，后来他认识了江城，总算有了倒苦水的出口。

江城来到海都后，祝涛本想带他去认识一下马丽芳，可当夜江城就被警察抓了去，唬得江大学生忙让祝涛找了一份工作，没来见过马丽芳。

江城认识马丽芳，是他在南方国际贸易公司上了两个星期班后的一个周日。这天江城还在睡懒觉，祝涛打来电话，像中了巨奖似的说："你快过来，我带你去见未来的嫂子。"

江城一掀被子一骨碌跳起来，嚷道："涛哥是……是真的吗？太……太令我意外啦！"

"别废话，快滚过来，我在公司等你。"

认识马丽芳后，江城对祝涛只说了一句："哥，马姑娘很质朴，值得你去爱！"

1999年11月11日，是祝涛生命中又一个黑色的周末。

这天是所谓的"光棍节"，祝涛不知道这个节日从何而来。就在周五的晚上，几个同事小聚K歌，当夜祝涛喝过了头，次日睡到日上三竿才起床。洗漱过后打马丽芳电话，居然关机。一丝不祥的预感一闪而过。他惶张地夺门而出，招了一辆的士，飞也似的朝海堤驰去。

果然人去屋空!

那个给他无限温馨和幸福的小棚,这时孤零零地遗弃在海边上。屋内一片狼藉,空气中还残留着熟悉而温暖的气息。祝涛脑子里"嗡"的一声,如遭雷击,身体颤抖起来,嘴唇哆嗦,他唯一的希望和寄托在一刹那间破灭,身心顿时空落得像一片落叶。

祝涛抚摸着每一寸"墙壁",强打精神仔细地搜寻着每一个缝隙,希望能发现马丽芳留给他的只言片语,但是没有找到。

正在昏沉中,突然听到几声狗吠,祝涛吓了一跳,定睛一看,原来是一条流浪狗流着涎水堵在门口对着自己吠个不止。祝涛惨然一笑,说:"狗兄,你也无家可归,我们是同命人,你对我叫个啥呢?"他长叹一声,扶着棚壁站起来,那狗吓了一跳,一溜烟窜走了。祝涛看着那瘦骨嶙峋的狗,凄然笑道:"唉,我们都是丧家之犬!"

祝涛来到鱼塘的堤埂上,但见菜叶青青,而佳人不再,心痛极了。他一步一挪地来到那个涵管前,当年落魄时的情景像书似的一页一页翻起。如果不是马才一家,兴许自己真会饿死。

冬天的海堤十分清寂。祝涛的胸里像塞了棉絮,胀闷得发痛。他掏出手机拨通了江城的电话,说:"过来陪陪我。"

"涛哥你怎么啦?"这时江城正在咖啡厅里和一个客户聊天。为了早日自立门户,他把所有的休息时间都搭上了。

"马丽芳走了。"

"什么?"江城惊得跳起来,带翻了一杯咖啡。

"马丽芳一家走了。"

江城一边擦桌子,一边对客户道歉,招手叫来服务生结账,又对着手机喊:"涛哥你在哪里,我马上过去。"

当江城赶到祝涛身边时,只见他在地上写着马丽芳的名字,密密麻麻重重叠叠的一大片。

"涛哥,到底是怎么啦?"

"全走了，他们一家全走了。"

"什么时候走的呀？"

"我也不知道。他们连招呼都没打一声，就走了。"祝涛站起身，长叹一声，说，"一切都像做梦似的。"

"哥！一切随缘吧！"江城紧紧搂着祝涛的肩膀，嘶哑着声音说。

弟兄俩相拥，无尽的伤感。好半天，江城才痛苦地抬起头，抹了抹眼睛，对着茫茫海天自言自语地发誓："我一定要成功！！！"

他的胸膛里腾起一股冲天的野心。

在江城看来，自己和祝涛的失败就是因为贫穷。有钱不一定幸福，但没有钱一定不幸福。

这就是生活的真理。

他们又回到那个小棚，江城折下几根树枝，要把里面打扫干净。祝涛拦住了，说："让这些东西留着吧！"

江城知道他要留作纪念，便将树枝丢了。蹲下身去翻每一片纸。他相信，马丽芳肯定会给祝涛留下什么，不会这么悄无声息地离去。

没过多久，他果然在一张香烟纸上发现了马丽芳的信：

涛哥：

我奶奶生病了，我要回去了！本想给你打电话，可我爸把我的手机卡抽掉了，实在没办法联系你。我知道，你喜欢我，其实我也很喜欢你。可我爸爸妈妈不同意，说你是天上的雄鹰，我是地上的丑小鸭，不是一条路上的人。请你忘记我吧！

祝涛泪如雨下。

大约半年后，广袤的科尔沁草原上出现一个流浪歌手，他长发披肩，用吉他弹唱着忧郁的歌，胸前挂一个牌子，上面贴着一张放大的女孩照片，照片上面用红漆写着：

"寻找我心爱的姑娘马丽芳！"

这人不是别人，正是祝涛。

25.寻找迦南

在海都，对江城来说，最大的痛苦莫过于祝涛的离去。

那天，也就是1999年光棍节过后的周六，江城和祝涛一起吃过饭，躺在沙发上聊天。祝涛突然说："江城，我准备辞职去内蒙古。"

江城以为自己听错了："你说什么？"

"我准备辞职，去内蒙古。"

就像一个原子弹在江城的耳郭上爆炸，江城一下被震得晕晕乎乎。他摸了摸祝涛的额头，说："你没发烧吧？"

"你看我是开玩笑吗？"

江城看见祝涛一脸严肃认真，颤着声问："你是不是吃错药了？"

祝涛声音里透着极端的疲惫："不，我太累了。"

"那你可以请假休息，干吗辞工？"

"在海都，每一丝空气里我都能闻见我姐的气息，她无处不在，每时每刻都在我的身边。现在我每上一天班，就感到罪孽加深一重。我的每一点知识、每一天的工作，都是我姐用屈辱和生命换来的。我的幸福建立在我姐的坟头上。我无法饶恕自己。"

"哥，你不要这样说……"江城的眼湿了。

"自从姐姐和妈妈去世后，我没睡过一个安稳觉，每夜都做噩梦。是我把我的家给毁了。我的一家人都是被我读书逼死的！我是这个家的罪人！我现在就是一天有一万块的工资，又有什么意义呢？我一个亲人都没有了！"

"哥……这个世界上你还有亲人，我永远是你的亲弟弟。如果你愿意，我父母会认你做儿子的。"

祝涛喃喃地说："我知道……我知道……可我过不了自己这关。只要我一静下来，我姐姐和妈妈的惨景就浮在我眼前。我实在受不了啦！"说到这里祝涛伤心欲绝。

江城在一旁也悄悄落泪。

等祝涛伤心一阵后，江城强给他倒了一杯温水，安慰道："平静一下吧！"他充满爱怜地看着祝涛，恨不得把他所有的痛苦抢过来自己承担。这时他已感受到，以祝涛的这种状态，是不可能待在海都了。

"你是要去找马丽芳吗？"

祝涛点点头，说："是的。在海都，是他们救了我。没有他们，我也许早饿死了。"

"人海茫茫，你上哪儿去找？内蒙古又那么大！"

"我也不知道。可我需要找寻另外一种人生。我现在差不多对生活绝望了，我对一切都充满了怀疑。也许只有流浪，才能找到另外一种对生命的态度，重新获得一种继续活下去的理由。我对都市生活和打工生涯厌倦了。我渴望过一种没有污染的生活，那是我心中的迦南。"

江城问："马丽芳就是你心中的迦南吗？"

祝涛毫不犹豫地回答说："是的。她本来就像草原一样纯朴，而草原又是我向往的地方。所以马丽芳的家，就是我精神的迦南。"

江城激动了，大声说："不！如果伯父伯母还在，姐姐还在，他们绝不会同意你这么做！他们为你付出那么多，你却沉沦了，逃避了，你这样做对得起他们吗？"

祝涛痛苦地揪着头发说道："想过，我什么都想过。可我现在就是当上了美国总统又怎么样？我的爸爸、妈妈、姐姐他们能活过来吗？

我活在世上再荣华富贵，可他们还是睡在冷冰冰黑沉沉的土地里。你知不知道，我现在获得的所谓狗屁成功，都是踩在我爸、我妈、我姐的尸体上获得的。我只有逃避，这样我的良心才稍稍好受些。不然我的良心天天都在受谴责、受煎熬。我过得生不如死。"

"你是为爱流浪吗？"

"为爱，也为生命！"

祝涛顿了顿，又说："爱，是我生命中流浪的一部分。自从遭遇家庭变故后，我一直在想，我为什么活着？我读书的意义又是为了什么？难道仅仅只是找一份好工作然后回报家庭吗？当我的亲人健在时，这是我生命的全部意义。可现在当我孤零零地活在这个世界上时，我以前的生命的意义全部落空了。我现在不得不重新审视和思考自己，我为什么要活？"

"哥，这是一个千古的哲学问题，而不是一个生活问题。生活就是吃喝拉撒睡，用不着那么哲学。"

"生活就是吃喝拉撒睡，那生命也是吃喝拉撒睡吗？难道说生活就等同于生命？难道我们来到这个世界一遭就是为了吃喝拉撒睡一回？"祝涛苦笑着摇了摇头，接着说，"我找不到生命终极意义的答案，所以只有选择流浪，自我救赎。也许，在流浪中，在大自然里，我会重新找回自己。"

江城知道一切已无可挽回了。他颓然地倒在沙发上，怔怔地看着祝涛。他突然觉得，他自己对这个不是胞兄却胜似胞兄的祝涛所知甚少。他的内心，原来像海一样深邃。

祝涛看见江城满脸茫然又伤心的样子，低沉地问："你认为我是不是有神经病？"

江城说："不！你也许是大陆的三毛，一个彻头彻尾的理想主义者。"

"你别把我抬那么高。我不是什么理想主义者，相反的，我是一个悲观主义者。"

"哥,我知道,海都是你的伤心地,不愿待在这个地方。但你可以换一个地方打工,不一定要去流浪。"

"我不是说了吗,我厌恶这种生活了。"

"可你要知道,现在都快十二月份了。海都虽然是温暖如春,但内蒙古却冰天雪地了,这样恶劣的天气你怎么去找马丽芳他们一家?"

"我有个同学在内蒙古日报做副总。我准备去报社实习一段时间,等春暖花开了再去找。"

"哥,原来你都准备好了?"

祝涛点点头,拍了拍江城的肩膀,说:"是的。我准备很久了。"

"那你为什么不早告诉我?"

"现在告诉你也不迟嘛!"

"那……你的老板会同意你离职吗?"

"我磨了很久,他现在基本同意了。"

江城不作声,俩人陷入痛苦的沉默。良久,祝涛才嘶哑着对江城说:"兄弟,天下没有不散的筵席。以后我们虽然天各一方,但兄弟情谊永恒!"

江城压住伤感,强颜一笑:"不说这个。等你找到马丽芳了,我飞到内蒙古去喝你们的喜酒。"

祝涛的声音里充满了希冀:"但愿有这么一天。"祝涛忽然眼睛一亮,说,"江城,要不你到我们这家公司上班吧!到这里上班肯定比在李肃那里强。"

"不用了。我到这个公司就会想起你,没心情工作。"

周二的晚上,祝涛的老板赵子龙和七围村村支书王国平在海都最豪华的酒店"皇太皇大酒店"给祝涛践行。江城也被祝涛叫了过来,一干人喝得云天雾罩。

"兄弟,你……你真是个至情至义……义的人……哥……我……

打……打心底里佩服……"王国平打着酒嗝，大着舌头，揽着祝涛的肩膀说。

祝涛也喝得脸像猴子屁股，说："哥，我……我叫你们失……失望了……"

"别……别这么说……"赵子龙也大着舌头插进来，"我……公司……的……大……大门……永远为你……你敞开着。这……这个人事……总……总监的位置永远……是……是你的。兄弟你……几时回……回来，这个位置你就几时坐。"

这场景令江城百感交集。心想，打工能打到祝涛这个份上，那才是成功！自己相形之下，简直屁都不是。

祝涛是11月25日离开海都的。江城没有去机场送他。他没有勇气去面对祝涛的离别，只是用手机给祝涛发了一条短信：

哥！也许，每个人都背负着一个沉重的十字架，在缓慢而艰难地朝目标地前进。有些黑暗，只能自己穿越；有些痛苦，只能自己品尝；有些孤独，也只能自己体验。但是，穿过黑暗，我们一定能感觉到阳光；走出痛苦，我们一定能企及成长的幸福；告别孤独，我们也一定能收获灵魂的伴侣。弟弟等着你和马丽芳归来！！！

祝涛给他回了一条短信："如果我出现，我就已找到马丽芳；如果我消失，我就还在找马丽芳。在没有找到我的迦南之前，我会断绝与这个世界的联系。"

这是江城收到的祝涛的最后一条短信。在以后长达几年的时间里，江城把这条短信看了无数遍。每看一遍，他对祝涛的思念就加深一层。

祝涛离去后，江城对《橄榄树》这首歌百听不厌："不要问我从

哪里来　我的故乡在远方　为什么流浪　流浪远方　流浪……为了天空飞翔的小鸟　为了山间清流的小溪　为了宽阔的草原　流浪远方　流浪……"

逃离者如祝涛，但他的生活也依然在继续，只不过是换了一个场景，扮演了一个不同的角色。

26.危机四伏

生活是一个大舞台，而人只不过是舞台上的戏子。

幸运的戏子飞黄腾达、呼风唤雨，不幸运的戏子则沦为跑龙套的角色。

譬如在天时电子厂打工的"冬瓜""老鼠"他们。

天时电子厂不大，也就三百多人，所以每进一个女工，都像跳蚤爬进玻璃罩，在众男工的眼光中无处藏身。那天"老鼠"和"冬瓜"看到叶岚和丽娟俏丽的身影时，兴奋得两眼发光，脸在玻璃窗上挤成印度薄饼，大声嚷："哇！靓妹，好靓的靓妹！"正撅着屁股没头没脸地看，没想到"大屁股"阿娟来了，见此二人上班时间居然隔空泡妞，一股火腾地升起，大声吼道："看什么看？没见过女人吗？见过色的，没见过你们这么又贱又色的！""老鼠"和"冬瓜"正入神，猛听得春雷乍起，只吓得浑身一哆嗦，赶紧抱头鼠窜回到工位上。但心中兀自不服气，又不敢放明炮，只好在潜意识里摸摸阿娟的大屁股以报暗仇。但这阿娟亦非等闲之辈，知道这对鬼兄魔弟在腹诽，于是一直追到其根据地，极庄重威严地教训曰："看你们俩这副德行！就不能长进一点吗？成天嘻嘻哈哈，吊儿郎当，能有什么出息？"

"我们没有出息，你养我们不就得了？""老鼠"故意尖着嗓子拿腔捏调地说。

丝印喷油部百十来号员工"哄"的一声笑,此起彼伏像放迫击炮。"大屁股"气得脸像熟透的茄子,知道继续斗下去没好结果,不知道这一对流氓接下来狗嘴里会喷出什么大粪,于是拿眼狠狠剜了一刀,扔下一个炸弹:"你们等着,看我怎么收拾你们!"

看着"大屁股"肥厚的背影一扇一扇的,"老鼠"嘴一撇:"还那么嚣张,你以为你是谁啊?"

后来香港的阿明帅哥把丝印部的广西队伍砍去了一大截,痛得阿娟在酒席上泪飞涕流,弄得阿明也有些过意不去,暗想自己是不是下手太狠了。为聊补歉意,那天便在海都大酒店开房,与阿娟你侬我侬了一夜。"大屁股"好了伤疤忘了疼,没过几天又张牙舞爪了。但她的两个老乡却卷铺盖走人,空缺下的两个拉长位置被"老鼠""冬瓜"捡了个大便宜,"大屁股"恨得牙生蛆,但这是御口亲封,不好硬拆,只好软刀子杀人。

"老鼠""冬瓜"在江湖摸爬滚打许多年,早不是当年的愣头青了。"大屁股"攻之少林金刚拳,两人则还之以武当太极功,以柔克刚,以阳制阴,倒把个"大屁股"弄得像鬼打墙似的,无处发力。

叶岚、丽娟被分配在丝印部,这令"老鼠"和"冬瓜"喜出望外,好像此二女已是他们的囊中之物。后来又听到是老乡,就更欢喜得差点跳上屋脊。没过多久,此二人又荣升拉长之职,可谓是命带桃花运,春风得意疾。有了幻想的爱情做支撑,这俩人每天干起活来十分生猛。阿明老总看在眼里,喜在心上,猛夸自己的御人之道。"大屁股"见正攻不入,于是侧击敌软肋,当探之叶岚、丽娟是"老鼠"老乡后,便将其纳入火力射击范围。但作为一名主管,又不好拉下架子成天去跟两个普工过意不去,于是唆使下面的广西拉长出手,以隔山打牛功震"老鼠"、切"冬瓜"。那仅存的广西拉长得此将令,果然摩拳擦掌,纠集下面的一帮牛鬼蛇神,对叶岚、丽娟施冷箭、放暗镖,恨不得把此二女整为齑粉。

叶岚俩人起先不知哪里得罪了那个拉长,暗叹命苦,自己的第一份工作就这么难做,以后的日子怎么过?想跳槽,几个月的工资算是打水漂了,更要命的是,连身份证都拿不到,她们这才知道这个公司是多么的厉害!又听同室的工友说,打工到哪儿都一样,人欺人,人压人,人榨人,人吃人,公司越大越厉害,像天时公司,还是好的。

丽娟听得倒抽一口凉气,说打工的世界原来这么可怕呀!当下打电话向吴文求援,吴文果然不愧是作家,语重心长地开导说当年勾践怎么的,韩信怎么的,还有谁谁谁怎么的怎么的,最后拿自己现身说法:"你看我,才华横溢,提笔成文,现在还不是屈居人下,做个小记者?总而言之,言而总之,打工就是要忍。"丽娟听了人生导师的金玉良言,只好哀叹一声说:"好吧,我们就逆来顺受,像奴隶那样生活。"

叶岚、丽娟牢记人生导师吴文的谆谆教诲,在天时像两棵树一样,任凭风吹雨打地熬了一年多,宠辱不惊,这倒大出广西帮的意料。

这天晚上又是通宵加班,赶一批美国"迪士尼"的货,印米奇、米妮这对小"老鼠",这是常做的,大家都轻车熟路,闭着眼睛都能印。但想到又是一个通宵,大伙的心情沉闷得像六月天大雨前的天气,阴湿得能滴下水。

"大屁股"不知为什么没有来,工人们便没了压力,大家交头接耳,车间里嗡嗡的像群鸟开会。一个四川仔竟怪腔怪调地唱起一首怪歌:"远看海都像天堂,近看海都像银行。到了海都像牢房,不如回家放牛羊。个个都说海都好,个个都往海都跑。海都挣钱海都花,哪有钞票寄回家。都说这里工资高,害我没钱买牙膏。都说这里伙食好,青菜菜面加青草。都说这里环境好,蟑螂蚂蚁四处跑。都说这里领班帅,个个平头像锅盖。年年打工年年愁,天天加班像只猴。加班加点无报酬,天天挨骂无理由。碰见老板低低头,发了工资摇摇头。到了月尾就发愁,不知何年才出头。"

大伙听得哄堂大笑。那个广西拉长以为到了自己扬名立万的大好时机，于是傲然环顾一下众鼠辈，尔后气沉丹田，舌绽春雷：

"吵什么吵？还不快快做事！"

车间里陡然一静，好像所有的声音被一只巨手凭空抓了去，众人的眼光像集束灯"唰"地朝声音发源地打过去，只见一猴头猫面的广西女突目张眉、龇牙咧嘴地站在那里，气咻咻的像只刚开瓶的香槟，大伙还没回过神，只听一个声音惟妙惟肖地复制道："吵什么吵？还不赶快做事！"

这话就像一滴水滴进油锅里，整个车间一下炸了。有"啊——哈哈——"的，笑得酣畅淋漓；有"嘀——嘎嘎——"，低沉雄壮；有"咦——嘻嘻——"的，娇婉尖纤；有"唉哟我的妈呀，肚子都笑痛了……"满是乡土气息；有"嘿嘿……哼哼……"的，引而不发，弥漫着哲学家的深沉。广西拉长想不到自己一身的威风换来的竟是满堂大笑，一时像尊石头戳在那里不知所措，脸胀得像朝阳下的西红柿。"老鼠"见机也虎吼一声："笑什么笑？这样不尊重领导，还有没有一点组织纪律性？嗯？"字字掷地有声，尤其是后面的那个尾音，拖得老长，一咏三叹，官威十足。众人更是笑得贼响。那个拉长再也撑不住，眼泪"哗"地冲眶而出，双手掩面跑出了车间。

一个广西女工见自己的老乡被欺，气急败坏地叫嚷："你们嚣张什么？看主管回来怎么收拾你们！""冬瓜"说："谁嚣张啦？你没看见大伙都在做事吗？有谁停下来玩了？上夜班熬通宵，说说笑话活跃下气氛不行吗？"

"交头接耳不耽误工作吗？"

"就算是员工交头接耳，也不用这么大声吼吧？声音吼得大就有理吗？再说了，她又不是什么主管，凭什么吼全车间的人呀？"

那广西女被噎得眼翻白、气哽塞，手指与声音俱颤，说："我……我这就给阿娟打电话。"

"哼，又没叫你不打！""冬瓜"一脸不屑。

员工见这阵势越来越紧张，有些心虚了，赶紧埋头干活。要是被"大屁股"撞着，不骂得你祖坟上冒青烟才怪，众员工对其是畏之如虎。

半小时后，"大屁股"果然像黑旋风一样闯进车间，虎脸上刮得下几斤冰碴，那双豹眼一扫，每个人脸上都觉凉飕飕的，像刀锋掠过，车间里顿时鸦雀无声，噤若寒蝉，只听得丝印表带的声音。

"大屁股"甚是满意。真正的权威，连影子都会有杀气。

丽娟的工位是印"米奇"的眼珠，上个工位印的是白色瞳仁，所以位置对正很重要。如果走位一点，那么上游所有的流程都废了。这样技术性高的工位通常都是做了几年丝印工的老手在做。广西拉长成心要整丽娟，就故意把她安排在难做的工位。丽娟自是小心翼翼，唯恐出错。"大屁股"阴着脸在各条拉上巡查，当走到丽娟的位置时，她停了下来，拿起表带一一检查。看了几十条，突然"啪啦"摔在桌上，炸声道："你怎么印的？眼瞎啦？这么多移位的，没看见吗？"丽娟一哆嗦，印表带的橡皮刮掉在桌子上。丽娟小声说："我……我已经很小心了。"

"小心还印成这样，猪头啊你！"

"老鼠"见状忙过去检查表带，发现只有四五条移位了。不禁气往上冲，对"大屁股"说："主管，印了那么多才坏四五条，这也叫多吗？"

"怎么，四五条就不是表带了吗？就该印坏是不是？"

"这是在比例之内的。"

"谁给你定的比例？比例是我定的，我说多少就多少。"

"老鼠"也动了肝火，尖着嗓子嚷："你以为你是主管就了不起啊？你这是公报私仇，我要告到阿明老总那儿去。"说着把表带全收了起来，"这就是你欺压员工的证据！"

"大屁股"轻嗤一声,说:"难道全世界的鸡蛋联合起来就能打破石头吗?"

"我们不是鸡蛋,你也不是石头。"

"是吗?那我们就试试。"

"大屁股"的猖狂终于引发了众怒,不少员工都停下手来,人有罢工之意。

"老鼠"见状冷笑一声,也不言语,只是拿眼死死罩着阿娟。阿娟心里有些慌了,如果员工罢工出不了货,那麻烦可就大了。当下说:"你们想怎么样?"

"老鼠"见她口气软了,也不想把事弄得太僵,说:"其实员工也没什么过分要求,上夜班太累,允许大家说说话、哼哼歌,活跃下气氛。死气沉沉的,这十几个小时怎么熬?"

"嗯——那好吧!不管你们怎么搞,但必须给我保证出货。"

"主管,你好像有套音响是吧?借兄弟姐妹们在车间里放放音乐?""冬瓜"不知什么时候凑了过来,嬉皮笑脸地说。

"你个狗屎,怎么知道我有一套音响?""大屁股"乌云转晴,脸上难得挤出一丝笑意,就像有钱人施舍穷人一样。

"冬瓜"夸张地说:"工厂里谁不知道主管你有一套音响啊!每天晚上,你那音响就唱'妹妹你坐船头啊,哥哥我岸上走',震得我们耳朵都聋了。"大家"轰"地笑了,刚才还剑拔弩张的气氛一下轻松起来。

加班到深夜十二点,大伙去吃宵夜。可饭堂黑灯瞎火的,厂里居然没有安排。一个四川仔操着麻辣口音骂:"妈那个锤子的,格老子加班,还不给饭吃,这资本家也他妈太黑了!砸个狗日的!"接着"嗵"的一声,一块砖头飞了过去。工人都起了火,一起嚷:"砸!跟老子砸!"但一时找不到那么多砖头石块,于是起哄得更厉害了。阿娟正躺在床上看黄片,猛听得外面一片吵闹,只道是员工无理闹事，极为扫兴，怒冲冲地披好衣，站在走廊上对下面吼："你们这帮王八蛋，又怎么啦？真要造反啊？"一个员工在下面回："主管，我们没宵夜，饭堂没做饭。"

阿娟暗叫一声苦，暗骂饭堂那帮人混蛋。饭堂一年多前转手承包给了林厂长的姐夫，林姐夫们个个上下班骑着"嘉陵"，山东响马似的横冲直撞，煞是威风。他们的厨师服上能拧下几斤油，偏菜里没一点油水。人人身上金光闪闪，饭却做得像猪食。员工们早怨声载道，只恨不是冷兵器时代，要不早揭竿而起革饭堂这帮人的命了。工人们今天又是空肚加班，那积怨终于喷薄而出，纷纷喊："不搞了不搞了，狗日的太黑心了，要我们老子饿着肚子干活！"有人往宿舍走。阿娟忙跑下楼来，大声喊："大家不要激动，我来想办法。肯定不会让你们饿着肚子干活，我这就给食堂的人打电话。"当下掏出手机，拨通电话，叽里呱啦像放机关枪，甚是激动。

原来，天时厂有两个多月没跟饭堂结账了，厂长姐夫找财务几次，都说要等老总阿明回来签字才能给钱。惹得此伙头军火从心上起，当夜就罢了工，害得丝印部员工肚皮无处安放。

阿娟喋喋不休沟通了一番，最后吼了一句："这事你跟老板去谈！"尔后命令道："你们几个拉长点下人头，每个人发一个炒粉，统一在外面买，我帮你们报销。""冬瓜"赶紧说："哎呀主管，我还是第一次发现你这么有人情味呢！"谁知此女虎脸一板，斥道："滚！谁要你拍马屁！"

"冬瓜"的笑一下僵死在脸上，"老鼠"愤愤不平，"呸"地吐一口唾沫，对着"大屁股"的背影低骂一句："给脸不要脸！"

"冬瓜""老鼠"和"大屁股"主管阿娟的矛盾像臭水塘的淤泥，越积越深。"大屁股"不把这两个拉长放在眼里，而且视作眼中钉；"冬瓜""老鼠"也不服，却被"大屁股"压着。一个仗着是总经理的情人飞扬跋扈，一方凭着对老总有救命之恩寸步不让。帅哥阿明对此明察秋毫,也不干预,挽起袖子做岸上观。二虎相争,只要不死不伤,斗一斗倒是一种不错的平衡。

中华五千年的御人之术,这个香港仔倒学去不少精髓。

天时电子厂这半年来订单大滑,原来几个大客户都被对手挖走了。老板急得坐着波音空客满地球飞,恨不得贿赂了全世界的商业部长给他下订单。阿明更急,工人三个多月没发工资了,不知哪天火山爆发,这些工人阶级揭竿而起,天时厂就完了。

"冬瓜"和"老鼠"一边给员工们打气,说:"工资不会少的,一分钱都不会少的,只是个时间问题,到时给大伙儿一起结清!"但私下里也惶惶然,急得连天气都骂上了:"夏天就是不好,穷得我连西北风都没得喝!"有一个文学青年在厕所里发表一篇作品,一时在厂里广为传唱:

水调歌头·工钱几时有

工钱几时有,巴眼望青天。不知薪水有否,到手是何年?我欲弱弱问去,又恐老板训斥,憋屈真心寒。物价连连长,腰间无闲钱。

高仰脸,低哭泣,痛无眠。百思不解,发家致富胡扯淡。家有妻儿老小,人需柴米油盐,此事不能欠。但愿天垂爱,撒下几吊钱。

"大屁股"也知道了这首大作,这天下班后,她把丝印喷油部的员工拉到操场上,声色俱厉地说:"我已经查到了男厕所那首词是谁写的,就是我们车间的人!有种的就自动站出来,别做了不敢承认,算个什么爷门?"

大家面面相觑,有人咔咔笑起来。一个员工低声问:"主管,你是怎么查的呀?"

"怎么查我还要向你报告吗?""大屁股"虽在盛怒中,耳朵却像雷达一样灵敏。

"主……主管,那……那可是男厕所哟!"话音刚落,就引起一片哄笑。

"看你们这副德行,就知道想一些下三烂的事。能有什么出息!"

折腾了半天,查不出那个写手。一个广西仔自作聪明地建议道:"主管,一个一个地背,背得最流利的就是作者。"

"冬瓜"忍不住了,骂道:"你他妈有病啊!这么多人,背到天亮呀?"又问"大屁股":"主管,你真要查吗?"

"你什么意思,不能查吗?"

"就这么一首破词,值得这样大惊小怪吗?"

"你懂个什么!这破词影响很坏,动摇了军心,知道吗?"

"没这么严重吧?就是一个小小的恶作剧。再说了,繁荣厕所文学也是繁荣我们的企业文化嘛!"

"大屁股"也怕弄得太僵了,现在工资没发,员工正在火头上。于是借坡下台,说:"'冬瓜',我把这事交给你去调查。"

"冬瓜""啪"的一个立正,像香港皇家警察敬礼一样:"Yes,长官!"

"滚你的!""大屁股"难得一笑,两盘屁股旋得生风般走了。

次日只上了半天班,下午打卡只做了一个多小时,便没货了,只好放假。工人们"嗷"的一声,比奴隶得解放还要兴奋。

打工就是这样:有班上喊累,天天盼着放假;一旦没有班上就空虚无聊,又盼着上班。用"大屁股"的话说:员工就是一个字,贱!

27.揭竿而起

　　接连放了两天假，工人们吃了睡，睡了吃，恶补以前亏损的睡眠。到第三天时，有些人沉不住气了，说这个厂是不是真要倒闭了？于是纷纷到外面去找新厂，另谋出路。"大屁股"看在眼里，倒也不怎么着急。没有几个人能丢下三个多月的工资一走了之的，更何况，工人的身份证还被厂部压着，这才是最厉害的撒手锏！

　　这天晚饭过后，工人们放羊似的散了，只有一帮精力过剩的家伙在操场上打篮球。"大屁股"坐在二楼宿舍的走廊上，嗑着瓜子看这群雄性动物的活蹦乱跳。突然，男洗手间（冲凉房也在厕所里面）传来一阵激烈的打斗声，间杂着骂人声，接着一个红色塑料桶"咣"地飞出，摔得开膛破肚。两个赤身裸体的男子跳将出来，巴掌拳头乱舞，双脚横飞，光光的肉身上不时发出沉闷的钝响，像摇鼓一般。打篮球的一班"猴子"闻声而来，见状无不笑得打跌，像跳神似的欢蹦乱跳。"大屁股"在楼上看得一清二楚，也忍俊不禁，又不得不拼命压住笑，喊道："把这两个家伙给我拉开！"

　　一个员工怪声叫："主管，你下来拉呀！"大伙又一阵爆笑，厂里一时间乐翻了天。那两头光身公牛越发骚情，拳击之，腿踢之，掌掴之，四眼血红，恨不能活吞了对方。

　　这俩家伙都是丝印部的员工，细长得像竹竿的叫陈斯明，四川泸定人氏。此帅哥一副港仔打扮，双耳吊环，长发披肩，抽烟时爱打兰花指。另一武士乃沈阳大侠，姓吴，名号乃上远下天，吴大侠虽身材中等，却甚为壮实。这俩人的龙虎斗，据坊间传言是为一女子而起。那女孩本是四川假港仔中学时的同窗师妹，相好了几年。近期却与沈阳大侠互通款曲，颇有弃旧迎新之意。假港仔急火攻心，又不敢对美人发脾气，只好迁怒于沈阳吴大侠。这天他到冲凉房洗澡，正碰见吴远天光着屁股蛋子在那里搓背，口里还哼哼地唱着什么"昨夜的——昨夜的星辰……嗯——嗯——已坠落……"歌不是歌，调不是调，听得陈帅哥火起，扔下水桶，跑上去就是一闷拳。吴大侠正沉浸在甜蜜爱情的幸福畅想中，冷不丁背上挨了一下，回头一看竟是假港仔偷袭，那火"哄"地把身上的水珠都烧燃了，豹眼环睁，一声雷吼，与陈斯明厮打起来。俩人你进我退，我避你让，直打到冲凉房外，上演了一场赤身肉搏战。

"大屁股"光着急又不好下来，情急之下大叫保安。原来保安也挤在人群中看热闹，早将革命职责抛之九霄云外。待听到"大屁股"杀猪似的叫声，忙像土行孙般现出身来，扯起嗓门吆喝：

"干吗呢干吗呢？没王法了是不是？"伸手去拉假港仔。此时陈帅哥正被打得无招架之功，一腔怨火无处发泄，这保安便成了泄愤导体，一拳砸在他脑门上，打得此保安眼冒金星。保安大怒，说："你个狗日的怎么打老子呢？"另外几个保安一拥而上，将陈帅哥擒了，吴大侠趁机又踢了几脚。一个东北声音喊道："你把衣服穿上，别丢人现眼了！"吴大侠这才幡然醒悟，屁股都羞红了，忙窜进冲凉房，穿衣遮丑。

当晚这两个家伙就被开除，三个多月的工资，全作为罚款，一分没给，据说还是法外开恩。要是送到治安队，那可是拘留加罚款。

在某种程度上，"大屁股"倒希望员工们小打小闹，这样可以借机开除，不用给工资，减少人力成本。同时还可以杀鸡吓猴，进一步杀出自己的威风。她感到"冬瓜"和"老鼠"的威胁越来越大，丝印喷油部的男仔几乎全倒在了那边，自己的势力是越来越单薄。这令她担心主管的位置迟早一天会被他们夺走。"大屁股"在天时公司从员工干起，一步一个脚印干到主管的位置上，一干就是十几年，没有挪过一次窝。她对天时有感情，那种强烈的主人翁精神深得老板的赞赏和青睐，把她树为楷模歌之颂之，要求全体员工以阿娟同志为榜样，少索取、多奉献，甚至不索取、全奉献。什么是最优秀的员工？就是老板奉行资本主义，员工实行无产主义。阿娟仗着老板的器重和总经理阿明的特殊关系，骄狂得摇头振角不可一世。在整个天时公司，除了老板和总经理阿明，她从来不把任何人放在眼里。天时公司前后来了几个副总，都被她斗走了，所以员工送了她两个绰号：一是"大屁股"，二是"母老虎"。

自从上次"广西帮"被清洗后，"大屁股"与香港仔阿明的关系一落千丈。她与阿明明铺暗盖的历史有十来年了。那是她进天时公司的第二年，正是十七八岁如花的年龄，在流水线上做质检。一天新上任的总经理进车间视察，一眼瞅见含苞欲放的阿娟，两颗眼珠就定住了。阿娟知道这位新老总是老板的亲侄子，极像"四大天王"中的黎明，帅气又性感。她感觉到老总的目光像探照灯一样牢牢罩着她，脸红得像炭火。阿娟乡姑的羞怯更让阿明心痴神迷，不到一个星期，阿娟就被提为丝印部主管助理。一个月后，丝印部主管被莫名其妙地炒了鱿鱼，阿娟就理所当然地接替了主管的位置。那天下晚班后，阿明在海都当时最高档的酒店，花了八千多元为阿娟摆酒庆贺，这个乡下小妮子哪见过这样的世面，惶恐极了，感激得又如信徒遇耶稣，怎奈人穷无以为报，便将处女之身献给了阿明。这十多年来，阿娟做梦都想做阿明的老婆，做一个真正的香港女人。但帅哥阿明一直不表态。其实阿娟心里比谁都清楚，一个香港的总经理怎么可能娶一个大陆乡下妹为妻，只不过是玩玩而已。

天无绝人之路，第六天终于来了货。这是一张大单，能做一个多月！据说是阿明帅哥接的，全厂无不欢呼雀跃，就像一群灾民终于得到了救济粮。"大屁股"更是兴奋得像中了奖似的，唾沫像高射机枪子弹四处飞溅："这批货做完，就给大家把几个月的工资一次性结清!"员工大呼万岁,其声响彻云霄,声震寰宇。

闪闪的票子在招手,员工个个精神抖擞,货做得又快又好,"大屁股"心里乐开了花。只要生产和质量上去了,自己的主管宝座就坐得稳,"冬瓜""老鼠"想撼动它,还差了点儿。

但必须剪去这两个死对头的羽翼!

"大屁股"首先想到的就是丽娟和叶岚。

她知道,"冬瓜""老鼠"在追求这两个女老乡,但丽娟、叶岚一直没有同意,如果把她们炒掉,说不定"冬瓜""老鼠"也会随之辞工,那岂不万事大吉?

于是"大屁股"像一条蛇一样静静地蜷缩在一旁,吐着血红的信子冷冷地注视着猎物,等着发出致命一击的机会。

"冬瓜""老鼠"的心思,丽娟和叶岚一清二楚。她们对这两位老乡心存感激,如果不是他们罩着,自己在天时公司一个月也待不住。但感激里面没有爱,就像电线里面没有电,擦不出爱的火花。"冬瓜""老鼠"仗义,是那种亦正亦邪的人物。丽娟和叶岚强烈地感觉到,她们和"冬瓜""老鼠"不是一条路上的人。所以当他们各自表白时,这两个乡村初中生坚决而委婉地谢绝了。"冬瓜""老鼠"也知道自己配不上这两只山窝飞出来的凤凰,不但没恼羞成怒,反而把她们呵护得更紧了,就像母鸡护小鸡似的。

一个多月的货,员工们二十多天就做完了。因为每个人心中都有个期盼,所以手脚格外麻利。

阿娟决定对叶岚、丽娟下杀手。

这张来自"迪斯尼"的订单已接近尾声,次日就可完工交货。但发工资的事没一点儿动静,不少员工开始消极怠工,坐在工位上交头结耳,整个车间像开春的池塘,满是蛙声。一个川仔喊:"半年没发工资了,还上个锤子班呀?!"叶岚和丽娟异口同声地接腔道:"是'大屁股'欺骗我们!"

众人纷纷嚷："就是就是！"

议论纷纷间，忽然冒出"大屁股"的声音："是谁在放屁呀，说我欺骗员工？"

车间倏地鸦雀无声。

"大屁股"气势汹汹地走到叶岚和丽娟面前，指着鼻子大声问："刚才是你们在说我欺骗员工吗？"

叶岚、丽娟一时被唬住，怔怔地不敢应声。

"你们两个臭婊子！长张鞋垫脸，就别怪人踩着！丝印喷油部哪有你们说话的份儿？信不信我一巴掌把你们拍在墙上，想抠都抠不下来？"

丽娟的脸一下变得血红，两年来的憋屈一股脑涌上心头。她不知哪儿来的勇气，猛一拍桌子，吼道："你这么牛，怎么天安门没挂你的照片呀？别人不跟你一般见识，还真把自己当一个东西了？"

"大屁股"做梦都没想到平时温顺得像兔子的丽娟突然变得张牙舞爪，一时惊在那里不知所措。叶岚也禁不住怒火满腔，也跟着尖声质问："这两年你把我俩欺负到家了。都是打工的，你怎么就这样没人性？"

"啪"的一声脆响，气急败坏的"大屁股"扇了丽娟一耳光。员工起了义愤，齐声哄道："主管打人了！主管打人了！"

"大屁股"嚣张惯了的，哪把这阵势放在眼里。母狮子似的吼道："我就是打人了，怎么着？有种你们告去！我现在就把这两个妖精炒掉！"

一个男仔站在凳子上喊："想炒人没那么容易。阿娟，到底有没有工资发？？"

阿娟毫不退让："没有工资发！"

男仔一脚踢翻凳子："没工资发还做个×呀！哥们姐们，咱们造反去！"

工人们"哗"的一声炸了锅，混乱中有人拿东西朝"大屁股"砸去。丽娟也热血上冲，嚷："你打我，我就不能打你？"劈脸一巴掌，像放鞭似的脆响。"大屁股"脸上顿时显出五条手印，几个女工喊："打得好！打死这头母老虎！""大屁股"被这一巴掌抽得晕头转向，还没回过神，又被人泼了一身油漆，花花绿绿的像侦察兵。"大屁股"再男人也撑不住了，"哇"的一声哭了，捂脸冲了出去。

罢工的火星首先由丝印喷油部点起，迅速遍布全厂，很快成燎原之势。几个男仔站在操场中间，双手成喇叭状集体喊话："下来，都下来！所有的人都下来。我们要工资！我们要吃饭！"后面的人紧跟着喊："我们要工资！我们要吃饭！"热压部的员工出来了，指针部的员工出来了，模具部员工出来了……最后连保安也加入了讨薪的队伍——他们同样几个月没领到一分钱！三百多人汇聚在一起，黑压压的一片。"冬瓜"举拳高喊：

"还我工资！"

所有的人跟着喊："还我工资！"

"'大屁股'滚出天时公司！"

"'大屁股'滚出天时公司！"

人们越来越激动。"呼"的一声，饭堂的玻璃窗户不知被谁用砖头砸得粉碎。工人们一阵怪叫："砸得好！把这个猪食堂给砸了！"

"老鼠"一看讨薪要变成暴力活动，忙急中生智唱起《国际歌》：

"起来，饥寒交迫的奴隶！

起来，全世界受苦的人！

满腔的热血已经沸腾，要为真理而斗争……"

罢工的队伍先是一愣，尔后哄堂大笑。但这歌没几个人会唱，大家只是依稀记得"英特纳雄耐尔就一定要实现"这句，于是呜里哇啦地跟着"老鼠"瞎唱，一时豪气万丈。

"大屁股"彻底吓傻了，战战兢兢地躲在一个角落里不敢现身。

这场面她只在电影电视里见过，不知如何是好。她看见"冬瓜"和"老鼠"带着队伍喊口号，围着操场一圈一圈地游行。这时她忽然感激起他们来，如果没有"冬瓜"和"老鼠"组织，这三百多名员工像爆米花一样各自炸开，那天时公司不知被砸成什么样了！

不知是谁敲起了脸盆，这下启发了更多的人，于是纷纷跑进寝室，什么铁碗、铁杯子……拿出来一顿乱敲，乒乒乓乓像在闷罐子里放鞭一般。一个广西妹好不容易找到"大屁股"，急促地说："主管，你给林厂长打电话呀！他是本地人，有杀气，能镇得住这些人。"

一语提醒梦中人，阿娟急忙报告林厂长，说话都结巴了："林……林厂长，工……工人们造……造反了！你快……快来……"到最后竟带着哭音了。

厂长林大人这时正在KTV房左拥右抱地寻欢作乐，风流快活得不知东南西北。突然接到阿娟的电话，大为败兴。待听清是工人闹事，头顿时大了，忙推开怀中美人，奔上本田，边走边给治安队打电话，请他们火速支援。

这时，天时的游行闹得热火朝天，"老鼠""冬瓜"喊破了嗓子，双目狰狞，活像杀人犯。后面跟着几百号人，野兽一样嗷嗷叫。林厂长怕被打，不敢进去，把车泊在外面，掏出手机再次呼叫治安队，没几分钟几辆警车呼啸而至，红灯闪闪，警灯呜呜。游行的队伍见来了警察，不约而同地停了下来。林厂长来了威风，嚷："是哪个带头？给老子滚出来！"

这次游行的结果，以"冬瓜""老鼠"为首的三十多个人进了班房，拘留十五天，尔后被开除天时厂厂籍，永不录用。

若干年后，在海都黑道上混得风生水起的"冬瓜"和"老鼠"回忆起这次"革命起义"，仍止不住心潮澎湃热血沸腾：做领导的感觉真是超爽！振臂一呼，应者云集，真英雄气概啊！想当年陈胜、吴广也就这个样儿！

28.兄弟的救赎

"冬瓜""老鼠"他们被抓,是吴文接到新闻报料才知道的。

这天报社刚上班,记者们就纷纷上相关媒体的网络版,搜索自己发表的新闻。这是《松乡报》记者们每天上班的第一个功课。按规定,省级媒体发一条五十元,市级媒体发一条三十元。比较猛的新闻,一条能被多家媒体采用,能赚上几百元人民币。所以记者们无不为挖猛料想破脑袋,因为猛料就等于白花花的银子。能不能挖到猛料,不仅关系到口袋的胀瘪,更是能力的体现。

吴文在记者中工资是最低的,虽然他的之乎者也张口就来,但在写新闻上却使不上劲。加之古书读得多了,人便有些迂,只研秦汉,不闻世事,哪儿懂找什么新闻,所以在报社是越来越被边缘化。幸亏报社要一个所谓的文人撑门面,以备不时之需,不然他早被王蒿王总编大人一脚踹了。

自己的新闻又是一条没有被采用,吴文很郁闷,那帮人又不知要如何耻笑了。更要命的是,今天的新闻还没着落,吴文就像一个叫花子,不知上哪儿去讨饭。

正愁闷间,办公电话响了,半天没人接,吴文拿起快快地"喂"了一声。一个男声问:"是《松乡报》吗?我要报料。"

"这里是《松乡报》。请问您是哪里?"

"我要报料。报料有奖不?"

"如果你的报料能上新闻,就有奖,五十块。"

"哇!是真的吗?"

"您有什么报料吗?"吴文有些不耐烦。听声音对方该是三十多岁的人了,可口气却轻浮得像十六七岁的小屁孩。

"我们厂工人罢工了，昨天在厂里游行，派出所抓了好多人。"

"为什么罢工?"

"讨薪呀！这你都不懂吗?"鄙视之情灌得线路堵塞。

"是什么厂？都抓了哪些人?"

"九围的天时厂。带头闹事的'冬瓜''老鼠'也被抓走了。"

"你说什么？九围的天时厂吗?"吴文吃了一惊，声音陡然拔到七十分贝，将办公室的人吓了一跳，以为此公神经突发癫狂，都怔怔地拿眼瞪他。值班记者醒过来后斥责道：

"吴文，你有病啊？这是在办公室，不是在荒郊野外，有你这样大呼小叫的吗？到底是什么事，把你激动成这样?"

"天时厂工人罢工讨薪，抓了不少人。"

值班记者一改怒容，笑吟吟地说："哟！是吗？这可是猛料！那你还不去采访?"

"我这就去。"吴文拎起相机包就往外冲，像去救火一般。婉雪急忙喊："等等我。"值班记者嚷："婉记者，你干吗去?"婉雪回头没好气地道："我也去采访，不行吗?"

婉雪一路埋怨吴文："你怎么就这么笨，人家要你去采访，是挖坑你跳，知不知道?"

吴文一脸愕然："怎么是挖坑我跳了?"

"这是负面新闻。领导看了会不高兴的。新闻报喜不报忧，你到今天还不懂吗?"

吴文"哦"了一声，仿佛明白了什么。顿了顿又说："我顾不得那么多了，是天时厂罢工，知道吗？'冬瓜'他们被抓了。"

"那你还不给江城打电话，让他也过来帮忙处理呀!"

江城这时正为工作的事闹心，只差跟老板李肃摊牌了。"世上最深最黑的地方，敌不过老板的心脏。"这是他在QQ上的个性签名，颇有与老板单挑的大无畏英雄气概。

昨天陪客户 K 歌到凌晨四点多，李肃突发善心，交代江城可以休息一天。吴文打来电话时，江城正抱着枕头做梦娶媳妇。待听完吴文的电话，江城在床上一蹦老高，被子掀落地上："什么？又是一黑心老板，还把我兄弟关了，反了他还！我马上过来，你们等我。"

三人一齐赶到天时公司，只见大门紧闭，原来工厂已瘫痪。只有一个五十多岁的老头在门卫室喝工夫茶，满嘴的黄牙。吴文探头探脑地上去问："大叔，请问你们工厂的人呢？"

不想这黄牙老头火气大得出奇。吴文话音未落，他就骂开了："雷个衰仔，鹅吾系你阿叔啊，成个扑街甘，走令开。"江城忙一脸堆笑，敬上一支烟："大佬，鹅想问雷滴工崽去佐宾斗？"

黄牙老头的脸像玩魔术，刚才还乌云闪电，瞬间就风和日丽，叽里哇啦说了一通，吴文一句也没听懂。江城数落他："连白话都不会，还做什么记者呀？"又说，"在广东，喊老头老太太要喊大哥大姐，千万不能大叔大妈爷爷奶奶的叫。知道不？广东人特别忌讳老！"吴文嘟哝："老就老了呗，喊得年轻呀？！"

他们来到九围派出所，吴文掏出采访证给值班民警，那民警见是镇报记者，以为是奉领导之命来采访先进的，脸上的粉刺个个喜得鲜花怒放。待问明缘由，整个人立马就变成一块生铁，"嗖嗖"直冒冷气。他晃着采访证，下巴高抬，双眼洞天，"你这个不是新闻出版总署发的记者证，我们公安机关一概不接受采访。"

吴文气得张口结舌，胸脯一鼓一鼓的像嘶叫的瘦驴。这警察叔叔厉害，一下就捏拿住吴文的死穴。

饶是三人精似鬼，不敌警察一张嘴。婉雪说："我们到劳动局去。劳资纠纷一般由劳动局处理。"

劳动局的态度倒是很好，说调查后会给一个满意的答复。婉雪说："那派出所能先放人吗？工人们不是无理闹事。"

"这事我们管不了。工人聚众闹事，公安才抓人的。"

"老板几个月不发工资，工人能不闹事吗？"

"老板不发工资我们会查，但抓人放人确实不关我们事。"

江城对婉雪说："人家说的也是实情，我们就等结果吧！"

折腾了半天，三人都觉肚子饿了，便到一家湘菜馆吃饭。吃饭时吴文说道："我们找个律师咨询一下，我看这事没那么容易解决。"

江城对婉雪挑挑嘴，揶揄吴文："他说了二十多年的话，就这句不是废话。"婉雪"扑哧"一笑，说："江城你不愧是跑销售的，嘴巴比刀子还厉害。"

吃完饭后，他们又折回天时公司。厂里有三三两两的人在游荡，一辆香港牌照的奔驰停在保安室前面的车库里，江城说："老板来了。"

吴文说："我们找他去？"

江城老谋深算："不急。我们先找几个工人了解情况。"又问吴文和婉雪，"你们带录音笔了吗？"

"带了。"

"等下我们和员工谈话，你们悄悄录下来。作为证据备用。"

听说有记者采访，员工们"呼啦"围上一大圈，七嘴八舌对厂里的事进行无情地控诉。小到没地方晾衣，中到伙食像猪食，大到不发工资，虽算不上血泪斑斑，却也是怨声载道。婉雪急了，说："你们一个一个来，这么乱哄哄的我们都听不清。"大家又争先恐后地发言，正乱哄哄间，一个黑高瘦的中年男人抢入，用广东普通话嚷："哪个系记者？没经我的硬(允)许,能小(随)便在我厂里采访吗？"

此人非别人，正是天时公司的林厂长。这林厂长是本地人氏，吸得一手好烟，亦泡得一手好妞，端的是一方英雄豪杰。林厂长从前是个抓蛇能手，农活忙完了，就拎着一个蛇皮袋满山旮旯晃悠，两眼发绿地找蛇。由于经营此特种行业时间太长，以致做厂长时，身上都还有一股浓浓的蛇皮味。

从一个农民摇身一变成为一个职业经理人，林厂长真有种从坐黄牛马车一下子窜到坐飞机的感觉。骑着摩托车第一次去天时厂上班，林农民兴奋得单臂能掀翻航母，只手拎得起地球。

厂长办公室装潢得虽然称不上富丽堂皇，却也很气派。办公桌大得像一张床，老板椅真皮锃亮，林农民欢喜得小腿直哆嗦。他感觉美国总统办公室也不过如此，一屁股坐下去，那张真皮沙发像泡沫一样淹没了他。林大厂长直喊爽，蜷起双腿，用力一旋，陀螺似的转起来，乐此不疲。

虽身为厂长，却非日理万机，倒是几日才理一机，悠闲得像散仙。办公室文员是这样总结此林厂长上班的："一杯茶，一盒烟，一张马报看半天。打打电话煲煲粥，流着口水泡泡妞。咧咧嘴，剔剔牙，抠抠脚丫玩玩牌。不生产，不干活，老板还给金窝窝。"

中国有条谚语："养兵千日，用在一时。"这本地人当厂长，在工厂和平时期倒看不出什么重要性，但工厂遇到麻烦，比如工人哗变，这就该厂长横刀立马了。厂长一出，谁与争锋？其"和谐"能力之强，实非同小可。

吴文掏出采访证："我是《松乡报》记者。"林厂长也不接，只拿眼一瞟，那脸上的不屑堆不下，直往眉毛尖上挤，挤得江城江大侠在一旁火从心上起，恨不得痛下杀手，对这厮饱以老拳，方泄心头之恨。

婉雪见江城像一只气咻咻的公鸡，怕他坏事，忙扯他衣襟。江大侠也知道此处非惹事之地，否则只要林厂长一个电话，十分钟内那些流氓地痞就如蝗虫而至，于是不得不将一股怒气逼进丹田。

众员工见厂长来了，"呼"的一声如麻雀飞散。吴文讨了个没趣，一张脸僵得像枯树皮。

气氛十分尴尬。婉雪忙打圆场说："林厂长，今天我们只是来初步了解情况，您不必这么紧张。"

林厂长见有一天仙似的美女，火气"倏"地直线下降，说："靓女，只要不采访工人，万事都好讲！"

"我想见你们老板行吗？"

"这个……这个老板没回来呢。"

"骗我吧？厂里那辆大奔不是老板的吗？"

"那个……是我的。"林厂长说谎一点不脸红，也不知是不是脸太黑的缘故。

"可那是香港牌照。"

"我……我常去香港，当然也要上香港牌照的嘛"。

婉雪想不到一个堂堂的厂长竟无赖到如此程度，气得瑶鼻一耸，重重"哼"了一声，没能力用拳头说话，只好用沉默抗议。

三个人知道再待下去无益，只好悻悻告辞，吴文气得连爆粗口，把林厂长骂个不停，婉雪笑道："我看到兔子咬人了。"忽听到叶岚、丽娟的声音："文哥，城哥……"吴文抬头起，只见叶岚和丽娟像两只小鸟飞扑过来，趴在他们肩上"嘤嘤"哭了。几个人喜出望外，又问"冬瓜""老鼠"的情况，叶岚说他们还被关着，不知几时能放出来。江城安慰道："你们出来就好。放心，他们会没事的。"

丽娟担心地问："真会没事吗？那些警察好凶的，我怕他们打人。"

"这不可能。如果警察执法犯法，那是罪加一等的。"江城牛皮哄哄，好像法律是他订的，口气嚣张得像首席大法官，"'冬瓜'他们是受害者，受害者是受法律保护的。"

丽娟俩人长长松了一口气，像得到了某个大人物的保证。而江城却感觉自己吹了个大泡沫，炫丽却经不起一戳。

叶岚连绵不断地打呵欠，吴文看她俩面容枯槁，进去一夜像老了十岁，心里阵阵疼痛。心想她们若是不出来打工，也许谈不上有什么前程，但至少现在有尊严。

婉雪心细，问："你们还没吃饭吧？"

丽娟心有余悸地说："关在里面哪有饭给我们吃，没打我们就是天大的人情了。"

"那我们先吃饭。"

来到一家川菜馆,吴文把菜点好又结了账,对婉雪说:"你陪她们吃饭,我跟江城出去有点事。"

江城莫名其妙地跟吴文出来,说"你要干吗?"吴文说:"给她们去买套衣服,然后在外面开间钟点房,让她们好好地休息一下。厂里太吵,睡不好的。"江城重重地拍了拍吴文的肩,说:"你开房,我买衣,我们分头行事。她们是你妹妹,也是我妹妹。"

把丽娟俩人安排好,三人又来到一家律师事务所咨询。"咨询是要咨询费的。"那律师一脸的麻子,像天上的星星挤得密密匝匝。民谚有云:"十个麻子九个怪。"这麻脸律师果然了得,张口就直奔孔方兄:"一小时收费二百。"口气硬得没一点儿还价的余地。江城暗想,像这等人没去做生意,真是天下生意人的一大幸事。

江城决定装装大佬,于是满不在乎地抽出一叠票子,扯出两张扔过去:"不就是钱嘛!唉,我真他妈穷,穷得只有钱了。"

那律师的专业知识倒不错,但见他轻摇三寸不烂之舌,江城三人顿有拨云见日之感。

该问的问了,该跑的跑了,但救出"老鼠""冬瓜"却没一点儿头绪,三个人束手无策,担心他俩在里面活受罪。

江城他们担心得没错,"冬瓜"和"老鼠"果然在里面备受煎熬,关进去一天一夜没合过眼。警察轮流地审,头上的强光灯从打开就没熄过,俩人困得要命,全身的力气像被绞汁机榨干了,如果松开绑在椅子上的绳子,他们立即会瘫软在地。但他们就是想不明白:警察为什么不抓欠薪的老板,却要抓讨薪的工人?后来,"冬瓜"悟出一个道理,这世上有三种人:一是良心被狗吃了的人,二是良心没被狗吃的人,三是良心连狗都不吃的人。

关到第二天晚上,警察给了他们每人一碗稀饭,这是他们进派出所的第一餐饭。那汤能照得出人影，可做美女的镜子。俩人饿狗抢食般一口气喝了下去，肚子顿时有了海浪，"哗啦""哗啦"地响。

这天夜里没有审讯他们，他们被转到一间黑屋子。屋子里面关押着七八个人，原来都是天时厂的工人。牢狱之中见工友，那是人生第四大快事。大伙正要七嘴八舌地问，却听这俩人大叫："妈呀，困死了。"倒头便睡，不一会儿便鼾声如雷，此起彼伏像拉风箱。

一觉到天亮，身上奇痒，原来是亲爱的蚊子所吻。昨夜睡得太死，皮肤被叮得千疮百孔居然一无所知。大伙见这两英雄醒来，真如久旱之下遇甘霖，落水之人遇帆船，"呼啦"围上去，嘘寒问暖，牢友之情，溢于言表，患难之交，犹如肱股。

"冬瓜"这才知道，这帮人有挨过耳光的，有挨过拳头的，有挨过飞脚的，有跪过碗底的、还有一个绰号叫"黄豆"者，被警察用鞋带系住右手大拇指和左脚大拇趾，拷了个大反弓，半夜下来，只将这两个指头拷得像透明的泡萝卜一般，痛得"黄豆"泪眼汪汪——可怜的"黄豆"才十七岁。

正互相安慰间，一个胖得像肉球的警察过来，拍着铁门喊："里边的人听好了。我们已通知厂方，叫你们亲戚朋友来赎人。"

"赎人？要交钱吗？"

"不交钱是赎人吗？那是放人！"

"那……交多少？"

"一个人一千，带头的两千。没亲戚朋友的，工资里扣。那个谁，那个……叫'冬瓜''老鼠'什么的，每人两千。"

众人听了又怒又喜。所怒者，凭空被刮去一笔钱；所喜者，终于可以交钱走人了。于是异口同声地说，在工资里扣，接下来签字画押，派出所便将这帮恐怖分子放了。

大伙都感到匪夷所思，说："我们好像做梦呢。""冬瓜"给吴文、江城打电话，说我们出来了，穷苦人民终于翻身得解放！江城大喜，忙约上吴文和婉雪，过来慰问。

"冬瓜"和"老鼠"在天时公司结清了工资，出财务部时遇到"大屁股"，其人一脸窃笑，幸灾乐祸得恨不能在飞机上挂高音喇叭，全世界广而告之。她咧着嘴，像迎首长似的迎上去，说道："两位大英雄，准备上哪儿去高就啊？"说完环视办公室众人，像一只横扫鸡群无敌手的大公鸡。

"冬瓜"避虚就实，使一招"单刀直入"式："老子去哪儿高就，关你屁事？！""大屁股"没料到"冬瓜"这样血淋淋地撕破脸，只呛得脸如猪肝，像根树桩戳在那里。

俩人回到宿舍收拾行李，给天时厂卖了几年命，没想到被扫地出门，心中都有些郁闷。这时门"吱呀"一声开了，原来是老总阿明。

这是闹罢工以来三人第一次见面。

"冬瓜""老鼠"的脸红了一下，挤出一丝笑，很难为情。阿明拍了拍他们，叹息一声，说："兄弟，事闹得这么大，我想保你们也保不了。"

这令"冬瓜"俩人大感意外，原以为要挨骂的，谁知老总竟是如此温情，俩人感动得眼都湿了，忙说："明哥，是我们不好，是我们给你惹麻烦了。"

阿明揽着他们坐在床沿上，说："我理解你们。公司三个多月没发工资，是人都会急。但你们应该通过正当的渠道解决，闹罢工只会激化矛盾，于公于私都不利。在外打工，忍字为上！"

"冬瓜""老鼠"没料到阿明会说出这样一番深明大义的话，心里腾起一股温暖，"老鼠"真诚地说："老总，谢谢您没把我们看扁。其实在老板与打工仔之间，打工仔永远是弱势的。"

阿明从兜里掏出几个信封，说："我们不说这个，这是你们的罚款，我从财务那儿给你们要回来了。"

"这……这不大好吧……""老鼠""冬瓜"手足无措。

阿明一笑,说:"作为总经理,我这点权还是有的。这点钱对公司没什么,但对你们就很重要了。我记得你们的好。那次要不是你们舍命背我,我哪有今天?"抬腕看看表,"我要上去开个会。今天晚上我请你们吃饭,不醉不归。"

"冬瓜"和"老鼠"感激涕零,这时手机响了,是江城打来的:"你们在磨蹭什么呀?我们都等好半天了。"俩人急忙跑出来,一看叶岚、丽娟也在,就把钱给了她们,一边将阿明的事说了。江城等人也颇为感动,说:"像这样的老总,还真不多见!"

这餐饭吃得有些沉闷,尤其是叶岚和丽娟,这是她们第一次失业,不知明天该怎么办。

酒过三巡,菜过五味,"冬瓜"突然一拍桌子,骂道:"老子不打她一顿,难消心头之恨。"

大家吃了一惊,都看着他,丽娟问:"你要打谁啊?"

"冬瓜"咬牙切齿地说:"大屁股!"

三天后,"冬瓜"打听到"大屁股"在外租了一间房,于是在一个月黑风高之夜,和"老鼠"破门而入,将这个广西妹打得鬼哭狼嚎。尔后仰天长啸:"我不入地狱,谁入地狱?"刹那间雄心万丈,踏入黑道,亡命江湖。

若干年后,做了作家的吴文偶尔在网上看到一首《你欠我的》讨薪歌,想起"冬瓜"他们的遭遇,不禁潸然泪下。

那首歌这样唱道:

翠花 爹娘 我春节回不去
拿不到工钱 没脸再见你
儿子 闺女 红包在哪里
问天又问地 去哪里说委屈

如果说 老板你不宽裕
你咋就花天酒地穿金戴银的
开着宝马奔驰你也别神气
你身上一针一线都是你欠我的
(还钱呀！还钱呀！还钱呀！你欠我的!)

离家在外几千里
城里打工不容易
陕西 山东 四川 湖北还有安徽的
酒店大楼是谁盖的？
反倒被人看不起
Every body 没钱没脾气

我问着自己 有没有天理
我问着自己 一定沉住气
我劝着自己 咱是债主别怀疑
你欠我的……

29.暗访遇袭

　　《松乡报》每周二出报，所以每个周五都是稿件汇总的时候，也只有在这一天，忙碌了一周的记者才能稍稍缓一口气儿。
　　作为政府喉舌的机关报，记者的大部分时间和任务基本都是跟着领导的屁股转。领导忙记者忙，领导不忙记者还是忙。"就像一条狗似的。"吴文不止一次地跟婉雪这样发牢骚。
　　婉雪恨铁不成钢："你这张臭嘴，真是改不了。事又做了，还不讨人喜欢。"

吴文甚为苦恼:"我想做个有正义的记者,而不是写这些见光死的东西。"

"你可以在采访时搜集写作材料啊!"

"话是这么说。可一写那些干巴巴的新闻,我就提不起劲。时间久了,文学的灵性也会磨去的。"

"那怎么办呢?难道不做吗?"

"唉,理想不能当饭吃。一个月能不能拿到那几千块才是最重要的。"准作家吴文其实一点也不呆。

自做记者以来,吴文和婉雪彼此互相照顾,俩人早已是心心相印,只是那层薄纸没有点穿。婉雪丽若天仙,爱她的绝对不只榆木脑瓜一个,报社的那几个男记无不虎视眈眈。

吴文身处虎窝狼穴,深知凶险,唯恐有一点失足就阴沟翻船,于是谨遵"冷静观察,稳住阵脚,沉着应付,善于守拙,决不当头,韬光养晦,有所作为"之既定政策,处处低调,事事让先,沉浮如核潜艇,内敛胜高僧。但报社第一美人要被他收入怀中,这成了众男记的公敌加死敌。吴文已知婉雪芳心暗许,对众情敌之攻击并不在意。殊不知他愈虚怀若谷,众人的妒火烧得愈旺。

一日开编务会,总编王蒿口叼香烟,像一尊钢炮吞云吐雾。王大总编烟过二圈,蓦地说:"咦!你们怎么不说话?上次例会布置的任务,每个人要对本报提出建议和批评,不记得了?"

众弟子诺诺:"记得。"

"那为什么都不开口,哑巴啦?"

大伙不禁暗暗叫苦。原来这王大总编甚不好侍弄。你不提建议,他便唾沫四射地骂你是笨猪呆鹅;提了意见,又骂你居心叵测,整得众弟子好生为难,做鬼阎王不收,做人皇帝不要。所以每次开编务会,众人都装聋作哑,不是点将到头上,打死也不开口。但不在沉默中挨骂，便在沉默中挨批。王大总编看自己权威日炽，手下诸弟子臣臣服服，心下甚慰，恩威如斯，夫复何求？于是俯视众门生，食指做剑，挥劈一弟子，宏声曰："从你开始，从左到右。"

那男记是个海南仔，平日舌头像打过蜡似的，说话油滑得像熘豆腐。但每次开编务会，此仁兄口里就像含了一个胡萝卜，呜噜呜噜有如小猪打哼哼，往往不到一半就被王大总编拦腰斩断，大手连挥像赶偷麦子的麻雀："去去去！听你这王八蛋说话，要短几年阳寿。闭上你的鸟嘴。"此厮奸计屡屡得逞，心中暗乐不止。

吴文每次都被批得体无完肤，头皮冒烟。地球人都知道，一句马屁顶得过一万句真言的力量，而一句真言往往会招来一万句的攻击。吴文不谙此道，王老总要他提批评意见，他还真提，大到版式版面，小到标题标点，把《松乡报》揭得浑身疮疤，脚底流脓。当吴文说到"每个记者都要增加文学修养，提高文字驾驭能力"时，王蒿王总编再也忍不住，"扑"地吐掉烟蒂，一柱浓烈的烟味从他胸肺里喷薄而出："报纸你懂个屁！知道什么叫媒体吗？我当总编时，你还不知在哪所学校学 ABC！你要记住，要牢牢地记住：搞新闻的一定搞得好文学，搞文学的不一定能搞得好新闻。知道吗？这是我从业几十年的经验，难道还不如你这个新兵蛋子？！"一顿乱棍打得吴文一佛出世，二佛升天，舌头像被阎王割了去，诺诺地不敢再说话。众同门师兄见此情敌又出洋相，无不窃笑大喜，快活得犹如三伏天吃冰淇淋。

评完报又评本期优秀稿。一条优秀稿奖励一百大洋，这是最为紧张的时候，只要不是天下第一傻蛋，谁也不愿把白花花的银子扔进别人口袋。况且，这还关乎水平高低的问题。众记者平时虽称兄道弟呼姐叫妹的，不是一家人胜似一家人，然一涉及名利，那是个个奋勇争先，当仁不让。虽不至鱼死网破，但暗涛汹涌，最后还是王大总编钦点状元，众人才不得已偃旗息鼓，虽有愤愤不平者，但慑于王总之虎威，也只能窝在心里抗议拉倒。

干了一年多记者,吴文居然没有评到一次优质稿,这令他极为郁闷,活像一只憋在坛子里的青蛙,气鼓鼓的没个出处。婉雪安慰道:"评上的不等于有水平,没评上的不等于没水平。"吴文怪眼一翻,酸气冲天:"你这话咋这么耳熟?就阿Q一翻板嘛!"

婉雪笑靥如花,说:"你这呆子,就是太闰土了才被人欺。"谁知吴文瘦颈脖一梗,头颅昂得像只打鸣的大公鸡,傲然曰:"我那是大人有大量,不跟小人一般见识。"

婉雪亲密地嗔怪:"你就鸭子死了嘴硬吧!"吴文心里美滋滋,浑身暖洋洋,原来恋爱的感觉比泡着温泉喝蜂蜜还要美妙。

俩人的感情真正戳破那张纸,是一件突发事故。

"防火防盗防记者。"可见记者破坏力如烈火,可恶处若小偷。那天吴文和婉雪到《松乡报》报到,王大总编豪气满天地告俩人曰:

"记者是无冕之王,知道不?它上捅天,下踩地,中整人。见官高一级,所以权力无限大,神通无限大!你看看那些大人物,哪个不怕记者曝他的光?那些牛哄哄的大公司,咱一篇稿子就能整死他!咱记者手中的笔,就是匕首,是投枪,战无不胜,攻无不克!"说者慷慨激昂,听者荡气回肠。可没过几天,一记者曝光松乡镇某收费站乱收费,气得一位分管该工作的副镇长虎驾亲驱报社,把王蒿王大总编和那个记者骂得狗血淋头。于是"无冕之王"的光辉形象在吴文和婉雪心中大打折扣。原来记者手中的笔,对平头老百姓是匕首,但在权利和银子面前,连根烧火棍都不如。铁肩担道义未必担得起,妙手著文章可能是煮豆腐。王蒿老总得此血的教训后,转变策略,教导众门生曰:

"唾沫是用来数钞票的,而不是用来讲道理的。同样,笔是用来拍马屁的,而不是用来捅娄子的。所以你们从今而后,而后从今,都给我写表扬稿。这不仅仅是业务水平问题,更是政治思想觉悟问题。"凡事一旦提升到形而上的高度,那就是瓦砾变金砖,非同寻常。众弟子皆唯唯，无不是从。

松乡镇是一个弹丸之地，为了找新闻，众记者像篦虱子似的把松乡镇的每寸地皮都篦了个遍。尤其是吴文，神经每天都绷得像橡皮筋，睁开眼的第一件事就是犯愁卜哪儿去找新闻，那感觉跟叫花子愁饭吃没什么两样。以至这位仁兄有好几次梦游，直着声音喊婉雪去挖新闻。婉雪见他紧张得神经兮兮，说："你怎么成这样子，至于嘛？"又心疼又好笑。吴文就哀叹一声："天亡我也！"

"你可以看看报纸电视，看人家是怎么做新闻呀！然后你跟着这个套路去挖嘛！"

"嗯！卿家言之有理，寡人当听之用之。"婉雪的每句话都对吴文有起死回生之妙，只见他骨碌从床上爬起，瞬间便换得宝相庄严，挺胸昂肚对未来的皇妃一字一顿地承诺。

电视也没什么好看的，差不多所有的台都在娱乐至死。吴文百无聊赖地搜到央视某频道，据说还是个收视率不错的节目，只见一个獐头鼠目之辈在台上手舞足蹈、白沫飞溅地破着嗓子笑侃春秋，乱谈战国，活像一只得了自语症的大猩猩在那里喋喋不休。吴文一向恶心这些招摇撞骗的所谓名家名嘴，手指一按便将这衣冠禽兽给毙了，跳到《动物世界》，这才是他最爱看的节目。

狗咬人不是新闻，人咬狗才是新闻。正如老鼠打老鼠，那是稀松平常，而老鼠追着猫打，那才算得上新奇。古人作诗讲究"语不惊人死不休"，现在做新闻，事不惊人屁都不臭。别看记者表里风光，其实也就是个码字民工。

一年多来，吴文一直在跑社会和民生新闻。这两类新闻都是吃亏不讨好的活，而跑时政要闻是最好的，紧跟领导，混个脸熟，然后三寸羽笔轻摇，大宣特宣领导，马屁拍得熨帖之至，还一点儿都不显山露水，可谓天衣无缝。但这样的好事轮不到吴文头上，只有报社的首席记者才有资格。当初王老总要设首席记者时，吴文暗暗笑得肚痛，想一个镇级报社,居然也分什么首席记者次席记者,真是滑稽!他和婉雪分在第二梯队,实习期过后婉雪就晋升一级,把吴文扔在了后面。为此王总没少批过吴文:"作家,你可要努力啊!不能输在一个女人家手里,那多丢人啊!"把个吴文羞得恨不能脑袋钻进裤裆。

吴文急,婉雪比他还要急。但招数使尽,吴文就像一辆断了履带的坦克,趴在那里纹丝不动,令婉雪无奈!

有一天,吴文接到报料,说松乡镇围田村有一条"鸡婆街",那些小姐们极为猖狂,置党纪国法于不顾,竟在光天化日之下拉客,更蹊跷的是,派出所离它只有百米之隔。吴文觉得里面水很深,决定去踩踩。

海都号称"东方性都",名扬宇宙,实非吹水。有专业权威机构和专业人士曾做过专业调查:海都的性工作者有六十多万,这个数字不管官方信不信,反正老百姓是信了。

所以在海都,酒店歌厅林立,洗浴桑拿遍地,无照发廊满街,足疗按摩随处可见,一到晚上歌厅霓虹灯闪烁,浴室黄光暗淡,发廊彩灯旋转,足疗按摩星光点点,这就是海都之所以成为特区的特色。

松乡镇虽地处关外,但其繁华并不亚于内地的一个地级市。当吴文来到那条著名的"红灯一条街"时,夜色渐黑,灯光暧昧地亮起。伴着夜色朦胧,街边小店内的灯光闪烁着一片红色迷离,若隐若现,仿佛要将你幽柔地吞噬。那些年轻或不年轻的女子,无一不穿着暴露,向来来往往的人频频招手示意。吴文看到一个中年男子,不紧不慢地在街上走着,两眼左扫右瞄,迈着八字步经过一个灰色的房子,看到没有人注意他,转身往回走,很快拐进红灯屋子里,里面的人马上迎上来,眉目含笑:"帅哥,欢迎你,按摩吧,有约好的吗?如果没有,随便选一个……"

吴文注意到,来找这些小组的大多是民工打扮的人。有二十多岁的年轻小伙,亦有五六十岁的。这个发现令吴文有些悲哀。他不知道自己这次暗访是落井下石趁火打劫,还是所谓的伸张正义荡污涤秽。当生存艰难,所谓的道德与尊严不如一张手纸。

吴文有些茫然,于是打电话给婉雪。

婉雪正喝茶,猛听得此呆子消息,险些被一口水呛到:"什么?你在暗访?你……你怎么这样呢?等等,你等等我。你现在在哪里?哦,那你等我,不要走动。我马上过来。"

婉雪急匆匆打的赶到"红灯一条街",寻到吴文,一把把他拉到暗处,嗔怪道:"你管这事干吗?"不知是因为这污浊之地使她羞愤还是因为赶路,婉雪的脸色一片绯红。

"我怎能不管呢?我是记者呀!记者不报这些报什么呢?"看着婉雪娇喘吁吁的样子,吴文感到甜蜜而激动。

"傻瓜!这个不能报的,你以为上面的人真不知道啊!"一边说一边去拉呆子。吴文不肯,俩人正拉拉扯扯,只听一个流里流气的声音说道:"帅哥,这靓妹你要不要啊,不要就给我们!"

俩人回过头,只见后面斜插着三个红头发花衣服的青年仔,看样子也就二十来岁,但吊儿郎当的样子却老得流油。吴文脸一沉,说:"请你们说话文明点。"

"靠!到野鸡巷来,还讲文明?真是既要当婊子又要立牌坊!我们是白天文明不精神,晚上精神不文明。哈哈,我现在就想不文明,又咋的?"

吴文把婉雪藏到身后,怒视着几个浪仔:"你没漱口是吧?嘴这么臭?!"

"你泡得,我就泡不得?"一个牛仔裤上打洞的家伙嬉皮笑脸地说。

吴文左臂揽住婉雪:"她是我女朋友,你少狗屁乱放,我们走。"

牛仔裤双手张成"一"字,横着身子一摇一摇的,像缺一只翅膀的蝙蝠:"你走可以,这个妞留下。"

吴文双眼喷火地盯着牛仔裤:"你让不让开?"

"咦！你还想打架?"牛仔裤劈胸推了吴文一掌，另外两个家伙也从左右两侧围上来。吴文看架势不妙，忙对婉雪说："你先走，这里我来对付。"一边取下了墨镜。

牛仔裤一拳朝吴文脸上打来，吴文一闪，却踩在了婉雪脚上，额头上早挨了一下，两眼冒火星，这火星把他心头的火也点燃了，情急之下把心爱的墨镜当砖头砸了过去，那牛仔裤见一个黑乎乎的东西迎面飞来，忙躬腰躲避，没想到吴文一个左勾拳扫来打在左耳上，牛仔裤痛叫一声，捂住耳朵蹲了下去，只觉满脑嗡嗡响。与此同时吴文背上"嗵嗵"得像擂鼓似的挨了几拳。吴文身上潜伏的野性全激发了，以一对三，全然不惧，只听他虎吼一声，拳脚乱踢乱飞，三个浪仔竟然一时不敢近身。婉雪哪见过这样阵势，早吓得呆了。混打中吴文腰上又吃了一脚，倒把他踢醒了，喊道："快去报警！"一语惊醒梦中人，婉雪飞也似的朝派出所跑去。那三个烂仔见状，料知警察来了没好果子吃，一声呼哨，拔腿便跑，快得像遭狗撵的兔子，"哧溜"拐进巷子转眼不见。

待婉雪带着警察来时，只见吴文一个人鼻青脸肿的，靠着墙根喘粗气。警察定睛一看，认得是镇报社的记者，于是打了一个哈哈："哈哈，原来又是吴大记者呀！怎么和小流氓干上了？"原来在实习时，吴文和治安队的那场冲突早已使他声名鹊起，政府系统的人都知道松乡报社来了一个呆子记者，迂腐之极，传为笑谈。今日再见，果然盛名之下无虚士。当下带回警备室录口供，吴文怒气未休，质问道："你们不抓流氓，倒抓我干什么？"

警察存心逗他："我们不调查情况，怎么去抓流氓？"

婉雪冰雪聪明，已看出了对方意图，又怕吴文说出暗访的事，忙接过话头："我和男朋友逛街，没想到碰上几个流氓。这里的治安太坏了。"

又录了几句，警察便非常豪爽地大手一挥，说："两位大记，没事了。那几个小混混，放心，我们一定尽力抓到。"

吴文、婉雪走出派出所，感觉今晚像上演了一场滑稽戏，哭笑不得。婉雪埋怨吴文道："还暗访不？就你呆里呆气要搞这些玩意儿。"吴文长叹一声："这里的水真的很深啊！"

婉雪摸着吴文脸上的伤疤，柔声问："痛吗？"

"为了你，我死也不怕。"

俩人激动地拥抱在一起，却发现双方都在流泪。

吴文做小记者的日子是越来越难混。每天上班，心情比上坟还沉重。

得知难兄吴文的难堪后，江城这样说："这是一个禁忌相继崩溃的时代。没人拦着你，只有你自己拦着自己。你的禁忌越多，你的成就越少。人只应有一种禁忌——法律。除此之外，越肆无忌惮越好。不管无耻不无耻，只要做到头，都会出人头地。这是一个不怕心神暴力的时代。"

吴文一脸诧异地看着江城，说："怎么现在的流氓都像哲学家了。还没分别三日，倒要对你刮目相看了。"

"那是！那是！"江城笑得一脸的厚颜无耻，说："流氓不可怕，就怕流氓有文化。"

有文化的流氓江城经过在商场上多年的摸爬滚打，早已是个猪油浸熬的老滑头。

一天晚上，江城与吴文、婉雪聊天，聊着聊着，不知怎么勾起了江流氓的一腔幽怨，吴文不懂江城为什么突然多愁善感了。

30.柳暗花明

这几天江城出师颇为不利。眼看身边同事的工资一个接一个地涨,唯独自己的像被万有引力吸住了,坚韧不拔地原地打转,心里甚为怨愤。

一日见李肃太君龙颜颇喜,于是鼓足勇气,蹩将进去,先是请安,尔后亮剑,直曰:"老总,公司就我一个没加薪了,您是不是也考虑一下我啊?"

"唔……好说好说,这个嘛——我过几天答复你。"

江城伸直下巴望了一个星期,虽自信望穿了秋水,但却望不透李大老板的心思。好不容易等到下周三,他瞄准机会溜进去,话接前缘,李肃李老总就一脸的苦相,把公司的难处一一摆上,江城只好悻悻退出,苦水从胃里泛到脸上,却化成一汪笑,比哭还难看。

从此江城彻底改变了工作态度,对人对事都牛哄哄的,一副破罐子破摔、死猪不怕开水烫的模样。他不止一次地对同事们吼:"没什么事不要找我,有事了更不要找我!"接着又语重心长地谆谆教导:"我说哥们姐们啊,不要把一分钟私人时间浪费在工作上。老板有肉吃,格老子们有块骨头啃就皇天开恩了!老板的话就像老太太的牙齿,有多少是真的?懂不?"后面的一句问得屈原老夫子的《天问》也自愧不如。

海都是越来越繁华,人情却越来越冷漠。无数坚硬的高楼开着无数的窗,却无法打开一扇心灵的门。生活在这座城市里的人,每个人都是一座城堡,不走近别人,也不让别人走近。

一天晚上,销售精英江城面对车水马龙的海都,忽然感慨万千,得另寻出路。回想自己几年的打工生涯,第一年没赚到什么钱,算是白混了。幸亏后来参透贸易真经,里外通吃,几年下来口袋里居然有了六七十万。期间虽然被露水情人吴霞敲去一笔,但不足为患。

他决定自己干!

是的,只有自己当老板,才有发财的机会。现在这社会,撑死胆大的,饿死胆小的。天下老板,宁有种乎?

江城一边上班，一边暗暗地盘算计划。海都是富可敌国，但不是人人是富人，也不是人人都可以成富人。无数外来工怀揣着发财梦，绝大多数也只能在梦里发财。一夜暴富在这里不是神话，但节衣缩食的挣扎更是现实。马路上豪车往来驰骋，桥洞底下寒乞呻吟。繁如群星的华灯照不出出租屋的寒碜，觥筹交错声中掩不住穷人的哭声。一瓶 XO 喝光一个工人一月的工资，一个宠物的快餐抵得住三个蓝领的伙食。是的，这就是海都，一个人间天堂和九层地狱并存的海都。

江城当然不想在地狱中挣扎，他要过人上人的生活。但下海不是儿戏，这是自己命运的一个转折性选择，非同小可。于是他与吴文商量，想听听他的意见。

听完江城的一番苦水和宏伟蓝图后，吴文说："你想自己创业当然是好事。但有那么容易吗？没有一帮铁哥们，没有一个硬后台，想做生意谈何容易？我认为你的时机还不成熟。"

"我跑了这么多年贸易，有一些客户资源。"

"那你的产品呢？你用什么产品给客户？"

"我想自己开工厂。"

"你有多少钱？"

"六七十万吧。"

"只能小打小闹。选好投资项目了吗？"

"还……没有。"

"哦。那你平时销售最多的是什么？"

"电子表为主。其中尤以丝印和石英表最多。"

"丝印表是什么东西？"

"就是表带上用油墨印一些图案。"

"你懂这些吗？"

"不懂。我又不是搞丝印的。"

"如果搞丝印，大概要投入多少钱？"

"不知道,我可以打听一下。"

"就是啊!你现在只有想法,什么计划都没有,下个什么海?"

江城的脸红了,但鸭子死了嘴硬:"我真受不了那个变态李总。"

"你想不受气,就别打工。"

"所以我才想当老板啊!"

"创业不是意气用事。如果你仅仅是跟李肃怄气开工厂,我敢肯定你会失败。不是有这样一句话吗:心态决定成败。"

江城一震,忙说:"吴文你教训得是。我创业是给自己创业,不是跟谁怄气。"

"你好好地考察一下投资项目,我支持你。打工毕竟是陷在人家框子里,不能施展拳脚。只有自己创业,才能一展宏图。你看多少大亨富豪,也是白手起家的。天下无难事,只要肯登攀。"

一个星期后,江城终于忍不住李资本家的残酷剥削,在其办公室里怒发冲冠,击节长啸,把李肃唬得瘫在老板椅上,说:"江……城你……你要干……干什么?有……有事好好商量……"

"商量你妈个×!老子不干了!!!"江城两眼圆睁,满嘴喷沫。

路有时不是走出来的,而是逼出来的。

譬如江城。

什么是打工仔?打工仔就是自己的钱被别人掌握。

什么是老板?老板就是别人的钱被自己掌握。

江城要给自己的人生换一个角色。

和江城前后失业的,还有丽娟、叶岚、雷军、强子四人。

失业后,丽娟和叶岚住进了婉雪的宿舍里。

这时婉雪和吴文的恋人身份早已公开化。俩人除了没有夫妻之实,其他什么都有了。婉雪还给吴文立了一个条件:出新书才能结婚!

吴文当然知道恋人的良苦用心,于是白天跑新闻,晚上搞文学,勤奋得像头老黄牛。有了爱情做支撑，倒也不觉得累，只是感觉时间太少，好像属于自己的那一部分被人偷了去。为此他不止一次跟江城埋怨诉苦："当官的贪污金钱，老子贪污一点儿时间都不行！"江城扯破嗓子笑，说："那是你功夫还没到家，要是你出了名，做专业作家，那就有时间了。"把吴作家噎得半死。

婉雪和吴文的爱情令丽娟她们羡慕不已。她们觉得，像吴文这样一个纯粹的人，也只有像婉雪这样冰清玉洁的姑娘才配得上。

丽娟、叶岚休息了几天，着着实实睡了几场好觉。自打工起，就没有睡过一个囫囵觉。不上班的日子原来是这么惬意，每天睡到自然醒是多么的幸福。

"冬瓜""老鼠"则另租了一间房，相隔不远，他们要自己开火做饭，被吴文一顿臭骂，说你们吃几天，就把我吴某人吃穷了吗？

到第三天吃晚饭时，外面下起瓢泼大雨。"冬瓜""老鼠"显得有些激动兴奋，又有些不安。吴文看出有点不对劲，问："你们俩怎么回事？又搓手又挤眉弄眼的，是不是要干什么坏事？"

"冬瓜""老鼠"对望一眼，沉吟了半晌才说："文哥，我们打工打厌倦了。看不到一点儿希望，想换一个行当做做。"

"那做什么有希望呢？你们两手空空，身无靠山，又能做什么行当？我建议你们还是安心打几年工，攒点钱，成一个家，安安分分过日子，不要总是飘来荡去的，让家里人不安心。"婉雪也劝道："你们不要着急，丢了工作再找嘛！海都那么大，成千上万的工厂，还愁找不到一份工作？实在不行，我和文哥帮你们找。我们做记者，有一些关系。"丽娟也开口了："强哥、军哥，这两年，我和叶岚全靠你们罩着，没有你们，我们不知还要受多少罪，遭多少人欺负。"

"冬瓜"苦笑了一下，说："我也不知这是好是坏，进天时公司，是你们的第一份工作，进厂后就没离开过。如果没有我们，你们也许就会跳槽，找到更好的公司，那样既增长了见识，又得到了锻炼。是我和强子困住了你们。"

丽娟的眼有些红了:"军哥,你千万不能这么说。是我们拖累了你们。凭你们的本事,完全可以找到更好的工作。"

"冬瓜"淡淡一笑,说:"有本事的不会打工,打工的不会有本事。我算是看透啦!"语气里浸满了沧桑和寞落,接着又像跟谁斗气似的说:"打工累,打工贱,打工还受人欺,所以我跟强子决定以后不打工了!"

丽娟有点紧张起来:"那你们去做什么?你们该不会加入黑社会吧?"

"冬瓜"和"老鼠"对望了一眼,然后沉重地点了点头。

叶岚吓得站起来:"你……你们不是开玩笑吧?你们真要加入黑……黑社会?"

"是的,我们准备组织一伙人,专门讨薪。"强子硬硬地说。

这时吴文的手机响了,是江城。

"在家吗?我找你们有事。"

吴文听出江城的声音有些不对,问:"下这么大的雨,我们能上哪儿?你怎么啦?没什么事吧?"

"我过来再说。"

约二十分钟后,众人听到敲门声,知道江城到了。吴文拉开门:"这么快?"

江城像上岸的狗一样抖了抖水,说:"好大的雨,像桶倒似的。"

吴文没容他喘口气,就追问道:"这么大的雨,你过来不只是聊天吧?"

江城抹着湿漉漉的头发,不咸不淡地说:"我辞职了。"看见"老鼠"的头发凌乱得像鸡窝,双指并戟,脸上郑重得像在联合国发言:"你,去外面淋了雨再进来。""老鼠"被唬住了,摸着头,莫名其妙地问:"我淋雨……干吗?"

"雨水可当啫喱水用呀！看你一头鸡毛，乱得像野草了。"众人这才恍然大悟，不由哄堂大笑。

婉雪递上一条干毛巾，问："你刚才说什么？辞职了？"

"是。彻底跟那个李肃李变态拜拜了。"

婉雪感觉很突然："是真的吗？你前几天都没跟我们说这事！"

"打工就好像小孩过家家，过得好就过，过不好就一拍两散。"

"那你准备怎么办？"

江城环视了大家一眼，一字一顿地说："这就是我来找你们的原因。我想自己开工厂！"

众人心里像打了一个雷。

好半天，叶岚才回过神，嗫嗫嚅嚅地问："你……你不是开玩笑吧？"

"是真的，自己干。我这想法有好几年了。以前我也跟吴文说过的。"

吴文作证似的点点头。大伙见江城真要开厂，竟然一下都怔住了。

丽娟不无担心地说："城哥，开厂……要很多钱的！"

"你以为我开很大一个厂啊？就搞一个小加工厂，要不了多少钱。"

丽娟一根筋地穷追不舍："要不了多少钱也要钱啊！你现在有多少资本呢？"

"有六七十万吧。"

丽娟惊得下巴险些掉下来，夸张地说："哇！这么多？城哥，你原来还是个富翁啊！"

江城嘿嘿一笑，说："你这个小丫头片子，知道什么？我同事有的一年就能赚这么多。知道有这样一个段子不？一等公民是公仆，子孙三代都幸福。二等公民是明星，屁股扭扭就来钱。三等公民是销售，白吃白喝拿回扣。我们做销售的，地位仅次于人民公仆和扭扭屁股的明星,能不来钱吗?"

丽娟听得一惊一乍像只刚出窝的小麻雀,她问:"城哥,打工还分几等的啊?"

江城一脸的不屑说:"你以为?你们呀,以后跟着老夫我学着点。"

吴文打断他们的说笑,问:"你准备投资什么项目?"

"事情是这样的。跟我合作的一家香港公司总是交不了货。现在我接到了一个二十万套电子表的丝印订单,可香港人说他们时间太紧,做不出来,所以我就想,既然这个钱这么好赚,我干吗不自己来做呢?"

强子说:"什么,丝印订单?城哥,这可是我们做的老本行啊!"

江城兴奋地说:"所以我才来找你们呀!你们说,这是不是我们一个发展的机会?"

"是呀,你有订单,我们有技术,这不是天作之合吗?""冬瓜"也两眼放光,激动得一身肥肉乱颤。

"是的,打仗亲兄弟,上阵父子兵。我开工厂需要一帮贴心的人。你们愿意帮我吗?"江城目光炯炯地看着几个人。

丽娟像得了救星似的嚷起来:"城哥,你开工厂开得真及时。刚才强子他们还说准备加入黑道呢!"

江城的眼里射出两把刀子,紧紧逼着"冬瓜"和"老鼠",问:"是真的吗?"

强子架住他的目光,回答说:"是真的。"

"那好。我们来个君子约定。"

"什么君子约定?"

"我开工厂你们跟着我干,我发达了你们也发达了。如果我不行了,你们再想干什么我不拦着。行吗?"

"冬瓜"他们互相交换了一下眼神,然后坚定地答道:"行。我们跟你一起开工厂!"

婉雪不无担心地问:"江城,做完这张订单后,你还能接到订单吗?"

江城信心满满,好像全世界的商务部长都是他铁哥们:"我做销售这么多年,早就建立起关系网了。没这个基础,我怎么敢开工厂?"

三年后一个落雨的黄昏,江城和吴文坐在南乡的海堤上。这时吴文也是小有名气的作家,而江城,公司破产后又回到起点:跑销售!

望着雾霭沉沉的大海,江城嘶哑着声音说:"文,要是我当初不开公司就好了。我不仅毁了自己,还毁了叶岚和强子他们。"这时他有了哭音,痛苦地抱住头,"是我对不起他们。"

吴文无言,只是紧紧地揽住江城的肩。两颗破碎的心在黄昏的海风中哭泣。是的,一切都散了。曾经风雨同舟的兄弟,曾经相依为命的姐妹,曾经相濡以沫的恋人,都似南柯一梦散了。

江城呜咽着说:"我欠他们的,一辈子都还不了。如果不是我破产,'老鼠''冬瓜'也不会走上黑道,丽娟她们也不会失踪。"

吴文的泪像下雨似的落下来,他想劝江城,却哽咽着说不出话。可是他又不敢哭出声,怕击碎了江城本已脆弱的心。

良久良久,吴文强压住悲痛,说:"我们都还年轻,跌倒爬起来就是。"他拉起江城的双手,看着他的双眼,"我们都要好好地活着,为他们,也为我们自己。"

是的,在三年前的那个风雨交加的傍晚,一群想要活得有尊严的人,一群想摆脱打工命运的人,一群想甩掉贫穷的人,终于揭竿而起:自己开公司,做老板!

天下老板,宁有种乎?

但海都确实是一个盛产老板的城市。

发财梦好做,但发财梦却难圆。做梦与梦醒只是眼皮一阖一张之间,而梦想与现实之间却有霄壤之别。那些成千上万衣衫褴褛的农民，他们抛妻别子，用智慧与汗水、鲜血与生命，在海都盖起了高楼，铺平了马路，栽满了鲜花……将这个名不见经传的破败小渔村建设得富丽堂皇，妖娆璀璨，然而由他们双手创建的所有的繁华，都与他们无缘。高楼是别人的，屋檐下才是他们睡觉的卧室；马路是别人开奔驰宝马用的，他们只有拿扫帚扫垃圾的份儿；鲜花是给别人点缀的，他们要做的是施肥浇水。无以数计的人为这座城市创造了无以数计的财富，但财富并没光顾这些可怜的人们，被榨干躯体后，便毫不怜惜地将其一脚踢开。

"老鼠"强子有句打工名言在海都的道上广为流传："不出来打工是等死，出来打工是找死。"

创业的激情在体内熊熊燃烧，他们仿佛看到光明就在前面不远处招手。江城将伟人的名言改了几个字激励大家：

"世界是你们的，也是我们的，但是归根结底是我们的。我们青年人朝气蓬勃，正在兴旺时期，好像早晨八九点钟的太阳。希望寄托在我们身上。"

2002年海都的夏天，江城、"老鼠""冬瓜"每天早早起床，带上面包、矿泉水满城找厂房。而丽娟和叶岚则每天在报纸上找相关的广告，然后一一打电话查询，有合适的就记下，再交给江城，由他们按图索骥。

按江城的计划，厂址不能选太好的地段，租金贵。但也不能太偏，那样交通不方便暂且不说，更重要的是会影响客户下订单的信心。"我们选厂址，就像穷户人家选老婆，不能太丑。太丑了会把人吓走。太漂亮了又娶不起。所以我们只能娶个实用的。"江城果然深具领导能力，既能通过复杂的表象抓住事物的本质，还能将深奥的问题浅显化。"城哥，你说话真高明，很有国际水平！我们就说不出。""老鼠"强子笑嘻嘻地说。"我老总还没当上，你就拍起马屁了。"江城佯怒给了强子一爆栗，心中却十分受用。

一个多星期下来，找厂房的事还没有一点儿头绪。不是太贵，就是太偏。海都的太阳好像把陈年积蓄的热都拿出来了，只几天光景就把江城他们三个人晒得像黑鱼干。

这天傍晚，三个人又垂头丧气地回到吴文的宿舍。叶岚正做饭，看见他们脸上刮得下几斤霉灰，知道事情无果，默默将一盆水端上来，温声说："洗把脸吃饭吧。"

江城胸里漾起一丝温暖，就像一股温泉在干涸的心田淌过。几天的相处，他觉得叶岚就像一朵百合花，在深夜的月光下静静绽放，有一种恬淡而忧郁的美。

不一会儿，吴文、婉雪也下班回来了。这时叶岚的手机突然响起，她走出去说了一通，回来时众人见她脸上有隐隐的泪痕。丽娟刚要问，婉雪忙拉了拉她的手，说："吃饭吃饭，我都快饿死了。""老鼠"故作欢乐状，手舞足蹈地嚷："吃他娘，喝他娘，闯王来了不纳粮。"

吃饭时，江城唉声叹气地说："想不到找个厂房都这么难。""冬瓜"接声道："到处都有空厂房，可就是没有合适我们的。"强子以筷当枪，指着他："我说雷军，找厂房的事城哥跟我们说了，就跟找媳妇一样。知道不？天下的女人成千上亿，但适合做你老婆的只有一个。懂吗？""冬瓜"正要反唇相讥，手机突然响了起来，一看电话号码，脸色大变。"老鼠"忙问："怎么回事？"

"是阿明打来的。"

"老鼠"也像当头挨了一棒，筷子举在半空僵住了。吴文看出不对劲，问："阿明对你们不是很好吗？怎么不敢接他的电话？"

"冬瓜"不接，电话响一阵就断了。江城问："你们是不是做了对不起阿明的事？""冬瓜"叹了一口气，说道："实不相瞒，前几天我们把'大屁股'阿娟打了。"

吴文气得张口结舌，好半天才缓过气来，说："你们这……

你……你们两个大老爷们怎么……怎么跟一个女人家过不去呢？"

江城拍了拍吴文，指示"冬瓜"："你赶紧给阿明打电话，就说刚才手机没在手上，跟他把阿娟的事挑明。"

吴文打断江城的话："不能这样说。阿明和'大屁股'只是暧昧的情人关系，是不当真的。如果挑破这个脓包，阿明的面子上可能过不去。"江城听得连竖大拇指，说不愧是作家，心思就是比我们缜密，是个人才！

"冬瓜"见如此说，只好壮起胆子打过去："明……明哥……不好意思，刚才我手机没在手上……"

那端传来阿明的声音："兄弟，你们在哪里？现在我请你们吃饭。"

大家听到阿明没有什么不快，悬着的心放了下来。"冬瓜"的气也畅了，说："明哥，我们正在吃饭呢！要不我改天请你吃吧？"

"你们搁下别吃了，我把菜都订好了。在九围的毛家饭店井冈山房。"

"明哥……我们有好多人呢。"

"全都过来。你的朋友也是我的朋友。"

"冬瓜"不好再推辞，只好应了。丽娟不无担心地说："不会是鸿门宴吧？须知打狗看主人，'大屁股'毕竟是他情人呀！"

"海都又不是香港，阿明一个港仔，敢砍我们？"江城嘴上气冲斗牛，心里却在发虚。在海都，几乎每天都在上演香港版的古惑仔大片。

一干人打的到九围的毛家饭店，当推开"井冈山"的门时，"老鼠"和"冬瓜"怔住了："大屁股"阿娟居然在场！

阿明赶紧站起来，说："你们都不要惊慌，我今天是来劝和的。"一手拉一个，把"冬瓜""老鼠"拖在座位上，"给我坐好，不许动。今天要是谁走我就跟谁急。"又招呼江城他们落座。

"大屁股"阿娟一直低着头，脸红得像秋天熟透的柿子。"老鼠"

暗暗称奇,心道,这娘们怎么一下子变得这么淑女了?

服务员给每人斟上一杯啤酒。阿明说:"强子、雷军,虽然你们离开天时厂了,但我们的兄弟感情还在。"说着端起酒杯站起来,"我们干了。"

三人碰杯,一饮而尽。

阿明回头看了看阿娟,说:"我还要跟你们说件事。她也离开天时公司了。"

这个消息更出乎雷军他们的意料,四道目光不约而同地朝阿娟射去。"大屁股"抬起头,对他们微微笑了笑,低声说:"是的,我是离开天时公司了。"

"老鼠"惊讶非常,说:"你怎么会离开呢?你可是天时的大红人呢!"

"我……以前对不住你们……请你们……不要往心里去。"

大家一时无言。尤其是丽娟、叶岚,简直不敢相信眼前的事实。那个飞扬跋扈不可一世的阿娟哪儿去了?这时阿明说道:"强子、雷军,还有叶岚、丽娟,我知道,阿娟以前确实有太多对不起你们的地方,管理方法粗暴。也正因为如此,她在公司里积怨甚多。这次闹罢工,从某种程度上来说就是这个积怨的大爆发。这次事件后,又有几十名员工联名投诉阿娟,老板做了一次民意调查,发现绝大多数员工都对阿娟不满,有的甚至到了水火不容的地步。老板见阿娟这样不得人心,只好把她炒了。"

阿明说话时,阿娟在一旁悄悄抹泪,众人听得无语。强子倒了一杯啤酒,敬阿娟道:"阿娟,前些天我和'冬瓜'真的对不起你!如果你现在要打要骂,我们任你打个够骂个够。不管如何,我们毕竟同事多年。好的坏的,爱的恨的,就让它都过去吧!"

阿娟也端酒站起来,眼睛潮湿地说:"'冬瓜''老鼠',还有叶岚、丽娟,希望你们能真正原谅我。以前,我仗着老板信任我,只知道在员工面前耍威风,用权力去压人,根本不把员工当回事,所以才有了今天。我现在被开除了,倒被开清醒了。其实我们都是打工的,何必对同事那么狠?多一点人性,多一点温情,我就不会落到现在的下场了。"

一席掏心掏肺的话把几个人几年来的坚冰全融化了。丽娟、叶岚也站了起来,说:"阿娟姐,一个巴掌拍不响,我们也有不对的地方。从今天起,我们就是好姐妹了。"阿明心里像喝了热汤似的舒服,大声说:"看见你们这样,今天这餐饭我算没白请。来!大家干了。"江城、吴文、婉雪见干戈化为玉帛,也甚为欢喜,忙起身碰杯,大伙一饮而尽。

"阿娟,你有什么打算?""冬瓜"真诚地问。

阿娟凄然一笑,说:"过几天,我就准备回广西老家了。"

"不打工了?"

"是的,不打工了。"

"不会是真的吧?"叶岚吃惊地说,"你会管理,技术又那么好,还愁找不到好工作?要不,你跟我城哥做?"

阿娟一脸雾水:"城哥,哪个城哥?"

江城忙接话说:"我叫江城,跟丽娟是老乡。"

"请问……你在开工厂吗?"

"准备开,正在找厂房呢。"

阿娟"哦"了一声。这时阿明问道:"找到了吗?"

江城叹了一口气,说:"找不到合适的。"

阿明沉吟了一会儿,说:"这样,要不你们明天晚上过来找我,我给你们介绍一个人。我想他会有办法的。"

强子十分激动,说:"明哥,我们真的谢谢你了,都不知说些什么好。"强子扭头对江城、"冬瓜"、吴文说:"我们敬明哥,先干为敬!"几个人一仰头,又"咕噜"把一杯酒灌了。

阿明也受了感染，他扫了众人一眼，道："老实说，我很欣赏你们身上的这股冲劲。你们大陆的年轻人总认为，我们这些香港的职业经理人瞧不起你们。这是错的！不管是谁，都尊重有作为的人。实际上，我也是个打工仔，只不过是运气比你们好一点，有个当老板的叔叔，所以才当上了总经理。论干事业的闯劲。我不如你们！"江城忙道："明哥，你这样说我们就承受不起了！难怪'冬瓜''老鼠'总在我面前说你好，今日一见，果然名不虚传！以后在生意上还请明哥罩着点。"

"好说，好说，多个朋友多条路嘛！"又问，"你们准备做哪方面的产品呢？"

"我以前是做外贸的，平时接的单子以高端电子表和石英表为主，所以想从这方面入手。不瞒您说，我现在手里已接了一个大单，对方先垫百分之三十的货款，但要求两个月内交货。但现在我厂房都找不到，急得嘴都起泡了。"

阿明沉吟着："哦！原来是这么回事。可惜我想让你们认识的那个人去旅游了，明天上午才回来。要不我现在就让他过来。"

强子问："明哥，这人是谁啊？这么神通广大。"

"就是我们天时厂的林厂长。"

叶岚惊得眼眶爆出，舌头伸得像吊死鬼："是他呀？"

阿明一笑，说："很意外是吧？中国有句俗话，'强龙不压地头蛇'，林厂长的二哥是村领导，你们说，请他出面有什么搞不定的？"

江城和吴文对望了一眼。吴文微微点点头，示意可信。

"那好！我们明天恭候佳音。"

大伙见厂房有了希望，不由喜笑颜开。丽娟又对阿娟说："阿娟姐，你看我们就要开工厂了，你就留下来好吗？"

阿娟淡淡一笑："谢谢你的好意。我真的不愿打工了。我已厌倦了这种生活。这么多年，我早身心憔悴了。回去找个人把自己嫁了，

平平淡淡地过小日子。"说着飞快地瞟了阿明一眼,眼里说不尽的哀怨。这时窗外传来温兆伦的《随缘》:

"原来爱得多深,笑得多真到最后,随缘逝去没一分可强留……"

阿娟突然起身道:"对不起,我上趟洗手间。"掩面奔了出去。

大家知道她哭了,心中都不由一阵伤感。尤其是叶岚,更像遭雷击一般,"我以后就是穷死也不会找大老板!"她想。

可是两年多后,她却身不由己地投入一个港商的怀抱。

天下所有的打工者都有着不同的假面,扮演着不同的角色,演绎着不同的经历,却有着相同的悲哀。结局也许早就注定了,每个人只不过是按照命运的剧本生活。城市不是他们的,他们只是一群匆匆的过客。

31.扬帆起航

江城生来富贵相。十岁那年,老妈请人给他算命,命相师说他"天庭饱满,地阁方圆。额角高耸,天中丰隆。"命中主有贵人相助。

江城好歹是名牌大学毕业生,历史唯物主义还是略懂得一些。所以算命先生的那番狗屁话,就像雨打荷叶,滑过无痕。昨天与香港老总阿明见面后,江大学生陡然忆起十几年前那位高人的话。细细一想,自己命中果有贵人相助:工作是祝涛找的,开工厂又有阿明帮忙找厂房。这不是贵人是什么?

一帮人辞别阿明后,个个心情欢畅得像拣了钱包。吴文提醒说:"明天见林厂长,给他封一个红包。现在的海都,不是有钱能使鬼推磨,而是有钱能使磨推鬼。"江城忙称:"你是鲁迅再世,言是匕首,笔是投枪,对人对事,一招中的,是高手中的高手,大师中的大师。"婉雪笑得肚子痛,说:"江城,你的嘴像抹过猪油了,都能当联合国秘书长了。"江城忙把肚子一挺，一摇一摆地走起外八字步，问："我像个大官不？"众人笑得打跌。

回到吴文的宿舍后，江城把"冬瓜"和"老鼠"叫出来，问："你们知道林厂长最大的嗜好是什么吗？"

强子和雷军对望了一眼，不约而同地说："打炮！"随之哈哈大笑。江城道："原来好这个，我有数了。"

江城突然想起一件事，忙把"老鼠"和"冬瓜"打发走了，弄得两位豪杰莫名其妙。江城关上门问叶岚："前几天家里和你说了些什么，让你那么伤心？"

叶岚还想隐瞒。江城道："你打电话回来脸上还有泪痕呢！以为我不知道啊？有什么事瞒得过我的火眼金睛？"

叶岚忸怩了一下，终于说："我弟考上大学了，没钱报名！"

江城的心一痛。他想起了祝涛的遭遇。想也没想，从皮包里掏出一万块钱，递给叶岚："你现在就和强子去柜员机上打过去。"

"城哥……"

"拿去！"

"你现在开厂要钱，我怎么好拿你的钱？"

"少废话，叫你拿去就拿去！难道你这个做姐的要耽误弟弟的前程吗？"

后来叶岚回忆，就在那一刻，她觉得江城是一个充满责任心和爱心的男人，是一个可以托付终身的人。

江城把叶岚的事办妥后，又把雷军喊过来继续商量。

第二天傍晚，江城、吴文、"冬瓜""老鼠"如约来到毛家饭店，却不见阿明。正纳闷间，阿明的电话打了过来，说林厂长吃不惯辣菜，改到南乡镇政府旁边的"福如东海"酒楼了。

一干人只好又打的赶过去。强子嘟哝："吃个饭还挑三拣四的。"江城说："你不也是吃不惯广东菜吗？有求于人，就得要顺于人。以后我们开公司了，什么都不能随着性子来。知道吗？"

见面后林厂长甚为热情，抢上来握住"老鼠"的手，龇着满嘴黄牙，一口的广东普通话呛得死人："兄弟，果然是英雄出少年！牛逼！牛逼！"

"老鼠"料不到他如此热情。以前在天时厂，此厂长可是个人见人愁，鬼见鬼怕的主儿。想不到自己还没阔，就提前享受起阔人的尊崇来了。心想还是做老板好啊，哪怕还是一个没上任的老板，都比打工仔强！

江城知道此餐非同小可，于是专拣贵菜点。林厂长双手连摇，像道士赶鬼一般，赶忙说："江总，这个你不必太客气，对吃的嘛，我是不怎么在意的。""冬瓜"忙接口过去："林厂长在意的是打炮！是吧？哈哈……"

林厂长微微一怔，随之仰天放声大笑，声震屋宇。重重一拍"冬瓜"肩膀，兴奋得满脸放豪光："还是兄弟了解我！""冬瓜"火上浇油："林厂打炮，地动山摇。"众人乐得喷饭。江城见气氛融洽非常，忙打蛇随棍上，对林厂长说："林厂长，找厂房的事我们兄弟就全拜托您了！"

林厂长把杯中酒一饮而尽，又塞进一块白切鸡，嚼得嘎巴嘎巴响，一边嘟哝："好说！好说！阿明老总今天上午跟我说了。这个事好办，好办。我们村还有空置厂房，就打声招呼的事。"阿明介绍说："林厂长的二哥在村里很有威望。"吴文心里叹道："再牛逼的外地人，也顶不过本地的一个土老帽！"

林厂长兴致甚高，先大谈泡妞经，尔后竟谈起风水谱。"知道不？兄弟，这找厂房，是有学问的。一是要看风水。你看我们天时厂，西边厂房屁股后面悬得太高，没后台，所以十几年了一直发展不起来。"

江城吃惊不小："林厂长您懂风水？风水可是门大学问呢，那是从《周易》来的。"

林厂长故作谦虚,说:"懂一点儿,懂一点儿。"又问,"什么做衣?你想开服装厂?"江城愕然,半响才回过神来,林厂长把《周易》听成"做衣"了,不禁哑然失笑。那边林厂长无暇顾及江城回答与否,手舞足蹈大兜其风水学:"找厂址要观察地形的走势。根据我多年研究的经验,一个风水宝地要符合'玄武垂头、朱雀翔舞、青龙蜿蜒、白虎驯俯'的地理标准。"

这番话把大伙说得一愣一愣的,谁也没想到林厂长竟有如此高论!江城敛了轻睨之心,一脸虔诚地讨教:"林厂,那什么叫'玄武垂头'呢?"

"那个玄武嘛——"见有人如此不耻下问,林厂长得意得像一只刚开窝下蛋的新母鸡,"那个玄武就是代表北方山脉。北方山脉要到厂址北面止,由高降下,过渡为坡地或平地,就叫'垂头';'朱雀翔舞'中的'朱雀'是指南方流水要求东西横过,所以叫'翔舞';'青龙蜿蜒'的青龙是指东侧的山峦要曲折左顾,像手臂护卫,便叫'蜿蜒';白虎指西边的山势要平缓展开,又应比青龙稍短,这就叫'驯俯'。你看我们天时厂白虎陡峭,所以不'顺服'。"

阿明的大拇指竖得像高射炮:"林厂长,我真不知道你还有这么一手啊!高明,实在高明!"

林厂长见老总都钦服,更像打了超级兴奋剂,嘴里的白沫四溅,激情飞扬地继续说:"风水宝地具体来讲不还有一个是地运,啥子是地运?简单地说就是指一个地方这段时期的运气。那怎么寻地运呢?那就要找龙、穴、砂、水、向;怎么找?就是觅龙、察砂、观水、点穴、取向;标准是龙要真,砂要秀,穴要的,水要保,向要吉。具体到一个工厂周围环境的吉凶要素,那就是这个工厂周围的山形、水形、建筑物、植物什么的。当然这个工厂的宅形、大门、院形、上下水道、供电源啊等都包括在勘地的范围里。还有最重要的一条,就是不能找'三合一'厂房。"

江城忙问:"什么叫'三合一'厂房?"

"就是生产车间、厨房和宿舍连在一起的厂房。打个比方,一楼是车间,二楼是厨房,三楼是宿舍,这就是'三合一'厂房。像这种厂房一查就准死!"

江城问:"是不符合消防安全吗?"

林厂长一拍桌子,把大拇指高高一翘,猛夸道:"兄弟,你真是个做老板的料,一点就透!"

江城借坡下滚:"林厂长,现在饭吃完了,我们去桑拿?"

林厂长一听,眼都笑绿了,忙说"要得要得,哈哈哈……"

在去桑拿会所的车上,江城又给他塞了五千元红包,林厂长倒十分爽快,客气话都没说一句就收下了。

江城事后高屋建瓴地总结:"做生意无他。对男人,用金钱和女人对付之;对女人,用男人和金钱对付之。能逃出这两个绝杀的,前五千年没有,后五千年也不会有!"

有了林厂长的穿针引线,诸事顺利。第三天,江城便在南乡镇九围村租了一层二百平方米的厂房。

这是一幢旧厂房,灰扑扑、喑哑哑的没一点儿生气。它只有两层,东南两面是车间,西边是仓库,北面是员工宿舍,中间是操场,但只有一个篮球架,像一个光棍汉戳在那里对着日影凝思。员工饭堂则建在操场北面,屁股正对着员工宿舍,相隔六七米。中间是一排水龙头,员工洗漱、洗衣服均在这里。整幢厂房像北方的一座四合院。

江城租在第一层,第二层是一家四五十人的小加工厂,没名没执照的,所以只能像恐怖分子一样"躲在小楼成一统",闷声闷气发小财。

接下来分工:江城和雷军买设备,强子和丽娟招工,叶岚当大内总管,负责整理厂务。

经过两个多星期的紧张准备和忙碌，设备齐了、员工齐了，强子一共招了四十五名员工，多数是被天时厂辞退的丝印老手，足可开两条生产线。

2002年8月8日，这对江城来说是一生都刻骨铭心的日子。在这一天，他的"天成电子公司"成立。

放过一阵轰天炮庆祝后，江城把林厂长、阿明、吴文、婉雪以及一些客户和全体员工请到"福如东海"酒楼搓了一顿，在席上说了一大堆感激的话，大家热烈鼓掌，颇有国家元首开团拜会的气氛。

吃完饭回来，江城又把四十五名员工召集到一起开动员会，他亲自给每人派了十元红包，然后说："我给大家唱首歌怎么样？郑源的《打工行》！"

"好！"众员工觉得这位年轻老板又大方又好玩，颇有千里马遇伯乐、明臣遇贤主之概，都不觉来了兴致，大呼小叫："来一个！来一个！"

江城清清喉咙，一脸严肃地说："同志们！同胞们！兄弟姐妹们！不是我江某人说大话，要是我江帅哥踏入歌坛，那些什么香港四大天王啊，内地流行歌手啊，都得统统下岗！我这嗓音，不敢说是天上少有，但在地上，那是绝对没有。"下面的人先是一愣，尔后哄堂大笑。一个男仔鬼声鬼气地说："江总，我看见一头牛在天上飞呢！"

江城故作糊涂，装作一脸诧异地抬头望天："是吗？牛也会飞天呀？"

"那是因为你在下面吹呀！"

这下大家笑得更响，屋内像放鞭炮似的。江城内心窃喜不已。他要的就是这种效果。他一边跟着音乐，一边双手往下压，示意大家静下来听歌，大声道："大家有会唱《打工行》的，就跟我一起唱。好吗？"

"好！"

于是一首伤感而沧桑的离歌在这个陈旧的厂房里穿空而出：

> 离开家乡爹和娘
> 背起行李走远方
> 酷暑寒冬多保重啊
> 打工路上自己闯
> 谁叫咱是男子汉
> 顶天立地要坚强
> 莫负爹娘养育恩呀
> 要干就要干出个样
> 多流汗水莫流泪
> 哦，遇到困难莫忧伤
> 风里雨里莫言苦啊
> 再苦再累自己扛
> 啊……人生就要立大志
> 哦……艰苦创业记心上
> 等到咱创业成功时啊
> 再风风光光回家乡
> ……

大家都唱得十分动情，江城发现，有几个女工眼里亮闪闪的，这时他心里涌起一股悲壮，打工的际遇刹那间一股脑涌上来，喉头哽了哽，说："兄弟姐妹们，我江城现在还是个穷光蛋，没有多少钱可以给大家派太多的红包，这十元钱，是我对大伙儿的一份真心。我们都是打工仔！那我们为什么打工？还不是他妈的穷！是不是？所以我们赚钱，去养活我们的父母，养活我们的兄弟姐妹，让他们不再受苦，不再受累，过上好日子！我今天对大家发誓，以后有钱我们一起赚，有福一齐享！我们这四十多个人，将来就是天成公司的开国元老！'人心齐，泰山移'，你们有没有信心？"

"有——"几十个人不约而同地一声吼，晴天霹雳似的。

"老鼠"越来越佩服江城，他觉得这个家伙是个演说天才。一首歌，几句话，特别是那句"他妈的"，简直化腐朽为神奇，一下就把人心拉近了。

事后江城对"老鼠"说："知道吗，强子，'哀兵必胜'，我用的是哀兵之计。但是，我是用了真情的。"

"我知道的，城哥，你这样不是纯粹用心计，是以情动人，以情留人。"

江城一拍强子的肩："难得你能读懂我的心思。有悟性，不错！"

二十万只的订单，对一个小加工厂来说非同小可。2002年8月9日，也就是喝过开张喜庆酒的第二天，天成电子公司正式生产。

江城给员工开了一个简短的早会。他说："这张二十万只的订单是我们公司挖的第一桶金，由于订单大，时间紧，这段时间大家肯定很辛苦，这里我就拜托大家了！"说着深深鞠了一躬，然后又说，"同时我知道，大家还有个问题非常担心，担心我是一个刚开工的小老板，有没有钱发工资？在这里我用人头担保，我不会少大伙一分钱工资！因为我们做的这批货，对方已预付百分之三十的货款。这笔钱足可付清你们的工资，所以请大家不要担心！"说着拿出那张订单让员工过目检查。员工大为感动，纷纷说："江总，冲你这番话，就是没钱我们也跟着你干，大家一起挺过这道难关！"

接下来人事分工："冬瓜"和一个叫阿平的丝印老手做拉长，俩人全面负责生产，丽娟做会计兼后勤，叶岚管采购和人员招聘，"老鼠"强子则协助江城接单、送货。

一切都有条不紊地转运起来，看着自己的老板梦正一步步变成现实，江城十分高兴。但是他又清醒地知道，自己现在正行走在理想和现实的边缘：一边是破产的深渊，一边是艰难的征程。而现在只剩拼命干了。

江城给自己订了一条死规定：生活上不搞特殊化！员工吃什么，自己就吃什么！每天夜晚还坚持查房，给员工拉上掉落的被套，关上拉开的蚊帐。他所做的点点滴滴员工们都看在眼里，记在心上，于是做起事来像做自家事一样地贴心卖命。这一切都令江城温暖而感动。他深深感到，只要老板付出三分，员工就会回报十分。

生产进展得非常顺利，但江城却有点惶急起来：工厂的下一张订单在哪里？

于是他开始动用平时积累的销售网络资源，同时在网上广泛发帖。

没几天，江城接到第二张订单。这是一张来自比利时的订单。那是江城的一个老客户，一位六十多岁的老华侨，祖籍广东清远。仔细算起来他应该是江城进入南方国际贸易公司的第五个客户。刚出道的江城充满青涩，正是这青涩让这位华侨喜欢上了江城。江城也用心，逢年过节时总是用电子邮件送送花什么的，不用钱的祝福换来的是实实在在的感情。在那个华侨过六十大寿时，江城用国际快递给老先生送去一罐清远土，十八斤山塘腊肉，感动得老华侨一把鼻涕一把泪的，一激动就挂了个国际长途，哽咽着对江城说："小江啊，难得你这么有心！以后我……我公司的订单就全包给你了！"

江城之所以在南方国际贸易公司的业务做得牛哄哄，与这位老华侨的鼎力支持分不开。江城又想起了离开李肃公司的……

自祝涛离开荣泰集团人事总监的位置后，李肃对江城的态度一落千丈。但祝涛对荣泰公司的老板赵子龙交代过江城的事，让他关照关照，所以李肃也不敢轻易下手。江城对此心知肚明，每遇批评，江城是勇于认错，坚决不改。这种赤裸裸的蔑视，惹得李肃李老板心里直冒绿火星子，几次想斩立决，苦于没有一个合适的借口。

这天公司要开一个重要会议，通知是前一天下达的，李肃特别强调,任何人不允许迟到,更不允许请假。没想到次日开会时,江城一个电话打过来:"老总,不好意思,我几个老乡被抓了,我要去派出所救他们出来。"李肃以为是在骗他,不由来了气,厉声道:"江城,你别得寸进尺。公司开会你老乡就出事,天下有这么巧的事吗?"江城在那边被噎得一愣一愣的,心想我请个假你至于这么冲吗?硬将一股怒气逼进丹田,赔笑道:"老总这事是真的,我那几个老乡讨薪被公安抓了,我要过去做保人救他们出来。"没想到李肃破口大骂:"你就随你那几个老乡去死吧!"江城想强子他们还在牢里关着,只得将这口恶气忍了,给李肃发了一条恶狠狠的短信:"给爷把工资准备好,如果少了你爷一分工资,爷就把你这些年偷税漏税的事全捅上去!!!"

也许是那条短信起了作用,第二天江城去拿工资时,李肃真没敢扣他一分钱,俩人都铁青着脸,像三世的仇人,自始至终没说一句话。

出得门来,外面的雨下得正紧,江城仰头望望南天大厦,想到从此也许与这幢海都的地标性建筑拜拜了,心里大叫一声:"妈的,你就这么牛啊?"然后冲进席地幕天的暴雨中,一边给吴文打电话:"在家吗?我找你们有事。"

32.义释蟊贼

对于吴文,江城有一种深切的痛。如果不是高考前那场该死的大病,吴文的命运肯定会改写。但令江城欣慰的是,吴文在苦难中挺过来了,居然成了一名作家。

有时江城总拿吴文和祝涛相比较,他觉得俩人有太多相似的地方:感性、执着、侠义、感情至上。但在某种程度上,吴文比祝涛要幸运一些：吴文有婉雪的爱情，而祝涛深爱的马丽芳却不翼而飞。

自从和露水情人吴霞分手后，江城就再没正儿八经谈过恋爱。"这世间，真心本就稀缺，更该俭省。"江城喋喋不休地对"冬瓜"等人兜售江氏恋爱观，"现在的女人，尤其是都市里的女人，都他妈忒现实：你不给我钱，我就不给你幸福。用诗歌语言表述之，那就是：啊！男人，请你用钞票织成一张天罗地网，紧紧网住我吧！这就是她们的爱情信条！"

吴文批评江城的恋爱观太愤世嫉俗，是典型的愤青表现。"要说愤青，你们文人个个都是。哈哈！"江城感觉反击得淋漓尽致。

婉雪笑嘻嘻地问江愤青："那你要找个什么样的呢？"

江愤青认真地思索了一会儿，大言不惭地说："我要找个乡村的知识分子。那是没被污染的雪莲。"

婉雪笑得花枝乱颤，说："江城你人不高心倒是蛮高呀！"江城一脸涎笑，说："过奖了，过奖了。不是我要求太高，而是这现实生活太糟糕。"

婉雪问："那马丽芳是雪莲吗？"

"我不知道。"一提到马丽芳，江城的心就沉下来。他想起了音讯全无的祝涛，心像钢锯切割似的钝痛。于是告别婉雪和吴文，回到车间对"冬瓜"交代了一下，便打的直奔海堤那间小屋。

小屋还孤零零地伫立在海边，破败而萧瑟，似乎还残留着马丽芳一家烟熏火燎的味道，那条蜿蜒的堤道把它和城市联结起来，却又被城市遗忘。小屋的外面，是蓝天、白云、阳光、海岸、红树林……清新潮湿的海风吹过，阔大的白杨树叶发出沙沙的声响；起伏的海浪冲向突兀的礁石，掀起一丛丛如雪的浪花。几只雪白的海鸥扑腾着翅羽追逐着，不停发出欢快的叫声。灿烂的阳光把大地涂了一层金粉，海面上霞光万道，波色潋滟。江城站在小屋旁，却没有一点儿心思欣赏这良辰美景。他的眼角挂着思念和伤心的泪珠。和祝涛相依为命的一幕幕像泛黄的书页翻起。"哥,你在哪里?"他默默地想着,他多么希望祝涛这时就在身边分享他成功的喜悦。在没有祝涛的日子里,江城感觉自己的生活被掏空了半边,他又陷入了那种孤单和空虚的状态中。在海都,在这个物欲横流的城市,有谁能像祝涛那样无私地照顾和帮助自己?祝涛去遥远的地方流浪,在茫茫草原上去追寻他心爱的姑娘!可是这段凄美的爱情会给他带来幸福吗?也许只是一个永远无法实现的幻影,一个早已破裂不存在了的泡沫。自从母亲和姐姐死后,祝涛就像一个活在亘古荒原上的孤者,苍茫茫的世界上再没任何一个亲人。如果马丽芳能留下来,那么祝涛这艘千疮百孔的船还会再扬帆起航。可是,老天并不垂怜这个伤痕累累的人,毫无预兆地抽掉了他的人生支柱。不在痛苦中沉沦,便在痛苦中逃离。是的,祝涛试图在逃离中遗忘痛苦,然而他却又把痛苦留给了江城。

  江城越来越深刻地感觉祝涛所有的悲剧根源都是因为贫穷。不错,祝涛是有了一份体面的职业,但又能赚多少钱呢?根本改变不了马丽芳一家人的命运。但如果祝涛是千万或亿万富翁呢?那一切都会改变!

  这给江城以巨大的刺激,他发誓要做老板,做大老板,不再被钱欺负。这就是生活的现实。理想可以高唱入云,但生存却匍匐在地。在海都,广泛流传着这样一个经典的段子:"再好的情人,不要跟我谈借钱。我可以借你人,就是无法借你钱。你不知道,这年代钱比我还重要啊?钱没有我可以活,我没有钱,怎么活?"

  想当老板的江城一改大手大脚的习惯,开始带着一股仇恨的情绪攒钱,每一分钱都能攥出水来,以致在公司落下一个"铁公鸡"的绰号。几年下来,居然攒下了几十万元。江城对自己的抠门也毫不讳言,且振振有词:"男人的实力,就是你兜里的人民币。有钱男子汉,没钱汉子难!所以,我抠故我在!"气得讥笑他的人脸斜鼻子歪。

  这天江城睡了个大懒觉,起床后便打电话让吴文、婉雪过来吃饭。然后叫上"老鼠""冬瓜"和丽娟、叶岚一同到菜市场去买菜，说："还是自己做的菜又卫生又好吃。上饭馆又贵又不干净，以后休息时间我们轮流着做饭。"叶岚一惊："你还会做饭？"比看外星人还稀奇。江城一刮她鼻子："小样，你敢小瞧我？老江我川湘两大菜系三百六十五个菜谱样样精通。"

叶岚笑嘻嘻地说："原来城哥还有这么大本领啊！那以后谁做你媳妇该多享福哟！"

江城哈哈大笑，说："那你就做我媳妇吧！"

叶岚一张俏脸顿时红透，双手连捶江城，说："叫你欺负我！叫你欺负我！"却幸福多害羞少。

后来俩人回忆，他们的爱情就是在这次玩笑中开始萌芽。

因为是周日，菜场里人头攒动，五湖四海的声音也好像来赶集似的，闹哄哄地交织在一起，令人头昏脑涨。江城一帮人像一群鱼在水里面游来游去，东挑挑西拣拣，闻其臭并快乐着。叶岚跟在江城后面，突然感觉右手被人猛扯了一下，挎着的包已不翼而飞。叶岚愣了几秒钟，尔后失声大叫："抢劫！有人抢劫！"

江城回过头，只见一个穿花衣的男仔躬腰扎头地在人群中乱钻，拔腿便追，一边大喊："抓小偷！抓小偷——！"众人听了，中间闪出一条道来，像给江城和小偷让道赛跑似的。两边探出一片黑压压的脑袋，就是没人伸腿绊那小偷一下。江城不停地喊站住，可恨的是那小偷不但不听，反而越跑越快。眼看就要逃脱，江城急中生智，拣起一个装菜的空竹筐，用尽力气朝小偷脚下扔过去，那蟊贼被绊个正着，摔了一个狗啃屎，江城一个虎扑，像武二爷搨大虫似的死死摁住，骂："叫你跑！叫你跑！"这时"老鼠"他们都跑了过来，"冬瓜"二话不说，从地上揪起小偷，抡起大耳刮子就刷，噼噼啪啪像过年放鞭似的。这时看热闹的人不知哪儿来的勇气，围上来你一拳我一脚地大打出手，直打得小偷哭爹喊娘。江城怕打出人命来，忙用身体护住这倒霉蛋,一边喊:"我抓小偷关你们屁事?谁叫你们打的?"说话间背上早挨了几下,"咚咚咚"像擂鼓一般。丽娟、叶岚在一旁急得尖声直叫:"你们打错人了!"众人看清,这才很不情愿地罢了手,又怕小偷看清了自己的面目遭报复,于是作鸟兽散。

"老鼠""冬瓜"一人擒住小偷一条胳膊,让其动弹不得。江城挑起他的下巴,说:"小子,胆子不小啊!光天化日之下,朗朗乾坤之中,竟敢抢劫!是不是自由得不耐烦,想坐牢啊?"那小伙吓得直筛糠,两片嘴唇哆嗦得像风中的枯树叶:"大……大哥……饶……饶了我吧……我……我是第一次抢,实……实在饿得不……不行了……"说着竟滚出两滴泪来。

江城想起自己当初从广州走到海都的惨景,不禁感同身受。一个外地仔,如果不是走到山穷水尽的绝境,也不会铤而走险。遂长叹一声,挥了挥手,说:"你走吧!"

小偷不敢相信这是真的,拿眼直勾勾地盯着江城。江城说:"不是说着玩,我今天放你一马。"

"谢谢大哥!"小偷给江城深深鞠了一躬,转身就走。刚走几步,江城忽然又叫道:"站住!"那小偷吓了一跳,脸都白了,颤声说:"大……大哥……又……要抓我啦?"江城几步上前,往他兜里塞了一百元钱,说:"兄弟,拿去吃餐饱饭,再去找份工作,好好打工。年纪轻轻的别学坏,在外死了就像死一条狗似的,别让你爹妈白养你一回!"

小偷以为是在梦中,张口结舌地呆在那里。江城拍了拍他的肩,闪身进了人群。

"冬瓜"百思不得其解地问:"城哥,你为什么要这么做呢?放就放了,还给他钱干吗?"

"这小伙本性不坏。如果把他送进去,被治安队那帮子人当拳把子练,说不定以后就破罐破摔了。给他一点钱,也许会把他拉上正路。人啊,有时天使恶魔就在一念之间。"

"冬瓜"由衷地说:"城哥好心肠!"

这时丽娟突然"扑哧"一声笑了,江城问:"你笑什么?"

丽娟说:"城哥你真逗。抓小偷都说什么'光天化日之下,朗朗乾坤之中',像吟诗作赋似的。"江城一想,也觉得滑稽,亦不禁莞尔一笑。

江城的举动令叶岚深深震撼,她不得不重新审视起江城来。在以往的印象里,江城是个有能力但却有些玩世不恭油嘴滑舌的人。虽然是老乡,又是同龄人,但在内心深处,却有着隐隐的排斥,同时又有一种强烈的自卑感萦绕在心头。江城是名牌大学的高才生,而自己只初中毕业,与江城是两个不同世界的人,因此又有些仰望。但通过十来天近距离的接触,叶岚对江城的印象有了颠覆性改观。她发现,江城正义、善良、幽默、热情、能干。他的玩世不恭,倒不如说是对现实某种无奈的自嘲。正胡思乱想间,丽娟扯了她一下,问:"刚才把你吓坏了吧?"

叶岚心有余悸地说:"是啊,这里治安太乱了!"

江城接口说:"今天还是幸运的。遇上凶狠的劫匪,他直接用刀把你的手臂砍下来,江湖人称'砍手党'。"

叶岚、丽娟齐齐吓得花容失色:"天!这么厉害?!"

"所以你们以后外出尽量少带包,千万不要戴首饰什么的,小心拉缺你的耳朵扯断你的脖子。那些飞贼骑着摩托,车快手狠,什么后果都可能有。"说着说着突然一拍脑袋,大叫一声:"哎哟,我这个猪,怎么把这么重要的事都没跟员工强调呢?!"

大伙被他吓了一跳,问江城:"你怎么啦,一惊一乍的?"

"安全这么重要的事,我没跟员工强调啊!万一员工出了什么问题,我还开个屁厂呀!不行不行,今天开晚会就要强调,以后出去必须三人以上。不然我死定了!"

一班人刚回到宿舍，吴文和婉雪就来了。大家争先恐后地说起此事，吴文称赞江城做得好，不仅仁道，还深具侠义之风。江城淡淡一笑，说："同是天涯沦落人，换了你也会这么做！"

吃过饭都快下午一点了，江城说："我们到海边去玩，我今天有一件重要的事情要宣布。"叶岚伸伸舌头，说："郑重其事的，多吓人啊！"

七个人打的到南乡海堤边，江城直奔那间小屋。吴文知道，这间小屋已是江城心目中的圣地。这是对一段至死不渝的友谊无穷尽的追忆，这令吴文感动，但也伤感。祝涛的遭遇令他唏嘘不已。

江城把吴文和婉雪拉到一起，注视着他们，低沉地说："吴文、婉雪，我今天特地把你们带到这个小屋，就是有一个小小的要求。"

"什么要求？"

"你们相爱已有一段时间了，今天在这个特殊的场地答应我：彼此好好地珍惜，白头到老！好吗？我不希望祝涛的悲剧在你们身上重演。我已经失去了祝涛，不想再失去你们了。"

一股浓浓的暖流从吴文和婉雪身上漫过，他们动情地说："江城，我们答应你，彼此好好珍惜，白头到老。"这时众人的眼睛都不由湿润了。在陌生的南方，在冷漠的他乡，在漂泊的路上，在尔虞我诈的职场，没有什么比真情更稀缺和珍贵，更温暖人心！

得到了吴文和婉雪的承诺，江城喜出望外，不迭地说："这就好，这就好。我终于放心了！"他又把几个人的手叠在一起，道："我们七人今天也在此发誓，以后在打工的路上我们有福同享，有难同当！"

"有福同享，有难同当！"众人齐声说。

江城容光焕发，继续发表演说："团结就是力量。在弱肉强食打工的世界里，这更是一条颠扑不破的真理。"又叹一口气，"要是涛哥在该多好啊！"他绕着小屋转了一圈，低沉地说："我发达了，一定把这个小屋买下来,在堤上开一间海涛情侣咖啡馆。"

婉雪怕江城勾起更多伤感的回忆,忙笑吟吟地接口道:"那我来做经理,吴文当伙计。"

"冬瓜"摇头晃脑地嚷:"我呢?我就做歌手,天天面对大海唱大海啊,我的故乡。""老鼠"讥笑道:"别人唱歌是要钱,你唱歌是要命!"众人哄然大笑。江城道:"强子说话是越来越有水平了。"

"你这话怎么说的?难道我从前说话就没有水平吗?我说话那是一直相当有水平的嘛,并且是很高级的国际水平啊!"大伙更乐。丽娟捂着肚子说道:"真是老鼠爬秤杆——自称自!""冬瓜"拍着一双肥手大叫:"丽娟这话才说得真正有水平。哈哈……"

欢乐冲走了他们对未来的迷茫。这时海风轻拂,海浪轻吟,生活好像突然一下变得灿烂起来。吴文大声说:"我决定写篇稿子表扬表扬江城。"

"表扬我?为什么?"

"你今天感化小偷的义举啊!"

"难得大作家这么夸我呀!那你这个大作家小记者就好好写篇文章宣传我一下吧!哈哈……"

婉雪说:"你指望他呀?谁知他这个记者干不干得长哟!"

江城忙问:"怎么啦?是不是又出什么事了?"

"你知道他一直是报社的排挤对象啊!说不定哪一天就被毙了。"

想不到一语成谶!

33.祸起萧墙

做记者的吴文写新闻有条原则:宁可不说真话,但绝不说假话。但其他记者就不同。负面新闻只要有红包,就可大事化小,小事化了。这令吴文极其不耻,不止一次在婉雪面前义愤填膺地大骂,说记者怎么能这么做呢?记者是无冕之王,要铁肩担道义的嘛!婉雪玉指一戳他额头,说:"你呀,真是个死书呆!现在这世道,还有什么道义鬼义的?钱就是义!就你还认这个死理。"埋怨完毕却又在他额头"叭"地亲了一下:"不过我爱的就是你这份书呆气!"

　　吴文口头说记者是无冕之王,心里却常发虚。因为《松乡报》一份镇级小报,这样的内刊哪儿来的什么正式记者!但王蒿王大总编有句名言却在业界广为流传:"解放军的枪是硬刀子,记者的笔是软刀子。硬刀子杀敌人刀刀见红血,软刀子捅人刀刀见黑血。"

　　不过吴文从没把自己看成是真正的记者,没有那个正规的记者本本是原因之一,最主要的是他不喜欢在《松乡报》只写一些短消息什么的,那一条才几百字的玩意儿,根本显示不出他这个作家的真正水平。按吴文的意思,要搞就搞像《南方周末》那样的深度报道,那样才能显出记者的真水平,读者看这类文章也过瘾,比干巴巴的消息来劲多了。但王蒿王总编却激烈反对此高见,说版面有限,绝不能上王婆娘的裹脚布那样的文章,不然会砸了《松乡报》的金字招牌!吴文愤然射出第二箭,梗着脖子犟道:"一份报纸办得好不好,一是新闻要有看点,二是副刊要办得鲜活。可我们的副刊,有一期没一期的半死不活,有广告就把它充了,把报纸搞得尽是商业味而没有一点文化味。"王总编不怒反笑,说:"吴文啊吴文,我办报的时候你还在青不溜秋地读书呢,你说的这套,都是些陈谷子烂芝麻的观点,都生绿霉了!我搞副刊不搞广告,报社哪儿来的收入?收入!懂不?收入就是真金白银!文学就是无病呻吟!狗屁,你说哪个重要?!"连批带骂,就把吴文吴作家劈得头发冒青烟。可他不长记性,隔不多久又老调重弹,便又遭到劈头盖脸的一顿大骂。这几乎成了松乡报社一道独特的风景线,让其他采编人员兴奋不已,比看猴把戏还要快活。

　　为此婉雪没少劝吴文,说胳膊拧得过大腿吗?总是讨骂,还被人看笑话！吴文白眼一翻，说："报纸办得不好，我还不能说吗？胳膊是拧不过大腿，但我揪一下让它痛一痛，可以吧？至于看笑话，那是因为我吴文阳春白雪曲高和寡。"一番歪理气得婉雪哑口无言，只好悻悻地连骂死书呆臭书呆笨书呆，呆得吴文像泡在蜜罐里。

这段时间吴文疯狂地迷恋上了网络小说，后来他又发现，那些人气高的网络写手居然还是某些网站的签约作家，照样拿稿费。这使他豁然开朗：自己何不做网络写手赚生活？当即便在一个原创网络文学网站上注册，挂上一部《谁撕裂我的青春红颜》的长篇小说标题，写了一节两千多字的引贴了上去，没想到竟一炮红了，首天便点击过万。这给吴文以极大信心，于是每天发帖，人气一路飙升，乐得吴文做梦都发笑。

有了新的希望，吴文对写消息更提不起劲，但又不敢辞职不干。理想是重要的，但与饭碗相比，它就轻飘得像气球了。人没有理想可以活，但人没饭碗那是绝对活不了。如果曹雪芹穷得连粥都没得喝，看他用什么力气写《红楼梦》！所以在这点上，书呆子吴文一点都不呆，甚至比常人有更清醒深刻的认识，因为他一直以来都受着饭碗的威胁！

但是写消息对吴文的折磨实在太刻骨铭心了，每天上班就像上坟场，总是带着一脸便秘似的郁闷。他甚至希望发生一起突发事件，将这死水一样的生活打破。

生活就是这样，你憧憬着幸福，幸福却迟迟不至，而坏事却马上降临。

这天吴文刚上班，手机就响了，一个女人哭哭啼啼的声音传进耳朵："吴……吴记者，我不活了，我不活了。唔……唔……"

吴文一听头皮就麻了，说："您别哭，有事慢慢说！"

那妇女在电话里泣不成声："我老公被天一医院医死了！十天花了十五万，医院找我赔钱。吴……吴记者救救我吧……"

吴文的声音陡然提高八度，夹杂着愤怒："什么？你老公被天一医院医死了？十天花了十五万？"

大家吓了一跳，怔怔地看着怒发冲冠的吴文，值班编辑问："吴文，又谁惹你啦？"吴文也不答，只是嚷："备车，快给我备车，我要去采访。"值班编辑恼了，说："什么车啊，采什么访？"吴文双目一瞪，骂道："天价医疗费还医死人，你说是什么访？"值班编辑心里一动，暗想这马蜂窝捅不得，这天一医院是松乡镇最大的私立医院，跟政府有着千丝万缕的联系。当下便说："报社没车了，要采访你自己打的去。"吴文知道在卡他，怒极反笑，说："看你还像个男人不？连台车都不敢派！老子打的就打的！"说完摔门而出，摔得众人一愣一愣的。值班编辑骂道："不派车是好心不让你去，小心吃不完兜着走！"

吴文赶到天一医院，只见门口围着一群人，一个四十多岁的农村妇女瘫坐在地号啕大哭。一帮保安拉了一道人墙防家属冲击。

吴文观察了一会儿，没见医院领导在场，于是挤了进去，对那妇女说："我是吴记者，我想先了解一下情况。我们借一步说话好吗？"

据吴文探知，死者叫王双喜，贵州毕节人，今年四十七岁，一家人都在松乡打工。一周前，王双喜突感肚子剧痛，被送到天一医院，检查出是急性阑尾炎，当晚就动了手术。

王双喜的女儿泣不成声地说："没想到这么一个小手术，竟把我爸爸的命动没了。"她说动手术后的下半夜，王双喜突然情况恶化，当即被送进ICU重症监护室，从此再没出来。

王双喜的女婿产生了怀疑，一个小小的阑尾炎手术，怎么会让人死于非命？断定是医疗事故，于是要医院给个说法，几经交涉，医院终于答应赔两万元钱。这下更引起了王双喜女婿的怀疑：如果不是医疗事故，医院为什么会赔钱？分明是做贼心虚！便要医院先赔五万，以后视情况再定，但被一口拒绝。第二天院方给了他们一份医疗总清单,医药费竟高达十五万元。王双喜一家彻底懵了,人死了,还欠下医院一屁股债。十五万,就是王双喜两口子打一辈子工也挣不到这么多钱啊!这时医院开出了一个条件:他们索赔的五万块钱,可以在医疗费里冲掉。如果家属不到医院闹事,出于人道主义精神,余下的十万多元欠债也可免掉,但要家属写下保证书!

王双喜的女婿认为这是赤裸裸的敲诈,断然拒绝,于是双方彻底闹僵,医院狂妄至极,放下狠话:"有种你们告去!我们有的是关系。"逼得王双喜老婆爬上医院楼顶要跳楼,幸亏被保安拦下。

吴文听后顿时气炸,瞪目怒骂:"这还了得?什么狗屁白衣天使,分明是白衣魔鬼!"塞给王双喜老婆五百块钱,说:"我这就去找天一医院,看他们怎么说。我就是拼了这条命,也要帮你们讨回公道!"

医院听说是镇报社的记者,已知其来意,便派了一个副院长来接待。那院长见吴文面若寒霜,想打出去的哈哈硬是噎住了。吴文也不跟他客套,将录音笔的对话放出来,院长的一张脸拉得像驴踢的,说:"吴记者,我们天一医院可是镇里的纳税大户,也是你们《松乡报》的广告大户,这事你最好不要插手,否则于大家都不利哦!"这话就明摆着威胁了,吴文气往上冲,心想难道我是吓大的吗?你们平时吃人不吐骨头,老子今天便要做根刺卡卡你们的喉咙。于是冷笑一声,说:"我今天只有两个问题请教:一、王双喜的死是不是医疗事故?如果不是,医院为什么愿意赔偿两万块钱?二、住院十天共花十五万医疗费,这是天一医院合理的收费吗?"

院长的额上渗出细密的汗珠来,他早对吴文这个刺头有所耳闻,今日交手,果然名不虚传。他不敢正面回答,只好嚅嚅地含糊其词。吴文见状,早已明白十之八九,便起身说道:"既然院长没有什么介绍的,那我就告辞了,我将如实报道。"院长慌忙说道:"吴记者,有话好商量,有话好商量!"说着掏出一个鼓鼓的信封塞给吴文,附耳道："这是两千块钱，是我们医院的小意思，吴记者拿去吃个便饭。"吴文勃然大怒，一把推开："难道我吴某人的人格就只值区区两千块钱？"说完拂袖而去。

回到报社已快下班，吴文对婉雪说："你给我打个快餐，中午我加班赶一篇稿子。"值班编辑不怀好意地笑道："吴大作家又逮一个猛料啊！"吴文眼一翻，回道："那是！我这个猛料就是你抢去了恐怕也没水平写得出。"把那编辑呛得落荒而逃。婉雪批评说："你说话就不能不这么刺吗？"吴文头也不抬，说："我挨过多少白眼，才等到今天的嚣张？我以前不是什么都让着他们吗？从现在开始，我是谁都不让，谁碰我，我就扎谁，做个刺猬人！"一句刺猬人把婉雪逗笑了，说道："吴文同志还真变成斗士了啊！你斗别人可以，可千万别斗我。"

吴文用一个中午写了一篇长篇报道：《男子医院小手术送命，住院十天花费十五万》，洋洋洒洒五千多字，酣畅淋漓。

把稿子写完，吴文交给社会版的编辑，编辑说这稿子不能发。吴文一听就火了，质问道："这稿子为什么不能发？"

社会版编辑说："这是重大负面新闻，影响太大。"

吴文激愤得满脸通红："什么叫舆论监督？这就是舆论监督！这种稿子不发，还发什么稿子？人命关天的事知道吗？"

"这事你去找老总，我做不了主。"

正吵着，王蒿王总编睡意浓浓地来上班了。原来这王大总编近年来有一大嗜好，午休非得去洗脚或按摩，不然就痛苦得睡不着，心里像猫爪子挠。这天他又在"日日"按摩院美美地爽了两个小时后，才意犹未尽地开着广本来上班。刚进报社，便听吴文在办公室大声地嚷嚷，不禁大为扫兴，一股邪火按捺不住，"呼"地窜上顶门。这吴文，就像吃了呛药似的，谁碰炸谁，是该治治了。于是双眼一瞪，一声沉吼："吴文，你又在咋呼什么呢？"

吴文正像一头发怒的公牛盯着社会版编辑，忽听到老总的声音，好像农奴遇到解放军，三步并作一步抢到王蒿面前说："老总回来正好，我正要找您汇报呢！"

王蒿细眯双眼，寒光熠熠："什么屁事这么吵吵闹闹的？隔十万八千里都能听到你的声音。"

吴文紧跟着老总的屁股进了办公室，如此这般把情况汇报了一遍，王蒿说："你把稿子给我看看。"吴文窃喜不已，恨不得对着王蒿高吟三声阿弥陀佛，乐滋滋地回到座位静候佳音。没过五分钟，就听王蒿喊："吴文你进来。"吴文听这声音像块含水的抹布沉沉地在空中拖曳，心里一沉，感觉事情不妙，忐忑不安地走进去。只见王蒿王总编硕头枕椅，肥脸朝天，口叼大中华，烧窑似的吞云吐雾。吴文怯怯地叫了声王总，王蒿隔半天才冷冷用鼻孔哼了一声，算是礼贤下士。等到把一根烟抽完了，缓缓地转动脸，问："谁叫你写这稿子的？"

"我接到了报料，觉得是一条好新闻，就过去采访了。"

"那你说什么才是好新闻？"

"担当正义和良知的。"

"狗屁！"王蒿陡然一拍桌子，把稿子摔在吴文身上，吼道，"什么是好新闻？领导喜欢的就是好新闻，领导不喜欢的再好的新闻都是坏新闻。你知道这个稿子的严重后果吗？搞不好我们报社的人全要滚蛋！"

吴文猝不及防，倒吓了一跳。这王总，发脾气总是无丝毫预兆，以迅雷不及掩耳之势长驱千里，直唬得下属目瞪口呆，不知所措地魂飞天外。

吴文呆若木鸡地怔了片刻，脑子里"嗡嗡"直响，心里一团火球冉冉升腾，一个声音说："反了！反了！"但是又一个声音同时说："秀才遇见兵，有理说不清。"王蒿看见他的脸忽红忽白，也怕这个愤青爆雷霆之怒,便挥了挥手,说:"你走吧,这稿子没得谈。"

吴文冷笑一声,说:"王总编,你们报纸不能发,我发网上去可以吧?"

"你说什么?你要发到网上去?"

吴文架住他的目光,说:"不行吗?"

王蒿声色俱厉地吼道:"你敢!"

吴文的怒火终于"腾"地冲破天门盖,吼道:"我有什么不敢?从现在起我他妈就不是你报社的人了,你管得着吗?"

王蒿料不到吴文会来这么一手,一时倒愣住了。以往的怨愤这时像长江之水滔滔不绝地拍上吴文的心头,他背着手在王蒿的办公室里踱来踱去,一边大放厥词:"本人觉得,在你们《松乡报》辞不辞职,首先是个智商问题,其次是个良心问题,最后才是能力问题。我吴某人之所以跟你们同流合污好几年,那是生存问题。"一指王蒿,"你,两个小时内跟我把工资结清,这个鬼屋,本作家不愿多待一分钟!"说罢一扭屁股,撇下气得一塌糊涂的王蒿回到办公室。

办公室里鸦雀无声,静得能听出蚊子打喷嚏的声音。除了婉雪,人人脸上都挂着幸灾乐祸的表情。吴文也不理,这时他感到全身从未有过的轻松,心里坦坦荡荡得像一颗太阳落进了胸膛。他开始整理电脑里的个人资料,然后全部拷到U盘里。这时那个妇女悲凄无助的面容不停在他面前闪晃,吴文的心阵阵绞痛,他感觉自己是那么渺小和无能,所谓的正义与良知,在金钱和权势面前原来是如此的不堪一击。一股无法排遣的悲凉像冰冷的海水吞噬了他,他觉得四周有一堵无形而巨大的墙围着,没有人能够打破它。

王蒿不知什么时候走了过来,敲着吴文的桌面说:"这是报社的电脑,你现在没权利用它了。"吴文没有抬头,说:"放心吧,王大总编,我不会用报社的电脑发帖给你带来麻烦的。"王蒿嘴张了几张,想说什么却没发出声音,默默走了。

结清工资出来，有几个同事假惺惺地送行，说："吴作家以后常回家看看啊！"吴文头也不回地说："行啊，等哪天你们的良心让狗叼回来，我吴某人自然会回来祝贺你们重新做人！"几个人被呛得上气不接下气，又不敢再接茬，搭讪着悻悻散去。一个人低声嘟哝道："像这样的傻帽不失业谁失业？他不失业都对不起'失业'这两个字！"

愤青吴文理所当然地成了无业游民。

但在吴文自己看来，离开《松乡报》，使他的文学重新获得了自由。

"写材料是写作的天敌，写新闻是扼杀文学的摇篮。"吴文不厌其烦地跟婉雪灌输他的写作观，灌得婉雪耳朵起茧。所以当吴文与王蒿闹翻时，婉雪并没有阻止吴文。"大不了我养他写作。"这时他们的袋里已颇有余粮。正所谓"手中有粮，心中不慌"。何况婉雪还坚信，吴文要不了多久就能走出来，赚稿费生存。更重要的是，在对待天价医疗费这个事件上，婉雪完全赞同和支持吴文的所作所为。知识分子是社会道德也是一道防线，如果连知识分子都没有了防线，那么这个社会的道德就……在婉雪心里，吴文也许不是一个真正的知识分子，或者说只是一个小知识分子，可是他身上的正义与良知，正是这个社会最稀缺的。

而正义，有时是要付出代价的。

吴文失去工作，只是付出代价的开始。

从报社辞职后，吴文晃到江城的工厂，把前前后后的事都跟江城说了。江城一拍大腿，说："那个变态报社，辞了才是最最正确的选择。待得久了，好人都会跟着变态！"又问吴文有什么新的打算，要不一起来打天下？吴文道："我要闭门谢客写一部书，暂时还没有其他的考虑。"

江城诧异地说:"你想靠稿费生存?你不是做梦吧?"又去翻吴文的眼皮,"我看你的眼是睁开的吗,怎么还说瞎话?"

吴文打开江城的手说:"你小子别狗眼看人低,我就不能靠稿费生活吗?"

"这个我还真看低你。据山人所知,中国的作家完全靠稿费生存的,除了巴金,真不知道还有谁。现在的那些所谓名家大腕,有几个不是拿工资写作的?"

吴文一脸不屑地说:"你知道个屁!现在的网络写手月入上万,知道吗?"

江城双眼瞪大,"有这么牛的人?你也想走这条路?"

吴文摇头晃脑地说:"别人走得,俺就走不得?"

江城喋喋怪笑不止,说:"这话怎么这么耳熟?哦!原来是阿Q说的!"

吴文道:"别打闹了,我跟你说个正事。"接着把那个天价医疗费的事说了。

"你在网上发帖,他们肯定会报复你的。现在的资本家,那可是有些手段的。"

"管不了那么多了。我还就不信正压不了邪!"

当天晚上,吴文就在《天涯论坛》上把《男子医院小手术送命,住院十天花费十五万》的帖子发了出去,真是一语惊坛,引得全国各地的网友口诛笔伐,到第二天早晨,竟有数万条跟帖。吴文心想:"现在是人可欺,网络不可欺。看你天一医院还牛不?"

吴文的帖子一下就把天一医院推上了风口浪尖,各家媒体蜂拥而至,整得天一医院狼狈不堪,恨不得跪地求饶。但记者们偏偏是属于那种你越遮遮掩掩就越往深挖,挖得天一的老板肝胆俱裂,恨不得跟太上老君学了藏身术,躲避这些无孔不入的记者。躲来躲去躲得怒从心上起,恨不得活剐吴文皮,生啖吴文肉。于是命手下找来一帮黑道混混,让其教训教训吴文。

　　铺天盖地的报道也给吴文相当大的压力。江城说得没错,当今的富人,真的是狠招多多。自己毁了他们的名声,断了他们的财路,他们就有可能毁了自己的性命。太多这样血淋淋的现实告诉吴文,这不是杞人忧天,他的人身安全处在严重的威胁之中。

　　为了不出意外,吴文很少出门,关在屋里写《谁撕裂我的青春红颜》。这天中午,他突然接到一个陌生电话,一个男子瓮声瓮气地问道:"你是吴文吧?"

　　吴文警惕地问:"请问您是哪位?"

　　"你小子胆子不小,敢跟天一的老板斗,小心我用刀砍死你!"说完"啪"一声挂断电话。

　　吴文赶紧冲到窗前,果然见一个剃光头的膀大腰圆的汉子正晃晃荡荡地离去,走到拐弯处,那汉子回过头,瞧见了窗后的吴文,居然咧嘴一笑,接着做了个劈刀的手势,吴文仿佛听到"嚓"的一声,感觉双腿有些发软。

　　他感觉到了事态的严重性与紧迫性,于是打电话给婉雪,叫她带一张新电话卡来。婉雪一听头皮发紧,惊慌失措地给江城打电话,让他带几个男工过来保护吴文。江城听后大怒,骂道:"还真反了!生下来的人没有怕死的,怕死的都没生下来,所以谁都别他妈的装横!没事的,我这就弄十几个人过去保护吴文,鹿死谁手还不知!"婉雪就在电话里"呸呸"个不停,说谁要你们打打杀杀了?什么鹿死兔死的,一点都不吉利!又叮嘱:"你过来接我,我们一起过去,然后去报警。"

　　大伙赶到吴文的宿舍,却见他像一棵树长在椅子上,对着电脑动也不动。"老鼠"探头探脑地走过去一看,见吴文在流泪。吓了一跳,说:"文哥,你怎么啦?哭什么呀?"吴文如梦方醒,吓了一跳,说:"你们什么时候进来的呀,像鬼似的,一点儿声音都没有。"丽娟道："我们这么多人进来，好大的动静，你都听不到？"江城一拳搉在他肩膀上说："你不是被天一医院吓哭的吧？"吴文一脚踹过去，骂道："我吴文一身铁骨，有这么胆小无用吗？我是写小说写的，读者没被感动，倒把自己先感动了。""冬瓜"惊叫一声："文哥，我是越来越服你了，又开始写砖头一样厚的书。像我，很久不读书，书都不认识我了。""老鼠"接口说："书不认识你算什么呀？像我，很久不写字，连自己的名字都不会写了。"

婉雪让吴文换了新手机卡，催促他打电话报警。江城道："我们直接到派出所报案，电话里说不清的。"众人皆称有理，于是簇拥着吴文上派出所。刚出门，就发现周围有几个形迹可疑的人在鬼头鬼脑游荡。江城掏出手机偷偷拍了几段视频，然后故意大声说："兄弟们，咱们上派出所找警察去。"那几个人果然尾随在后，直到看见吴文他们走进派出所才离去。

报了案出来，大家都为吴文的安全担心，建议他换个地方住。吴文说："是祸躲不过，除非我离开海都。我就不相信天一医院的老板能把海都的天翻过来！"

傍晚，婉雪请大伙吃饭以示谢意。在饭桌上，江城对吴文说："要不我把'冬瓜'和'老鼠'留下来照顾你？"吴文摇头道："不用这么夸张吧？我们都报了警，他们应该不会轻举妄动的。"江城坚持道："不怕一万，只怕万一，这帮人渣什么都干得出来……"正说着，吴文的手机响了，原来是派出所打来的。饭店里太吵，吴文握着手机"喂！喂！"地踱到门外，原来是派出所找到了视频上的那几个监视吴文的人，然后与天一医院进行了沟通，问他们是否对吴文进行了人身威胁，天一医院矢口否认。吴文听得暗笑不止，心想：哪有贼不打自招的？正嗯嗯啊啊地说着，忽然看见玻璃门上映出那个跟踪的光头，拿着一把三角刀朝自己后背捅来。吴文忙一闪，但没完全躲过，只觉左腰一凉，一阵刺痛刹那间浸漫全身，忍不住大叫了一声，右手本能地将手机砸了过去,正中光头的额头,这厮"唉哟"一声,拔出刀子,吴文感觉血像喷泉一样涌出来,忙死死捂住。这时光头已窜上一辆小面包车,疾驰而去。一个送菜的服务员蓦然看见流血的吴文,"咣当"一声,盘子掉在地上,遇到鬼似的直声叫:"有人被刀捅了!有人被刀捅了!"店里一下炸了锅,江城等人听到外面的叫声,立刻冲了出来,只见吴文后腰血流如注,下身染得通红,地上一摊血迹在灯光的照耀下发出骇人的光芒。江城一把抱住了吴文,说:"不要动!"一边喊,"快打120!"婉雪带着哭腔呼叫起来,"老鼠""哧"地撕破衬衣,用布条将吴文的腰捆上,这时恰好一辆巡逻摩托车闪着警灯开过来,丽娟几个人齐声高叫,三个巡逻员应声下车,看到吴文的模样,忙用呼叫机呼来警车,呜呜地把吴文送到医院。

是那扇玻璃门救了吴文一命,让他及时发现并躲闪了一下,没伤着肾脏。

大伙见吴文只是皮肉之伤,悬在半空的心这才放回来。手术过后,警察做了笔录。江城没好气地说道:"我们上午报案,下午就遭人捅。歹徒的工作效率,可比你们警察强多了。"呛得几个警察狼狈不堪。

每个人都憋着一肚子气,想不到天一医院竟如此猖狂狠毒,简直是无法无天。"老鼠"红着眼骂道:"老子总有一天会把天一的老板废了!"

两年多后的某个午夜,天一医院的老板沐完足后打道回府,车到半途,右窗玻璃"咣"的一声被砸开,那声爆响在静夜里格外瘆人。黑色奔驰像一条醉汉歪歪扭扭地撞在路边的护栏上,"嘎"的一声被挂住。天一老板还没回过神,就被从车上扯出,小腹上早挨了一脚,"噔噔噔"后退几步一屁股跌坐在地。天一老板懵懵地问了一句:"谁啊?"只听一声怒骂:"谁你个××!"一拳砸在鼻梁上,一股鲜血小溪一样淌出，天一老板又痛又怕，瘫成一堆鬼哭狼嚎。一个胖子咬牙切齿地说道："你再叫，老子阉了你！"一把明晃晃匕首抵在胯间。天一老板下身一热，小便开闸流出。血眼朦胧中，发现五六个蒙面黑衣人，狼一样地围着他。另一个瘦个子骂道："你狗日的诊死人不算，还要捅死人！老子今天就捅你几刀，让你尝尝挨捅的滋味！"话音刚落，两瓣肥屁股上早挨了几下，天一老板吓得哭不出声。幸亏这几人好像并不要他命，只在屁股上扎几下就住手了，瘦个子犹不解恨叉腰戟指骂道："老子不打你，你不知道我文武双全！听着，你狗日的要是报警，老子就让你天一医院天天不安生！爷们行不更名，坐不改姓，堂堂天龙帮便是！"说罢搜出天一老板手机砸得稀烂，钻进一辆面包车呼啸而去。

这帮江湖好汉不是别人，正是以"老鼠""冬瓜"为首的"天龙帮"。

"老鼠""冬瓜"走入黑道后，吴文痛不欲生，苦口婆心地相劝。无奈"冬瓜"俩人已心如磐石，说道："文哥，不怕黑社会，就怕社会黑。我们是自己毁了自己一个做好人的机会！"

从此吴文与"冬瓜""老鼠"渐行渐远，虽彼此心中牵挂，却已相淡于江湖。

34.酸甜苦辣

吴文康复出院后，便闭关苦写，并蓄发以励志，他雄心万丈地对婉雪说："我一天不完稿，就一天不理发、不剃须，誓与此书共存亡！"婉雪笑得如花枝乱颤，说："那时你不成野人了呀！"吴文笑道："你看那些搞艺术的，有几个不是长发长须的？当今社会，搞艺术的有两种人：一种是头发胡须像野草的，另一种是光头。似乎发须的长短与光头的锃亮程度，与其人艺术成就成正比。因此，非标新立异与惊世骇俗不足以成艺术。像我这等凡夫俗子若能成艺术，上帝也会流汗。"

这边吴文闭关，那边江城的工厂却像蒸包子一样发达起来，订单源源不断，工厂规模一下扩充到一百多人，兴奋得江某人像一只骄傲的大公鸡，胸脯挺得老高，脸上每天都像涂了棕油，油光闪闪，连眉毛梢上都溢着喜气。他第一次爱上了海都。他后悔早没当老板，白受了李肃那厮几年鸟气！现在才知道，再高级的职业经理人，也没有小老板牛！在这点上，江城非常佩服潮汕人。潮汕人穷死不打工，就是推车卖糖水，也要做个小老板。因此，在海都，潮汕籍富豪特别多。

江城又给叶岚的弟弟偷偷汇了五万块钱，"威胁"说："小子，你千万别让你姐知道！不然等我当富豪了，你休想到我公司打工。哈哈……"

但远隔千里的"威胁"产生不了现实作用。这头江城刚放下手机，那头叶岚的弟弟就给姐姐打起电话："姐，你跟江城哥谈恋爱了？"

"没……没有。你瞎说些什么？"

"那他怎么又给我打了五万块钱学费。"

"什么？他又给你打了五万块钱？"

"是啊！他说一次性把我四年的大学学费全给了，好让我安心读书。"

叶岚震惊得傻了，好半响才回过神。接着就要去问江城，远在成都的弟弟慌了，连忙说："姐姐，这事你千万不能问城哥，不然他会骂死我的。你放心，这钱，等我参加工作了连本带利地一起还给他！你就当不知道。"

叶岚不理解江城为什么会这样帮她，但对于江城，却有了铭刻于心的感激。

江城之所以不声不响地解决叶岚的困难，那是因为祝涛姐弟悲惨的遭遇给了他太深的创伤和刺激。他不想叶岚姐弟重复他们的悲剧。江城有时甚至狂妄之极地想：等老子成第二个李嘉诚了，就散尽家产资助普天之下的寒门学子！

后来江城破产，想起预垫学费的英明举措，坐在大牢里摇头晃脑地深感欣慰："幸亏有钱时把叶岚弟弟的学费全给了，要不然就后悔莫及了！"

但刚当老板的江城自尊心受到了一次严重打击。

那天江城和叶岚晚上去见一个新客户，俩人打的到皇朝大酒店，双方见了面，那人的光头锃亮，像个葫芦栽在沙发上。见了江城俩人，极金贵地微微欠了欠身，嘴里衔着的雪茄像一管乌黑的小钢炮，一翘一翘地喷云吐雾，眼珠快乜到额头角，问："敢问江总是怎么来的呀？"江城很羞惭地一笑说："我……我们是打的过来的……"

话音刚落，那光头像受了侮辱似的愤然而起，怒曰："本人从不跟没有坐骑的老板做生意！"拂袖而去。

江城只觉得脑袋"嗡"的一声，就像蜂窝炸了群，有千万只蜜蜂在里面哄哄叫，全身的皮肤都起了冷刺，血管好像要爆裂开来。

他不知是怎么离开皇朝大酒店的。到了公司门口，才被叶岚从的士里搀出。"冬瓜"看他面色铁青，也不敢问，和叶岚扶着他上楼休息了。

第三天中午，江城突然开回一辆新呱呱的别克，在阳光下黑幽幽地闪光。"老鼠"像被猫赶似的窜出，舌头打战地问："城……城哥，这是你……你买的？"

江城点点头，淡得很，没一点儿兴奋嚣张劲，他踢了踢轮胎，说："我们以后会客户，就坐这乌龟壳。"把车钥匙往"老鼠"身上一扔，"限你们半年内学会开车，不然给我滚蛋！"

"老鼠"被震得一愣一愣的，不知江城发什么神经。晚上打电话让吴文过来庆祝江城买车之喜,吴文居然关机。便打婉雪手机,得知吴文是在闭关写作,这才了然。婉雪说:"我代他过来,一张嘴吃两份,保证不亏你们。"

晚上吃饭时,"老鼠"问江城买车了为什么还发飙,本是一件值得高兴的事儿,却整得大伙胆战心惊。江城对叶岚努了努嘴,说:"她知道。"叶岚便一五一十地将前天的事说了,大家就异口同声地骂那个光头客户不是东西,又叹老板难当,没车不行,有车了不是豪车恐怕还不行。千般感慨万般叹息之后,兴致又像野火一样燃烧起来,说江城做老板三个多月就有了车,要是做个三十年,肯定是第二个李嘉诚!

江城的兴头也渐渐提了起来,灌了一口啤酒说:"还是那句老话说得好:不吃苦中苦,难为人上人。像我们这些无根无底的打工仔,要想出人头地,不扎一个遍体鳞伤浑身结痂再脱一身皮,那是不可能的!"

所以每周一开早会,江城都要讲述一段自己或朋友们(如祝涛、吴文)的苦难史,然后双拳挥舞,唾沫横飞:"你匍匐在地上仰视别人,就不能怪人家站得笔直俯视你!有钱男子汉,没钱汉子难!在海都,生活现实得像戈壁滩上的石头,没有一棵草帮你遮荫。"

时间长了,"老鼠"便有些烦,说:"城哥,你总讲这些故事恐怕不好吧?好话三遍神仙也听厌,怕适得其反呢!"

江城一脸的高深莫测:"这叫政治思想工作,懂吗?用时兴的话说,这是企业文化。"

"老鼠"装作一脸虔诚地讨教:"那——你再具体一点讲,企业文化——到底是个什么东西?"

"这个,企业文化嘛——"江城极为郑重地认真思索,"老鼠"张口结舌地等其下文,没料到江城却给了他一爆栗,说:"等我想好了再告诉你。"屁股一转,晃荡而去。

转眼就进了腊月,广东的冬天虽不像北方那样冷得硬,却阴湿得紧,员工们开始掰着手指头算日子:要过年了!

江城知道员工回家心切,他把接到的新单全部外发了,余下来的存货,估计在农历二十以前能完成。于是决定腊月二十二全厂放假,正月初十上班。

江城在早会上一宣布这个好消息,底下就一片欢腾,一个员工蹦得老高地喊:"老板,可不可以什么时候做完就什么时候放假?"

江城问:"你们有信心提前完成吗?"

大伙像上阵打仗表决心的士兵,齐声答:"有!"

"那好!"江城挺了挺小肚子,右手一劈,说:"什么时候做完,就什么时候放假。还有,你们的工资我全部发清,不压一分钱。让大家回家过一个开心年!不回家的同事,我陪你们一起过。"

员工回家的急迫转化成巨大的工作动力,二十天的货,一个多星期就做完了,这令江城吃惊不已,暗想人的潜能真是无可估量。看来自己的下一步工作,就是要尽可能挖掘和激发员工的潜能,让它转化成公司的财富。

在这点上,江城天生异禀,有着猎狗一般的敏锐和狙击手一样的准确。"做企业其实就是做人,是把悟人心。"他不止一次地跟叶岚谈做企业当老板的心得,"你看,'企'字是人和止的组合,如果这个企业留不住人,那这家企业就'止'了。"

江城一套套似是而非的高论让叶岚佩服得五体投地。她觉得,江城的脑袋活泛得像上了黄油的弹珠,滴溜溜地不断滑出令人拍案称奇的东西。

2002年农历腊月十四,江城的订单全部做完。看着最后一辆货车驶出厂门,江城像卸下了一副千斤担,眼睛突然湿了,一股柔软的感伤从心海升起:他想起了远在四川的老父老母!

他不记得上次是什么时候给双亲打过电话。也许是一个月,也许是三个月。自大学毕业出来打工后,江城钱没少寄,但却没回过一次家。两手空空,事业无成,他无颜面对苦得像药渣子的双亲。有时夜半梦醒,想想家里为自己读书的付出,不由心碎肝断。曾经的苦难在他心里化成一种仇恨,他带着一种报复的心态打工、赚钱,为的是要争一口气,或者说是出一口心中的恶气。"穷人气大",这话说得没错儿,因为人穷受人欺。

现在,是该回去看看老父老母了。开着崭新的别克,载着满车的礼物,这是何等的风光!

主意拿定,江城拨通了家里的电话。

电话是父亲接的。没等江城把话说完,父亲就在电话里嚷起来:"你狗日的,跑来跑去地接我们不要汽油钱吗?我和你妈自己过去,不用你接!"很有劲地吐了口唾沫,接着道:"再说老子还要看看虚实,你这狗日的到底在广东做啥子,是不是在骗老子!要是骗老子,看老子不把你打出屎来!"父亲喜滋滋地威胁着,一股亲切的老土烟味隔了千里从电波里传过来,熏得江城泪水涟涟。

晚上请员工吃年饭,给他们每人包了五十块钱红包,大伙兴致更高。这夜大家都喝得酩酊大醉。江城抱着一个空酒瓶唱一支不知名的歌:"那红色的旗帜在心中飘扬,我们在这里成长!我们彼此来自四方,我们怀着相同的渴望,我们渴望知识的海洋,还有明媚的阳光!我们彼此来自四方,就像兄弟和姐妹一样,那红色的旗帜……唔唔,在心中飘扬,我们从这里开始———飞———飞翔!"

谁也没听懂他在唱些什么,也没有人在意他,大伙都在狂欢。"老鼠"醉倒在地上,像一头跑进红薯地的猪,一拱一拱地拱得欢。"冬瓜"抱着桌腿子叫爹,丽娟和叶岚喝得面如桃花,抱在一起喁喁低语,嘴角漾笑,眼角却有泪花,晶莹得像露珠,在灯光下反射出柔和微弱的细光。

这餐年饭一直喝到夜晚一点多钟,要不是饭店打烊被店员硬请出来,还不知闹到什么时候。

下半夜江城被尿憋醒,披衣推门而出。遥望穹空,但见夜生弦月,天粘寒星,空气清冷静澈,竟如水洗。南方的冬夜,虽不及北方的干寒,却另有一股湿冷,一丝丝地往骨头里渗。江城不禁打了几个冷噤,急急排完尿准备回去,却听楼底下传来一声女人的叹息,江城吓了一跳,以为是鬼魂,满身的汗毛都直了。张起耳朵一听,却了无声息。正欲离去,一声叹息又如箫音风起,江城这次听得清清楚楚,分明是有人在楼下望月伤情。一股好奇夹杂着些许恼怒腾地升起,大喝一声:"是谁在半夜装神弄鬼的?还不去睡觉?!"

"城哥,是我。"

江城吃了一惊,"噔噔"地跑下楼:"是叶岚?"

不是叶岚又是谁,只见她身浸冷雾,茕然独立,在这霜重晓风寒的异乡长夜里,愈发显得楚楚可怜。江城的心像被蜇了一下,柔声问:"阿岚,这么晚了怎么还不睡?"

叶岚忧郁地笑了笑,说:"睡不着。"

"有什么心事吗?"

叶岚点点头,撩了撩额前的刘海,问道:"城哥,你对未来有什么打算?"

"我?我想把企业做大,做个有钱人,让我全家人都过上体面的生活。"

"你有未来,可我不知我的未来在哪里。"叶岚凄然一笑,说,"打工就是消耗青春。等青春消耗完了,我就会像块抹布一样扔在一个角落里,没人管,没人问,最终还是回到老家去,依然过那种面朝黄土背朝天的生活。有时候,我真后悔出来打工。在家里平平庸庸浑浑噩噩地过一生,该多好!"

江城上前一步,握住叶岚的手,深情地说:"不!你会有未来的。我们可以一起创造未来的。"

"你……你说什么?"叶岚感觉心像被一柄巨锤砸了一下,头竟有些晕眩。

江城看着叶岚的眼睛,热烈而坚定地说:"我是说,我们一起开创未来。我的事业需要你,我的人生也需要你。"

"可我……什么都不会,只初中毕业,怕帮不上你什么忙。"

"不,这些都不是重要的,重要的是我们相知相恋。"江城说着突然打了个冷噤,叶岚这才发现他只穿着一套薄薄的睡衣,忙道:"你去睡吧,我答应你……"然后匆匆转身走了。

江城看着叶岚莲步生尘,衣袂飘飘而去,以为是在梦中遇到了狐仙。忙伸手掐了一下大腿,生疼,抬头望天,但见弯月如钩,残星明灭,远处有红光腾起,那是海都发射出的妖艳的光芒。

35.福兮祸兮

"宁愿在外抢钱,不愿在家过年。"这是"老鼠"总结的一句话。以前不回家过年,主要是没钱。但近几年形势发生变化,颇有与国际接轨之势:没有女友领回家,过年就在外面漂。"老鼠"出道很早,日子花去不少,钱却赚得不多。袋中常无多钱,卡里更少存款,典型的"年光"一族。没有钱,哪来女朋友?租个女朋友回家过年?那是傻瓜才干的蠢事!花几千块钱陪几天,最多拉拉手、挽挽臂,戏演完了就分手,连嘴唇都没碰一下,这可是天下最亏本的生意。精明如"老鼠"者,岂能当此傻蛋!

但没女朋友,就不能回家。不能回家的人,当然就特别想家。因此过年成了漂泊一族的"伤心节"。看着本地人贴对联、买橘花、放鞭炮,喜洋洋地愈发衬得打工一族满心凄惶,恨不得抢其屋,驱其人,吞其食,睡其床,过一个梁山好汉水浒年。

但2003年的春节却过得有声有色。江城的父母千里迢迢从四川老家赶来，似乎把一切的喜庆都带来了，一帮人在一起大吃大喝了几天，玩得不知自己姓什么。尤其是江城的父母，看见儿子不仅当了老板，还买了高级轿车，又谈了女朋友，只喜得上嘴唇挨天，下嘴唇挨地，睡觉都哈哈不断，欢喜得像弥勒佛。

过了正月十五，江城的父母亲要回老家，江城苦留。老父母一百二十个不情愿，说："这城里像个鸡笼似的，住久了把人都要憋憋。我们乡下人散淡惯了，不习惯城里这呀那的，规矩又多。过条路都要左看右看，哪像我们家闭着眼睛走路的。还有那汽车的喇叭，嘀嘀的吵死人，还没家里的牛叫得好听！家里的鸡呀鸭呀，一天听不到它们的叫唤，心里头欠得很。"江城见如此，只好作罢，次日买了两张卧铺票，上火车时二老又临时给江城一项重要的政治任务：明年要抱孙子！羞得一旁的叶岚满脸起火。

开工一个星期诸事顺利，这可是一个好兆头，乐得江城在关二爷神像前早晚一炷香，虔诚得比出家人还出家人。他现在才明白，为什么有钱人信神信鬼，一是祈求平安保命。就算你富如王侯，被玩命穷鬼捅上几个血窟窿，一切照样玩完。其次才是求财。赚钱就像吸鸦片，越赚越上瘾，没个止处。江城有时懵懵地问自己："我是有钱人了吗？"

半个有钱人江城行事处处低调，事事谨慎，没有一点儿小富即暴的嚣张样。他知道自己这点可怜的身价，在海都连个屁都不是。在海都有个笑话，说是内地一个刚下海的副市长，此人挟一方诸侯之豪情，裹数十载官宦之霸气，牛皮哄哄地来海都开疆拓土。在一次土地拍卖会上，此人也不问市场行情，开口报价就是八百万，想以此弹压众大神小鬼。没料到惹翻一个农民样的六十多岁的老汉，此公公拍案而起，一句广东普通话砸过来："我报两千万，你跟不？"这个前副市长被砸得当场吐血，落荒而逃。

与香港只一河之隔的海都一日千里的发展令人惊叹，而在二十年前，它还只是一个偏僻又贫穷的小渔村。20世纪70年代中后期，海都的农民经不住资本主义的诱惑，纷纷偷渡到香港淘金活命，史称"逃港风"。后来改革春风吹满地，海都像一个巨大的气球，发疯似的膨胀，摩天大楼像火山爆发一样地汹涌而出，其速度与密度令整个地球人都为之瞠目。海都的农民卖地发了大财，一个趿着拖鞋光着膀子吸着廉价烟在马路上闲溜的老汉，说不定就是一个身价千万的富翁。

这就是海都！而江城曾是其中的一员。

不能好了伤疤忘了痛！江城总是这样告诫自己。

他知道，自己的一切刚刚开始，用革命前辈的话讲，这是万里长征第一步，爬雪山、过草地的艰苦日子还在后头呢！古人说得好：万丈高楼平地起。好像又有一个大人物说过：基础不牢，地动山摇。江城虽不是革命队伍中的人，但这样的谆谆教诲，他还是记得相当牢靠。

江城做生意有一个原则：坚决不做日本的订单。"生意没有国界，但生意人有国界。"这是他江氏的伟大生意观。江城不止一次地向员工讲述他当年请东北人打小日本仔的英雄事迹，每到兴奋处，不但眉飞色舞之，还手舞足蹈之，逗得员工捧腹大笑。"知道不？我老江是红顶商人！所以你们也要做爱国的打工仔打工妹。谁要做汉奸，我就炒他鱿鱼！"一个员工喊："江总，现在是太平盛世，又没打仗，我们就是想做汉奸也没机会呀！"江城就把眼一瞪，喝道："那你就好好地做一个爱国打工仔，多做产品，实业兴国！"

三流作家吴文对江城这点观念是非常不以为然，猛批之曰"典型的狭隘民族主义"。江城一脸不屑，险将鼻尖嗤落："书呆！你懂个屁！我这是伟大的爱国主义精神。懂吗？爱国不仅要在行动上，也要在口头上！不像你只做一个空头文学家，憋在屋里玩笔头。"吴文懒得跟他瞎扯，便说："先把你的公司搞好吧，等你哪天做第二个李嘉诚了，再谈爱国不迟！"

这天下午三点多钟，林厂长突然打来电话，说给江城介绍一个大客户，晚上在皇朝大酒店吃饭。江城激动得浑身肥肉乱颤，连声说："好的好的，难得林哥这么关照，以后我请林哥多多打炮！"江城的话，引得林厂长兴致勃勃，拉着江城煲粥，煲得江城手机发热，心里发苦，最后煲得没办法，只好找来"老鼠"，示意他在手机边诈称有事，这才熄了林厂长的煲粥之火。

晚上六点钟，江城带着"老鼠"和"冬瓜"去皇朝大酒店。按照惯例，第一次见面只是吃喝玩乐，只有让客户开心了，生意才有可能谈得下来。所谓"谈判未动，公关先行"，说的就是这个理儿。

在海都大酒店停车场泊车时，"冬瓜"想起去年在此受辱的事，不禁感慨万千。古人言"人靠衣裳马靠鞍"，老祖宗留下的每一句话，都像药水煮过似的。

林厂长和三个客人早在KTV包房候着，见到江城，林厂长像一只摘到玉米的猴子，高兴得抓耳挠腮，满口的黄牙闪光，唾沫四射地介绍了那三人。江城一听暗暗叫苦，肠子悔得发青，原来这几个是日本人，脸当即就拉了下来。林厂长乃一代"豪杰"，哪注意这些细枝末节，掉头两眼发光地罩着三位日本人："你们的，可要日本的花姑娘的干活？"说完就为自己的中式日语得意地哈哈大笑起来。江城也听得一乐，暗道这林厂长够贼奸的，这三个日本佬，能在中国嫖自己的同胞吗？瞥眼看去，果见几个"皇军"变了脸色。林厂长兀自强力推销，弄得一个五十多岁的"皇军"很不高兴地干咳了几声，表示外交抗议。林厂长丈二和尚——摸不着头脑，愣愣地看着他们，暗想这几个鬼子怎么改邪归正了？心中狐疑不定，拿眼去瞅江城。江城佯作不知，眼珠弹丸似的滴溜溜转，就是不与林厂长照眼。林厂长不愧是老江湖，仰天一阵哈哈，一指旁边的服务生："去，叫几个小姐上来！"一场尴尬顷刻间化于无形。

没一会儿十几个小姐一溜地排上来，像一条条猪肉躺在案板上待价而沽。江城感到一阵羞愤，对"冬瓜""老鼠"努努嘴，扭身就走。不料被林厂长拉住，俯耳说："兄弟，要是能和他们谈成，保证你的公司芝麻开花节节高！他们一个月至少可以给你几十万订单。"江城把头摇得像拨浪鼓，说："林哥，我宁可再去做打工仔，也不会跟日本人做生意。"林厂长的眼眶就快撑破："有财你都不发？"

江城抱抱拳，说，"林哥，你不懂的。今天得罪了，改天兄弟我专程上门负荆请罪。我们走！"

江城从酒店出来，胸口堵得慌，如刚从地窖逃出一般，不由长吁了一口气。此时的海都已是满耳笙歌满眼花，而江城却如置身在荒冢野墓，说不尽的枯凉萧瑟。

刚钻进车里，林厂长的电话就打了过来，像放机关枪似的骂："玩我不是？不想混啦？"江城连忙赔小心："林哥，我绝对没有玩你的意思，你的好意兄弟我感激不尽。只是那个……那个……"林厂长不耐烦地打断他的话："那个那个屁，现在怎么办？把我吊在半天上，要上上不去，要下下不来。"江城想了想，说："林哥，反正这单生意做不成了，你就把那几个日本鬼子甩了吧，你今天要怎么玩兄弟请客。"林厂长转怒为喜，说："那好，你等我一会儿，我把这几个鬼子料理好了就来！"

江城让"老鼠"他们先打的回去。不一会儿林厂长歪了出来，脸上还隐含着几分怒气。江城忙迎上去，作揖道："林哥，咱们两个中国人，何必为三个日本人生气呢，不值，你说是不是？"林厂长如醍醐灌顶，一拍脑袋说："是呀，我怎么没想到这层呢？"一竖大拇指，猛夸江城："还是内得（你们）大学生思想觉悟高，佩服！佩服！"又问江城为什么不愿做这单生意，江城说明缘由，林厂长双掌猛落在江城肩膀上，连连称赞："好啊好啊，有骨气有骨气！"江城只觉全身骨头"咯咯"作响，暗道这家伙不愧是捉蛇的出生，力气大得出奇。要是再拍上几拍，我就要散架了。忍痛问林厂长怎么消遣，林厂长说今天就不打炮了,去沐足城洗洗脚聊聊天就行。

俩人来到"海天沐足"店,林厂长一边享受一边问江城工厂的形势。江城说生意不好做,原材料什么都长,就是自己的利润不长,长此下去,怕是厂将不厂了。林厂长就说我看你的员工经常加班,形势蛮好的嘛!江城一脸痛苦状,说林哥你不知道,那是搞得热闹,我都快撑不下去了。林厂长便建言,那就节约生产成本呀!江城故作不知,问,怎么个节约法?林厂长问江城有关油墨、天那水等一些原材料的进价,江城如实说了。林厂长便说,这太贵,我帮你介绍一家,要便宜得多。按你的用量,一年下来大概可以节省十几万。江城有些吃惊,问,有这么便宜的供应商吗?林厂长说:"江总,真人面前不说假话。这个供应商呢,是我大哥,还是个港商。"

"怎么,你的大哥是港商?"

"很奇怪吗?我哥当年可是松乡镇的能人,后来弃政经商,又移民香港,就成了港商。他的生意那是做得风生水起,在松乡镇无人不知无人不晓。"江城兴奋地说:"既然是您大哥,那也是小弟的大哥。就是不做生意,我也要上门拜访!"

第二天上午十点多,林厂长如约先到了江城的公司,江城又把车间的事跟"老鼠"交代了一番,便带上叶岚,驾了别克同去。

林厂长的大哥叫林赫。十二年前他在松乡镇从政,因为是本地土著,地头蛇戴上乌纱帽,那可真不得了,不敢说一手遮天,但说是权势熏天那也没冤枉他,就连书记镇长都怵他三分。在松乡,他说一,别人不敢说二。十几年前,正是海都大开发大发展的黄金时期,林赫生逢其时,更难能可贵的是身居其位,于是大显身手,幻成千手观音,只要松乡镇有一点儿上规模的工程,他就插上一手,搂的钱不可计量。后来不知是钱搂多了怕,还是官当够了烦,此公突然毫无预兆地辞职,移民香港,然后再杀回马枪,以港商身份回松乡镇投资办厂,公司名曰"木森化工有限公司",专门生产油漆油墨天那水什么的，每年都有上千万银子进账。

江城见到林老板时，此公正躺在竹椅上闭目养神，室内茶香氤氲。他一袭雪衣，羽扇轻摇，有飘然出世之风，果不是红尘中人，江城顿起敬畏之心，暗想此人在宦场商海摸爬滚打这么多年，竟然修炼得这样一派仙风道骨，实非寻常之人！

林赫林老板今年刚过花甲，但一张脸像熨衣斗熨过，平整得没一丝皱褶，像一个饱满的苹果。头上亦须发俱黑，不见一根白丝，神采奕奕容光焕发。谁说有钱买不来年轻？没有钱不会年轻才是真的！

双方寒暄毕，林老板轻轻拍了拍巴掌，袅袅婷婷来了一旗袍女郎，沏茶、鞠躬、退出，只留一抹淡淡粉香萦绕。林厂长不懂风雅，蹲夷踞肆，恰如巨鸟，唾沫飞溅地将江城吹嘘了一番。林老板微笑着听，也不回答，只是拿眼不停地瞟叶岚。最后挥了挥手，打断小弟的话，说："你要我怎么跟江老板合作？"

"很简单的啦，就是你给他的货比别人便宜一些。"林厂长对江城挑了挑眼，很是得意。

林老板爽快非常，扭头对江城说："这个小意思啦！江老板，我打七折给你，一个季度一结，你看怎么样？"

江城激动异常，连声说："太感谢太感谢了！"约林老板去吃饭表示感谢，林老板道："这样太俗气，我不喜欢跟俗气的人做生意。"江城就惶恐无地。林老板见之哈哈大笑，拍了拍江城的肩膀，说："你年轻有为，将来一定前途无量！我们来日方长，不必拘于一时。你说是不是？"江城连连点头，像受人生导师训话，不敢再发表任何意见。林老板看了看叶岚，又说："江总的女朋友真漂亮，中国版的山口百惠，真是艳福不浅。哈哈哈……"江城讪讪然不好作答，叶岚却羞得满脸的火烧云。

在回公司的路上，江城对林老板赞不绝口。叶岚只冷冷地哼了一句："大色鬼！"

江城听得莫名其妙。

次日下午,林老板就派业务经理把合同签了,并捎话说欢迎江总和叶小姐常过去喝茶。叶岚在旁边横了一眼江城,低低嘟哝了一句:"黄鼠狼给鸡拜年——没安好心!"弄得那个业务经理一头雾水。江城忙解释说:"别理她,刚才她被我修理了一顿,气还没消呢!"

送走业务经理,江城恨不得对着合同山呼万岁,这可是白花花的真金白银!一年节省十几万和多付十几万,两头下来就三十多万了,这对江城的小公司可是一笔不小的数目。江城焉能不心花怒放?这时他突然想起了吴文,这个蛰伏在城市一隅的怪物,面对黄卷青灯,背对万世繁华,如同一个千年古僧,于喧嚣浮世中梵音静唱,不知是痴是愚,是疯是癫?心里不觉有些疼,便对叶岚说:"这个星期天我们去看看吴文。"

36.三十一区

吴文住在三十一区,从松乡镇开车过去需二十多分钟。江城的轿车像患哮喘的老头,一拱一拱地朝前扑,拱一下就放一阵响屁,"老鼠"没好气地说:"要是哪天世界大战爆发,马六甲被敌人一封锁,这些铁乌龟全得趴窝!""冬瓜"听得嘎嘎大笑,说:"强子,你什么时候比吴文还愤青了?这么忧国忧民!"

"那是!"强子一指窗外,"你对这个城市爱得起来?吴文不是常说吗,等它把我们的青春榨完了,就会像扔垃圾一样扔掉我们。"

是的,这世界上有两种城市,一种是你痛恨的,一种是你喜欢的。

对于海都,吴文却充满了麻木,无所谓爱,亦无所谓恨。他觉得生活在海都,每天心情超过体重,迷茫厚过希望,不知心在何方,身在何处。闹市红尘,只不过是枯坟败茔。管弦笙歌,弹奏的尽是离肠别景。粉黛佳丽,莫不是白发槁颜。佛说:"一切有为法,如梦幻泡影,如露亦如电,应作如是观。"心若没有栖息的地方,到哪里都是在流浪!

三十一区处在海都与松乡的结合部。不知从什么时候起,这里啸聚了一帮流浪文人,闭门造文卖字为生,以至三十一区声名鹊起,竟然混上了一个"作家区"的雅号。不名就里的人,还以为这帮作家们有多风光,天天足不出户,坐在电脑前敲敲键盘点点鼠标,票子就自动飞来,不用本钱不花力气,这可是天下最划算的买卖。可谁知道这帮爷们姐们过的是水深火热的生活,常常是吃了上餐没下餐,不是方便面果腹,便是快餐饭活命,虽谈不上风餐露宿,但栖栖惶惶有如无巢之鸟。二十年前的稿酬是七分钱一个字,二十年后还是七分钱一个字。可怜这帮天真的文人,在这个物欲横流物价飞涨的时代,居然还想卖字为生!特别是身居销金窟的海都,他们才知道什么叫赚钱之难,难于上青天;花钱之快,快于过山车!

事实上,三十一区是海都的贫民窟。捡破烂的、送煤气的、做烧烤的、卖艺的、唱曲的、蹬三轮的、卖身的、偷盗的、补鞋的、算命看相的、修伞的、行乞的、卖廉价衣服的、叫卖小吃的、挑个担子理发的、推个自行车叫着修理打火灶的……所有轻贱的、卑微的、阴暗的……都被一柄硕大无形的筛子筛到这里,于是南腔北调、湘言楚语……也在这里烩成一锅粥,中国各地的方言每天都在鲜活地上演,就像上千只鸟,各唱各的调,热闹且嘈杂。

如果不是亲眼所见,江城做梦都想不到,在繁华的海都,竟然还有这样的城中村:一片杂乱无章、破旧的、低矮的房屋,像一蓬被海浪打来的垃圾,肮脏地拥挤在一起。七拐八弯的胡同里,到处都堆积着各种废弃物。它们散发出的腐烂的气息在空中弥散,令人掩鼻。这里的地面没有铺砌,黄土混着沙砾,干枯或新鲜的粪便到处都是,像裸露的地雷。没有下水道，也没有其他排水沟，污水横流。晒衣服的绳子和竹竿像电线一样纵横交错，零乱的衣服像万国旗一样飘着。这里所有的一切都透露着同样的一种信息：穷得没有希望！

江城在车里打量着这片区域，诧异地问婉雪："吴文就住这里？"

婉雪一指车外，说："就是后面的那栋灰色大楼。"

那栋楼就像一条隔离带，一边是无尽繁华，一边是穷困不堪。

吴文住的这栋楼，就是在江湖上享有盛名的"作家楼"。吴文混迹其间，颇有得道成仙之感。"作家"这项桂冠，虽然早已不名一文，光环不再。但在三十一区这些未成名的文人眼里，依然是熠熠生辉，神圣不可计量。吴文便是其中之一。

吴文的租房面积小得可怜，大约只十来平方米。陈设也极其简朴：一床，床上一凉席，一蚊帐；一桌，桌上一电脑，一套辞海，一个茶杯；一把椅，旋转的，二手货。一台落地式风扇站在墙角，杂牌货。江城一提，轻得像纸，原来全部是塑胶品。江城心细，发现没餐具，便问吴文："你怎么吃饭呀？"吴文一笑，说："我在一家餐馆搭火。自己做饭太麻烦。"

江城首先推开窗户，指着那片贫民窟问吴文："你为什么要住在这个地方呢？这里的空气臭不可闻，这里的人非奸即盗。你觉得安全干净吗？难道仅仅只是图一个所谓'作家楼'的虚名吗？"

"你怎么说话！"吴文勃然怒道，"贫民窟怎么了？你认为很脏很乱吗？告诉你，我认为它是全海都最干净、最安全的地方！这些蓬头垢面、一身汗臭的人，比那些打领带、坐高级轿车的人高尚多了！他们挣的每一分钱，都是用汗水冲过的，用血浸过的，干干净净，没一点儿污垢！我住在这里，每天看到他们，没有一点儿不习惯，反而心里更踏实！他们的苦和累，他们的艰辛和不易，每一点我都感同身受。我爱他们，就像爱我自己。这就是我为什么住在这里的原因！"

婉雪忙拦住吴文说："好了好了！人家江城刚来，你就骂上了，有这样待客的吗?"江城不气也不恼,笑嘻嘻地说:"吴文闭关太久,憋得慌,骂人是正常的,不骂人才不正常。"

在闭关写作的日子里,吴文几乎过着与世隔绝的生活。他每天早上五点起床,然后跑步锻炼一会儿,六点钟准时坐到电脑前写作。当这个海滨城市还没完全从梦中醒来时,我们的吴文已完全进入写作状态了。

在吴文看来,写作是一种朝圣。每次写作前,他都要沐浴焚香。当淡雅的香气在室内氤氲开来,他的心境就平静得像湖泊,外界的一切俗尘全部沉入湖底。他随着书中的人物一同悲欢,不能自已。

他每天从早上六点写到晚上十二点,休息的时间便是吃饭和散步,这时他会打开收音机,听听新闻和音乐。他的时间单位不是小时,而是分钟。他玩命似的苦写。在他眼里,字不再是字,而是敌人,杀一个便少一个。几个月下来,他的屁股上长出了痤疮:坐硬板硌得痛,坐软的发烧,最后上面结了茧。"苦不苦,想想红军二万五;累不累,看看农民建筑队。"每当累极想打退堂鼓时,吴文就这样勉励自己。

四年后,已名噪江湖的网络作家吴文在海都电视台做一场专访时,对着一美女主持人说,"文学是精神鸦片!不吸则已,一吸则上瘾。"唬得那位美女主持花容失色,弱弱地问:

"那您为什么还要吸呢?或者说还要从事写作呢?"

吴文很哲学地沉思了一会儿,然后很悲壮地说:

"吃饭。我写作就是为了吃饭。"

"难道……就没一点儿别的?"女主持人本以为此作家会说点崇高理想伟大信念什么的,谁知竟蹦出如此俗不可耐的话。

"这……难道有什么不可以的吗?"吴文两眼瞪大,里面盛满纳闷,"写作是我求生的一种手段,就像小商贩做包子、卖馒头那样,只是谋生的方式不同而已。难道写作和其他职业有什么高低之分吗?"

"这个……这个……"女主持人没料到这厮如此油盐不进,只好换个话题。问吴文是怎么走上文学创作道路的,成功的秘诀是什么。

吴文的回答令美女差不多要喷鼻血:"我这身板种不了地,我这智商做不了生意,我这胆子做不了黑社会。所以除了写作,我做不了其他的。"

"那您写作的成功有什么秘诀吗?"

吴文眼里布满惶恐,一脸疑惑地反问:"我写作成功吗?在中国文坛,有谁知道吴文这号人物?在文学大殿前,我连一点儿尘土都不是。我不敢奢谈写作,在它面前我是什么都不是,除了顶礼膜拜还是顶礼膜拜。如果说我对写作有什么感受,那就是要吃苦,把自己的智慧和体力去榨干。"

美女主持只听得香手抚胸,忙转移话题:"那……您写作最大的动力又是什么呢?"

"爱情。"

"爱情?"

"是的。我写作最大的动力就是我的女友婉雪,我所做的一切,都是为了她。"这时的吴文一脸凄容。

在他对着美女主持说这句话时,他爱的婉雪已逝去两年零七个月。

在失去婉雪的日子里,吴文感觉自己的生命冷得像个笑话,日子过得像句废话,一切都再了无意义。活着只是为了思念,而思念却让生命结痂。

37.命若琴弦

婉雪的病情是在去番禺的大夫山旅游时发现的。

那天江城把吴文狠批一阵后，要他转移写作阵地，到自己的公司去住。"包吃包住包洗衣，这比你现在自虐式的生活方式不是好上一百倍吗？"

"那里人多，太吵，不去。"吴文硬得像石头，毫无回旋余地。众人知道拗他不过，只得作罢，于是约他去玩。吴文起先不肯，还厚颜无耻地篡改鲁迅先生的名言搪塞："打扰别人的工作时间，等于谋财害命。"惹得江城性起，一把揪住吴文："我今天就谋你财害你命了，怎么着？"对"老鼠""冬瓜"吼一声："架住他的胳膊，推出去游街示众。"婉雪笑靥如花地说："吴文啊，只有江城治得了你！伟大的列宁不是都说了吗？不会休息的人就不会工作！你怎么就不遵照革命导师的指导去做呢?!"

海都是一座水泥森林，纵使市内有几处景观，那也是人为制造出来的，充满了矫情和匠气，大自然的气息在这个城市早已荡然无存。生活在这样的城市，用江城的话形容："人每天都生活得像个野兽。现代生活的压力让人返祖成兽。"

他们驱车两个多小时来到番禺的大夫山，这里山清水秀，风光旖旎。吴文玩得心花怒放，遍体舒泰，摇头晃脑地说："智者乐水，仁者乐山。这里有山有水，真是个修行的好去处呀！"丽娟笑嘻嘻地接口道："那你快成大作家呀！赚钱后到这里建一幢别墅，和婉雪姐姐做神仙伴侣。"吴文听得连连颔首："山人正有此意！山人正有此意！"

但欢乐却如烟花般短暂。

在吃晚饭的时候，婉雪突然流鼻血不止，用纸巾塞也塞不住。众人急得手忙脚乱，丽娟把婉雪拉到洗手间，用凉水拍后脑勺，还是不顶用。吴文急中生智,蓦地想起一个偏方,忙对叶岚说:"把你的头发剪一绺给我。"叶岚不解,但还是找来一把剪刀剪了一绺头发给吴文,吴文将头发烧成灰,用一张纸吹进婉雪鼻孔里,血终于止住了。众人这才松了一口气。吴文脸色凝重,问:

"你流鼻血多长时间了?"

"有一个多月了吧。"

"牙龈常出血吗?"

"常出血,有时刷牙后或吃硬食物后也出血,但每次不是很多。"

吴文"哦"了一声,心头涌起一片厚厚的阴云,他沉吟了片刻,故作轻松地说:"要不明天去做个检查吧!"

次日检查的结果像一柄黑色的丧命剑穿透了吴文的胸膛:

急性髓系白血病 m5!

当"急性髓系白血病 m5"几个字蹦进吴文的眼帘,他的脑袋倏地抽成真空,思维在一刹那间停止了,同时胸腔里起了一个巨大的漩涡,将他拖进黑色的深渊。他木木地游进厕所,用冷水不停浇脸,直浇得脸色发白,然后靠在墙壁上大口地喘气,好不容易平静下来,才装作若无其事的样子去找婉雪。

他当然不能让婉雪知道这个结果。

在回去的路上,吴文故意呵欠不断,婉雪摸摸他的额头,柔声说:"是不是写作太累了?要不停笔休息几天吧?"

"嗯!是太累了。我正准备和你商量,想搬回来和你一起住,彼此有个照顾,都轻松一些。可以吗?"

"怎么,不做苦行僧啦?要返回红尘?"婉雪喷笑道。

吴文轻轻握住婉雪的手,深情地说:"因为红尘有爱!"

俩人回到三十一区,把租房退了。房间里除了笔记本电脑,其他没什么好拿的,便悉数扔了。吴文自嘲地说:"穷人有穷人的好处,搬家方便,赤条条来去无牵挂。"

回到家里已是十二点，婉雪有些累，吴文让她休息一会儿，自己则去超市买菜做饭。过马路时心神恍惚，险些被一辆轿车撞上，惹得那人开窗大骂："雷个衰仔，想扑街啊！"

好不容易等到婉雪下午去上班了，吴文急急地给江城打电话，说有要事相商，让他把丽娟、叶岚、"老鼠"和"冬瓜"召在一起等着。江城见他郑重其事，说："你弄什么鬼啊，搞得紧张兮兮的，你就不能在电话里简单地说一下吗？"

"电话里说不清，我马上过来，你们在宿舍等我。"

吴文打的到江城的公司，直奔江城的宿舍，一帮人都在那儿等着，一见吴文，忙问怎么回事。吴文拿出婉雪的化验单给江城，说："出大事了。"

江城看完单子，失声道："什么？婉雪患了急性白血病？！"

宛若平地一声惊雷，几个人面面相觑，房间里一片死寂，连空气仿佛都凝固了。

不知过了多久，吴文才缓缓地说："我来就是想和你们商量，要不要把实情告诉婉儿？"

谁也不开口，仿佛婉雪的生死就在他们唇舌的一启一合之间。

江城思索良久，沉重地说："我看，还是把实情告诉她吧。这个病拖不得。再说，以婉雪的冰雪聪明，我们未必瞒得了她。"

叶岚带着哭音问："文哥，这个病治得好吗？"

"很……难治。"

"如果能治好，大概……要多少钱？"

"至少……都是二十万以上。"

江城说："钱不是问题，我们可以一起想办法。关键是这个病……"他悲伤地摇摇头，欲言又止。

吴文斩钉截铁地说："不管怎么样，我都要把她治好。"

江城看了看大伙，说："那……我们晚上一起吃饭吧，到时跟婉雪说明白。我这就给她打电话。"

下午五点半,大家一起到《松乡报》报社门口去接婉雪。婉雪笑道:"今天这么隆重?我都享受元首级待遇了。"

吃饭时气氛有些沉闷,江城说了几句调皮话,却没有一个人笑。婉雪看看大家,微笑着说:"我知道你们是为什么来的。"

几双眼睛牢牢地盯着她。

"我的病,我早就知道了。现在什么病,到网上一查就是。"

众人无语,眼里都泛起泪花,一桌的饭菜再也没心思吃。

吴文哽咽着说:"婉儿……你不上班了吧!我们去治病。"

"傻瓜,这个病治得好吗?"婉雪轻声道。

"不!总有奇迹出现的。你把工作辞了,专心治病好吗?"

婉雪沉吟了一下,说:"如果真要治疗,我可能得回南京。"

大家互相看了看,觉得也只能这样了。吴文忙道:"那我跟你回南京。"

"这……"婉雪不知如何回答。

吴文急了,说:"伯父伯母年纪大了,你又没兄弟姐妹,我不照顾你谁照顾你?"

"让我……和父母商量一下吧!"

江城真诚地说:"你明天就把工作辞了,先在这边休息几天。钱的事你不要担心,我们就是把工厂卖了,也会治好你的病!"

婉雪张了张口,千言万语堵在胸口一句也说不出。

大家草草结了账出来,海都的夜已是一片璀璨。众人看着万家灯火,止不住悲从中来。想想在海都的奋斗、挣扎,结果却没有一星灯火属于自己。

大家回到租房,吴文催婉雪给父母打电话商量。婉雪说道:"我怕老人经不起这样的打击。我看还是先回去再说吧。"

江城说道:"这样也好。这个晴天霹雳的消息两个老人肯定受不住。"

这时吴文突然抓住婉雪的双手说道："婉儿，我要和你结婚，就这几天。"

大家一愣，谁都没想到吴文在这时候会蹦出这句话。婉雪以为自己听错了："你……你说什么？"

吴文双眼看着婉雪，柔和的声音里透着坚决："我要和你结婚。婉儿，嫁给我好吗？"

"可我……"婉雪泫然欲泣。

"要是有灾难，我们就一起共同承担吧。"吴文拉起婉雪的双手，"我们永远也不分开，永远！"

"不……不能这样的。"婉雪挣开吴文的手，凄声说道，"我不能拖累你。"

吴文不悦，作色道："你这是什么话！把我当成什么人了？这个婚，你结也得结，不结也得结！"

婉雪不禁破涕为笑，说："瞧！你的书呆气又犯了。"

"婉儿，我是认真的。只有我们结了婚，我才能名正言顺地回南京照顾你。你不为你想，不为我想，但要替两位老人想想。当他们得知你的病情后，哪里还有精力来照顾你！"

"让我考虑考虑。我没一点儿心理准备。"

江城说："要不，你们还是搬到我们公司里去住吧！大家在一起，照应起来都方便。"

"不了。反正我也住不了几天，搬家太麻烦。"

"反正我也住不了几天。"这句话里似乎充满了不祥的诀别，一股令人窒息的伤感顿时在空气里弥漫开来。

大家相对无言。江城受不住这重压，便起身说道："你们早点休息吧，我们要回去了。"

婉雪道："你们的事多，就不用管我了。吉人自有天相，我会没事的。"

送走江城他们,婉雪和吴文十指相扣,在昏黄的路灯下默默相望。那种相依为命的亲情在他们心底漫起。吴文呢喃道:"婉儿,如果没有你,我的生命就失去了意义。所以我们一定要活下去,好好地活下去。好吗?"

婉雪点点头,微笑着说:"有爱就会有奇迹,我答应你。"她长长的睫毛上有几点细碎的泪光在闪烁,仿佛是打碎的星光零落在上面。

次日婉雪到报社辞职,引起震动,与吴文离职时惨遭冷嘲热讽的待遇,何止霄壤之别。尤其是老总王蒿,显出平生少有的热情,狂摇三寸不烂之舌,喷沫如雨,猛劝苦留,无奈婉雪铁石不为所动。逼得王总没办法,最后拿出撒手锏,封官许愿,给婉雪一个副总编的爵位。可婉雪不为高官厚禄所利诱,拍凳走人。

婉雪这样跟吴文摊牌:"如果你要跟我结婚,那也可以。但我们只去教堂举行仪式,不办结婚证。否则我宁死不从。"

吴文知道婉雪的秉性,棉花包钢。只好依了她。

2003年5月16日,是吴文一生都刻骨铭心的日子。就是那天,他和婉雪在海都的一个教堂举行了婚礼。

那天,老天爷也好像悲喜交加,时晴时雨。

江城的公司放假一天,他让所有的员工都参加了这个特殊的婚礼。

如果你爱我,就请嫁给我,哪怕你为时不多!

如果我爱你,就别牵绊你,哪怕你爱我如天!

那天所有在场的人都在默默地流泪,为这对新人虔诚地祈福。

婚宴设在松乡镇最豪华的酒店,一切都由江城张罗。

按照婉雪和吴文的意思,只是找几个好友和老乡简单地聚一聚。可江城不同意。"我一定要把你们的婚事办得风风光光!不然怎么向我们几十年的感情交代?"婉雪一再不肯,说太铺张浪费了,又不是在家里,完全没必要那么夸张。

江城双眼瞪着婉雪:"人这一辈子,结婚不夸张那什么时候夸张?这个事,我说了算,没你插嘴的份儿。你再说,我就跟你急!我江某人的脾气你是知道的。"发了一顿威又笑着央求婉雪,"你就给我一个表现的机会嘛!怎么说我跟吴文也是穿开裆裤的朋友呀!我比他大几个月。出门在外,长兄为父。我是你们家长,就有这个责任和义务是不是?"

那天江城、强子、雷军都喝得酩酊大醉,在回来的半路上三个人放声大哭,一哭酒就醒了不少。江城让司机把车开到海边,叶岚知道他要上祝涛的那个小棚。

深夜中的海堤像一条黑色的巨蟒蜿蜒在大地上,海风拂动树梢,在静夜里发出的"沙沙"声,犹如睡梦中人的呓语。

那间破败的小棚,像一枚海螺漂浮在厚重浓密的夜色中。祝涛忧郁的影子在江城的脑海里翩然浮现,往事像书页似的翻起。"哥,你在哪里?"江城默默地长呼一声,他的心像有千万只蚂蚁在撕咬。他生命中最要好的两个朋友都被情所伤,他不知道,未来的漫漫长途,自己的朋友还会有谁……

次日中午,江城给吴文办了一张十五万元的银行卡,说:"这些钱你先用着,过一个半月了我再给你打一些过去。"

"江城,你……"

"什么都不用说了。"江城摆手制止吴文,说,"祝涛走了,我希望你过得好!"

两天后,吴文和婉雪飞往南京。

那天,江城、丽娟、叶岚、强子、雷军五人到机场送行。人人强颜欢笑,不敢有半点伤感。看着飞机进入云层,他们的心也随之被吊在半空。

每个人都在伤心地想:"还能看到婉雪吗?"

在回去的路上,叶岚伏在江城的肩膀上,幽幽地问:

"如果我得了婉雪姐这样的病,你会这样对我吗?"江城一把推开她,叱道:"你神经病啊?什么不好比,比这个!以后不许你这样胡说。"

"你两个最要好的朋友,都是为情所伤。祝涛走了,杳无音讯。我担心万一婉雪出事后,吴文会挺得过来吗?"

"所以我要尽可能地帮婉雪治病。你是知道的,吴文不能没有她,就像我不能没有你一样。"

"嗯。那我们就把工厂好好地打理,给他们挣医药费。"

自从在林老板那里采购低价原材料后,江城的公司像搭上了顺风车,订单不断,财源滚滚,喜得江城天天眉飞色舞:"这人要是运气来了,门板都挡不住!"为表示对林财神的感激之情,江城隔三岔五地请林老板腐败。林色鬼每次听到叶岚的名字就眼睛发绿,口中流涎地说:"小江啊,你那个女朋友长得真像山口百惠,你小子艳福不浅呀!"江城像吞了死苍蝇般难受,却又不好发作,只好打哈哈。后来林老板有恃无恐,竟然私下里打电话约叶岚喝茶,叶岚不好得罪这个财神爷,只有虚与委蛇,江城劝她:"话是人说的,屁也是人放的,说话和放屁一样,都是一口气而已,你就把林某人说话当放屁一样。"但"老鼠""冬瓜"却咽不下这口气,骂林老板仗势欺人,要蒙面去搞他一下。江城说:"除非我们不在这里开工厂了。林老板是什么人?我们是什么人?我们合起来的力量,还不如人家一个小指头大!"

"冬瓜"说:"难道就让他这么一直骚扰下去吗?"

"他现在也还只是说喝喝茶聊聊天,没有太多出格的话。当然,我也会很委婉地提醒他。"

"老鼠"激昂地道:"大不了不要他的原料,我们找别的厂家去。"

江城骂强子:"我看你左边脑袋是面粉,右边脑袋是水,一想问题,就满脑袋糨糊!如果我们就这样退了林老板的货,林厂长怎么想?肯定会说我们不知好歹。万一惹翻了他,这个厂不租了,你说我们是不是就死定了?!"

大家哑口无言。

"现在什么都涨价,就是人越来越贱。在没有成功之前,我们先不要谈什么尊严。在海都,穷人是没有尊严的。你们看被城管追得满街跑的小商贩有尊严吗?捡破烂的人有尊严吗?没有,这些人什么都没有!为了生存,他们像流浪狗一样地活着。我们比他们好吗?屁!我们只不过是刚穿了几天绸子裤子的穷人。所以现在不能跟人斗,因为没有斗的本钱。什么叫卧薪尝胆?什么叫忍辱负重?什么又叫小不忍则乱大谋?我们现在就是!"

但不管江城在强子他们面前是如何慷慨激昂振振有词,自己却掩藏不了内心的羞愤与焦躁。林老板对叶岚的一举一动,他在第一次见面时就看出来了。但有求于人,只好忍气吞声。自己再牛,也比不过当年的韩信。所谓忍,就是心上插把刀。咱惹不起,还躲不起?于是江城再不把叶岚带在身边跟林老板见面。这样老鼠躲猫似的躲了几次,色胆包天的林老板竟忍不住向江城打听起叶岚的消息来。

江城不动声色地说:"她呀,被我贬到流水线上了。"

"哎呀,我说江先生啊,你太不怜香惜玉啦!"林老板的两颗眼珠恨不得飞出来,"这么漂亮的女孩怎么能让她做普工呢?你这是……犯罪呀!"

"管理,就是对自己的亲人下手狠一点儿,对自己的朋友凶一点儿,对自己的老乡霸一点儿,敲山震虎,杀鸡吓猴!"江城手变巨斧,用力一挥,恰如沉香劈山,杀气腾腾,直冲斗牛。

林老板激动得手指乱戳:"你……你这是什……什么狗屁管……管理。你这些臭招,对付男人可以,对付丑女可以,但对付像叶岚这样的美女,就是不可以!"

江城故意激这老色鬼,针锋相对,寸步不让:"在我公司的规章制度面前,男人女人,一律平等。美女丑女,一视同仁。"

林老板"倏"地从真皮沙发上站起,脸成紫酱,右手食指与中指并戟如剑,指到江城的鼻尖上来:"你……你这是侵犯人权!"

江城仰天哈哈大笑,说道:"我们的林老板什么时候讲人权了?这个要上明天的海都新闻联播才行!"

江城开公司如履薄冰,对婉雪的病情又提心吊胆,每天都要和吴文通几次电话,探询病情,日子便过得有些焦头烂额。

婉雪的病情很不乐观。回去后在江苏省人民医院做了复检,确诊是那个该死的急性髓性白血病,且已恶化,现在每天都做放射性治疗。

这天晚上七点多钟,吴文打来电话,声音在颤抖:"江城,婉雪的情况很糟糕。"

"怎么了?什么情况?"

"如果没有合适的骨髓移植,婉雪……最多只有半年时间了……"

"怎么会是这样?"江城脸上失色,紧张地问,"现在能找到合适的骨髓吗?"

吴文的声音透着彻骨的绝望:"找不到,我和他爸爸妈妈的骨髓都不合适。"

坐在沙发上看电视的叶岚问:"是吴文打来的吗?"

江城点点头,重重地长叹一声,将婉雪的病情说了,叶岚急道:"这可怎么办?!"

江城像一头困兽在房间里团团转:"我们想想办法,想想办法。"

叶岚说:"我们可以去化验骨髓呀!看适不适合婉雪。"

一语惊醒梦中人,江城激动地抱着叶岚"叭"地亲了一口,说:

"你真聪明！我代吴文感谢你！"

"看你说的什么话！他们两个是你的朋友难道就不是我的朋友？"

第二天早上，江城把工厂的事情安排好了，便和叶岚去海都人民医院检查骨髓。临出门时，强子问了一声："你们去干吗呢？"叶岚探出头说："我们去会一个客户，你们把车间看好了，不要出事。"强子嘟哝了一句："神秘兮兮的！"

俩人花了一个上午才把骨髓验完，回到公司，丽娟、强子、雷军齐齐跑到宿舍里，问他们干吗去了，一副兴师问罪的样子。

江城说。"会客户。"

"老鼠"打破砂锅问到底："会什么客户？"

江城佯作不快："我会什么客户，需要跟你汇报吗？"

"如果你真是去会客户，我当然不能管你。但你不是去会客户，而是去办别的事。"

"办别的事？办什么别的事？"

强子斩钉截铁地说："验骨髓！"

江城一惊，扭头看了看叶岚。叶岚微微地摇摇头，示意自己没有泄露。

丽娟插嘴说："你们不用互相看了。上午我们给吴文打了电话，什么都知道了。婉雪很危险，需要骨髓。你们今天上午出去，想必就是验骨髓了。"

江城知道瞒不住，便说："是的。我们不能就这样看着婉雪……唉！"

丽娟不悦地说："你们这样做把我们太看外了！难道救婉雪就只是你们的责任吗？"

一股温暖像春天的海水包围了江城，他轻轻地拍了拍丽娟的肩，柔声说："好吧，算我对不起你们！既然这样，有难大家就一起扛吧。下午你们去验骨髓，等结果出来了一起快递过去。"

收到叶岚他们五人的化验单后,婉雪在电话里泪流满面地说:"如果有来生,我还和你们做姊妹!"

"我们管不了来生,只要你今生做我们的姊妹!"叶岚的声音里浸濡着悲凄。

"我有吴文,有你们,我死而无憾了。有人活了一辈子,也没有一份真爱。而上帝是那么眷顾我,让我拥有这么多。"

"不,雪姐你没事的……"叶岚抽泣起来。

江城拿过叶岚的手机,对婉雪说:"安心养病,树立信心,你会好起来的。"完了又叮嘱叶岚他们:"以后打电话要说一些高兴的事,不要总是哭哭啼啼悲悲切切的,情绪对病人非常重要。懂吗?"

隔天吴文打来电话,说他们的五份骨髓都不适合婉雪。唯一的希望再次落空,所有的人都惶张无计。他们仿佛听到了死神从地狱里发出来的喋喋冷笑,冰冷刺骨,令人毛骨悚然。

日子在恐惧中一天天地过去。等待的每分每秒,都仿佛经年累月般漫长。每个微小的时刻,如同玻璃沙漏里的细沙,缓慢而透明,生命因此如同薄冰,随着时间一点一滴地流失、消瘦……

一个月过去了。

两个月过去了。

三个月也过去了……

消息越来越坏:婉雪的头发越来越少,婉雪的饭量越来越小,婉雪的体重越来越轻……每一次坏消息都是一块砖,层层地叠压在江城他们的心头。

叶岚不停地求婉雪,但总被婉雪坚拒:"婉儿让我们去看看你吧!"

婉雪说:"我不想你们看到我现在的样子。让我在你们记忆中留下美好的形象,好吗?"

每次的通话都叫人心碎。

转眼半年将近,大家都感到大限将至,既希望得到婉雪的消息,又怕接到吴文的电话,做事丢三落四,六神无主。这天早上,江城对众人说:"顾不得那么多了,我们直飞南京吧!"

叶岚道:"早就该这样了。"

正商量着,吴文的电话打了过来,声音沙哑而低沉:"你们都过来吧,见婉雪最后一面。"

"我们正在说这事。等我把公司的事安排好,今天就飞过去。"

经过两个小时的飞行,晚上六点多,江城一行五人抵达南京。当他们看到接机的吴文时,不禁心痛难当:

吴文已憔悴不堪!

38.香消玉殒

病房的灯光柔和而安静,婉雪睡熟似的躺在雪白的病床上,那张瓜子脸已失去往日的丰润,犹如一枚被虫蛀的柳叶,消瘦而苍白。她那长长的睫毛覆在眼睑上,投下淡淡的阴影,更显得楚楚可怜。昔日浓密的黑得发亮的头发已变得稀稀疏疏,犹如冬天田野上的几株枯草。大家都不敢相信自己的眼睛,心里满满的悲伤。叶岚和丽娟握着婉雪的手,轻轻地呼唤:"婉儿!婉儿!我们是阿娟和阿岚呀,睁开眼看看我们好吗?"

在昏迷中,婉雪的眼前飘浮着一团迷蒙而晕黄的光芒,这光芒仿佛有一股神秘的磁力,将她微薄的意识凝聚在一起,"这是在哪里?"然而她感到太过疲惫,她残存的精神一点一滴地消失在无垠的黑暗里。就在这时,在那团微茫的光里传出隐隐的呼唤声:"婉儿……"

这呼唤是那么熟悉,那么亲切,透着一股浓浓的亲情,如一缕温暖明亮的阳光,穿透死神的黑幕,将婉雪从混沌中拉了出来。她轻轻地"咦"了一声，终于慢慢地睁开了眼睛。

眼前先是一片模糊，几个人影围在身边。接着耳边有人说道："醒了，婉儿醒了……"

"岚……怎么是你们？"当婉雪看清是江城、叶岚他们时，不禁又惊又喜，苍白的脸上现出淡淡的红晕。

叶岚心中含悲，脸上却在笑："婉儿，我们太想你了，所以就过来看你了。"她轻轻摩挲着婉雪的额头，柔声慢语，"婉儿，你答应过我们的，答应过做我们的嫂子。你一定会好起来的！"

婉雪的嘴角漾出一丝凄婉而恬淡的笑："我来世……一定还做你们的姐妹，做……你们的嫂子……"

"不！"叶岚的声音在微微发颤，"我们不能没有你，吴文更不能没有你。你看……"说到这里叶岚再也忍不住哽咽了，"你看吴文瘦得不成样子了。"

一行晶莹的泪水从婉雪的眼角滑落。她缓缓地把眼光投向吴文，里面充满依恋和爱怜："你怎么这么傻！"

吴文弯腰轻轻抱住婉雪的头："为你，我宁愿傻一辈子。希望我们的爱能创造出奇迹，让你好起来。"

婉雪来回轻抚着吴文的头发，断断续续地说："我的……时间不多了。我走了以后，你要……要坚强起来，好好地……活……活下去。"

"不，你不要离开我！"吴文心痛如割，泪水像溪流一样在脸上横流。

"听话……别哭……"婉雪的声音越来越弱，"我不喜欢你哭的样子。"喘息着休息了一阵，又说，"背诵一首诗给我听。普……普希金的那……那首《假如生活欺骗了你》。"

吴文放开婉雪，抹了抹满脸的泪水，凄声说："我背给你听，以后我天天背诗给你听。"婉雪幽幽地叹息一声说："要是那样就好了。"

她闭上眼睛，耳边响起吴文低沉的声音：假如生活欺骗了你，不要悲伤，不要心急！忧郁的日子里需要镇静，相信吧：快乐的日子将会来临！心儿永远向往着未来；现在却常是忧郁。一切都是瞬息，一切都将会过去；而那过去了的，就会成为亲切的怀恋。

是的，一切都会过去，一切都会成为亲切的怀恋。婉雪的思绪又慢慢坠入到那片混沌之中。

她仿佛徘徊在无垠的旷野之中，没有风声，没有鸟迹，到处荆棘丛生，黑沉沉的天幕上只有几颗寥落的星星在孤独地闪烁，各种幻象如鳞片接踵而至，它们飘飘忽忽，断断续续，既熟悉又陌生，这令婉雪更加迷惑，仿佛徘徊在前生与来世之间。她不知怎么又到了海都。依然是在南门关前，天依然淅淅地下着细雨，然而马路上却人流如织，每一个人都行色匆匆，神情木然，双眼呆滞，目不斜视，仿佛前有勾魂使者，后有追命恶煞。她裹在熙熙攘攘的人流中，举目搜寻，找不到一张熟悉的面孔。

不知什么时候，一个膀大腰圆的出租车司机好像平地冒了出来。操着一口湖南话：

"靓妹你要去哪儿？我送你。"

婉雪吓了一跳，此人光头锃亮，一脸横肉，依稀在哪儿见过，但一时间又想不起。迟疑间那人伸手来拉她的密码箱，婉雪连忙说："不要你送！不要你送！"

"不要紧，不要紧！我把你送过去好了，很快的。"湖南司机像蚂蟥吸血似的叮上来。

婉雪惊慌地后退躲避，不料撞在一个人身上。回头一看，竟然是吴文！她想："吴文怎么在这里？"倏忽间，她回忆起与吴文的初识就是在这里：南门关，永远的南门关！这里有她的伤痛，有她的梦想，更有她的爱情！

一丝冷风透帘而入,像一根冰冷的铁丝抽在她的头上,婉雪的神智一下又清醒了,她清楚意识到自己的生命处在生与死的边缘。生的光明将尽,死的黑暗已来临。

死亡并没有想象中的那么恐怖,也没有那么痛苦。生命在死亡面前就像一朵衰败的花,在时光的消磨中逐渐地枯黄、凋萎,然后随风飘落到水面。她随波荡漾着,渐行渐远。当水起漩涡,它便被吸卷进去,一点一点地向水底沉落,沉落,光明如抽线似的一丝一丝地抽去,而黑暗在一寸一寸地淤积加厚,竟至埋到了她的胸口。她知道一切行将结束,一切将无可挽回。

"婉儿……婉儿……"

在昏迷中她听到了母亲撕心裂肺的呼喊。可怜的母亲白发苍苍,她张着双臂,对着上天无助地痛哭。

"妈妈……妈妈……"她也在心底里呼喊着,她知道自己已发不出声音,只是嘴巴在微微地翕合。

于是那种悲伤欲绝的情绪和彻骨的愧疚从每一个毛孔里渗出,它像冰凉的海水一样包围着她,要将她淹没。她感觉到自己的身体在无可凭依地一寸一寸地往黑暗深处坠落,那黑暗似乎永远无底,永远不可抵达。她知道这是通往死亡的路,这条路的尽途便是传说中的另一个幽冥世界。

"难道我真的就要死了吗?"她的意念细若游丝,然而她的心里充满了对生的依恋。

"文,亲爱的文!"她又想到了吴文,"我好舍不得离开你!我走了你怎么办?谁来照顾你?"

那个消瘦忧郁的面孔突然像太阳般在她脑海里腾空而起,将她的体内照得通红,黑暗如滚汤泼雪般消退,她一下完全清醒过来,睁开双眼,脸上也显出了少有的红晕。

"醒了!醒了!"丽娟喜出望外地低呼起来,她一把把婉雪的头拥在胸前。

一股亲情像温暖的泉水一样漫上来。婉雪也轻轻回拥住丽娟。"不要伤心。一切都会过去的。"

众人围了上来,眼里都含着欣喜的泪。然而吴文的心却在一阵一阵地发冷,他知道这是婉雪的回光返照。

婉雪知道自己残留的时间不多了,她深情地注视着每一张面孔,仿佛要镶刻在她的每一根神经上。她微笑地看着吴文:"文,这么久你没有写书了,等我好了就抓紧时间写吧。"

吴文知道这是婉雪留给自己的遗嘱。他知道婉雪的良苦用心,她不敢说那些生离死别的话,唯恐伤了父母。然而他却听得懂,因为他是她的爱人,他们的心息息相通,每时每刻,每时每刻!

"放心吧婉儿,我会好好地写作,出书,卖剧本,用稿费赡养老人。以后我就是两位老人的亲生儿子,我会照顾他们的一切。"

婉雪听完吴文的话,幽幽叹息了一声,说:"文,辛苦你了!这辈子我欠你的。假如有来生,我还会嫁给你。"

吴文拉着婉雪的手泣声说:"不,没有你,我活在这个世界上索然无味,毫无意义。"

"别说傻话。你还有父母,还有江城、丽娟他们,还有你最钟爱的文学。你前途光明,一切都会好起来的。"说完又扭头看着丽娟和叶岚,微笑着道:"今生能跟你们做姐妹,是我的福气。我走后,你们多多照顾吴文,他是个书呆子,除了写作,什么都不懂。"

丽娟和叶岚的喉咙哽塞着,一句话也说不出,只是使劲地连连点头。

婉雪虚弱地叫了一声:"江……江城……"江城连忙挤过去,婉雪又眼瞅着"老鼠"和"冬瓜",俩人会意,也走到她的身旁,低低叫了声:"雪姐……"欲言无语。

"你们总算熬出头了。看到你们事业走上正轨,我真高兴。以后吴文……就拜托给你们这帮兄弟了。"江城流泪道:"不,你没事的!吴文不能没有你,我们也不能没有你!"

"我也好想一直陪你们走下去,可老天嫉妒我。文,抱着我。"

吴文把婉雪拥在怀里,下巴抵在她的额头上,泪像断线的珍珠往下落。

婉雪抹去吴文的泪,说:"别哭。你还记得网上的那句话吗?"

"记得。"吴文哽咽着道,"鱼说:'你看不见我在流泪,因为我在水里。'水说:'我知道你在流泪,因为你在我心里。'"

"我死了,我就是你水里的鱼。"

"不!婉儿……你不要……不要丢下我……"

"宝贝,记住我们下辈子相约……"

婉雪转眼哀切地望着父母,细声道:"爸,妈,恕女儿不孝,不能赡养您二老了。你……你们……放……放心,吴文他……他会……"声音越说越低,越说越低,接着头一歪,在吴文怀里瞑目长逝,两行清泪从她眼角里缓缓淌下来。

众人顿觉天塌地陷。婉雪的父母顿时晕死过去;吴文抱着婉雪,两眼发直,一动不动,如遭雷击。

这一夜大家如同在炼狱中度过。到天亮时,江城无意间朝吴文的头上扫去,惊叫一声:"吴文,你的头发怎么了?"

大家不约而同朝吴文头上看去,不禁身体一震:吴文的头发一夜白了许多!

叶岚的泪又止不住流下来,她上去紧紧抱着吴文,哽咽着不能出声。

吴文双目呆滞,眼神空洞,身如泥塑枯木。江城怕他憋出事,忙推醒他。吴文如梦方醒,看着宛若睡熟的婉雪,竟感觉不到悲伤,他的神经早麻木了。

在众亲友的主持下,婉雪的遗体第二天就火化了,婉雪的父母经不住这惨重的打击,卧床不起。

　　江城一边照顾着吴文和他的岳父母,一边又担心工厂的事,弄得心力交瘁。这天晚上,吴文对江城说:"你们回去吧,工厂里离不开你们。"

　　"可你和伯父伯母这个样子,我们怎么放心得下。"

　　"没事的,我来照顾两位老人。"

　　"要不我把丽娟和叶岚留下来吧!"

　　吴文摇摇头说:"不用,这边还有亲戚,有什么事他们会照顾的。"他已瘦得像一张纸,仿佛随时都可被一阵风吹走。

　　"我还是放心不下。要不我把伯父他们接到海都去,换个环境也许会好些。"

　　吴文凄然一笑,说,"他们不会去的,你就别费心了。"

　　江城见吴文如此坚持,只好作罢。次日早晨,便和吴文、婉雪父母洒泪作别,一行人飞回了海都。

　　婉雪头七的那天,江城给吴文打电话,先问了二位老人的情况,吴文说婉雪的堂姐在这里照顾,二老的身体已恢复了许多,只是情绪还十分低落。江城又问吴文近期有什么打算。吴文道:"我要赶快把那书写完,用书来祭奠婉雪。"

　　"是《谁撕裂我的青春红颜》吗?"

　　吴文的声音在颤抖:"是的,已有十万多字了。可惜没有婉儿陪我写完了。"

　　"好好写吧,这就是对婉雪最好的纪念。你要挺过来,婉雪在看着你。"

　　"是的,婉雪在天上看着我,她不曾离去。"吴文也常痴痴地这样想。他怀疑这半年多是一个长长的噩梦。于是他不停地拨打婉雪的手机,急切地渴望着那端出现他最爱的声音,然而手机总是传出:"您好!您拨打的手机已关机。"这时他的泪便又淌下来。

为了麻醉和解脱对婉雪刻骨的思念，吴文开始续写《谁撕裂我的青春红颜》，他夜以继日地苦写，一个多星期后，他又写了近十万字，全书终于完稿。

他把书稿打印了一份，来到婉雪的坟前，一边烧书一边说：

"婉儿，没有你帮我看稿了，我只有烧给你了，你在那边帮我看看吧。这书……是……是我们两个人的心血……"与婉雪相聚的一幕幕涌上心头，往昔的甜蜜与幸福更是加剧了现在的悲伤和哀痛。他再也忍不住抱着婉雪的墓碑号啕大哭。

这是他几个月来的第一次纵情宣泄。在婉雪病重时，他不敢大哭。在婉雪离去后，他更不敢大哭：他不能让失去爱女的两位老人跟着自己伤心欲绝！他硬扛着所有的悲痛与不幸，这令他难以呼吸。他像一只负重的蜗牛，艰难地爬行着，不知什么时候那枚坚强而脆弱的外壳会被压得粉碎。

当他把书写完，当他把书稿烧给他亲爱的婉雪，吴文陡然觉得自己被掏空了，三魂七魄五脏六腑一无所有，只剩一副空壳。灵魂同书稿一起化为灰烬。

一个多月后，吴文的小说《谁撕裂我的青春红颜》被南京一家影视公司看中，以二十万元的价格买走版权拍电视剧。

吴文把这二十万元悉数交给婉雪的父母，跪下道："爸，妈，儿子身心疲惫，想出去休养一下。"

婉雪的父母看着满头白发的吴文，不禁双双垂泪，抚着他的头说道："儿啊，苦了你了！你出去走走吧，这钱我们帮你存着。"

一个星期后，在南京的一个小寺庙里，多了一个叫"了尘"的僧人。

每当夜深人静时，这位僧人就对着寂寂虚空，低吟着那首《摸鱼儿·雁丘词》："问世间情是何物，直教生死相许？……君应有语，渺万里层云，千山暮雪，只影向谁去……"

这僧人不是别人，正是吴文。

39.孪生肘腋

转眼间，2004年的春节又到了。

这一年的春节过得十分冷清和伤感，所有的欢乐都已随婉雪的离逝而消失。

吴文好像从人间突然蒸发了。

江城一帮人心如火焚，他们怕吴文想不开做出轻生的傻事：这呆子完全做得出！

2004年正月初八，江城突然接到一个陌生电话："是我。"

江城激动得浑身发颤："你……你是吴文？！"

"是的。"吴文的声音浸满沧桑与寞落。

"你还在南京吗？这是南京的区号。婉雪的父母为什么不知道你的行踪？"

吴文在电话里幽幽叹了口气，说："我是还在南京，可我不是红尘中人了。"

江城倒抽了一口凉气，一种不祥的预感笼上他的心头："你这话什么意思？"

"我出家了。"

江城一震，随即破口大骂："吴文，你混蛋！你……你这样做怎么对得起你父母，对得起婉雪？你……混蛋！"

吴文很平淡，低沉地说："江城。我累了，太累了，需要解脱。我在南京出家，也是为了方便照顾雪儿的父母。我每月请人给他们送去生活品。以后……你们再不要找我了。"

"吴文……"江城急得双眼喷火，电话却"啪"的被挂断了，只发出"嘟……嘟……"的忙音。

"老鼠"他们正在江城房里看电视,见江城一副气急败坏的样子,惊诧地问:"吴文怎么了?"

"他……他居然出家了!"

"不……不会是真的吧?"

江城脸红脖子粗地说:"我就担心他会这样,结果还是这样。"

丽娟叹了口气,说:"吴文换一个环境,未必不是一件好事。寺庙里清静,适合他修身养性。"叶岚也接口道:"是的,他的伤太深了,只能靠自己慢慢疗养,没人能帮得了他。希望他能跨过这个坎。"江城没好气地说:"还过什么坎?人都出家了。"

"不,吴文是性情中人,他出不了家的。我估计,他只是在那所寺院里静修一段时间。"叶岚说。

"事已至此,希望是这样吧!"江城无奈地说道。

自从知道吴文出家,江城每天心事重重,长吁短叹,叶岚看在眼里,急在心里。可又不知如何来安慰他。这天在网上看到一段话,觉得有些道理,便复制下来给江城看:

"为什么我们总是觉得痛苦大于快乐,忧伤大于欢喜,悲哀大于幸福。原来是因为我们总是把不属于痛苦的东西当作痛苦;把不属于忧伤的东西当作忧伤;把不属于悲哀的东西当作悲哀;而把原本该属于快乐、欢喜、幸福的东西看得很平淡,没有把他们当作真正的快乐、欢喜和幸福。"

江城看后淡淡一笑,说道:"这些都是小青年玩的玩意儿,我都沧海桑田千疮百孔了,还信这些狗屁人生感悟?"叶岚着急地说:"可你总不能这样消沉下去呀!工厂马上又要开工了,你得振作起精神!"

江城长叹一声:"我知道。可我最要好的两个朋友都走了,祝涛失踪,吴文出家,我的心里能不苦吗?"

"正是这样,你就更要振作呀!把工厂办得红红火火,这样才有能力照顾好涛哥和吴文的家人,知道吗?"

"嗯!你说的有道理。只有我有钱了,才能照顾好他们的家人。我们今年要大干一番。"

江城的工厂正月十二开工。

按照多年的市场行情,第一个季度基本都是淡季。但江城不敢有丝毫懈怠,他要趁这段时间拉牢老客户,不让他们因生意淡了而流失,同时又要发展和开拓新市场。

江城的订单大多是外单,因此大多是与外国人打交道。他一口流利的英语让他如鱼得水。可叶岚却相形见绌,她初中毕业后回家务农,就基本不碰 ABCD,这样一撂下就荒废了。现在形势逼人,她又不得不重学英语,好在身边有江城这个现成且免费的老师,于是有空就学,那刻苦用功的劲头,用江城的话形容,就像"高尔基扑在了面包上"。叶岚对江城这样说:"我学外语,也是为了你。"江城吻了一下叶岚,说:"嗯!真吾之贤内助也!等你把外语学好了,就协助我负责外贸这一块。"叶岚有些担心地说:"我能挑得起这个担子吗?"

"人有多大胆,地有多大产。怕什么?学中干,干中学,你就一定会干好。"

对于激励员工,江城有他的一套口号。他在车间的醒目处贴了不少标语,而且层出不穷地更新。诸如"办法总比困难多""今天工作不努力,明天努力找工作。""今天的质量,明天的市场。""不要小看自己,人有无限可能。""态度决定一切,细节决定成败。"之类。

但在江城看来,最不好做思想工作的是那些客户,尤其是那些外国人。这类人,全是些不见兔子不撒鹰的主儿。那些形而上虚无缥缈的东西,对他们来说比一堆臭狗屎还不如。"你们中国人,尽喜欢空谈，玩虚的。"有一次，一个美国客户口叼雪茄，耸着肩膀叽里咕噜地对江城如是说。

江城心里暗骂这鬼子，脸上却在笑。生意场上没有真朋友，就像职场上没有真朋友一样。这年头，真朋友比女朋友更稀缺。在商海中摸爬滚打，与假朋友打交道，却要装得比真朋友更真。"做生意有时要先出卖自己的灵魂，然后才是卖自己的产品。你库存灵魂与尊严，就是库存你的产品。"作为小老板的江城越来越深刻地感到商场无情，刀剑有眼。

转眼就到了五月份，订单渐渐多起来，江城把厂里的事全部交给了强子他们管理，自己专心接单。

这天晚上，他接到林老板的电话，说介绍一个大客户给他。江城喜出望外，忙驱车过去，请林老板桑拿。林老板说："桑拿就免了，那地方男人不能常去，否则肾亏，今天就陪我喝喝茶、吹吹水。"江城笑道："林老板真会养生，以后教我几招。"林老板兴致甚高，摇头晃脑地说："人最最悲哀的，是钱没用完，身体却没了。"江城抚掌大赞说："林老板这话精辟得像名人名言，真有国际水平！"林老板笑眯眯地道："我林某人说的话，哪句没有国际水平？"江城借坡下堤地问："林老板，您介绍给我的大客户是哪个国际朋友啊？"林老板回道："这人是我加拿大的一个朋友，生意做得很大。后天他从加拿大飞过来，你们再见面聊聊。"江城道："到时还要林老板帮我烧烧火。"林老板爽快地说："这事你就放心吧，我早跟我朋友说好了，到时你们签合同便是。这可是一张大单，一百万！足可让你做一个月！"

江城一听，喜得两眼冒绿光，感激不尽地说："林老板，您真是我的大财神啊，我得把您当菩萨供起来！"林赫笑嘻嘻地道："小江啊，我倒是羡慕你有个大美女相伴呢！你的那个女朋友，真是山口百惠在中国重生，人间绝品啊！"

江城肚里暗骂，脸上却不得不强装欢颜，说："我女朋友就一乡村妹子，土得掉渣，林老板别拿我开涮了！"林赫听得把双手摇得像蒲扇，口沫星子飞舞地说："小江，你这话就大错特错了，你女朋友的美，正是美在这种清水出芙蓉的纯朴上。懂不？"一记反勾拳打得江某人肚子上，说不出是什么滋味，只好顾左右而言他。

第三天，那个加拿大客户迈克尔过来了，江城喜滋滋屁颠颠地赶往玉皇宾馆去朝见，一路想这家伙肯定是个卷发高鼻白肤蓝眼的鬼佬，一见面谁知是个跟自己一样的黄种人，不由大为惊诧。林赫眼像X光似的看穿了江城的心思，介绍说："迈克尔先生是位移民。现在的中国人，有钱的都移民，没钱的想移民。古人说'贫贱不能移'，现在没钱还真不能移。哈哈……"林赫为自己的古话今用得意地笑起来。江城不由对迈克尔这个假洋鬼子刮目相看，暗想能在海外开公司，绝非寻常之辈。

签单很顺利，前后不到五分钟。这张单有八十三万人民币，签约时江城激动得手都颤抖了。迈克尔说，我下单后即给你打十万元的货款，但我希望江先生保质保量按期交货。要是违约了，届时我会按合同处理。江城说："迈克尔先生你就放一百二十个心，我一定会保质保量按时交货。做外贸的规矩，我还是懂的。"

回到公司，江城赶紧向"老鼠"他们通知这天大的利好消息。大家无不欢呼雀跃，唯有叶岚不咸不淡，无动于衷。江城说："你不高兴吗？"

叶岚沉吟着道："也不是不高兴。我只是在想，林老板凭什么介绍这么一张大单给你？天上不会无故掉馅饼。这里面是不是有什么圈套？"

"我穷光蛋一个，有什么值得他们玩圈套的？你就别神经兮兮了。"

叶岚不无忧虑地说："但愿如此吧！"

这张加拿大的订单做工要求很严，尤其是丝印油墨要符合标准。

江城深感此事非同小可，他亲自到林老板工厂去考察油墨质量。林老板倒也大方，把证书一咕噜倒将出来："你看你看，我们公司先后获得了ISO9001：2000 质量管理体系认证，生产和推行 ISO14000 环境管理体系；产品还通过了 3C、CE、CB、UL、FCC、SAA、CTK 等等的认证。这些东西可不是吹出来的。"

江城看着这些花花绿绿的证件，心里踏实了一些，可仍有些担心。因为他知道，这些东西只要你肯花钱，那些多如牛毛的认证公司就会帮你弄到手。于是说道："林老板，加拿大的订单关系到我工厂的生死存亡，你的油墨千万不能出事啊！"林老板就有些不悦了，说："江总，我老林什么时候坑过你？我就是坑了全世界的人都不会坑你的！是不是？"江城连忙赔小心说："林老板大人不记小人过，我这不是太紧张了吗！现在的外贸生意是他妈的越来越难做了，贸易壁垒越来越多越来越严，我们这些小企业日子难过呀！"林老板深以为然，拍拍江城的肩膀表示理解和同情，弄得江城倒有些不好意思，寻思自己是不是以小人之心度君子之腹了，竟对自己的大财神爷来了个反调查！

从林老板那里回来，江城立即召开员工大会，给他们提神鼓劲，将公司的前途说得一片光辉灿烂，并承诺：把这张单赶完了，给大伙涨工资。表现突出的，还加官晋爵！

江城的话像一把火落在干柴堆上，底下的员工立即沸腾起来，纷纷表决心，个个雄赳赳、气昂昂的，可上九天揽月下五洋捉鳖。江城大喜，士气也是生产力，他可谓深谙此道。

自开工厂以来，江城的事业还算得上一帆风顺。如果按照这样的形势发展下去，十年内不敢说成亿万富翁，但千万富翁那是稳做的。这在前两年，他连想都不敢想。在海都，还真应了那句俗话："饿死胆小的，撑死胆大的。"人走运时，眼里冒出的金星都会变成金子。

为了赶货，江城同员工一起加班加点。员工见老板这样，更加情绪高涨，仿佛有使不完的劲。

这晚又加班到十点半，员工们一窝蜂地涌向食堂。不一会儿从食堂门口传来叫骂声，原来是宵夜少了，员工们不够吃，于是闹将起来了。那厨师是汕头人，虽然也是打工仔，但好歹是广东本省人，所以平时牛皮哄哄的像有什么亲戚在联合国当官，张口闭口"你们这些外来仔"。

江城赶紧跑了过去。他知道，员工第一关心的是工资，第二就是伙食。如果处理不好，就会炸锅。

大伙群情激愤，一个江西男仔揪住了汕头佬正要打，江城恰好赶到，见状大喝一声："住手！"

员工见是老板来了，都睁大了眼睛看他如何处理。

江城问汕头佬为什么宵夜不够吃。汕头佬支支吾吾说不出。江城呵斥道："你做饭的不管工人饱，还能做什么？明天早上你去财务把工资结清了，走人。"这是他第一次炒员工的鱿鱼。他知道大伙早就恨不得赶走这厨师了，今天终于借这个机会炒了此人。

汕头佬灰溜溜地走了。江城又对员工说，"今天对不住大家，加班还要饿肚子。现在再煮也来不及了，就请大家到外面随便买一点东西吃，公司明天给每个人补十块钱的宵夜费。"又给员工作揖赔礼道歉，倒把员工弄得不好意思起来，便纷纷散了。

江城回到宿舍，交代叶岚道："从明天起，进一步改善伙食。不仅要让员工吃饱，还要吃好。在这个关键时刻任何环节都不能掉链子。"

幸亏第二天员工的情绪没什么波动，江城暗暗松了口气。他叫叶岚把昨天的宵夜费一一补发了，员工个个满意，说岚姐你放心，我们保证保质保量地提前完成任务。

江城从没把员工当作赚钱的机器来看，而是从心底里待他们如兄弟姐妹。他从每个员工的身上都能看到自己的过去：贫穷和苦难。

　　他的爱心得到了员工的高度认同。近两年的时间，几乎没有一个员工跳槽，这使他引以为傲，常凭此跟他一帮生意场上的酒肉朋友吹牛皮：我的公司团结如一人，不敢说是铜墙铁壁，但也是铁壁铜墙！

　　员工们在加薪和升职的激励之下异常亢奋，货做得又快又好，居然提前半个月完工。江城只喜得心花怒放，完工的当天晚上他把全厂员工请到馆子里撮了一餐，以示犒劳和感谢。

　　"等客户把这笔货款打过来，我就给哥们姐们涨工资，少则一周，多则十天。我江城说话算话，绝不放空炮！"

　　于是所有的人都眼巴巴地盼着来自加拿大的钞票。是的，这笔钱对每个人都至关重要，尤其是对江城。

40.落入圈套

　　一个星期后，忽然从加拿大传来一个晴天霹雳的消息：这批货的油墨被检出有毒物质，全部不合格，已被加拿大海关扣押，禁止入境！

　　江城被这一闷棍彻底打蒙了，一屁股跌坐在转椅上，脸色发白，浑身发冷，所有的思维好像被凭空抽了去，脑子里一片混沌。

　　"完了，一切都完了。"不知过了多久，他终于清醒过来，一遍一遍地在心中哀叹。

　　叶岚也心乱如麻，看见江城魂不附体的样子，不知如何是好。江城有气无力地说："我们回宿舍吧。"刚站起来却又软了下去。叶岚递杯水给他："先喘喘气。"江城喝了几口水，对叶岚说："把丽娟他们都叫到房间去。"

　　在房里，江城猛抽烟，嘶哑着声音说："我们的工厂要倒闭了。"

接着介绍了事件的来龙去脉。"冬瓜"不由咬牙切齿地说:"老子去砍了狗日的林老板,这一切都是他害的。"江城叮嘱道:"千万不要冲动做傻事。我们可以用法律途径解决。""老鼠"问道:"那……这批货怎么办?"

"还能怎么样,抛在加拿大算了!"江城沮丧地说。

"老鼠"瞠目结舌:"那……可是八十多万啊!要不运回来吧。"

"运回来要多少路费?还运个屁呀!"

"那……就这么完了吗?""老鼠"不甘心地问。

"除非你当加拿大的总督。"

几个人商量了一会儿,决定先去找林老板,看他如何说。如果答应赔偿,那就万事皆休。如果不赔偿,那就只有打官司了。但直觉告诉江城,姓林的不会这么好说话。

一行人来到林赫的公司,不见人。问他的秘书,才知林老板去欧洲旅游了,要两个多星期才回来。江城便打他手机,却呼叫转移了。

"冬瓜"愤愤地说:"这不是躲着我们吗?"

江城强装镇定:"跑得了和尚跑不了庙。我们去找林厂长。"

"这个捉蛇佬是个大滑头,不会接这个茬的。""老鼠"说。

"管不了那么多了。"江城愤怒地掏出手机给林厂长打电话。

"小弟,你这个事我是管不好的啦!"听江城诉完苦,林厂长的调子拉得有三里路长,"你是知道的,你们的生意往来我一直没有参与,是不是?"

"可这是你介绍的呀!"

"我帮你介绍是出于好意的嘛!再说我怎么知道我哥的油墨有问题呢?你说是不是?就像你到超市买鸡蛋,还非要知道这个鸡蛋是哪个鸡生的,饲料是哪个人喂的?没有这样的道理嘛!"

江城被噎得喉干气结,"啪"地把电话挂了,迭声骂娘。"冬瓜"叫道:"他们是一个鼻孔出气的。他肯赊账卖给我们,里面肯定有名堂。你想想，哪有天上掉馅饼这等好事？"

　　江城回想起来，一切都好像是个陷阱。是的，这林赫跟自己非亲非故，为何如此这样热心帮助自己。这样想着，一丝寒意从心底升起，他怀疑这张加拿大的订单就是林老板精心策划的阴谋。但这么做的目的是什么呢？自己的一个小小加工厂，就是被他们吞并了也没什么赚头，何必如此挖空心思？

　　这一宿大家都彻夜无眠。"破产"这两个字像黑色的幽灵在他们脑子里盘旋飞舞，挥之不去。

　　第二天早上，江城终于打通了林老板的电话，林老板一片淡定，说："小江，这事怪不得我的啦！我的油墨，你是检验过的。那些证件，硬邦邦的东西摆在那，这可不是糊弄来的。你的货被卡，绝对不是我林某人油墨的问题，肯定是原材料的问题。我这么好心帮你，你却倒打一耙，真是太不讲义气！你算算，到现在你差我多少货款了？至少有三十万吧？得！这生意没法做了，我回大陆了你给我把账全部结清，以后一刀两断！"说完气冲冲地把电话挂了。

　　江城气得打战，但那林老板远在欧洲，江城有再大的气也轰不到那边去，只得按住性子等他回来。

　　但加拿大的迈克尔却不让他消停，不断地打电话来催，江城好话说尽，苦水吐绝，但那假洋鬼子丝毫不通中国人情，要一切按游戏规则办：全额赔款，外加制造新货。否则起诉！

　　江城被逼得走投无路，恨不得找个地缝钻进去。进口袋的钱财如水散去，到手的成功如泡沫幻灭。昨天还雄心万丈，今天已一败涂地，所有的努力顷刻间化为乌有。

　　他准备起诉林赫。

　　这天下午，江城找了一个律师，准备打官司。那律师说："这油墨有毒是真的，可你是赊账，人家可以反咬你一口，说你是没钱才要的有毒油墨。你做何解释？"

江城闷闷地回到公司，叶岚见状问："我们打官司也没有赢的希望吗？"

江城痛苦地揪着头发说："都怪我，都怪我贪小便宜。一切都是自己造成的，怪不了别人。我笨死了！笨死了！"

叶岚的泪流下来，她紧紧抱住江城，哽咽着说："城，我们可以从头再来。就是你一无所有了，还有我陪着你。"

江城不想让叶岚太难过，便强笑着调侃道："辛辛苦苦几十年，一夜回到解放前。"

叶岚擦干眼泪，安慰江城："大不了我们再回头打工，有什么了不起的。留得青山在，不怕没柴烧。反正我们都还年轻。"

正说着，丽娟、雷军、强子来了，三个人进屋一言不发，像霜打的茄子。

江城给雷军和强子各丢了一支烟，低沉地说："工厂弄到这一步，全怪我。你们跟了我几年，什么也没得到。我对不起你们！"

"城哥，你千万不要这样说。我们是兄弟，有福同享，有难同当。不管什么时候，我们都会支持你！"

江城说："工厂我们是开不下去了。我想跟你们商量一下，等几笔货款到手，再把车和设备卖了，给员工发工资，然后解散了吧。"

强子"呼"地一下站起，眼珠要突出来了："城……城哥，你……你说什么？"

"工厂破产，倒闭。"

强子叫起来："我们……真的就这么完了吗？我不甘心，我他妈的不甘心！"他像一头发怒的狮子在房间里走来走去。

"城哥，我们可以跟那个客户好好地沟通一下吗？我们重新给他做，请他不要让赔偿，这样可以吗？"

"如果是一个有感情的老客户，当然可以。但这个我们刚认识，又是林老板介绍的，怎么会答应这个要求？"

丽娟带着哭音说："那——真的没别的办法了吗？"

"只能怪我们公司底子薄，吃得起补药吃不起泻药。做外贸生意赔几单，那是再正常不过的。如果按照客户的要求，赔偿、罚款外加做新货，我们一下拿不出这么多钱。"

"冬瓜"一拳砸在墙壁上，愤愤地说："千说万说，都是林老板害的。"

强子建议道："那……再找林厂长说说好话吧，请他出面跟林老板沟通。"

"他们是兄弟关系，能胳膊肘往外拐吗？""冬瓜"没好气地说道。

"再试试，死马当活马医吧。"

当天晚上，江城买了两条"软中华"和一瓶茅台，上林厂长家登门拜访。林厂长倒也热情，说："小江，你们生意间的事我真的不懂，出了这档子事谁也不愿意。和气生财嘛，你说是不是？等我哥回来了我跟他说说怎么样？但我不敢做保证的啊！"

江城千恩万谢地出来，心中升起一线微薄的希望，就像浓厚的夜幕里射出了一道亮光，这让江城振奋起来，犹如垂死的人打了一针强心剂。但他不知道，这林厂长也是他哥哥公司的股东之一。当江城背过身，他就拨通了林老板的另一个电话，林老板如此这般交代了一番，可怜的江城还喜滋滋地蒙在鼓里做他的美梦。

第二天傍晚，江城又给林厂长打电话，请他去桑拿。他知道，林厂长现在是自己唯一的救命稻草，只有紧紧抓住他，才能挽败势于万一。

电话是一个女人接的，哭哭啼啼地问：

"你系边（是哪）个？揾边（找哪）个？"

"我是林厂的朋友，找他有急事。"

"逵撞车著（他出车祸），人快不行了。"

原来,昨天林厂长和他哥哥通过话后,次日下午找到松乡法院主管经济案件的副院长,先给红包,次去打炮,打完炮后又约了一帮酒色道上的朋友去歌厅K歌喝酒。他搂着小姐不停地喝酒,只喝得云山雾罩。回去的路上把那辆广本开得风驰电掣,还不停地S形穿梭,吓得马路上的车纷纷避让,林厂长如入无人之境,好不酣畅淋漓。正飘然间,前方斜插过来一辆大货车,广本像小猪拱母猪似的一头拱了进去。

这突如其来的意外令江城等人有些措手不及。

在去医院的车上,"老鼠"说:"林厂长要是死了,林老板肯定要回来。我们正好找他。"

江城忧心忡忡:"他家里出了这件惨事,这几天怎么好意思找人家。可这个单子又不等人。我们先到医院看了林厂长再说。"

林厂长伤势过重,一个多小时后不治身亡。

林厂长逝去的次日,林老板就从国外飞了回来。"冬瓜"红了眼要去找他,被江城死死拉住,劝道:"人死为大,不能坏了林厂长的葬礼!跑得了和尚跑不了庙,先过了这两天再说。"

林厂长的灵柩停了三天便火化了。"冬瓜"听闻之后便要上林老板的公司去讨说法。众人正嚷嚷间,却见保安带进一个西装革履的人,那人自称是律师,受林老板所托,将江城告上了法庭,追索三十多万的货款。

像一记闷棍当头劈下,江城的脑袋"轰"的一声就懵了,他像一根树桩杵在那里,两眼直直地发出白光。他万万没料到林老板会恶人先告状,先下手为强。

"冬瓜"咆哮起来,踢翻一张椅子就往外跑。"他忒黑毒了,老子去做了他!"

江城喝道:"你给我回来。你嫌我的事还不够多吗?"

"冬瓜"拧过身子,瞪着眼睛叫道:"难道我们就这样被这王八羔子欺负了吗？"

江城去拉他："那也还没到白刀子进红刀子出的时候。""冬瓜"重重一摔他的手，不服地说："这世道有时就得用刀子说话。""老鼠"也道："要动武都是以后的事。现在千万不能给城哥添乱了。"

"那我们怎么办？""冬瓜"像一只泄气的皮球靠在墙上，"我们还指望今年大干一场呢！"他的眼泪淌下来。

江城低沉地说："现在林厂长也死了，我们唯一的指望也没有了，姓林的又把我们告上法庭，没有退路了。"

"打官司也赢不了吗？"

"官司也是人打的。姓林的先告状，说明他把这方面的关节都打通了，我们斗不过他的。"

"难道我们就这样坐以待毙吗？"

"唉！解散吧。把设备和轿车卖了，给员工发工资。我怕迟了，法院把工厂一封，到时连员工的工资都发不出。"

这晚几个人喝得酩酊大醉，江城趴在沙发上不停地反复唱《从头再来》中的那句歌词："看成败人生豪迈，只不过是从头再来……昨天……从头再来……"

第三天，江城的那辆七成新的别克车六万块钱卖了出去，员工们已嗅出了苗头，公司里弥漫着浮躁和不安的气息，江城也没心思去安抚，这几天他马不停蹄地在外面收货款，老天总算给了他一线活路，居然把欠款收齐了！

第二天早上，江城在车间里给员工开了一个会，简单地将加拿大的订单说了一下，员工听完就骚动起来，说这是怎么回事，难道我们工厂就这么倒闭了吗？江城凄然一笑，说："做生意有赔有赚，开工厂有兴有塌，这是再正常不过的事。上午我就把工资发给你们，一分不少。希望大家能找到一份好工作！"说完给员工鞠了一躬，便匆匆退去。有几个员工齐声喊："江总，你是个好老板。等你工厂复业了,我们还给你打工。"江城的泪就簌簌落下来。

几条丝印喷油线的设备也没卖什么钱,几乎是白送。看着员工一个个扛包拉箱地离去,江城怀疑是在噩梦中。但眼前一切告诉他,这不是梦,而是活生生的现实。

员工遣散了,设备卖了,车间里空空荡荡的,只剩下满地的废弃杂物。江城、叶岚、丽娟、雷军、强子五人围成一圈,沮丧地坐在地上,蔫蔫地没一丝活气。

不知过了多久,江城嘶哑着声音说:"我手里还有一万多块钱,你们几个分了吧,各奔前程。"

叶岚疑心听错了:"你……你说什么?你要我们走吗?"

江城惨然一笑:"我都自身难保了,你们还跟着我干吗?"

叶岚的声音颤抖起来:"你这是……赶我走吗?"

江城点燃一根烟,狠狠地吸着:"没有了钱,什么都是奢侈的。"

"老鼠"仰起头深吸了一口油墨味:"城哥,我理解你现在的心情。"这是他熟悉而亲切的气味,这令他的声音充满了伤感,"我、冬瓜、丽娟三个人可以随时找一份工作,但你不能和叶岚分开。"

"我也不想分开。可我现在是一无所有,还背了一屁股的债,谁跟着我,谁就会倒霉,我不想连累人。"他顿了顿,目光注视着叶岚,说:"我这是对你好,对你负责。"

叶岚的眼睛湿了,激愤地说:"难道我爱的是你的钱吗?你说这话是骂我!"江城叹一口气,无奈地道:"你怎么就不理解我的苦心呢?我心里现在像乱麻,暂时不要说这个吧!"说着把钱掏了出来。"冬瓜"见状,一把把钱打落在地,吼道:"你这是干啥呢?打我们的脸是吗?""老鼠"踹了"冬瓜"一脚,说:"有话你不能好好说吗?"把钱捡起来塞给江城:"这些钱你留着用,我们一分钱都不会要。如果现在我们还要你的钱,那还是人吗?还是兄弟吗?"江城长叹一口气,说:"好吧,这钱我先借你们的用着,只要我有一口气在，就一定会有东山再起的时候！"

正说着，叶岚的手机响起来，一看竟然是林老板的，想也没想就挂了。没一会儿，林老板一条信息又发过来：

"叶小姐，你现在是唯一可救江先生的人。如果你愿意，我们可以谈一谈。随时恭候您的电话！"

叶岚的脸色一变，慌忙把信息删了。江城见她神色有异，问："谁发来的？"叶岚故意抬起手理了理刘海，说："家里发来的，问我们的工厂情况怎么样。"江城的脸上飘过一层乌云，涩声道："不要告诉家里真相，就说一切照旧。"

提起家，大伙的心又沉到海底，同时一股浓浓的愧疚像海水一样漫上来。江城呻吟似的道："我们都是失败者。打了几年工，什么都没打到。""冬瓜"擂了江城一拳，大声道："死了卵朝天，不死又过年。我们何必这么气馁？想想当年红军两万五，我们这点挫折算得了什么？走！走！喝酒去。"拉起江城便走。江城怏怏地说。"你们去吃吧，我没心思吃。"

"你别这样行不行？人是铁，饭是钢，一顿不吃饿得慌。你要是把身体搞垮了，用什么扳天下？""老鼠"一边说，一边在背后推江城。

出了厂门左拐几十米就有一家大排档，江城道："就在这对付一餐吧，现在我们都是穷人，没资本大手大脚了。"忆起开工厂时大把大把花钱的日子，大家都有一种恍如隔世的感觉。丽娟重重叹了一口气，幽幽说道："还是吴文好，遁入空门一了百了。"

这话像一把刚出炉的尖刀插进江城的心脏。吴文和祝涛忧郁的面孔一下浮现在眼前，他的眼一热，视线一片模糊，赶紧用手抹了抹脸，微颤着声说道："不说他们，我们喝酒。"抓起一瓶啤酒，一仰脖儿，"咕噜咕噜"地一口气喝个精光。

叶岚看见江城这样，有两行泪，顺着面颊缓缓淌下来……

41.委身还债

林老板的那条信息像一条黑蛇在叶岚的脑海里蜿蜒盘旋，这令她无比羞愤，她想把这些可恶可耻的话从脑海里彻底抹去，就像扔一块臭抹布那样，然而它们却又不时地钻出来，让她心慌意乱。她清楚地知道姓林的要什么，但是……自己为什么还会想起这些话呢？她感到害怕了，好像掉进了一口黑暗无底的深井里。

她不敢对任何人说，包括最要好的朋友丽娟。

"我该怎么办？"她不停地问自己，痛苦像千万只蚂蚁噬咬着她的心。江城的路清楚地摆在面前：一百多万的巨款足以压垮他！

这一夜叶岚辗转未眠，第二天起床时眼圈黑黑的。丽娟只道她心急，努力安慰，叶岚丢了魂似的前言不搭后语，弄得丽娟害怕起来，忙伸手摸了摸她的额头，却又不发烧。

"你怎么了，神情恍惚的，要不去医院打瓶葡萄糖吧？"

叶岚摇摇头，凄然一笑，说："不用了，我没那么娇气。娟，我们出来打工是对还是错？"

想起2000年出来打工时的雄心万丈，几年过去，除了逝去的青春年华，落得的便是一身伤痛。丽娟也不禁一阵伤感，苦笑着回道：

"只怪我们的心太不安分，不想过那种平平淡淡的生活。如果像村里的那些女孩子一样平平淡淡，也就没这么多烦恼和痛苦了。"

叶岚的声音充满忧郁和迷茫，双眼空洞洞地望着天花板："工厂倒闭了，我不知未来怎么走，江城会不会挺过来。"

"这是一个坎，但我相信江城会挺过来的，只不过要一段时间。"

"可是这个坎，没人帮他怎么跨得过去？"

"我们有心无力啊，要那么多钱，除非把我们卖了。"

"除非把我们卖了。"这句话像一声响雷劈在叶岚心上，她的面色立即黯淡下去,俩人陷入难堪而痛苦的沉默。过了半晌,叶岚凄凄切切地说:"如果……我真有这么一天,你……你们还会认我吗?"丽娟眼瞪得像铃铛:"你……你想干吗?"

"看你紧张的,我只是假设!"

丽娟正色对叶岚说:"你千万不能这样做!否则你会彻底失去江城,也会失去自己。知道吗?"

叶岚笑笑,却有些勉强,说道:"放心吧,我不会这样做的。但江城怎么办?"

遣散员工后的第四天,江城收到了法院的传票。面对着一张张欠单,江城无言分辩,最后法院判决十五天内还清全部欠款。

刚出法庭,迈克尔的电话就追了过来,说他的货款以及理赔已交林老板全权处理,江城恨不得咬死他,可不得不忍着性子给这假洋鬼子说好话。"冬瓜"气得在一旁大骂:"这电话真来得及时,肯定是狗日的林老板串通好了在搞鬼。"

江城也愈发感到这是个阴谋,背后隐藏着不可告人的秘密。但铁证如山,如何翻得了案?

江城觉得自己背着一座大山,压得连气也透不过来。

几个人急得像热锅上的蚂蚁却束手无策。这时叶岚的手机收到一条信息,又是林老板的:

"叶小姐,如果你愿意,我可以免掉你男朋友江先生所有的欠款,包括加拿大的货款和理赔款!"

叶岚的心像兔子一样窜了几窜,把胸口都撞得隐隐作痛。她微颤着手把这条信息删了。

"老鼠"突然说:"如果不行,我们一走了之,不在这个狗屁海都打工了。"

这句话像一道光照亮了大家混沌的心。雷军一拍"老鼠"的肩膀,嚷道:"强子,还是你脑瓜子灵。他妈的,三十六计,走为上策。我们鞋底抹油,那姓林的狗屁上哪儿找去?!"

丽娟也跟着鼓动说:"城哥,这不失一个好办法。我们在海都消失几年,就一切烟消云散了。"

江城丝毫不为所动,说:"钱债跑得了,心债跑得了吗?我不想我的人生背上这样一个污点。"

"可关键是,这笔债可能是一个圈套呀!"丽娟急了。

江城摆手道:"算是我交的一笔学费吧!这事不要再提了。人可以逃脱法律的牢狱,却逃不出自己的牢狱。我不想我的后半生总梦见有人提刀向我追债。"

"冬瓜"气愤地骂道:"你真是个死脑壳!那姓林的又不是什么好东西,你跟他讲仁义道德?"

"宁可人负我,不可我负人。不然我这么多年的书算是白读了。"

"冬瓜"咆哮起来:"你的书是白读了!你都读成了白痴。"嚷完便拉着"老鼠"气呼呼地走了。

叶岚和丽娟默默无言,心里却像沸腾的大海,她们知道一切已无法挽回,只能眼睁睁地看着江城往悬崖下坠落。叶岚暗暗地叹息道:"也许,我真的只有卖自己救江城了。"

这天傍晚,她独自一人来到海边。

黄昏的海边一片宁静,海堤上只有几对情侣手挽手地在悠闲地散步。夕阳的余晖铺在海面上,使海水变得一半橙红一半莹蓝。几只雪白的海鸥在一片低矮错杂的红树林中觅食,不时箭一样蹿上天空,发出尖锐而清丽的叫声。而远处的大海则一片迷蒙,像混沌未开的宇宙。

"我真的要答应林老板吗?"叶岚不停地这样问自己,她心里像有千军万马在奔腾,无限的纷扰嘈杂让她的神经昏乱不堪,根本理不出一条清晰的思绪。她突然感到无比的绝望和无助,就像一个溺水的婴儿，连挣扎的力气都没有。两行酸楚的泪水从她忧郁的面庞上流下来，慢慢流进她的嘴角。她下意识地用舌尖舔了舔，一丝微末的苦涩直逼入她的心田深处，勾起她对故乡的回忆。

故乡！这个世界上最温暖最美丽最亲切的字眼，这时在叶岚的思绪里却是一道深不见底的伤痕。是的，在她那个村子里，曾经有那么一个女孩，一个家里非常贫穷的女孩，到南方三年，就用打工的钱给家里盖了一幢两层的小洋楼，这令方圆几里的乡亲们都羡慕和妒忌不已。然而在某一年的春节，同在一个城市打工的老乡回来过年，揭穿了这个女孩的打工真相：做小姐！

于是所有的羡慕和妒忌在一刹那间化为不屑，某某的女儿在外做野鸡的消息几乎在一夜之间传遍十里八乡，恶毒甚至下流的咒骂随之而来，最后那女孩经受不起强大的社会舆论压力，在一个夏天服农药自杀了。

想到这里，叶岚不禁打了一个寒战，她从这个女孩身上似乎看到了自己的未来。

"但是我不答应林老板，谁来救江城呢？"

这时她突然想起了祝涛。这个为爱情放弃一切去大草原上流浪的人，不知是否找到了他心爱的姑娘？既然祝涛能为马丽芳浪迹天涯，自己为什么就不能为江城牺牲呢？一股悲壮的情绪涌上她的心头，她用决绝的勇气给林老板发了一条短信：

"明天下午三点皇朝大酒店咖啡厅见。"随后便关了机。

然而她的泪却流下来，一种钝痛直入她的骨髓，同时力气也好像被吸管抽空了，身体瘫在堤坡上。

哭了，悲了，伤了，过去的一切行将结束了。

她来到马丽芳住过的那间小棚。这时海风阑珊，破败的茅屋在清寂的夜色中更显得凋敝不堪。"这里是祝涛爱情的圣地，却是我的祭堂。"一抹浅浅的微笑从叶岚脸上一闪而过，它来不及喜悲，便被晚风吹散。

叶岚回到工厂,只见宿舍门紧闭,江城在桌上给她留了一张纸条:"回来后立即电我,我们在四处找你!"

泪水又一次模糊了叶岚的眼。但她随即狠起心肠,不理不睬,和衣倒在床上,目光呆滞地望着天花板,脑子却像一台飞速运转的机器:"城,我会让你彻底忘记我,恼恨我,从此把我当一个死人!"

她躺在床上胡思乱想,思绪像北风撕乱的云絮。门不知什么时候开了。只听江城着急的声音:"你什么时候回来的?急死我们了!打电话又关机,你不知道这里的社会治安不好吗?"

叶岚猛然从床上跳起,尖着嗓子嚷道:"我去哪里关你什么事?你管得着吗?"

大伙惊得目瞪口呆,不知叶岚为什么发这样大的脾气,都怔怔地看着她。

"你们这样看着我干吗?难道我是妖精吗?"

丽娟莫名其妙地问:"叶岚,你今天是怎么啦?有谁欺负你了吗?"一边伸手去摸叶岚的额头,"还是不舒服?"

叶岚粗暴地打开丽娟的手:"少假惺惺地跟我来这一套,猫哭耗子假慈悲,我早看透了!"

丽娟被呛得满脸通红,眼里随之蒙上一层泪雾。

她跟叶岚从儿时就是好朋友,自打懂事起就没拌过嘴,感情比亲姐妹还好,然而今天叶岚的一顿闷棍把她彻底打蒙了,她万分委屈地看着叶岚,嘴唇哆嗦着,却一句话也说不出。

叶岚看着心里一痛,泪几乎要掉下来,但拼命忍住了。是的,既然戏已上演,就得演下去。这幕独角戏,自己是导演也是演员,是主角也是配角。当这场戏谢幕,自己的人生悲喜剧也将结束。

还是"老鼠"打破了难堪的沉默,他倒了一杯水,故意喝得"咕噜咕噜"响,又拿腔捏调地学了一句广告词:"叶岚山泉,有点甜。"

"冬瓜"配合着哈哈大笑了几声,道:"叶岚回来就没事了。我的肚皮饿得咕咕叫,要上梁山造反了。"说着左手拉江城,右手拉叶岚,"走,我们吃饭去。"

想不到叶岚用力甩开"冬瓜"的手,厉声道:"不要碰我。"

"冬瓜"的笑僵在脸上,嗫嚅道:"你……你到底是怎么啦?"

叶岚也不理雷军,青凤黑脸地对江城说:"我给你打了几年工,不但没得到一分钱工资,反而全搭进你的工厂了。现在工厂倒了,你该把钱全还我了。"

江城以为听错了,惊愕地看着叶岚:"你……你说什么?"

叶岚扬起下巴,冷笑着:"怎么,还要我重说一遍吗?"

"你今天太奇怪了!一下变成了另一个人,让我们感到好陌生。"

"是吗?"叶岚轻蔑地撇了撇嘴,"那我今天就让你们好好地认识认识。"

丽娟扳过叶岚的肩膀,急切地问:"你肯定是出了什么事!你到底是怎么了?快告诉我们,我们都是相依为命的亲人啊!"

"我们都是相依为命的亲人啊!"这句话像针一样扎在叶岚的心上,她慌忙扭过头,怕丽娟看见自己眼中浮起的水雾。

"你上午还好好的,单独出去一会儿,回来就变了。"

叶岚硬起心肠,甩开丽娟的手,说:"是呀,我就是善变,你今天才知道吗?"

江城抖抖索索地摸出烟,一下点燃两支,烧窑似的吞云吐雾。叶岚步步紧逼:"你愣在那里干什么?给我钱呀!看在我们相爱一场的份上,我不多要你的钱,给一万就够了。这可是大大便宜了你!"

大家这才意识到叶岚是认真的,面面相觑,每颗心仿佛都沉到了冰冷的海水里,又苦又涩。房间里的空气仿佛凝固了。

叶岚放缓了口气,说:"我知道你们都不理解我的所作所为。但生活从来就是这么残酷。爹亲娘亲,不如钱亲!没有了钱,还谈什么情呀爱的！所以江城，你不要怪我这么绝情。我以前爱你，是因为你有发展前途，能赚到钱。可你现在一赔到底，成了穷光蛋。我怎么可能爱一个穷光蛋呢？"

丽娟痛苦不堪地说："叶岚，你以前不是这样的。你现在怎么突然变成这样？"

"是吗？"叶岚凄厉地笑了几声，说，"是人就会变。何况是女人！你敢保证你以后不会变吗？"

叶岚的每个字都像钢针扎在江城的心上，胸腔里像灌了辣椒水，烧灼得痛。他的嘴张了张，想说什么，却长长叹出一口气，疲惫之极地说道："好吧，我把钱都给你。"

他掏出身上所有的钱，别过脸递给叶岚。叶岚也没犹豫，一把接过，"唰唰"地点了一万块钱，把其余的钱扔在地上，转身夺门而出，很快消失在夜色中。

"这是怎么了？这是他妈的怎么了？""冬瓜"暴躁地摔碎一个杯子，一屁股坐在地上。

丽娟踢了他一脚："你不要添乱了行不行？都给我冷静点！"一闪身出了宿舍，边跑边说，"我去找叶岚。"

街头灯火如沸，人影幢幢，可叶岚的身影却像一滴墨汁洇在黑夜里，声息全无。

丽娟打了一辆的士四处搜寻，可她不知道，叶岚并没跑远。

当叶岚冲出房门的一刹那，泪水再也忍不住夺眶而出。当丽娟追出来时，她却躲在公司左侧后面的那片杂草空地里哭泣。

她知道，自己彻底封死了退路，只有一条路走到黑了。她即将跳进陷阱里，没有了理想，也没有了未来，一切都如枯灰，无热无光无能量，只等雨水冲过便归于虚无。

她哭了一阵子，陡然想起身上还有一万块钱，心里"咯噔"一声，忙跑到路边拦了一辆的士，到附近的一家农业银行的柜员机上把钱存了，然后找了一家干净一些的私人旅馆住了下来。

这一夜她噩梦不断，到天蒙蒙亮时才睡过去，十点多钟又醒了，再也睡不着。于是索性起床退房，到农行把那一万块钱取出来，又办了一张新卡存进去，然后到邮局把新卡快递给了江城的父亲，交代老人不要声张，说江城喜欢乱花钱，这是偷着攒的，留着以后买房子用。

一切办妥后，叶岚长长松了一口气，找到一家排档吃了一个八块钱的快餐，便打开手机，几十条短信"嗖嗖"地冒出来，她知道是江城、丽娟他们发来的，狠下心一条都没看，便全删了。想一想这样还是不彻底，于是先在手板心记下林老板的电话，然后取出手机卡扔进了垃圾桶。

吃完饭出来，叶岚重新买了一张三十元的电话卡，一看时间尚早，才一点多钟，逛街又怕江城他们发现，想了想，便拨通了林老板的手机。

林老板正午休，蓦然被电话吵醒，那火一下蹿上脑门，把瞌睡烧得精光，一骨碌爬起，对着电话吼了一句："不知道现在是午休时间吗？打个什么打！"

"哟！林老板这么大火气呀？看来是我打错喽！"

林老板一听是靓妹的声音，那火气立即如滚汤泼雪似的湮灭，口气也变得亲切无比："小妹，有什么需要我帮忙的吗？"

"林总，你知道我是谁吗？"

"不……不好意思，这个是陌生号码，一时想不起。请问你是？"

"哈哈……是林总的靓妹太多了吧？连我的声音都听不出了。"

"哦……哦……原来是叶小姐呀！不好意思，你怎么换了号呀，害得我一下听不出声音。"

"你的小妹多得用船拉，当然听不出我的声音啦！"

林老板赶紧赔不是，然后笑嘻嘻地问："叶小姐找我有什么好事吗?"

"约定的事,难道你忘啦?"

林老板心花怒放:"哦……哦……我看还不到三点钟,就先睡一会儿。你现在在哪儿呀,我马上过去。"

一见到叶岚,林老板就急不可耐地要拥抱。叶岚一把推开他,斥道:"在大街上干什么呢!没兑现承诺,你就不准碰我。"

林老板猴急猴急地说:"那赶快上车,我们到皇朝大酒店去。"一边为叶岚拉开前车门。

"我不坐前面,坐后面。"叶岚说着自己钻了进去。

林老板有点尴尬,但转念一想:煮熟的鸭子能飞到哪儿去,旋即释然。

林老板把车开得飞快,瞅着车镜问叶岚:"怎么样,坐大奔的感觉不错吧?"

叶岚一撇嘴,回道:"林老板是笑我这个打工妹没坐过高级车吗?那什么时候你买一部劳斯莱斯的幻影加长版送我呀!"

林老板面不改色心不跳:"哈哈,叶小姐好厉害的一张嘴呀!只要叶小姐跟了我,不要说一部车,就是直升机我都给你买。"

叶岚轻嗤一声:"你的话,我连标点符号都不信。"

林老板胸有成竹,稳操胜券地说:"你可以不信我的话,但一定会信我的钱。"

在皇朝大酒店咖啡厅里,叶岚单刀直入:"林老板,我知道你打我的主意有很长时间了。你现在可以如愿,但你必须按照我的要求去做,否则一切免谈。"

"不就是江城那一笔小小的欠款吗?好说!好说!"

"不只这个,还有加拿大的那张订单也要全免。"

林老板稍稍迟疑了一下,说:"这事我要跟迈克尔商量商量,不知他肯不肯呢。"

叶岚冷冷地道："他不肯，我们就没戏了。"

"我这就给他打电话。"林赫拿着手机走了出去，十多分钟后，他走了进来，装作如释重负的样子说："总算搞掂了。"叶岚瞅了他一眼，说道："口说无凭。我还要你销毁货单和立下文字契约，这样我才完全放心。你们商人太狡猾太言而无信了。"

"叶小姐，为了你，别说这几个小钞票，就是上刀山下火海，我也会去的。知道不？我是不在乎钱的。再多的钱，两眼一闭，就呜呼哀哉，什么都不是你的了。所以我的人生哲学，就是一边挣钱，一边享受。钱只有花了才是自己的，你说是不是叶小姐？"

"你们有钱人玩得起生活，我们穷人玩不起。所以我没你这样的感受。行了，别扯远了，你写文字契约不？"

"行！你要我怎么写？"

"一个堂堂的大老板，不至于一个简单的文字契约都不会写吧？"面对着林老板的嘴脸，叶岚嘴角挂着冷笑说。

"可我记不起江先生具体差我多少钱了。"

"那还不简单！叫你会计把江城的账单全送过来就得了。"

"好吧，今天就了了你的心愿。"林老板掏出手机，君临天下般对会计如此这般交代了一番，然后对叶岚说："半个小时后，帮你一切搞掂！"

"老板就是老板，办事果然不同凡响！"

江城一共欠林老板的油墨等原料款三十二万三千五百一十八元，另外加拿大的那张订单是八十三万，如果按照合同上的规定，误工后即按订单金额的一倍赔偿，江城要付加拿大这个客户一百六十六万，如若再加上林老板的三十多万，江城要还近两百万。

叶岚看得暗暗心惊，这更加坚定了她救江城的决心。于是说道："林老板，你身价过亿，这点钱对你只不过是小菜一碟。如果你……"

林老板很大气地把手一挥："叶小姐什么都别说了，我立字据便

是!"叫会计递过纸和笔,歪歪扭扭地爬下几行蚯蚓字:

契　约

　　兹有天成电子公司总经理江城先生欠森木化工有限公司总裁林赫货款叁拾贰万叁仟伍佰壹拾捌元零陆分(323518.06元),以及加拿大客户迈克尔先生货款及赔偿金壹佰陆拾陆万元整(1660000元),两笔所加共欠壹佰玖拾捌万叁仟伍佰壹拾捌元零陆分(1983518.06元)。经与迈克尔先生协商,森木化工有限公司总裁林赫决定免除天成电子公司总经理江城先生两笔欠款,不予追还。立此为契,即日生效。

立契人:林赫
2004年6月3日

　　林赫写完了递给叶岚,说:"你看看行不?"

　　叶岚逐字逐行地看,特别是那几个数字,用手指点着读了几遍,然后说:"大致可以。不过林老板能不能在最后面加一句'此契约有法律效用'并按上手印?"

　　"哈哈,叶小姐真是精明,不愧是职场精英,女中豪杰!我补上,补上。"

　　叶岚看着林老板把字签完,按上手印后,心里的那块巨石终于落下了。她在酒店里复印了几张,把原件留下,给了林老板一份复印件,说:"林老板办事真爽快,不过还有一件事你没做呢。"

　　林老板的语气明显地轻佻起来:"宝贝,还有什么事?"

　　"你不是起诉了江城吗?那你要撤诉才行呀!"

　　"哦!这个事呀,好办!好办!一个电话的问题。"说着便掏出手机，脑袋冲着天花板喊："喂，陈律师吗？你把江城那个案子撤了，不起诉了。你的办案费用我一分不少给你。嗯，就这样了。拜拜。"

林老板打完电话，笑眯眯地对叶岚道："为让你彻底放心，现在我把这些单子全撕了。"说完真的把那几张货单撕得粉碎，然后吩咐服务员："去，把这垃圾倒进马桶冲掉。"

叶岚没料到林老板会做得如此彻底，倒愣在那里一时回不过神来。林老板看见微微一笑，道："古有皇帝爱美人不爱江山，今有林某爱佳人不爱银子，有得一拼吧？哈哈……"得意得像统一六国后的秦始皇。

叶岚知道序幕已完，该自己上场了。这时她心里猛地涌起一股伤感和酸楚，眼里顿时盈满了泪水，她赶紧别过脸擦干，强作欢颜地说："林老板，从现在起，我就是你的人了。你去开房吧。"

"叶小姐，我知道你对江先生一往情深。你这么做，一切都是为了江先生。但我敢肯定，你的付出，江先生未必会领情。"

这几句话像子弹击中了叶岚的心窝，她的脸变得惨白，身体一下软了，呻吟似的说："这是我的事，不要你管。"

这夜，叶岚和林老板住在了一起。

第二天，江城突然接到林老板的撤诉通知书和一张免款契约，这突如其来的事件让所有的人都摸不着头脑，如在雾里。

江城的思维像陀螺似的高速运转，他思考着一切的可能性。突然，一个念头像条黑色的蛇钻进他的脑海：叶岚！

是的，肯定是叶岚！除了叶岚能解此围，还能有谁？难怪她这几天行为反常！

这样想着，江城只觉胸腔里落进一个火盆，五内俱焚。脸上雷电轰鸣，眼里风雨交加，恨不得拎起地球把天撞破一个洞。

看着江城近乎狰狞的面孔，"老鼠"和"冬瓜"突然什么都明白了。

房里顿时陷入死一般的沉寂。

当黄昏来临，月上树梢，外面响起打工仔欢快的歌声，丽娟才知道一天又已过去。她看看江城，只见他满脸憔悴，眼窝陷了下去，一天之间好像一下苍老了十多岁。丽娟的心一痛，噙着眼泪把他扶起来，凄声说："不要这样好不好，我们都还得活着呀！"说着说着她自己的泪却又滴下来。

江城抹了抹脸，长叹一声说："娟，是我没有用，是我无能。"他双手撑膝，想站起来，可坐得太久，腿麻得没一丝力气，还没站直便一屁股又坐了下去。丽娟赶紧帮他揉腿，一边说我们去吃点饭吧，这时节千万别病了。

江城点点头，说："我们去超市买点菜回来自己做，自己做的饭才好吃。"

丽娟听了心中暗喜，看来江城还没被完全打倒。

这餐晚饭吃得如同嚼蜡，丽娟强作欢颜，不停地给江城他们搛菜，劝他们多吃。江城说："大家多吃点，这也许是我们最后的晚餐了。"

"你说什么？"雷军放下筷子问，"城哥，你这话是什么意思？"

"我是说，你们明天该干吗去就干吗去，不要陪着我了。我和林老板、叶岚之间的事，我会处理好的。"

"老鼠"问道："你准备怎么处理？"

"明天我去找林老板。"

"那我们一起去。你看他公司的那几个保安，凶神恶煞的，一个人去怕吃亏。"

江城一想也有道理。凭自己胸中的这口火气，见了面难保不吵起来。

次日，江城叫了一辆的士，和"老鼠""冬瓜"一起去找林老板。丽娟追着车屁股喊："有话好好说，千万别打架啊！"

江城三人闯进林老板的办公室时,叶岚正在给林老板沏茶。一看到叶岚,江城的眼就红了,上前一把抓住她就往外拖。林老板把茶杯重重一顿,那声音寒得像冰碴子:

"江先生,这是你撒野的地方吗?这门怕是进来容易,出去难。"一按铃,涌进四个彪形大汉,都是光头、肥脸、文身、黑衣墨镜,凶神恶煞一般。

江城丝毫不惧,那眼珠子睁得像要弹出来了,炸雷似的吼一声:"拦我者死!"那四人见江城须发皆张,如同一头暴怒的狮子,不禁也唬住了,站在那里一时不敢上前。

叶岚竭力挣扎着:"你放手!你这个疯子!"

林老板看见不由哈哈大笑起来,说:"江先生,叶小姐都不要你了,你还自作多情拉她干什么?做男人混到这份上,还有什么脸面活在世上?"江城双目欲裂,骂道:"老子交人不慎,才着了你这狗日的道儿。"

"少安毋躁,少安毋躁。" 林老板笑容可掬,"要不我们谈谈?看叶小姐是跟你还是跟我,全由她做主。行不?"

江城见如此说,只好放了叶岚。叶岚甩甩被捏痛的手,退到林老板身边,悻悻地说:"江城,你太过分了!"

江城目光炯炯地罩着叶岚:"跟我回去!你在这里不会有好结果。"

叶岚冷笑一声:"哼!你现在穷得连西北风都没得喝,我跟着你就有好结果吗?江城,你别白日做梦了!看看你现在的这副寒碜样,有哪个女人会跟你?"

江城被噎得气梗咽塞,就像正抓鱼的鸬鹚被一条大鱼梗住了喉咙,几乎闭过气去。

强子气得声音发颤:"你为了金钱,居然连爱情友情都不要了。你能背叛我们,将来也会背叛你现在的靠山林老板。"

叶岚像赶苍蝇似的连挥双手:"这是我的事,你们管不着。走吧，走吧，你们走吧，我不想看到你们。"说着背过身去，不再看他们一眼。

江城发现她的双肩在微颤，心里一痛，想起案件的撤诉，一腔怒火顿时化成一汪水，柔声道："叶岚，你这是何苦？我欠林老板的债，我自己会还。你……你用得着这样吗？"

叶岚回过头："江城，林老板要不要你还钱，与我没一点儿关系，你别自作多情扯到我身上。我跟林老板，是因为他有钱，能给我想要的。你却给不了。"

"叶岚，你的这些话骗得了别人，可骗不了我。我知道你做的一切都是为我好……"

叶岚粗暴地打断他的话："你真不要脸！我把话都说到头了，还这么死皮赖脸地缠着！你姓江的是死是活，关我什么事？你要我回去，行啊！你有林老板这么多钱我就跟你回去。不然请你早点滚蛋，别在这里丢人现眼！"

江城心中残存的希望被叶岚抽丝剥茧似的一缕缕地抽去，他绝望地看着叶岚，曾经风雨同舟的恋人这时变得如同陌路，他觉得心里长出了一蓬炸刺，刺得他鲜血淋淋。他呻吟着说了一句："叶岚，我再问一声，你跟我回吗？"

听着江城痛苦不堪的声音，叶岚的眼一湿，泪险些涌出来。她竭力狠起心肠，冷声说："我该说的话都说了，你该干吗干吗去，别在这里烦我！"

林老板这时轻笑一声，走到江城面前，悠悠地道："江先生，你跟我抢女人，就像孔夫子跟关公玩刀，乞丐跟皇帝抢权力。你抢得过吗？！"

江城怒吼一声："我×你妈！"一拳砸过去，林老板猝不及防，被砸得一个趔趄，一跤跌在茶几上。"稀里哗啦"一阵响，茶壶茶杯碎了一地。

那几个保安见状，立即围了上来。"冬瓜"比他们更快，抓起一块锋利的玻璃碎片，一把揪住林老板，喝道："谁他妈上前，老子就把他的喉割了！"

所有的人都惊呆了，谁也没想到会闹到这种局面。愣了几秒钟，江城大喝一声："雷军，你千万别胡来！"

雷军双目尽赤，满眼蕴泪，厉声叫道，"哥，这王八蛋把我们的工厂毁了，把你的爱情毁了，我不捅他几个血窟窿，难解心头之恨！"说着那玻璃片已扎在林老板的左胸上，林老板杀猪似的惨叫起来。强子也红了眼，蹿上去拳头雨点似的落下。叶岚从惊愕中回过神，扑上前一把抱住"冬瓜"，大哭道："你们要搞出人命来吗？"

江城上前把叶岚拉开，对雷军说："你把玻璃片给我，等我来扎这狗日的几下。"雷军又扎了一下，这才把玻璃片给江城，他自己的右手早已被划得满掌是血。

江城把玻璃片架在林老板脖子上，冲雷军和强子吼道："你们快走，能走多远就走多远！"

"哥……"雷军和强子双眼滴血。

"你们他妈的快滚！"江城血红着眼睛喊。

"不，我们不能丢下你不管！"

"谁他妈要你们管？给老子滚！"江城声嘶力竭。

说话间那四个保安悄悄围了上来，江城把玻璃片在林老板脖子上一紧，喝道："谁再敢上前一步，老子放他的血！"

这时林老板早已吓得半死不活，生怕江城弄死他，忙双手急摇，示意保安不要过来。雷军和强子齐齐哭喊了一声："哥！你保重！"夺门而出，拦上一辆的士，直奔海都火车站，到南京去找吴文了。

见"老鼠"和"冬瓜"安全走脱，江城不由长松了一口气。他放下玻璃片，把林老板扶到沙发上坐下，脱下衣服按住他的伤口，一边对叶岚说："你报警吧！"

叶岚身体如风中的败叶,"簌簌"地抖个不停。江城怒喝道:"你死了吗?警都不会报?"叶岚"哇"的一声哭出来,蹲在墙角呜咽失声。

那几个保安如梦方醒,忙打"110",不一会儿江城听到了警车的"呜呜"声,便放开了林老板。四个保安一见老板安全了,一涌上前,大展神威,对江城拳打脚踢。江城护了紧要处,任由他们打沙包似的不还手。警察冲进来时,看见两个血人,一个躺在沙发上,一个躺在地上。还有一个年轻美貌的女人蜷缩在墙角哭泣。

林老板被"冬瓜"扎成重伤,加之"老鼠"那几十下重拳,打得林老板鼻青脸肿,这一切都算到了江城的头上,结果江城以"故意伤人罪"判刑一年半。

林老板犹不解恨,对叶岚说:"这小子,跟我玩,要不是你拼命求情,我整死他!信不?我出几个钱,要法官怎么判就怎么判!"

叶岚赔着笑脸:"那是那是。林老板是谁?身价上亿的老板!跺一跺脚松乡镇的地皮都要抖几抖!江城是什么?身无分文的打工仔!林老板怎么会和这种人一般见识呢,您说是不是?否则有失身份的嘛!"

马屁是天下最有效的迷魂药,尤其是漂亮女人的马屁,更具有原子弹般的杀伤力。林老板被叶岚前呼后哄,哄得通体舒泰,纵是身上的几处伤口发痛时也有酥麻的感觉。"最难消受美人福。"林老板是一个典型的见色亡命的主儿。

江城被抓了,"老鼠"和"冬瓜"逃了,吴文也杳无音讯,好日子刚刚开了个头,一切就烟消云散,这让丽娟陷入绝望的深渊。她觉得自己就像一叶漂在茫茫大海上的扁舟,独自面对狂风恶浪,随时都有沉入大海的可能。

江城入狱后没几日,丽娟便去探监。俩人的眼光一相遇就泣不成声。狱警在一旁提醒说:"别光顾哭啦,就那么几分钟,有话赶紧说吧。"

江城抹了一把泪，哽咽着说："娟儿，是我不好，连累了你们，叫你们两手空空一无所有……"

丽娟抽泣着："城哥……你千万不要这么说……这不是你的错。我现在只希望你在……里……里面……好好改造，争取减刑早些出来。我……我们都在等你……"

"是我眼瞎，贪小便宜，交人不慎，遭人暗算，才落到现在这个地步，怨不得别人。"

"过去的就让它永远过去吧，再想也没有用。你要向前看，向前看……"

江城握住丽娟的手："娟儿，我现在最担心的就是你，你一个人在外面，一定要好好地活下去，知道吗？我们这帮人都堕落了，就只有你了，我希望我们这帮人还有一个人是干净的。"

江城的话令丽娟痛彻心扉，她使劲地点着头，泪如雨下。"我……我会的……我就是做普工也不会走……邪门歪道！"顿了顿又说，"你不要恨叶岚，她……她都是为……为了你……好……"

"纵使是这样，她也不应该走这一步。她的目的是不让我坐牢，可我现在还不是坐牢了？"

"可是你要知道，她不是背叛你，而是想救你。不管结果怎么样，她的初衷都是好的，所以你一定不要恨她！"

江城长叹了一口气，痛苦地说："我可以做到不恨她，可我们却回不到从前了。"

"这我不强求，我只要你不恨她！"

江城掩面失声："我不恨她，我只恨我自己……"

丽娟岔开话题："好了，不说这些了。你还有要吩咐我的吗？"

"有他们的消息了，你立即告诉我。"

丽娟知道江城所说的"他们"是雷军和强子，点了点头没应声。

江城又道:"还有吴文,你也要想方设法去打听,我们现在需要他,请他出关吧,不要做什么和尚道士了!"

"嗯!我们一定会把吴文挖出来。"

42.出关出道

就在丽娟探监后的第五天,"老鼠"和"冬瓜"终于在南京郊区的一个小庙里找到了吴文。

这里面有某些侦探小说的情节。

那天"老鼠"和"冬瓜"惶惶不安地爬上海都至南京的火车,想着江城一个人在海都受苦,只觉肝胆欲裂,五内俱焚,真想放声大哭一场。

到南京后他们马不停蹄地来到婉雪的家。婉雪的父母看见他们又惊又喜,寒暄过后问是怎么回事。"老鼠"只说是受吴文的父母所托,务必要把他找出来,对江城的事只字没提。婉雪的父亲满脸凄伤,说:"吴文这孩子,自出走后就没回过家,也没联系过。但是每个月叫人送油送米来。我……我们……"说到这里已是老泪纵横。"老鼠"俩人也想起婉雪,四人相对而泣。

悲伤了一阵,"老鼠"便问那个送米人的模样,想从那人身上得到吴文的蛛丝马迹。婉雪的爸爸想了想,说:"那人大概就在这两天要送米来,等他来了你们再仔细问问。"

这消息令"老鼠"俩人振奋不已,好像吴文已是瓮中之鳖,手到擒来。

洗漱后在婉雪家稍稍休息了一下,"老鼠"和"冬瓜"便告辞出来,说是到街上买点生活用品,出门后却折身买了鞭炮、香和冥钱,去祭婉雪。

墓碑上的婉雪明眸皓齿，微笑地看着"老鼠"和"冬瓜"，仿佛在问他们为什么来南京了。如烟的往事活灵活现地一幕幕涌上他们心头，一切的一切都好像就在昨日，然而已天人两隔。再想起现在几人的惨状，坐牢的坐牢，出家的出家，逃命的逃命，做小三的做小三，个个凄凄惨惨，强子和雷军不由抚碑痛哭了一番。

第三天终于等到了那个送米的人，雷军和强子像遇到了大救星，敬烟端茶伺候着，请那人说出吴文的下落。怎奈那人的嘴像上了法院的封条，半字不透，烟也不抽茶也不喝，掉头就走。俩人像特务似的跟出来，恨不得给那人下跪。最后"冬瓜"急了，大吼一声："我说你这人怎么回事？要你说一下他的地址，有这么难吗？"

那人操着河南口音瓮声瓮气地说："我答应过他的，不会泄露他的一丝一毫。"

"那我告诉你，你今天说也得说，不说也得说。不然别怪我不客气！"

那人见"冬瓜"满脸横肉面目狰狞，不禁有几分怕了。"老鼠"忙在一边唱白脸，把事件的原委道明了，那人听后"哦"了一声，说："原来是这样，难怪你们急！得了，得了，我就说给你们听吧，他在高淳区花山玉泉寺当和尚。"

俩人喜得脚步踉跄回家报信。婉雪的父母得知消息，很激动，喃喃自语道："天可怜见！天可怜见！"当即便要去见吴文。"老鼠"和冬瓜对望了一眼，暗想有两位老人同去，对吴文的压力更大，于是便叫了一辆的士，四人直扑高淳区花山玉泉寺。

当"冬瓜"一行四人来到花山时，只见寺庙端坐山腰，左右两峰相抱。登上山来，寺门乃向东南，前方五峰连绵相簇，恰如五虎卧守。寺内有五间大雄宝殿，双檐构建，高大雄伟。三尊大佛端坐宝殿中间，两侧分立十八罗汉，庄严肃穆。山门横额石刻"玉泉古寺"四字，两旁楹联书："玉馨金钟敲佛地，泉声松韵锁禅门。""老鼠"

看了叹道:"吴文真会挑地方,这里真是世外桃源啊!"

"冬瓜"说:"你不会也想出家吧?"

"老鼠"少有的镇静:"佛门圣地,少胡言乱语。办正事要紧。"

四人都按捺不住内心的激动,仿佛在等待一个新生儿的降临。四双眼睛像搜索敌机的雷达一样扫来扫去,但不见吴文的踪影。"冬瓜"急了,忍不住在大雄宝殿上嚷起来:"吴文,吴文,你给我出来!出来!"唬得几个念经的和尚面面相觑。一个年长的过来念了声"阿弥陀佛",问道:"请问几位施主找谁?"

"老鼠"忙回了一个揖,说道:"大师,我们找一个叫吴文的,他在这里出家前是个作家。现在他家里出了急事,请您行个方便让他出来一下。"说完又深深作了一个揖。

老和尚沉吟半晌,缓缓说道:"阿弥陀佛!吴文?作家?我们这儿有个带发修行的,不知是不是他。"

雷军和强子对看了一眼,感觉此人十有八九就是吴文,忙求道:"大师,能找出这人让我们看看吗?"老和尚微微颔首,吩咐旁边的一个年轻僧人:"你去把了尘找来。"

这了尘正是吴文!

当他看到雷军、强子和两位老人时,身子剧烈地一震,如遭雷击。他还没来得及开口,"老鼠"上去便是一耳光,一声脆响,打得吴文晕头转向,雷军和两位老人也不知所措。只听强子带着哭音骂道:"你这个懦夫!你……你逃……逃得了吗?你……"

吴文捂着火辣辣的脸,愣了半晌才回过神,讷讷问:"你们……你们怎么来了?"

"我们不来,难道你还想躲在这里享一辈子清福吗?"

"冬瓜"怕"老鼠"一时激动说出江城的事,忙上去解围,他一把推开强子,斥责道:"哪有见面就打人的,有话不能好好说吗?"拉着吴文:"快去见过伯父伯母。"

"爸！妈！恕孩儿不孝……"吴文哽咽道。

婉雪的母亲泪如雨下，抚着吴文的头，凄声道："孩子，跟妈回家吧！你让爸妈找得好苦……"

吴文缓缓跪了下去，抱着婉雪母亲的双腿无声哭泣。几个僧人见状，双手合十念起"阿弥陀佛！"那位老僧人踱上前，柔声对吴文说道："施主，老衲早知你尘缘未尽，故未敢让你剃度出家。今天你父母亲朋已来，你还是哪里来，哪里回吧！阿——弥——陀——佛——善哉！善哉！"

强子见时机已到，忙拉起吴文，说道："你跟我来，我有话对你说。"

吴文料知有重要的事情发生，不然强子和雷军不会千里迢迢千方百计地寻找自己。想到这里，胸膛里便像有百十来只青蛙扑扑地上下跳，撞得他的心隐隐发痛。

来到一个僻静处，强子把江城的事从头至尾说了，吴文如听天方夜谭，喃喃不停地说："怎么会这样，怎么会这样！"

"所以我们才急着找你回去呀！现在大伙都需要你！"

"好，我这就跟你们回去。其实在出家的这段时间里，我也无时不在牵挂你们！"

强子大喜，拉着吴文回到殿上。吴文与众僧人一一别过，便和强子四人一起下了山。

事情出奇顺利，婉雪的父母喜得合不拢嘴，犹如婉雪重生了一般。回到家里，两位老人忙前忙后张罗了一桌好饭，家里出现了少有的喜庆。

吃完饭后，婉雪的妈妈对吴文说："文儿，你回家里去看看吧，不要让你父母担心。我们你就不用操心了，我们有退休金，生活没事的。"

吴文迟疑了半晌，欲言又止。婉雪爸说道："你有什么话就直说吧,不要紧的。"

吴文长叹了一口气,缓缓地说:"爸,妈!这次我回去有很多事情要处理,短时间怕是不能过来照顾您二老了。我有一个不孝的想法,您二老愿意去养老院吗?这样生活起居都有人照应。同时也换一个环境,心情可能会好些。"

婉雪父母对看了一眼,微笑着道:"好吧,一切听你安排。"

接下来几天,吴文帮两位老人办理了进院手续。待一切妥当后,又和强子、雷军去祭奠婉雪,少不了又痛哭一番。次日三人便坐火车回到了海都。

海都!海都!这是他们的希望之城,又是他们的伤心之地。他们的青春在这里绽放,也在这里挥霍。事业从这个海滨之城起步,梦想又在这繁华之都夭折。他们注定是这座城市的过客,哪怕用鲜血甚至生命也不可能留下一线划痕。海都像一部巨大的绞肉机,把无数个吴文或江城的智慧和汗水榨尽,然后如弃敝屣似的一脚踢开。

这就是海都。人心比水泥坚硬,人情比海水冰冷。金钱跟谎言结盟,大鱼吃小鱼,小鱼吃虾,虾吃泥巴。泥巴无物可吃,便成沼泽,陷万物于深潭。

回到海都的第一个晚上,在一间又脏又乱的十元钱旅店里,"冬瓜"慷慨激昂地对吴文说:"文哥,我算是看穿了。人无横财不富,马无夜草不肥。饿死胆小的,撑死胆大的。我们安分地打了这么多年工,屁都没赚到一个!现在我们豁出去了,走红道不行,走白道也不行,那他妈就索性走黑道!"

"怎么,难道你们想做黑老大?"

"老鼠"吸着烟说:"不是想做,是准备做!"那暗红的烟火在昏黄的灯光里一闪一灭,就像吴文心中跳动的无名的火焰。

由于怕松乡警方还在抓强子和雷军,他们不敢在松乡镇租房,而市内又太贵,三人一合计,便跑到与东莞交界的松平镇找间房子住下了。

这时丽娟在松乡镇一家电子厂里做采购员,当吴文出现在她面前时,以为在梦中,怔了片刻,突然惊叫一声,顾不得旁边众多工友,飞一般扑过来抱住吴文,伏在他肩头上号啕大哭起来。

吴文的眼睛也一阵阵发酸,这时有不少人围上来,吴文忙轻轻推开丽娟,说:"我们走吧!"

俩人来到附近一家川菜馆里吃饭,边吃边谈,说到伤心处都止不住地流泪。吴文要联系叶岚,丽娟说她早就换号码了,就是联系上了,她也不会理你的。

吴文涩着声音道:"我知道,她这样做都是为了江城。"丽娟摇着头说:"可江城不会领她这个情呀!江城就是宁愿死,也不会让叶岚这么做的。"

吴文长叹一声,默默无语。丽娟又问:"你这次来海都有什么打算呢?不能光靠写作生存吧?"

吴文的心像马蜂蜇了似的疼痛起来。与婉雪相依为命一起写作的情景像一张张照片挂在眼前,他听见自己的灵魂深处发出裂帛一样的声音,心中泪雨滂沱。

丽娟看见吴文面色一黯,知道他想婉雪了。她痛怜地看着吴文,有千般安慰的言语却一句也说不出。她擦了擦眼睛,哽了半天才凄声说:"我们这帮人全指望你了……"

"我有什么?我唯一能做的就是希望我们这帮人都好好地活。"

过了几天,吴文和丽娟一起去探望江城。江城看见吴文不禁悲喜交集,眼泪横飞,他紧紧握着吴文的手,颤着声说:"你出来就好,你出来就好!你出来我就放心了!"

"我会照顾好他们的。你不要有什么思想负担。时间很快就过去了,我们都等着你出来,重新跟着你打江山呢!"

江城信心满满地说:"嗯。过去的就让它过去吧!我们会有未来的。"

探完监出来，吴文长长吁了一口气，对丽娟说："看来江城的精神状态还不错。只要雄心不倒，人就有希望。"

和丽娟依依不舍分了手，吴文坐公交回到松平镇。只见租屋房门紧闭，吴文以为"老鼠"他们出去了，嘟哝一句打开房门，却见桌上有两张信纸，上面写着：

文哥，我们走了，请不要找我们。打工这么多年，我们累了，决定改变一种生存方式。在丛林一样的海都，要么你吃人，要么被人吃。江城就是一个活生生的例子。

我们知道，我们走这条路，你一定是痛心疾首。是的，我们这帮人大多都堕落了，只有你和丽娟还站在岸上。希望你们永远站在岸上，永远不要下来！

文哥，你是知道的，我们没有什么理想，更谈不上什么抱负。自十五六岁出来打工混世界，一晃竟十来年了。在没遇见你和江城之前，我们打一天工撞一天钟，浑浑噩噩地过日子，大好的青春年华就像白开水一样倒掉了。自从跟了你和城哥，我们才认认真真地活，想用自己的双手去改变命运，改变生活。但我们错了，我们改变不了命运，也改变不了生活。既然什么都改变不了，那倒不如就去打破它，来个鱼死网破，说不定还有几分胜算。

我们深深知道，我们走这条路，在你心上又重重地划下了一道伤疤！但是不管怎样，我们都把你视为最亲近最亲近的兄长！多多珍重！！！

雷军、强子　即日

看完信，吴文像挨了一闷棍似的瘫软在椅子上。他内心充满了沮丧、悲伤、痛苦和失望。明知无法再联系上,但他还是不死心,一遍又一遍地打俩人的手机,就像一个落水的人做无望的挣扎。直拨得手指发酸,但一次都没接通。这时天全黑了,漫漫的夜色从窗外水一样涌进来,将他淹没。他感觉全身乏力,胸闷异常,好像四周的空气都被抽空了,一呼一吸之间都十分吃力。他"啪"的一声打开台灯,光亮在黑暗中炸开来,也将吴文的发昏的神经唤醒。他长叹了一口气,用冷水洗了脸,然后给丽娟打电话,把强子俩人的事说了。丽娟听着听着就哭了,说:"文哥,我们这帮人真的只有你和我了,为什么会这样,为什么会这样?"吴文安慰道:"事已至此,我们急也没用。各安天命吧!"

丽娟抽抽噎噎地问吴文:"那你现在有什么打算?"

吴文沉吟了一下道:"要不……我搬到你附近去住吧,这样照顾你就方便些。"

丽娟喜出望外:"真的吗?那你现在的租房呢?"

"一个月的押金不要了。我明天就过来。反正也没什么东西,一个包就拎走了。"

次日,吴文又回到了三十一区,在离丽娟上班的地方不远处,他租了一套一室一厅的房子,一边写作一边在网上找工作。这次他运气不错,三个星期后,竟找到了一家公司内刊主编的差事,丽娟像中了巨奖一样高兴。吴文兴致不错,也幽默了一句:"地球是运动的,一个人不会永远处在倒霉的位置。"

吴文的生活慢慢走上了正轨。

但他无时无刻不在担心和牵挂着强子他们。

两个多月后,海都发生了一起轰动全城的绑架案:一家公司的老板在一个晚上被一伙蒙面人绑走。据称此老板欠工人工资三百多万,员工罢工、上诉都无果,最后只好请了黑道上的人出面。那黑道上的人,手段果然了得,当夜就把那老板绑了,并留下一纸书信威胁:两天内务必将员工工资和利息全部还清,否则收尸!落款是"天龙帮"。

江城知道,这个所谓的"天龙帮",十有八九就是"冬瓜"和"老鼠"他们。

43.红尘劫

一个年头很快就过去了,春天来了又随着燕子走了,夏过去之后便是秋。海都的秋天,阳光依然是那么灿烂,它抚照着万物,一切都显得欣欣向荣。在这漫长而短暂的岁月里,每个人的生活都有了微妙的变化:吴文成了一个小有名气的网络作家,丽娟当上了采购部的经理,却也形单影只——她一直没有谈恋爱;没变的是叶岚,她依然跟林老板在一起,吴文仍然孑然一身,"冬瓜"和"老鼠"像蒸发了,但那个"天龙帮"却在海都搅得风生水起,他们专门跟欠薪的公司过不去,几乎成了海都打工世界的传说。

是的,生活按部就班得像流水一样继续着,曾经的伤痛与幸福像细沙一样沉在生命的河流里,留下淡淡而幽远的怅惘。

当2005年这个炎热的五月只剩最后三天时,我们的江城终于出狱了。

接他的只有吴文和丽娟。

当三人眼神相遇的一刹那,都不约而同地张开双臂飞奔起来,他们紧紧地拥抱在一起,任凭泪水横流。说不尽的高兴、悲伤、委屈……所有的情愫都在这一刻尽情地倾泻而出。

这时候,江城多么希望雷军和强子出现在眼前,还有他亲爱的兄长祝涛,甚至……叶岚。可是,先前亲如手足的朋友和恋人现都如同风中零碎的花朵,飘蓬辗转,各自东西。

但是江城并不知道,此时此刻,就在监狱对面的一家宾馆里,有两个房间的窗户敞开着，里面的三双眼睛默默地注视着这里发生的一切。当江城的身影出现在监狱大门的那一刻，这三人的眼泪顿时像下雨似的流下来。当江城他们紧紧拥抱在一起时，一间房子里的两个男人也相拥而泣，而另外一间房子里的那个女人则哭瘫在地……

这三人不是别人，正是强子、雷军和叶岚。可惜的是，他们同在一家宾馆，却彼此不知，自始至终也没碰过面，就那么擦肩而过。

江城出狱后的第一件事，就是直奔马丽芳的那个小屋。

海风萧萧，海浪低回，堤道缦转。那间小屋仍在，一切如昔，而故人不再，江城心如刀割，他一寸一寸地抚摸着断垣残壁，就像抚摸着祝涛的脸。这小屋在风雨的侵蚀下已是千疮百孔，正如江城此刻破败的心境。

在小屋逗留了一会儿后，江城又把吴文和丽娟领到一个涵管前，指着说："当年祝涛来海都找工作，落魄时就睡在这个涵管里。没钱吃饭，就趁黑夜去偷马丽芳家的萝卜吃。如果不是马丽芳的爸爸搭救他，也许早成饿殍了。"

丽娟有些吃惊地说："怎么，一个名牌大学生在海都都混不到饭吃吗？"

"他是一个极纯粹的人，根本不懂什么谋生之道。其实他应该待在大学里做学问，根本不适合在尔虞我诈的社会上打拼。"

丽娟幽幽地叹了口气，说："他还是一个至情至性的人。在茫茫大草原上追寻一个心爱的姑娘，听起来好浪漫，可世上有几人能做到呢？！"说完看了看吴文。

吴文的心像刀挖似的一痛，婉雪的倩影立即浮现在眼前。"我没祝涛有福气。"他的声音能拧出水来，"祝涛起码还有寻找他心爱的姑娘的机会，可我连这个机会都没有。"他抹去了脸上的泪水，"祝涛是活在希望里，而我是活在怀念中。"

江城想起了叶岚，苦涩地笑了一笑，落寞地说："你还有怀念，我连怀念都没有。"

丽娟不想让他们坠入痛苦的深渊,忙引开话题,问:"城哥,有什么打算?"

"从哪里跌倒就从哪里站起来,我还是准备从销售做起。"

江城又和吴文住在了一起。

同样的海都,同样的三十一区,同样的蜗居生活。生活好像回到了吴文初来海都时的起点。

江城很快就找到了一份销售工作。

作为一个销售老手,江城重操旧业显得游刃有余,尤其是经过人生的沧桑巨变后,他变得老练和深沉了,初出校门闯江湖时的莽撞与孟浪已荡然无存。

每到周末,江城、吴文和丽娟都要聚一聚,三个人在异地他乡互相搀扶彼此温暖着,不是一家人胜似一家人。

他们无所不谈,但却有两个忌口:婉雪和叶岚。每个人都小心翼翼地避开这两个话题,就像步兵规避雷区。

在口头抹去一个曾经的恋人也许容易,而要在心底抹去却是难上加难。不知多少个深夜,江城在梦中惊醒。那个可怕的梦境总是在他睡梦中出现,令他冷汗涔涔:在某个早晨或黄昏,叶岚从一座摩天大楼上纵身跳下,一袭白衣如雪莲般在空中绽放,然后像一块晶莹剔透的冰凌砸在地上,溅出娇艳的桃花图案……每到这里江城便一个冷战惊醒,那无垠的暗夜在窗外的广袤的天地中奔驰着,苍茫的黑色像潮水挟裹着他,仿佛要把他拖到洪荒大地。江城不知道这恶鬼一般的梦境预示着什么,一种不可言说和无法遏止的恐惧逼得他透不过气,感觉自己就像睡在一个棺材里。是的,叶岚如同一个幽灵,睡在他灵魂最深处,住在他密封的心房里,每到夜静独处便飘然而出,在他脑海里翩翩起舞。江城痛苦地发现,自己还是深深地爱着叶岚。叶岚是他生命中永远不可治愈的痛和伤,就像附着在精神上的红斑狼疮,一遇到记忆的阳光便发作。同时还有一种刀刻斧凿般的羞耻在折磨着江城：叶岚所做的一切和现在的境遇，不都是在为自己的无能埋单吗？每每念及至此，江城作为男人的自尊心就滴血，有时候，他觉得自己比妓女都不如！

江城的感受叶岚也同样深切地感受着，这也是她不联系江城的主要原因之一。不能相濡以沫，就相忘于江湖。沧海桑田后，彼此已形同陌路。有谁会在时过境迁之后还在原地等你。

"哀莫大于心死。"这话用在现在的叶岚身上最合适不过。既然是一场交易，那就索性放开多赚一些。因此这三年来，她在林赫身上刮了不少钱。林赫的钱多得像手纸，不过他好像对叶岚有了些真感情，但无法对叶岚专一，于是就以"银弹"饱和攻击。女人嘛，一是要甜言蜜语哄着，二是要银弹砸着。以林老板玩女人之悠久历史和资深经验分析，只要这双管齐下，天下就没有搞不掂的女人。

那天叶岚从宾馆回来，林老板发现她面有泪痕，便像警察叔叔盘问小偷似的盘问个不停，但叶岚守口如瓶，逼得急了便说想家了。弄得林老板啼笑皆非，这白痴般的回答简直是侮辱他的智商。但他不点破。玩感情游戏就跟玩魔术一样，揭穿谜底也就意味着游戏的结束。

后来林老板终于想明白，那天是江城出狱的日子。不知为什么，他后脊背冒起一缕寒意，像一柱冰冷的水银从尾椎骨一直蹿到百会穴。他知道自己把江城坑得太惨，如果叶岚知道真相，难保不会出什么后果。

林赫清楚地知道，叶岚的心不在他身上，她爱的依然还是江城。这令林赫有些不爽，感觉叶岚在吃里爬外。但他偶尔良心一闪，自己妻妾成群，叶岚想想她的旧情人又如何。于是倒有了某种心理平衡。有了这点平衡，林老板觉得自己在情场上还算个谦谦君子了，不是那种"只许州官放火，不许百姓点灯"的主儿。

2005年9月，吴文辞了职，专门当网络写手，月入近万。江城也跳槽到一家音响集团做外贸总监，待遇不菲。丽娟的采购部经理依然当得有滋有味。曾经的苦难与不幸似乎随着时间的流逝而消失了，美好的生活仿佛就在前面不远处向他们招手。

但叶岚的生活却失去了平静。

自从江城出狱后，她枯如古井的心又泛起阵阵涟漪。尘封的往事像火浆一样喷薄而出，与江城的一幕幕不断在眼前浮现，甜蜜的回忆令现实更苦楚，这令她痛不欲生。然而她又清醒地知道，她不可能跟江城回到从前了。不错，自己所做的一切都是为了江城，但有哪个男人会容忍自己心爱的女人做小三呢？哪怕这个女人有千万种理由！于是她一次又一次地强压住想见江城的念头。那滋味就像一个超级恋物癖，看见一个喜爱的东西却无法占有。郁悒是把刀，几个月下来便把叶岚削得不成人形。林老板见她未老先衰，人比黄花，已心生厌恶，决定把她踢了。

时间一晃就到了2005年农历八月初十。为了过一个开开心心的中秋节，林赫决定跟叶岚摊牌。

这个结局叶岚早就料到了，所以她没一点儿意外和震惊。近两年灰色不见阳光的日子，她见过了太多这样的人和事。在海都，二奶三奶甚至N奶如过江之鲫，无以算计。在这类人群中，流行着这样一首打油诗：

> 现在女人真可怕，
> 跟着男人打天下。
> 打呀打呀肚子大，
> 生下孩儿没老爸。
> 女生回头笑一笑，
> 男生集体去上吊。
> 爱空空，情空空，

独自流浪在街中。
人空空，钱空空，
单身苦命去打工。
事空空，业空空，
想来想去要发疯。
手机空，没钱充，
生活所以不轻松。
你是风儿我是沙，
你是哈密我是瓜。
你是牙膏我是刷，
你不爱我我自杀。
我有一首无名诗，
走遍天下无人知。

这首打油诗常常让叶岚泪流满面。她觉得，贫穷让女人变成奴隶，而金钱则让女人变成玩物。在海都，一切的一切，都只不过是金钱的附庸。所以自己被林老板抛弃是正常的，不被抛弃才不正常。

叶岚出奇的平静让林老板很是意外。凡是跟他分手的女人，不是哭就是闹，甚至还有割腕跳楼的，寻死觅活无非就是为一个钱字。

在海都玉皇宾馆里，林赫喝得有了七分醉意，歪眉斜眼地问叶岚："你……你有什么要求？"

"林老板看着办吧。"叶岚淡淡地说。但她突然冒出一个主意，于是又给林老板倒上满满的一杯"轩尼诗"，娇言软语地灌了下去。

这酒不像灌在林老板肚里，倒像是灌进了脑袋，林老板完全晕糊了。叶岚见火候已到，便笑吟吟地问："林老板，你把人家江城可坑苦了，到底是用的什么高明手法呀？这样杀人不见血的。"

"江……江城……那……那个傻……傻瓜……我……跟他做……

做生意，就……就是为把你搞……搞到手。"

"原来林老板这么看得起我呀！"

"那……那是……"林老板脸红得像火盆，口齿不清地说，"我第……我第一次看到你……就……就迷上了，就下……下定决心要把你搞……搞到手……"

"可江城那时也是老板呀，虽然没你这个老板大。"

"所……所以我要搞垮他！"

叶岚又灌了他一杯酒："是吗？那你是怎么搞垮他的？"

"手……手段多的是。像那个加……加拿大的单，我用……用劣质油墨一下就把他搞掂了。"

叶岚的心陡然抽搐起来，连说话都有些结巴了："那……那个加拿大客户是你串通好的？"

"什么……什么狗屁客户……假……假的。"

"什么？假的?!"叶岚尖厉的声音把自己都吓了一跳。

"根……根本不是什么加拿大客户，是我和生意场上的一个朋友……朋友演……演的双簧。"

之前的怀疑今天终于被证实，叶岚好像掉进了冰窟窿里，全身又冷又软。看着醉得像死猪一样的林赫，她眼里射出仇恨的火焰，牙齿咬得咯咯作响。一个大胆的念头像一条黑蛇钻出来，盘踞了她整个大脑。她想："一切等八月十五见分晓吧！"

岭南过中秋远比内地要隆重得多。在这个时候，内地的农村正是秋收，忙得不亦乐乎，哪里有什么心情和空闲过节日，顶多是吃几个几毛钱一个的月饼应付了事。而在岭南，在海都，中秋是除了过年以外最隆重、最重要、最热闹的节日之一。每到这天，海都的郊区便响起一阵阵热烈的鞭炮声，像大年三十一般。市内禁鞭，但到处张灯结彩。所有的工厂都放了假，处处人满为患。就像被蓄着的洪水突然放闸而出,遍地漫溢。

按叶岚的要求,林赫要在玉皇宾馆陪她吃最后一次晚餐。"我们好说好散,不要留下什么不愉快。"叶岚微笑着说。

这令林老板有些感动。与其他的女人不同,叶岚最大的优点就是善解人意,且从不越权争宠,正是这样,林老板才把她留在身边这么长时间——这是林老板众多女人之中的独例。

所以当叶岚提出跟他一起过中秋时,林老板想也没想就答应了。到华灯初上时,他驾着大奔和叶岚一起来到了玉皇宾馆。

他们开了一间豪华套房,林老板点了几盘昂贵的海鲜,又要了一支六十年珍藏的轩尼诗,烛光摇曳,照着叶岚一袭雪衣,说不尽的浪漫温馨。林老板的嘴巴像拌了蜜,舌头上像开满了玫瑰花,纵使罗密欧复活也自叹不如。

酒过三巡,林老板已有了七八分醉意,下腹胀痛,便起身上厕所。叶岚见时机已到,赶紧把三包老鼠药倒进他杯里,然后冲上半杯酒,荡了几荡,再倒满,她的手在剧烈地颤抖,以致有几滴酒荡了出来。她深吸一口气,竭力压住恐慌,幸好,林老板在厕所打电话,用广东话叽里咕噜地说着什么。叶岚这才稍稍平静一点,然后给自己也满满倒了一杯,长吁了几口气,故意催道:"又在泡哪个妞呀?快过来!"林老板忙回道:"就来,就来。"聊了几句便挂了电话,走出洗手间时说道:"人生就像打电话,不是你挂就是我挂。哈哈……"他为自己的这句玩笑话甚是得意,叶岚听了心里却像打了一个雷,以为他发现了端倪。忙端上两杯酒迎上去,说:"林哥,我们喝一杯交杯酒,祝你以后财源广进,艳福齐天!"说着把那杯毒酒递了过去。

这几句话灌得林赫飘飘然,他接过酒,与叶岚碰了一下杯:"宝贝,我们干了!"

"干了!"叶岚的声音有些微颤,但林赫丝毫没有察觉,仰脖一饮而尽，叶岚见大事已定，也将一杯酒喝得干干净净，冷冷地看着林赫。

林赫发现叶岚神色有异，那眼里满是毒焰，感觉不妙，问道："你……怎么回事？"

"怎么回事？"叶岚凄厉地笑起来，犹如深夜枭鸣，令林赫毛骨悚然，"你这个畜生，为了得到我，不惜毁掉江城，毁掉我，还毁掉了我一帮朋友，你……罪该万死。我今天要和你同归于尽！"

林赫一脸惊恐，面色煞白："你……你对我怎……怎么样了？"

"哈哈哈……对你怎么样了？林大老板，你的肚子痛吗？没什么，我只在你的酒里下了三袋老鼠药。怎么样，舒服吗？哈哈哈哈……"

"你……你这个蛇蝎妇人……"林赫说着突然朝叶岚扑过来，叶岚早有防备，一闪身躲过了。林赫的肚子这时剧痛起来，忙弯腰用手捂住，豆大的汗珠雨点般冒出。

"我……对你这……这么好……你为什么要对我下……下……这样的毒手？"

叶岚咬牙切齿地骂道："你对我好吗？你毁掉了我的青春，我的爱情，我恨不得食你肉，剥你皮！你这个禽兽，仗着几个臭钱不知害了多少女人，你早死有余辜！我和江城的事业刚走上正轨，一下子就被你骗得破产倒闭，我跟你不共戴天！"

此时的林赫已疼得在地上不停地翻滚，想大声呼救却没力气发出声音。叶岚怕他闹出动静被人发现，于是拿起那个轩尼诗酒瓶，"呼"地砸在林赫的头上，林赫应声晕厥，再无声息。

时间飞驰。叶岚就像一尊石头一直僵坐在那里，连眼珠儿也不转动。不知什么时候，马路上突然响起尖厉的消防车的警报声，叶岚这才被惊醒。她抬头看看墙上的挂钟，时间竟然已是深夜两点半，自己已经这样枯坐了四五个小时。

在这四五个小时里，世界发生了太多太多的事。在海都，在三十一区，江城在吴文的租房里喝酒，俩人回忆起不堪的往事，喝着哭，哭着喝，俱酩酊大醉；也在这四五个小时里，丽娟没能和江城、吴文相聚，她要主持公司的中秋晚会；还是在这四五个小时里，经久不见的"冬瓜""老鼠"和一帮兄弟在一间KTV包房唱得嗓子冒烟，喉咙发哑，唱着唱着俩人忽然泪流满面，夺门而出，站在月光底下望着天空发呆。强子感觉那月光如冰屑雪粉，寒气浸骨，不禁打了一个冷战，嘟哝道："今年的中秋怎么鬼气森森？"

这四五个小时叶岚坐得全身的关节僵硬得像机器人，她想站起来，哪里站得起。叹了口气，便去揉关节，感觉血液像蚂蚁一样在血管里游走，微微的轻痒似乎要破肌而出，这才觉得灵魂重新附体。

她懒得动了，索性倒在床上，拿起手机找出丽娟的电话。几年没联系了，不知她是否换了号。"试试吧！"她想，就拨了出去。

电话居然是通的！叶岚激动得翻身坐起，拿着电话的手在微微颤抖。

"喂！是谁呀？"电话里传来丽娟迷迷糊糊的声音，显然是在酣睡中惊醒了她。

听到这久违的至亲至近的声音，叶岚的泪水忍不住夺眶而出。

"岚，你是岚吗？"丽娟在电话里听到了隐隐的抽泣，她倏地掀开被子一跃而起，激动地对着电话喊道，"我知道你是岚，你倒是说话呀！"

叶岚抹去泪水，竭力平静情绪："娟，我是岚。我明天就要去一个很远的地方，你能过来陪我一会儿吗？"

"好，好，好！你……你在哪里？"

"我在玉皇宾馆。你打的过来吧。"

"那我把江城、吴文他们都叫上！"

"不了。"叶岚迟疑了一下说，"你先过来再说吧。我在大堂等你。"

"好,我马上过来。你在那里别走开!"

给丽娟打完电话,叶岚如释重负。这时的她已心平如镜,在柜头的留言簿上写了一行字:"杀林赫者,叶岚也!"

她冷冷地笑了一笑,将笔扔在地上。转身到浴室去洗澡,然后小心翼翼地穿上那件白色连衣裙,在穿衣镜前梳理了一番,便像幽灵一样闪了出去,乘电梯到了玉皇宾馆的最顶端。

"永别了,我可怜的父母,原谅女儿的不孝吧,让我来世做牛做马报答你们!永别了,我的江城,我今生做不了你的妻子,就等来生吧!永别了,我亲爱的吴文、丽娟、雷军、强子啊,我的亲人们,我爱你们,就让我在天堂为你们祝福吧!还有,我的婉雪姐,妹妹来找你了,你在那边等着我吧,妹妹这就来了。"

海都中秋的月亮贴着高仄而尖的楼群躲闪游走,就像一个刚进城的青涩的山村少女,兴奋与害怕中又夹杂着疑虑羞怯,用了可怜兮兮的目光打探着这座陌生的城市。而在迷蒙的西南远方,也有一轮月亮照着一个小山村。它冰凉的光华渗不进远隔千里的海都之月,同一个月亮照着两个不同的世界,叫世人永远无法言说。

当一阵凉薄的夜风吹来,叶岚纵身一跃,雪白的连衣裙像一朵雪莲在夜空中迎风绽放,如同一枚蒲公英在临风而舞,当她的柔软的身体接触到坚硬的地面,一刹那,生命便微尘似的散了,一切在瞬间归于虚无。

此时,在海都福山区的一个企业高管的公寓里,江城正做梦,梦见和虎子在收割后的田里打野兔——他刚从吴文那里借酒浇愁回来。也在此刻,被酒精折腾得毫无睡意的吴文,正凭窗眺月,眼含热泪,一遍又一遍地低吟着那首伤心词:

问世间情是何物,直教生死相许?天南地北双飞客,老翅几回寒暑。欢乐趣,离别苦,就中更有痴儿女。君应有语,渺万里层云,千山暮雪,只影向谁去?
……

此刻,丽娟正在赶往玉皇宾馆的路上。九分钟后,她在玉皇宾馆门前看到了血如桃花一样溅开的叶岚……

尾声:爱得我所

江城和吴文是半夜三点多赶到玉皇宾馆现场的。

一见到叶岚的身体躺在水一样的血泊中时,江城大叫一声,晕厥倒地。吴文疯了一样冲开人群,紧紧抱住叶岚鲜红的遗体号啕大哭。丽娟一边哭着一边去救江城。这时警察从宾馆里搬出林赫的尸体,用灵柩车拉走了。然后又过来处理这边的现场:拍照,清理血迹,整理遗体。当他们要搬走叶岚时,刚刚醒来的江城看见了,张臂惨呼一声:"不——要——"又气绝过去。

警方带走了江城、吴文和丽娟,连夜讯问,最后确定林赫系叶岚一人毒杀,没有同谋,于是次日便放了三人。

但叶岚的遗体还不能火化,警方还要做进一步调查。江城只好等,一边通知叶岚的家人过来。

三人在海都公安局附近的一家宾馆开了一间房,等候叶岚的家人。

上午十点多,丽娟突然接到一个陌生电话,一个声音哭着问道:"娟……娟姐,叶岚是不是跳楼自杀了?"

丽娟激动地大声嚷起来:"你……你是强子吗?"

"是……是的,我是强子。我是从今天的报纸上看到的消息,真……真是叶岚吗?"

"你……你们快过来吧,是叶……叶岚啊……"

电话那端立即响起两个男人的哭声。正是"老鼠"强子和"冬瓜"雷军。

十多分钟后,强子和雷军出现在宾馆的房间里,五个人眼神一相遇的刹那间,所有的臂膀都不约而同地张开了,五个人紧紧地抱成一团,伤心的泪水和痛不欲生的号哭汇成一条奔腾的河流,在繁华的海都不息地流淌。

众人悲伤了一阵子,好不容易才平静下来。这时"老鼠"突然惊叫一声:"我差点把一件重要的事给忘了。"急忙从包里掏出一本书,递给江城,颤着声说,"你看这书是谁写的。"

江城满腹狐疑地接过书。书的封面沉静、素雅而沧桑,一轮血红的落日,冉冉地垂在遥远的地平线之间。一个长发披肩的男子,背着行囊和一把陈旧的吉他,在空旷静寂的天地之间狼一样昂着头,像在寻找着什么,坚定地走向大漠深处……

书名叫《永远没有远方》,作者是孤狼。

江城预感到了什么,急切地翻到封二,勒口上果然印着祝涛的照片和作者简介!

"是他!真的是他!"江城止不住热泪滚滚,喃喃不止,"是涛哥,是涛哥啊!你是从哪儿买到这本书的?"

"网上买的。现在这书卖得好火啊!"

吴文打断他们的话:"江城,你赶快打电话给出版社,找这本书的责任编辑要祝涛的电话!"

一语惊醒梦中人。江城手忙脚乱地拨通电话,一帮人屏气息声地听着,心提到了嗓子眼。

"是的,我是他弟弟!我爱人……去世了,希望我哥能回来。我……我……要他的电话。"

电话那端沉默了一下,终于说:"既然是这样,那我就给你吧!"江城忙示意吴文记电话。

江城一边流泪，一边拨祝涛的电话："六年，六年了，我终于找到涛哥了。"

通了！

祝涛的手机铃声是《橄榄树》，江城止不住浑身颤抖起来。他弱弱地"喂"了一声，对方犹豫了片刻，随之一个低沉的声音传过来：

"江城？你是江城？"

"涛哥！你是涛哥吗？你真的是涛哥吗？"

祝涛的声音也在颤抖："我是涛……涛哥。你……你是怎么找到我电话的？"

"我看到你的书了。哥，你居然成作家了。这些年……我想你想得好苦。哥，你……你为什么不……不联系我？"

"我……虽然没有联系你，可我一直把你装在心里。"

江城连珠炮似的问："哥，你找到马丽芳了吗？她们一家还好吗？你跟马丽芳结婚了吗？"

祝涛重重叹了一口气，沉默良久才哑着嗓子说道："一言难尽。以后有机会再跟你说吧。你千方百计地找到我，有……什么事吗？"他的语气中已透出隐隐的不安。

江城对着电话泣不成声："哥……我的女朋友死了，我们出大祸了……"

祝涛在那端紧张起来："你说什么？你把话说清楚！"

吴文见江城太过悲伤激动，便接过电话，简单地将江城和叶岚的事说了。祝涛在电话里抽泣起来，悲悲凄凄地说："怎么会这样？怎么会这样？我这就……飞回来。"

祝涛当天晚上八点多就飞到了海都。

这是他自1999年11月25日离开海都后第一次回来。

江城发现祝涛变了。他一蓬长发披肩，散发出几分西部特有的野性，这令他更有男子汉气息。先前白皙的脸孔已然黝黑，然而更显深沉坚毅。只是他的双眼还没有变，还是那么忧郁，像海一样深的忧郁。

魂牵梦萦的亲人相见，众人自是喜不自禁。但想起惨死的叶岚，久别重逢的欣喜又很快被浓浓的悲伤掩盖。

大家悲喜交集过后，江城才猛然醒悟："哥，你怎么一个人回来的？马丽芳呢？"

祝涛长叹一声，落寞地说："她和别人结婚了。"

江城几乎不敢相信自己的耳朵："什么？"

祝涛的声音浸满苦涩："是的。她结婚了，和当地的一个牧民。"

众人静静地听他说下去："当年我远走内蒙古，在报社上了半年班。2000年4月，我便出发四处找她。找了两年多，直到2003年初，我才在乌兰察布市下面一个叫马蹄沟子的地方找到她。可她已经是一个孩子的母亲了。"

在祝涛平静的叙述里，不知掩藏了多少惊心动魄的故事和刻骨铭心的痛楚。

"我找到了她，可我没有见她。只是远远地看着她。那天她带着孩子在村子里玩耍，看上去很幸福，很满足。马叔和马婶也在。他们一家人过得很好。"

丽娟小心翼翼地问，好像是怕打破一个美丽而残酷的梦境："你找得那么苦，为什么不见他们一面？"

"见他们有用吗？如果马丽芳知道我找了她几年，她会怎么想？又会怎么做？我不想打扰她平静的生活。只要她过得好，我的爱也就有着落了。"

祝涛抹了抹眼睛，又继续说："我悄悄地离开了。经过几年的流浪，我深深地爱上了那片广袤的土地。于是我选择了留下，又回到了原来实习的报社，做了乌兰察布记者站的站长，同时还做了一个兼职，帮香港的一家慈善机构在西部做扶贫。但我忘不了马丽芳，更忘不了我这漫长的流浪的经历，还有在流浪途中的所见所闻。于是我以自己的经历写了一本书，就是你们看到的《永远没有远方》。也许，我们每个人都在寻找自己的远方，那个远方就是我们的梦想。而梦想，往往可遇而不可求。这大概就是人类的宿命。"

每个人都被深深震撼了，就像几颗原子弹在他们心灵上同时爆炸。江城紧紧拥着祝涛，凄声说："哥，我永远不会让你离开了。以后我们兄弟永远在一起。你上哪儿我就上哪儿，你流浪我们就一起流浪。"

当夜凌晨三点，叶岚的两个哥哥也来了。

翌日下午五点钟，叶岚的遗体被火化。

抱着叶岚小小的骨灰盒，江城、祝涛、吴文、丽娟、强子、雷军六人来到南乡海堤上的那间小屋，与马丽芳做最后的告别。

江城跪在小屋前，紧紧怀抱着叶岚的骨灰盒，呜咽着说："芳芳，如果你知道涛哥苦找了你几年，你还会嫁给别人吗？让我们一起送岚儿回家吧……"

回家，回家……

一阵海风吹来，带着淡淡的腥气，仿佛是从洪荒亘古捎来的人类遥远的记忆。而在海面上，几只雪白的海鸥踏着浪尖起舞，它们不时发出凄厉而高亢的叫声，悠远地在海面上回响，像在深切地呼唤失去的同伴。

当夜幕深垂，海都这个滨海城市又上演了她与白天不同的另一个剧本。这时一架波音747在海都国际机场的跑道上滑行，片刻后便像一只巨鸟飞向茫茫的夜空。江城抱着叶岚的骨灰盒坐在舷窗前，怔怔地望着飞机底下那片璀璨的灯海。他知道，自己不可能留下来做这个城市的主人了，这将是自己一生中对这座城市最后的眺望。此刻，他心中无半点留恋，巨大的痛苦使他麻木得没有伤感。海都，他曾经奋斗和挣扎过的海都，他曾经洒下血汗和泪水的海都，永别了！繁华是你的，离开是我的。而那在夜海中繁星一样闪烁的灯光，不正是无数个打工者在这个城市燃烧的梦想吗？随着飞机的爬高，这件点缀在夜幕上星光斑斓的锦衣，终于湮灭在无垠的黑暗中了。

2006 年 6 月初稿于深圳宝安
2012 年 12 月 11 日五稿定于东莞